Von Johanna Lindsey sind
als Heyne-Taschenbücher erschienen:

Wild wie der Wind · Band 01/6750
Die gefangene Braut · Band 01/6831
Zärtlicher Sturm · Band 01/6883
Das Geheimnis ihrer Liebe · Band 01/6976
Wenn die Liebe erwacht · Band 01/7672
Herzen in Flammen · Band 01/7746
Stürmisches Herz · Band 01/7843
Zorn und Zärtlichkeit · Band 01/6641
Geheime Leidenschaft · Band 01/7928
Lodernde Leidenschaft · Band 01/8081
Wildes Herz · Band 01/8165
Sklavin des Herzens · Band 01/8289
Fesseln der Leidenschaft · Band 01/8347
Sturmwind der Zärtlichkeit · Band 01/8465
Geheimnisvolles Verlangen · Band 01/8660
Gefangene der Leidenschaft · Band 01/8851
Leidenschaft, zwei Romane · Band 01/8911
Lodernde Träume · Band 01/9145
Ungestüm des Herzens · Band 01/9452
Wild wie deine Zärtlichkeit · Band 01/8790

JOHANNA LINDSEY

REBELLION DES HERZENS

Roman

Aus dem Englischen
von Michaela Link

**WILHELM HEYNE VERLAG
MÜNCHEN**

HEYNE ALLGEMEINE REIHE
Nr. 01/9589

Titel der Originalausgabe
ANGEL

Redaktion: Werner Heilmann
Copyright © 1992 by Johanna Lindsey
Copyright © 1995 der deutschen Ausgabe by
Wilhelm Heyne Verlag GmbH & Co. KG, München
Printed in Germany 1995
Umschlagillustration: Pino Daeni/Agentur Schlück
Umschlaggestaltung: Atelier Ingrid Schütz, München
Druck und Bindung: Ebner Ulm

ISBN 3-453-08908-1

In Erinnerung an Misti Jewel, meinen eigenen Zehenbeißer. Sie war schwatzhaft, eine süße Pest, mein treuer Kamerad am Schreibpult. Bitte, lieber Gott, nimm es ihr nicht übel, daß sie so gerne ihre Zähne an nackten Füßen saubermacht.

1

Texas, 1881

Zwölf Uhr mittags – High Noon. Eine Stunde, die in vielen Städten des Westens gleichbedeutend mit Tod war. Diese Stadt machte da keinen Unterschied: die Stunde allein sagte alles. Auch diejenigen, die nichts von dem bevorstehenden Ereignis gehört hatten, wußten sofort Bescheid, als sie sahen, wie die anderen wegliefen, um die Straße freizumachen. Zu dieser ganz speziellen Tageszeit gab es nur eines, was eine solche Massenflucht bewirken konnte.

High Noon ... eine Stunde ohne Vorteile: keine verwirrenden Schatten, keine untergehende Sonne, die blenden und die Chancen ungleich verteilen konnte. Es würde einen fairen Kampf geben, einen Kampf, der den Regeln dieser Zeit entsprach. Niemand würde sich damit aufhalten, darüber nachzudenken, ob der Mann, der die Herausforderung erhalten hatte, vielleicht gar keinen Kampf wollte, und niemand würde etwas Unfaires daran finden, daß er zu diesem Kampf gezwungen wurde. Ein Mann, der seinen Lebensunterhalt mit der Waffe verdiente, hatte in dieser Hinsicht kaum eine Wahl.

Die Straße war mittlerweile beinahe verlassen, und an den Fenstern drängten sich die Menschen, die darauf warteten, jemanden sterben zu sehen. Selbst der Novemberwind hielt für einen Augenblick inne, damit sich der Staub unter den hellen Strahlen der Spätherbstsonne setzen konnte.

Vom nördlichen Ende der Straße kam der Herausforderer, Tom Prynne, der sich seit einiger Zeit allerdings Pecos Tom nannte. Er hatte eine Stunde gewartet, seit er die Herausforderung ausgesprochen hatte, Zeit genug, um sich zu fragen, ob er diesmal nicht ein wenig vorschnell gewesen war. Nein, es waren nur die dummen Nerven, die ihn vor jedem Kampf plagten. Er fragte sich, wie viele Schießereien er noch hinter sich bringen mußte, bevor er so ruhig sein würde, wie der andere Bursche immer aussah.

Das Töten machte Tom nichts aus. Er liebte die Macht und den Triumph, den er hinterher empfand, das Gefühl, unbesiegbar zu sein. Und die Furcht der anderen. Er fand es einfach herrlich, wenn die Menschen ihn fürchteten. Was machte es da, wenn er vor jedem Kampf selbst ein wenig Furcht auszustehen hatte? Das war die Sache wert.

Auf eine Gelegenheit wie diese hatte er schon lange gewartet; er wollte seine Chance bei einem Mann mit einem berühmten Namen suchen. Sein eigener Name, oder jedenfalls der, den er für sich gewählt hatte, verbreitete sich für seinen Geschmack zu langsam. So weit südlich hatte noch niemand von Pecos Tom gehört. Zur Hölle auch, die Leute vergaßen ihn sogar da, wo er schon einmal gewesen war, weil er sich bisher nur Schießereien mit »Nobodys«, wie er selbst einer war, geliefert hatte.

Angel aber, seinem heutigen Gegner, eilte sein Name stets voraus. Angel – Engel. Einige nannten ihn den Engel des Todes, und das mit gutem Grund. Niemand konnte sagen, wie viele Männer er getötet hatte. Einige behaupteten, sogar Angel selbst könne keine genaue Zahl nennen. Er stand in dem Ruf, nicht nur schnell, sondern auch treffsicher zu sein.

Tom war nicht so treffsicher, aber er war schneller, und das wußte er. Und er wußte auch genau, wie viele Männer er getötet hatte – einen Kartenbetrüger, zwei Farmer und einen Deputy, der ihn im vergangenen Jahr verfolgt hatte, weil er ihn dafür, daß er einen unbewaffneten Mann erschossen hatte, hängen sehen wollte. Niemand wußte etwas von dem Deputy, und das war gut so. Er wollte einen Namen, aber er wollte diesen Namen nicht auf »Wanted«-Plakaten gedruckt sehen.

Im Laufe seiner kurzen Karriere war er auch anderen Revolverhelden begegnet, und er hatte das Glück gehabt, die Hälfte von ihnen allein durch seine Schnelligkeit besiegen zu können. Der andere Bursche war jedesmal so schockiert gewesen, mit welcher Geschwindigkeit der Gegner den Revolver zog, daß er gleich seine Waffe fallengelassen und aufgegeben hatte. Tom verließ sich darauf, daß genau das auch heute eintreten würde. Er glaubte natürlich nicht, daß Angel seinen Colt wegwerfen würde, aber er hoffte, ihn überraschen zu können – genug Zeit gewinnen zu können, um genau zu zielen und als einziger noch aufrecht zu stehen, wenn der Rauch sich verzog.

Er war nur zwei Tage in dieser Stadt gewesen. Heute wäre er weitergeritten, wenn er nicht von Angels Ankunft gestern abend gehört hätte. Es stand so fest wie das Amen in der Kirche, daß niemand darüber getuschelt hatte, daß *er selbst* sich in der Stadt aufhielt. Ab heute würde sich das ändern.

Aber Angel entsprach nicht ganz dem, was Tom erwartet hatte, als er ihm am Morgen gegenübergetreten war, um ihn daran zu hindern, sein Hotel zu verlassen. Irgendwie hatte er sich den Revolverhelden größer vorgestellt, älter und nicht gar so cool angesichts seiner Herausforderung. Er hatte reagiert, als sei es ihm gleichgültig – so oder so. Aber Tom hatte sich davon nicht beirren lassen.

Er hatte sich dem anderen Mann in den Weg gestellt und mit lauter Stimme, so daß jeder in der Nähe es hören konnte, gefragt: »Angel? Ich habe gehört, daß Sie schnell sind, aber ich bin hier, um Ihnen zu sagen, daß ich noch schneller bin.«

»Wie Sie meinen, Mister. Ich habe nicht vor, mich über dieses Thema zu unterhalten.«

»Aber ich habe vor, es zu beweisen. High Noon? Enttäuschen Sie mich nicht.«

Erst als Tom sich von dem anderen Mann abgewandt hatte, war ihm bewußt geworden, wie kalt und gefühllos Angels Augen geblieben waren, Augen so schwarz wie die Sünde, die Augen eines gnadenlosen Killers.

Äußerlich völlig gelassen wartete Angel auf seinen Herausforderer. Er hatte sich mitten auf die Straße gestellt, aber weiter würde er nicht gehen. Geduldig ließ er den ruhmsüchtigen jungen Mann auf sich zukommen. Seinen Zorn konnte man ihm nicht ansehen. Was er tun würde, war so sinnlos. Es war etwas anderes, als jemanden zu töten, von dem er wußte, daß er den Tod verdient hatte. Er kannte diesen Jungen nicht, wußte nicht, welche Sünden auf sein Konto gingen, wie viele Männer er schon getötet hatte, um sich einen Namen zu machen, oder ob er überhaupt schon jemanden umgelegt hatte. Er haßte es, wenn er diese Dinge nicht wußte.

Das Wissen hätte jedoch nichts an dem geändert, was er tun würde, sondern lediglich das Bedauern darüber ausgelöscht, sinnlos töten zu müssen. Nun, die meisten dieser ruhmsüchtigen jungen Männer hatten nicht die Nerven, ausgerechnet mit ihm zu beginnen. Sie hatten schon eine ganze Menge Schießereien hinter sich gebracht, bevor sie sich an einen großen Namen heranwagten, und das bedeutete, daß sie für ihre Karriere als Revolverhelden bereits getötet haben mußten – und wahrscheinlich waren dabei auch einige unschuldige Männer gestorben. Angel empfand keine Reue, wenn es darum ging, solche Männer zu töten. In dieser Hinsicht sah er sich als Vollstrecker; er war einfach jemand, der dazu beitrug, gemeingefährliche Menschen ein wenig schneller zu beseitigen, als das Gesetz es tun konnte, und vielleicht rettete er sogar ein paar anständigen Leuten damit das Leben.

Einen bekannten Namen zu tragen, war sowohl ein Fluch als auch ein Segen. Es trieb die jungen Männer auf der Suche nach Ruhm aus ihren Löchern. Dagegen konnte man nichts tun. Aber es machte seine Arbeit gleichzeitig auch etwas leichter, weil einige Männer dem Kampf mit ihm auswichen. Auf diese Weise wurden Leben gerettet, denn nach wie vor haßte er es, einen Mann töten zu müssen, dessen einziges Verbrechen darin bestand, für den falschen Boß zu arbeiten.

Er war ein Revolverheld, dessen Dienste man kaufen konnte. Das war es, was er gelernt hatte, und er war gut genug, um seinen Lebensunterhalt damit zu verdienen. Man konnte ihn für so gut wie jeden Job gewinnen, vorausgesetzt, der Preis stimmte. Eines allerdings hatten die Leute gelernt: man durfte ihn nicht zu einem glatten Mord auffordern, weil man in dem Falle wahrscheinlich selbst den Tod finden würde. Angel sah keinen Unterschied zwischen einem Mann, der auf ein ahnungsloses Opfer zielte und demjenigen, der ihn zu diesem Zweck engagierte. Für ihn waren sie beide Mörder, und wenn Angel keinen Grund dafür finden konnte, solche Leute selbst zu töten, übergab er sie dem Urteil des Gesetzes.

Er suchte nicht nach Entschuldigungen für seinen Lebenswandel. Zwar wünschte er sich manchmal, daß es anders gekommen wäre, aber die Umstände hatten das eben nicht zugelassen. Und wenn er auch instinktiv dazu neigen mochte, Gnade zu gewähren, so folgte er doch der Überzeugung des Mannes, der ihn gelehrt hatte, wie man sich mit einer Waffe verteidigte und schützte: »Die Sache mit dem Gewissen ist ja schön und gut, aber in einer Schießerei hat sie nichts zu suchen. Wenn du schießt, dann schieß, um zu töten, oder sie kommen zurück, um dich zu jagen... Irgendwann in einer dunklen Nacht, draußen in einer kleinen Gasse – eine Kugel in den Rücken, weil sie's schon einmal mit dir aufgenommen haben und genau wissen, daß du zu schnell bist, um das Risiko eines zweiten fairen Kampfes mit dir einzugehen. Das kommt dabei heraus, wenn man einen Mann nur verwundet, das oder die Annahme, daß du zwar schnell bist, aber ein lausiger Schütze. Diesen Männern stehst du dann irgendwann ein zweites Mal gegenüber, was reine Zeitverschwendung wäre und überdies eine Herausforderung des Schicksals. Es wäre eine verdammte Schande, wenn die Kugel mit deinem Namen darauf von einem Mann käme, den du hättest töten können, aber nicht getötet hast.«

Dreimal wäre er beinahe durch die Hand eines Gesetzlosen umgekommen, bevor er sich diese Überzeugung zu eigen gemacht hatte. Dreimal war er gerettet worden, nicht aus eigenen Kräften, sondern durch die Hilfe Fremder. Drei Männern schuldete er dafür Dank, und er fühlte sich ganz und gar nicht wohl dabei, irgend jemandem etwas schuldig zu sein. Zwei dieser Dankesschulden hatte er beglichen, die letzte erst vor kurzem.

Er war in der Hoffnung hierher gekommen, nun auch die dritte Schuld begleichen zu können. Angel wußte nicht, warum man ihn in diese Stadt geschickt hatte. Gerade hatte er sich auf die Suche nach Lewis Pickens machen wollen, um das herauszufinden, als dieser junge Revolverheld ihm den Weg verstellt hatte.

Angel wußte nichts von ihm außer seinen Namen, Pecos Tom. Jemand hatte im Hotelregister nachsehen müssen, um das herauszufinden. Pecos Tom war ein Fremder in der Stadt, genauso wie Angel, daher konnte niemand Angel sagen, ob er einem Killer gegenüberstand oder nur einem törichten jungen Mann. Wie er es haßte, nichts zu wissen. Er hatte nicht um den Kampf gebeten, hatte versucht, ihn zu vermeiden, aber niemand hätte akzeptiert, daß er eine offene Herausforderung ignorierte. Pecos Tom hatte eindeutig die Absicht, ihn zu töten. Angel mußte sich mit dieser simplen Tatsache begnügen, um sein Bedauern zu lindern.

Pecos ließ sich genüßlich Zeit, als er die Straße herunterkam. Er war zwanzig Fuß von Angel entfernt, dann fünfzehn. Zehn Fuß vor ihm blieb er endlich stehen. Angel hätte eine größere Entfernung vorgezogen, aber das war schließlich nicht seine Show. Er hatte gehört, daß drüben im Osten ein Mann, wenn er herausgefordert wurde, die Waffe wählen durfte; er konnte sich sogar ganz gegen Waffen entscheiden und einfach einen Faustkampf fordern. Es hätte Angel größtes Vergnügen bereitet, diesem Jungen ein wenig Verstand in den Leib zu prügeln, statt ihn zu töten. Aber der Westen ließ einem Mann keine Wahl. Wenn man einen Revolver an der Hüfte trug, erwarteten die anderen, daß man ihn auch benutzte.

Pecos hatte seine Schafsfelljacke schon ausgezogen, und seine Hände lagen an seinen Hüften – er war bereit. Langsam legte Angel seinen gelben Mackintosh weg. Er sah sich nicht die Hände seines Gegenübers an, nicht einmal, um festzustellen, ob sie zitterten. Er sah dem anderen in die Augen.

Und er versuchte es ein letztes Mal. »Wir müssen das hier nicht tun. Diese Leute kennen Sie nicht. Sie könnten einfach weiterreiten.«

»Vergiß es«, erwiderte der Junge, der sich jetzt entspannte, weil er glaubte, Angel habe Angst, gegen ihn zu kämpfen; weil er glaubte, Angel sei derjenige, der den Kampf vermeiden wolle. »Ich bin bereit.«

Niemand stand nahe genug, um Angels Seufzer zu hören. »Dann machen Sie Ihren Frieden, Mister. Ich schieße nicht, um zu verwunden.«

Der zweiundzwanzig Jahre alte Tom Prynne schoß auch nicht, um zu verwunden, und er zog schneller als Angel, um den Bruchteil einer Sekunde schneller – und das wäre ausreichend gewesen, wenn er nur die Geduld gehabt hätte, richtig treffen zu lernen, bevor er losgezogen war, um sich einen Namen zu machen. Seine Kugel flog an Angels Schulter vorbei und bohrte sich irgendwo am anderen Ende der Straße in eine Hauswand. Angel selbst war zu schnell, um noch innezuhalten, selbst wenn er das gewollt hätte, und wenn er schoß, dann mit tödlicher Genauigkeit.

Tom Prynne hatte sich schließlich und endlich doch noch einen Namen gemacht, obwohl der sich nun nicht mehr weit verbreiten konnte. Aber hier würde man noch eine ganze Weile über ihn reden. Seine Grabinschrift lautete: *Hier ruht Pecos Tom. Er forderte den Engel des Todes heraus und unterlag.* Der Leichenbestatter dieser Stadt hatte einen morbiden Sinn für Humor.

2

Cassandra Stuart ließ im Vorübergehen geistesabwesend ein Stück Holz in den Kamin fallen. Am anderen Ende des Zimmers hob eine Pantherkatze ihren Kopf und fauchte unwillig. Das schlanke Mädchen warf ihr einen Blick zu und zuckte mit den Schultern.

»Tut mir leid, Marabelle«, sagte Cassie, die wieder angefangen hatte, aufgeregt hin und her zu laufen. »Die Macht der Gewohnheit.«

Sowohl Cassie als auch ihr Haustier waren das viel kältere Wetter in Wyoming gewöhnt, wo Cassie aufgewachsen war. Hier, im Süden von Texas, wo ihr Vater seine Ranch hatte, herrschte draußen wahrscheinlich immer noch eine Temperatur von zehn Grad, und dabei war es bereits Anfang Dezember. Ein einziges Stück Feuerholz hätte durchaus gereicht, um die Kälte aus ihrem Schlafzimmer zu vertreiben. Mit zweien..., dann hätte es nicht lange gedauert, und sie wäre nur noch in Mieder und Höschen dagestanden.

Der kleine Schreibtisch, dem sie in der vergangenen halben Stunde aus dem Weg gegangen war, wartete immer noch in der Ecke auf sie. Ihr Briefpapier lag ordentlich aufgestapelt mitten darauf. Das Tintenfaß war geöffnet, der Federkiel angespitzt und die Lampe heller gedreht. Ihr Vater hatte ihr das altmodische Schreibzeug direkt nach ihrer Ankunft im Herbst geschenkt. Und sie hatte es auch getreulich benutzt, hatte ihrer Mutter ein oder zwei Briefe die Woche geschrieben – zumindest bis vor sechs Wochen.

Aber jetzt konnte sie den nächsten Brief nicht länger aufschieben. Das Telegramm hatte sie am späten Nachmittag erreicht: WENN ICH NICHT SOFORT ETWAS VON DIR HÖRE, KOMME ICH RUNTER UND BRINGE EINE GANZE ARMEE MIT.

Der letzte Teil war natürlich eine Übertreibung – jedenfalls hoffte Cassie das. Aber sie hatte keinen Zweifel daran, daß ihre Mutter kommen würde, und das konnte überhaupt nichts nützen. Ihrem Vater wäre es ganz gewiß nicht recht gewesen, wenn er sie bei seiner Rückkehr hier vorgefunden hätte. Aber schließlich würde es ihrem Vater wohl auch nicht recht sein, wenn er herausfinden mußte, daß seine Nachbarn, dank der Einmischung seiner Tochter, nunmehr seine Feinde waren.

Cassie antwortete ihrer Mutter telegrafisch, daß sie am nächsten Tag einen Brief abschicken werde, in dem sie alles erklären wolle. Das ließ sich jetzt nicht mehr vermeiden. Aber sie hatte so sehr gehofft, daß der Friedenstifter vorher ankommen würde. Dann hätte sie ihrer Mutter nicht nur schreiben müssen, was sie angestellt hatte, sondern hätte ihr wenigstens auch berichten können, daß alles wieder in Ordnung war und daß sie sich keine Sorgen mehr machen müsse.

Sie gab einen Laut von sich, der wie ein Stöhnen klang, so daß die geschmeidige schwarze Pantherkatze ihr an ihren Schreibtisch folgte, um herauszufinden, wo das Problem lag. Marabelle war sehr empfänglich für Cassies Stimmungen. Cassie mußte sie erst ermutigend hinter den Ohren kraulen, bevor sie sich wieder beruhigte.

Endlich griff das Mädchen nach dem Federkiel.

Liebste Mama,
es wird dich wohl nicht überraschen, daß ich mich wieder einmal eingemischt habe. Ich weiß auch nicht, warum ich dachte, ich könnte einer Fehde ein Ende setzen, die jetzt schon fünfundzwanzig Jahre andauert, aber so ist es eben – mein infernalischer Optimismus hat mich eben im Stich gelassen. Mittlerweile hast du wohl herausgefunden, daß ich von Papas Nachbarn spreche, den Catlins und den MacKauleys, von denen ich dir nach meinem ersten Besuch hier erzählt habe.

Dies war Cassies zweiter Besuch auf der Ranch ihres Vaters in Texas. Als sie das Haus, das er vor zehn Jahren hier erbaut hatte, zum ersten Mal sah, war sie völlig verblüfft gewesen. Es war ein getreues Ebenbild des Hauses, das er in Wyoming zurückgelassen hatte. Selbst die Möbel waren die gleichen. Es war ganz so, als wäre sie zu Hause – bis sie nach draußen ging.

Ihr Vater hatte sich den Besuch seiner Tochter schon lange gewünscht, aber ihre Mutter hatte sich geweigert, sie allein reisen zu lassen, bevor sie vor zwei Jahren achtzehn geworden war. Und Catherine Stuart würde keinen Fuß auf Charles Stuarts Ranch setzen, es sei denn im äußersten Notfall – ein Notfall, der ihr einziges Kind betraf. Sie hatte ihren Ex-Ehemann, seit er vor zehn Jahren Wyoming verlassen hatte, nicht mehr gesehen, hatte seit zwanzig Jahren nicht mehr mit ihm gesprochen, obwohl sie während der ersten zehn Jahre nach Cassies Geburt im selben Haus gelebt hatten. Ihre Beziehung, oder vielmehr das Nichtvorhandensein einer solchen, war die einzige Angelegenheit, in die Cassie sich niemals einzumischen versucht hatte. So sehr sie sich auch wünschte, es wäre anders – ihre Eltern verachteten einander.

Aber Cassie hatte ihrer Mutter, als sie im Frühling des letzten Jahres nach Hause gekommen war, alles über die

Catlins und die MacKauleys erzählt. Auch über ihre neue Freundin, Jenny Catlin, die zwei Jahre jünger als Cassie war, hatte sie gesprochen. Cassie hatte Jenny bei diesem Besuch in tiefster Melancholie vorgefunden, weil sie das richtige Alter erreicht hatte, um zu heiraten, und weil die einzigen gutaussehenden jungen Männer zufällig R. J. MacKauleys vier Söhne waren – und damit unglücklicherweise ihre geschworenen Feinde.

Cassie wünschte sich mittlerweile wirklich, daß Jenny die MacKauley-Männer nicht im selben Atemzug mit einer Hochzeit erwähnt hätte. Die Tatsache hatte sie auf den Gedanken gebracht, daß Jenny die Männer vielleicht nicht in demselben Licht sah wie ihre Mutter und ihr älterer Bruder. Dadurch war ihr dann auch aufgefallen, wie Clayton MacKauley, R. J.'s jüngster Sohn, Jenny in der Kirche anstarrte, und wie das junge Mädchen jedesmal, wenn sie ihn dabei erwischte, errötete.

Auch das wird dich wahrscheinlich nicht überraschen, Mama, aber es ist mir gelungen, die Stuarts in diese Fehde mit hineinzuziehen – zumindest den Teil der Stuarts, der hier lebt. Papa weiß bisher noch nichts davon, aber ich bin sicher, daß er nicht glücklich darüber sein wird, wenn er es herausfindet. Schließlich werde ich wieder nach Wyoming gehen, aber er muß, wenn ich weg bin, auch weiterhin mit diesen Leuten leben.

Aber bevor du anfängst, ihn dafür zu verfluchen, daß er meine Einmischung zugelassen hat, muß ich dir sagen, daß er nicht hier war, um mich davon abzuhalten. Genaugenommen hat es angefangen, bevor er weggegangen ist, kurz nach meiner Ankunft hier, aber das Ganze hat sich im geheimen abgespielt, wie eine Verschwörung, und dann bekam Papa einen Brief von diesem Mann in Nordtexas, mit dem er seit zwei Jahren um einen Preisbullen feilscht, und dieser Mann hatte sich endlich entschlossen,

das Tier zu verkaufen, und du darfst Papa auch keine Vorwürfe machen, daß er mich allein gelassen hat, um seinen neuen Bullen zu holen, denn er hat gedacht, er würde weniger als zwei Wochen dafür brauchen, und ich bin immerhin *zwanzig* und vollauf in der Lage, seine Ranch zu führen – wenn ich mich nicht gerade in anderer Leute Angelegenheiten einmische. Außerdem wollte er, daß ich mit ihm fahre, aber das wollte ich nicht, da ich ja schon angefangen hatte, mich ... na ja, ich weiß nicht recht, wie ich es ausdrücken soll. Ich habe mich also mal wieder als Kupplerin versucht, und diesmal hatte ich unglücklicherweise Erfolg damit.
Es ist mir gelungen, Jenny Catlin und Clayton MacKauley davon zu überzeugen, daß sie ineinander verliebt seien. Und es sah auch wirklich so aus, Mama. Sie waren so überrascht und entzückt von meinen kleinen Schwindeleien. Es war ganz einfach, sie zusammenzubringen und ihnen nur drei Wochen später dabei zu helfen, nach Austin zu kommen, um heimlich zu heiraten. Unglücklicherweise haben sie in der Hochzeitsnacht herausgefunden, daß keiner den anderen wirklich liebt, daß sich die ganze Romanze nur in meiner optimistischen Phantasie abgespielt hat.
Anscheinend habe ich die Situation vollkommen mißverstanden, aber das ist ja nichts Neues. Ich scheine das ziemlich regelmäßig zu tun, wie du wohl weißt. Natürlich habe ich versucht, die Dinge wieder in Ordnung zu bringen. Ich bin zur Catlin-Ranch gegangen und habe versucht, allen zu erklären, daß meine Absichten gut, nur leider fehlgeleitet waren. Dorothy Catlin wollte nicht mit mir sprechen. Ihr Sohn Buck gab mir den Rat, Texas zu verlassen und nie mehr wiederzukommen.

Buck hatte es zwar nicht ganz so nett ausgedrückt, aber ihre Mutter brauchte nicht zu wissen, wie garstig er in seinem

Zorn gewesen war, und sie brauchte auch nichts von den Drohungen der MacKauleys zu erfahren, die ihr sogar eine Frist gesetzt hatten. Wenn sie bis zu einem bestimmten Tag nicht aus Texas verschwunden wäre, wollten sie die Ranch ihres Vaters niederbrennen. Es bestand wohl auch keine Notwendigkeit, zu erwähnen, daß Richard MacKauley ihre Post aus der Stadt mitgenommen und ihr dann erzählt hatte, er habe sie verloren, was auch der Grund dafür war, warum sie in den vergangenen sechs Wochen keinen Brief mehr von ihrer Mutter erhalten hatte. Ein andermal war sie aus der Bank in Caully gekommen und mußte feststellen, daß jemand die Sitzbank und den Fußboden ihrer Kutsche mit Zuckersirup übergossen hatte. Des weiteren hatte jemand drei der Männer ihres Vaters einschließlich seines Vorarbeiters so eingeschüchtert, daß sie kündigten. All das würde sie natürlich nicht erwähnen, ebensowenig wie den Marabelle betreffenden Zettel, den ihr jemand unter der Haustür durchgeschoben hatte: Sollte sich ihre Katze noch einmal auf dem Weideland zeigen, wolle man sie, Cassie, zu der Grillparty einladen.

Und es war wirklich besser, wenn ihre Mutter nichts davon erfuhr, daß Sam Hadley und Rafferty Slater, zwei Männer der Catlins, sie im Mietstall in der Stadt in die Enge getrieben und mit ihren Roheiten beinahe zu Tode erschreckt hatten, bevor zufällig jemand vorbeigekommen war, um dem Ganzen ein Ende zu setzen. Sie behielt es wohl auch besser für sich, daß sie seit jenem Zwischenfall ihren kleinen Colt auch in der Stadt trug, statt nur draußen auf der Weide, und daß sie das auch weiterhin tun würde, trotz der Belustigung, die dieses Verhalten bei den guten Leutchen von Caully auslöste.

Und vor allem würde sie ihrer Mutter nichts davon sagen, daß ihr Vater nun schon seit sieben Wochen weg war und daß sie ihn erst in drei Wochen zurückerwartete, weil sein neuer Preisbulle ihn getreten und ihm dabei zwei Rippen und einen Fuß gebrochen hatte. Sie fand es völlig ausreichend, zu schreiben:

> Es sind beides wirklich nette Familien, aber wenn sie jemanden nicht mögen, können sie zu ziemlich ekligen Biestern werden, und im Augenblick mag mich keine der beiden Familien besonders gern.

Sie überlegte, ob sie die »ekligen Biester« vielleicht lieber ausstreichen sollte, fand dann aber, daß ihre Mutter an dieser Stelle eine kleine Erheiterung durchaus würde gebrauchen können. Cassie ging es ganz gewiß so, aber schließlich hatte sie auch nur noch drei Wochen Zeit, um die Dinge wieder in Ordnung zu bringen, weil sie genau wußte, was ihr Vater sonst tun würde, wenn er zurückkam. Er würde das, was er sich hier in den letzten zehn Jahren aufgebaut hatte, einfach aufgeben und weggehen. Schließlich betrieb er seine Ranch, weil es ihm gefiel, nicht weil er es nötig hatte, seinen Lebensunterhalt zu verdienen, denn er stammte aus einer der reichsten Familien in Connecticut. Aber Cassie würde es sich nie verzeihen, wenn es dazu kommen sollte.

> Da sie sich meine Entschuldigungen nicht einmal anhören wollen, habe ich das einzige getan, was mir eingefallen ist. Ich habe Grandpa Kimbals guten Freund gebeten hierherzukommen, den Mann, den sie den Friedenstifter nennen. Ganz bestimmt wird er es schaffen, noch am Tage seiner Ankunft den Feindseligkeiten hier ein Ende zu setzen, und ich erwarte ihn jetzt täglich.

Genaugenommen hatte sie ihn schon vor einigen Wochen erwartet und begann nun wirklich, sich wegen seiner Verspätung Sorgen zu machen, denn er hatte ihr fest versprochen zu kommen. Er war wirklich ihre einzige Hoffnung.

Vielleicht sollte sie ihm noch ein Telegramm schicken, wenn sie morgen in die Stadt fuhr, um den Brief an ihre Mutter aufzugeben.

> Jetzt weißt du also, warum ich nicht geschrieben habe. Ich fand es einfach gräßlich, zugeben zu müssen, daß ich wieder einmal ins Fettnäpfchen getreten bin. Den Schaden, den ich angerichtet habe, muß ich jetzt wiedergutmachen. Und ich werde dir sofort schreiben, sobald alles vorbei ist und Papas Nachbarn sich wieder darauf beschränken, einander nur zu hassen.

Cassie biß sich auf die Lippen, während sie stirnrunzelnd ihren Brief betrachtete. Sie hatte sich das Schlimmste bis zum Ende aufgehoben – die Frage, wie sie ihre Mutter davon abhalten konnte, in aller Eile herzukommen, um ihr »Baby« vor einer weiteren selbstgeschneiderten Katastrophe zu bewahren. Hintenherum. Sie mußte geschickt vorgehen...

> Ich weiß, Du hast übertrieben, als Du telegrafiertest, Du würdest mit einer ganzen Armee hierherkommen, aber Du bist natürlich herzlich willkommen, wenn es Dir nichts ausmacht, mitten im Winter zu reisen. Ich bin sicher, daß es Papa nicht stören wird, wenn Du uns besuchst. Die Schwierigkeiten hier werden natürlich vorbei sein, bevor Du es schaffst, nach Texas zu kommen, also wird er sich vielleicht fragen, welchen Grund Du für Deinen Besuch hast. Du glaubst doch nicht, er könnte denken, Du seist an einer Versöhnung interessiert, oder?

Cassie beschloß, den Brief genau an dieser Stelle zu beenden. Sie kannte ihre Mutter gut, und nachdem sie diese letzte Frage gelesen hatte, würde Catherine Stuart den Brief wahrscheinlich in kleine Stücke zerreißen und in den nächsten Kamin werfen. Sie konnte sich auch die Antwort ihrer Mutter auf diese Frage vorstellen. »Eine Versöhnung mit diesem treulosen Hurenbock? Wenn ich tot und begraben bin, kannst du ihm erzählen, daß ich das gesagt hätte!«

Cassie hatte, solange sie sich erinnern konnte, *ihm* gesagt oder *ihr* gesagt, was der andere mitzuteilen hatte. Wenn niemand in der Nähe wäre, durch den sie ihre Mitteilungen aneinander weitergeben konnten, ob sie dann wohl nachgeben und miteinander reden würden? Nein. Einer von ihnen – je nachdem, wer die größere Wut hatte – würde so lange suchen, bis er oder sie jemanden gefunden hatte, der als Sprachrohr dienen konnte.

Cassie rückte vom Schreibtisch ab, streckte sich und sah dann zu Marabelle hinunter. »Zumindest haben wir jetzt eine Sorge weniger – für den Augenblick«, berichtete sie der Pantherin. »Wenn nur der Friedenstifter endlich auftauchen würde, um die anderen Sorgen aus der Welt zu schaffen, dann könnten wir vielleicht wie geplant bis zum Frühling hierbleiben.«

Sie setzte all ihre Hoffnungen auf den Freund ihres Großvaters, und dazu hatte sie auch guten Grund. Einmal war sie dabei gewesen, wie er ein paar Worte zu einem Mann gesagt hatte, der mörderisch wütend gewesen war – binnen fünf Minuten hatte er ihn zum Lachen gebracht. Sein Talent, Leute zu beruhigen, war einfach unglaublich, und er würde auch all dieses Talent benötigen, um die Wogen zu glätten, die von ihr aufgewühlt worden waren.

3

Die Double-C-Ranch war nicht schwer zu finden. Wenn man, wie ihm das gesagt worden war, in nördlicher Richtung aus der Stadt ritt, konnte man sie gar nicht verfehlen.

Aber die Ranch sah nicht so aus, wie Angel es erwartet hatte. So weit im Süden nahmen sich die meisten Rancher ein Beispiel an ihren mexikanischen Nachbarn und bauten Häuser im spanischen Stil, aus Lehmziegeln, die halfen, die schlimmste Sommerhitze abzuwehren.

Das aber, worauf Angel zuritt, war ein zweistöckiges Holzhaus, so groß wie ein Herrenhaus und nach Art des Nordwestens gebaut. Die Veranda, mehr als ein halbes Dutzend Stufen über dem Grund, führte ganz um die untere Etage des Hauses herum; sie war breit genug, um Sessel, Schaukelstühle und sogar zwei zweisitzige Holzschaukeln aufzunehmen. Ein Balkon mit Doppeltüren, hinter denen wahrscheinlich die Schlafzimmer lagen, umschloß die zweite Etage des Hauses und verschaffte der darunterliegenden Veranda Schatten.

Das Haus kam ihm irgendwie bekannt vor, so als habe er es früher schon einmal gesehen, obwohl er noch nie zuvor so weit nach Süden gekommen war. Die Nebengebäude, soweit er sie aus der Ferne zu sehen bekommen hatte, lagen hinter dem Haupthaus. Sechs oder sieben Meter vom Haus entfernt konnte man bei dieser Anlage schon nicht mehr erkennen, daß es sich um eine bewirtschaftete Ranch handelte. Selbst die Kutsche, die davorstand, hatte mehr Ähnlichkeit mit den Phantasiegespannen, die man in einer großen Stadt zu sehen bekam, als mit den kleineren, vierrädrigen Wagen, die auf dem Land bevorzugt wurden.

Angel kam nicht näher als etwa sieben Meter an das Haus heran, als sich die Vordertür öffnete und eine schwarze Katze von der Größe eines mittleren Berglöwen plötzlich in weiten Sätzen auf ihn zusprang. Er hatte keine Zeit, darüber nachzudenken, wo zum Teufel das Tier herkam – es war eigentlich unvorstellbar, daß es aus dem Haus gekommen war –, denn er mußte sich nach Kräften bemühen, sein erschrecktes Pferd unter Kontrolle zu halten und gleichzeitig nach seinem Revolver zu greifen.

Letzteres war ihm noch nicht ganz gelungen, als ihm ein Schuß den Hut vom Kopf riß und eine Stimme rief: »Wagen Sie es nicht, auch nur daran zu denken, Mister!«

Angel blieben nur wenige Sekunden, um sich zu entscheiden, während seine Augen den Sprecher dieser Worte suchten und eine Frau mit einer auf ihn gerichteten Waffe entdeckten. Dann wanderte sein Blick zurück zu der Katze, die der Schuß ein wenig aufgehalten hatte. Sie kam jetzt nicht mehr ganz so schnell auf ihn zu, aber sie kam allemal, und sein Pferd geriet langsam in Panik. Es tänzelte, warf wild seinen Kopf hin und her und bäumte sich schließlich auf.

Während er sich darum bemühte, im Sattel zu bleiben – er wollte verdammt sein, wenn er gezwungen wäre, diesem riesigen Tier auf dem Erdboden gegenüberzustehen –, sagte die Frau wieder etwas, ein Wort nur. Nachdem sein Pferd endlich alle vier Hufe auf dem Boden hatte, sah er, daß die Katze verharrte und mittlerweile einfach nur noch dasaß; keine zwei Meter von ihm entfernt fixierte sie ihn aus ihren großen gelben Augen.

»Marabelle«, hatte die Frau gesagt, und das in einem Ton, der unbedingten Gehorsam verlangte. Er hatte sich nicht verhört – Marabelle ... und jetzt tat er etwas, das er sonst niemals tat, etwas, das er sich bei seiner Art von Arbeit nicht leisten konnte. Er verlor die Nerven und zeigte es auch.

»Lady, wenn Sie mir dieses Tier nicht augenblicklich aus den Augen schaffen«, stieß er in seinem von der Gewohnheit diktierten gelassenen Tonfall hervor, »dann lehne ich die Verantwortung für alles Weitere ab.«

Sie schien Einwände gegen seine Warnung erheben zu wollen, wahrscheinlich, weil sie diejenige war, die eine Waffe in der Hand hatte – eine Waffe, die immer noch auf ihn gerichtet war. »Sie sind nicht in der Position, zu...«

Was dann geschah, dauerte nur wenige Sekunden: Angel, der nach seinem Revolver griff und einen Schuß abfeuerte, der ihr die Waffe aus der Hand schlug, ihr Schrei: »Hurensohn!«, während sie ihre brennenden Finger schüttelte, das Fauchen der Katze, ein *lautes* Fauchen, als Reaktion auf Cassies Schrei, und Angels Pferd, das als Reaktion auf das Fauchen der Katze wild ausschlug. Diesmal landete Angel nun doch im Schmutz. Sein Pferd suchte das Weite, und die mittlerweile wütend spuckende Katze – es war wohl mehr ein Panther, erkannte er – war keinen halben Meter mehr von ihm entfernt, als sie es wieder sagte, dieses eine Wort, das das Tier augenblicklich zum Stehen brachte: »Marabelle!«

Er hatte gute Lust, das Vieh dennoch zu erschießen. Er hatte auch gute Lust, die Frau zu erschießen. Tatsächlich konnte er sich nicht daran erinnern, wann er jemals so sehr die Kontrolle über seine Gefühle verloren hatte. Jeder Idiot hätte sich denken können, daß die Katze, oder was immer es auch war, ihr gehörte. Ein Haustier. Es mußte ein Haustier sein, wenn es ihr in dieser Weise gehorchte. Und sie hatte es herausgelassen, um sein Pferd zu erschrecken, und – daran hatte er keinen Zweifel – um auch ihn zu erschrecken.

So zornig er auch war, und obwohl er begriff, daß die Pantherkatze zahm, oder wenigstens beinahe zahm war, mußte er doch all seinen Mut zusammennehmen, um die Augen von einem Tier solcher Größe abzuwenden. Vor allem saßen sie sich jetzt beide, keinen halben Meter voneinander entfernt, auf dem Boden Auge in Auge gegenüber. Aber er schaffte es und sah mit schmalen Augen die Frau an, die immer noch auf der Veranda stand.

Sie hatte es geschafft, ihre Waffe wieder aufzuheben, und hielt sie jetzt in der anderen Hand, während sie sich die Hand mit den wunden Fingern unter die Achsel preßte. Es war überaus fraglich, ob ihr Revolver ohne vorherigen Besuch bei einem Waffenschmied noch funktionieren würde, aber dieser Gedanke schien der jungen Frau nicht zu kommen. Statt dessen fand Angel den Revolver wieder auf sich gerichtet.

»Ich sage Ihnen klipp und klar, daß ich genauso gut ziele wie Sie, Mister – aber ich brauche Sie nicht zu erschießen. Wenn Sie diese Waffe, die Sie da in der Hand haben, auch nur einen Zentimeter weiter in meine Richtung bewegen, dann wird Marabelle Sie in Stücke reißen.«

Ob sie ihr Ziel wirklich treffen würde, war zumindest zweifelhaft. Sie hatte ihm den Hut vom Kopf geschossen – das konnte Absicht gewesen sein, um seine Aufmerksamkeit zu erlangen, oder sie konnte auch versucht haben, ihn zu töten – dann hatte sie ihr Ziel verfehlt. An der zweiten Drohung aber schien ihm nichts zweifelhaft. Allerdings mußte sie immerhin Angst vor ihm haben, wenn sie eine solche doppelte Drohung aussprach. Nun, sie hatte schließlich gesehen, wozu er imstande war. Er hatte sie zu einem Zeitpunkt entwaffnen können, als ihr Revolver direkt auf ihn gerichtet war und seiner noch im Halfter steckte. Und mittlerweile hatte sie, zornig, wie er war, auch guten Grund, ihn zu fürchten.

»Sie müssen verrückt sein, wenn Sie glauben, ich würde meine Waffe wegstecken, während ich den Atem von diesem Vieh da in meinem Gesicht spüre.« An diesem Punkt wären sie beinahe in eine Sackgasse geraten, denn keiner von ihnen war bereit, auch nur einen Zentimeter zurückzuweichen. Tatsächlich vergingen lange Augenblicke des Schweigens, bevor Angel zu dem Entschluß kam, daß er eigentlich vor allem diese Katze loswerden wollte. Daher fügte er widerwillig hinzu: »Rufen Sie das Tier zu sich, Lady, dann können wir uns *vielleicht* unterhalten.«

Ihr Kinn hob sich um eine Spur. »Es wird keine Unterhaltung geben, da Sie uns jetzt sofort verlassen. Und Sie können ihren Auftraggebern sagen, daß es überhaupt keinen Grund für sie gibt, einen Revolverhelden in die Sache hineinzuziehen.«

»Meinen Auftraggebern?«

»Wer auch immer von den beiden Sie angeheuert hat.«

»Niemand hat mich angeheuert, Lady. Lewis Pickens hat mich geschickt, um...«

»Oh, um Himmels willen«, unterbrach sie ihn und senkte ihren Revolver. »Warum haben Sie das nicht sofort gesagt?« Und dann: »Marabelle, komm her, Süße. Er ist harmlos.«

Dies war sicherlich das erste Mal, daß irgend jemand Angel harmlos nannte, seit er kein Knabe mehr war. Er erhob jedoch keine Einwände dagegen. Statt dessen wartete er erst einmal ab, ob das Tier gehorchen würde. Und tatsächlich, der dicke Kopf fuhr herum, um die Frau anzusehen, der geschmeidige, lange Körper folgte, und die Pantherkatze schlenderte gemächlich über den Hof und die Treppen hinauf. Angel stieß einen Seufzer aus, aber er steckte seinen Revolver trotzdem erst weg, als die Katze sicher im Haus war.

»Du kannst wieder in die Küche gehen, Maria«, sagte die Frau zu jemandem, der direkt hinter der Tür stand. Bevor sie sich ganz hinter ihr schloß, fügte sie noch hinzu. »Weißt du eigentlich, wie man mit diesem Gewehr schießt?«

Angel verzog das Gesicht. Noch eine zweite Waffe war auf ihn gerichtet gewesen, und er hatte es nicht einmal geahnt. Wurde er langsam unvorsichtig? Nein, seine Sinne waren nur ganz und gar auf dieses monströse schwarze Tier gerichtet gewesen und auf diese idiotische Frau auf der Veranda – bitte, lieber Gott, laß das nur nicht Cassandra Stuart sein!

Sie kam die Treppe herunter auf ihn zu, und erst jetzt bemerkte er ihre ausgefallene Kleidung: einen langen schwarzen Mantel mit Pelzborten über eisblauer Spitze an ihrem Hals und fünf Schichten blauer, gefältelter Rüschen an ihrem Rock, der nur von ihren Knien bis zu den Zehenspitzen zu sehen war. Ein kleiner Biberhut thronte fesch auf ihrem dunkelbraunen Haar. Städtische Kleider, ganz eindeutig, aber das Merkwürdige an ihrer Ausstattung war, daß sie über dem Mantel noch ein Halfter trug.

In ebendieses Halfter ließ sie jetzt ihren Revolver gleiten, bevor sie ihm ihre Hand hinhielt. »Ich bin Cassandra Stuart. Wird Mr. Pickens bald ankommen?«

Angel ignorierte die ausgestreckte Hand, da er sich nicht sicher war, was er damit tun sollte. Sie lächelte jetzt sogar, ganz so, als hätte sie nicht auf ihn geschossen, nicht diese menschenfressende Katze auf ihn losgelassen und sein Pferd verjagt. Er ignorierte auch das Lächeln. Daß sie anscheinend die Frau war, mit der er es zu tun haben würde, entlockte ihm einen leisen Fluch, als er aufstand und sich den Staub von seinem Mantel klopfte. Dieser Frau zu helfen, war im Augenblick das letzte auf der Welt, das in seiner Absicht lag. Aber es war der Grund, weshalb er hier war. Und eine Schuld war eine Schuld.

Er bückte sich nach seinem Hut, bevor er ihr antwortete. Als er das Loch sah, das die Kugel mittendrin hinterlassen hatte, begann er wieder zu fluchen, diesmal allerdings laut. Zum Teufel, sie hätte ihn töten können!

Er fuhr herum und warf ihr einen düsteren Blick zu. »Wenn dieser Revolver da wieder in Ordnung ist, will ich einen Beweis dafür, daß Sie auch wissen, wie man mit ihm umgeht.«

Daraufhin runzelte sie nur die Stirn, zog ihre Waffe noch einmal heraus, betrachtete sie eingehend und rief dann: »Verdammt. Sie haben sie ruiniert!«

»Und Sie haben meinen Hut ruiniert.«

Sie sah ihn mit zusammengekniffenen Augen an. »Das hier ist zufällig eine Spezialanfertigung, Mister – und wer sind Sie überhaupt?«

»Mein Name ist Angel – und dies hier ist zufällig ein Zwanzig-Dollar-Hut, *Ma'am*.«

»Ich werde Ihnen Ihren verdammten Hut ersetzen...« Sie hielt inne und trat einen Schritt zurück. »Was meinen Sie mit *Angel?* Sie sind doch nicht *der* Angel, oder? Der, den sie den Engel des Todes nennen?«

Seine Lippen verzogen sich zu einem verdrossenen Lächeln. Die meisten Leute wagten es nicht, das zu sagen, wenn er sich in Hörweite befand. »Ich mache mir nicht besonders viel aus diesem Namen.«

»Das kann ich Ihnen nicht verdenken«, erwiderte sie.

Aber in ihre silbergrauen Augen war jetzt ein wachsamer Blick getreten, der Angel mit überwältigender Befriedigung erfüllte. Diesen Blick hätte er schon eher gern gesehen. Selbst Menschen, die nicht wußten, wer er war, machten für gewöhnlich einen großen Bogen um ihn. Er hatte einfach etwas an sich, das besagte: »Seht euch vor.«

»Nun«, bemerkte sie mit einem nervösen Lachen, als er sie einfach nur anstarrte. »Ein Glück für Sie, daß ich mehr als nur einen dieser Spezialcolts besitze, sonst wäre ich jetzt wahrscheinlich sehr wütend.«

»Sie sollten besser hoffen, daß ich nicht lange dazu brauche, mein Pferd wiederzufinden, Lady, sonst werden Sie herausfinden, wie wütend...«

»Wenn Sie es wagen, mich anzufassen...«

»Ich dachte mehr daran, Sie zu erschießen.«

Er meinte es natürlich nicht ernst, aber das wußte sie nicht. Und er fragte sich, was zur Hölle er da eigentlich tat, und warum er es seinem Zorn erlaubte, wieder Oberhand zu gewinnen, nachdem er ihn bereits unter Kontrolle gehabt hatte. Er machte *nie* leere Drohungen. Aber sie hatte etwas an sich, das ihn teuflisch reizte, auch dann, wenn sie nicht gerade mit einer Waffe auf ihn zielte.

»Vergessen Sie, was ich gesagt habe«, schickte er schroff hinterher.

»Nur allzu gern«, erwiderte sie, trat aber dennoch einen Schritt zurück.

Er lächelte beinahe. Ihre Nervosität besänftigte seinen Zorn wie nichts anderes.

»Schießen Sie eigentlich immer wild drauflos, wenn irgend jemand Sie besucht?«

Sie blinzelte, schürzte die Lippen – üppig geformte Lippen, wie er jetzt bemerkte – und reckte sich hoch auf. Verflucht, er hatte es kommen sehen. Gerade eben hatte sie ihren Mut wiedergewonnen.

»Sie waren drauf und dran, Marabelle zu erschießen. Das konnte ich nicht zulassen, nur weil sie sich aus der Tür geschlichen hatte, bevor ich sie davon abhalten konnte.«

Das gab ihm zu denken. »Dann haben Sie sie nicht auf mich gehetzt?«

»Bestimmt nicht«, erwiderte sie in einem entrüstet klingenden Ton, der ihm klarmachen sollte, wie dumm diese Frage war.

»Ich konnte mir da nicht so sicher sein, Lady.«

»Ein bißchen gesunder Menschenverstand...«

»Ich glaube, Sie sollten dieses Thema jetzt besser fallenlassen«, warnte er sie, bevor ihre Beleidigungen noch schlimmer wurden.

Sie versteifte sich, als sie die Absicht hinter seinen Worten begriff. »Und ich glaube, Sie sollten jetzt besser sagen, was Sie zu sagen haben, und dann verschwinden.«

Wenn er das nur könnte – verschwinden. »Pickens kommt nicht«, stellte er kurz und bündig fest.

Einen Augenblick lang starrte sie ihn sprachlos an, dann keuchte sie: »Aber er *muß!* Ich habe mich auf ihn verlassen – warum kommt er nicht? Er hat gesagt, er käme.«

Der aufrichtige Kummer, mit dem sie sprach, brachte Angel durcheinander. Er mochte diese junge Frau nicht – und das aus gutem Grund, nach dem, was sie ihm angetan hatte –, aber angesichts ihrer Bestürzung fiel es ihm schwer, seine Feindseligkeit aufrechtzuerhalten.

Angel ließ sich dazu herab, ihr zu versichern: »Er wollte kommen. Tatsächlich war er gerade auf seiner Bank, um das Geld abzuholen, das er für die Reise hierher brauchte, als ein Haufen Comancheros vom Staked Plain hereinstürmte, um ebenfalls Geld abzuheben – mit Waffengewalt. Pickens konnte sich natürlich mal wieder nicht um seine eigenen Angelegenheiten kümmern und die Männer in Ruhe lassen. Er fühlte sich verpflichtet, sie aufzuhalten, und ist dabei ziemlich übel angeschossen worden.«

Sie war während seiner kleinen Rede blaß geworden und sah schließlich ganz krank aus; doch jetzt hatte ihre Bestürzung andere Gründe. »O Gott, er – er ist doch nicht getötet worden, oder? Das wäre meine Schuld. Großvater wird mir nie verzeihen...«

»Also wie kommen Sie nur auf die Idee, daß man Sie dafür verantwortlich machen könnte, obwohl Sie gar nicht dabei waren?«

»Ich habe ihn gebeten herzukommen. Er wäre nicht in dieser Bank gewesen, wenn...« Sie hielt inne, als sie sah, daß er den Kopf schüttelte, und ihr Tonfall wie auch ihr Gesichtsausdruck wurden eigensinnig und kriegerisch. »Ich nehme jede Art von Verantwortung auf mich, wann immer ich das für richtig halte. Darin bin ich ziemlich gut.«

Da er nicht die Absicht hatte, zu versuchen, eine törichte Frau davon zu überzeugen, daß sie sich töricht benahm, zuckte er nur mit den Schultern. Schließlich konnte es ihm egal sein. »Ganz, wie Sie wollen.«

Augenblicklich schwand ihre Streitlust dahin. Sie biß sich auf die Unterlippe, und plötzlich sah sie aus, als würde sie gleich anfangen zu weinen. Angels Magen krampfte sich zusammen. Mist. Er hatte noch nie versucht, sich mit einer weinenden Frau zu beschäftigen, und er wollte auch jetzt nicht damit anfangen. Eine verdammte Träne nur, und er würde verschwinden.

»Ist er...?«

Sie brachte es nicht über sich, zu sagen – tot.

»Nein!« Angel überschlug sich fast, um ihr diese Antwort zu geben. »Der Doc sagt, Pickens wird es überleben, aber er kann eine ganze Weile nicht herumreisen, und darum hat er seine Freundin zu mir geschickt.«

Das verscheuchte den tränenfeuchten Blick aus Cassies Augen. Sie runzelte die Stirn. »Ich verstehe nicht. Das muß vor ungefähr sechs Wochen gewesen sein. Warum hat er mir nicht schon eher Nachricht gegeben, daß er nicht kommen kann? Jetzt ist es beinahe zu spät.«

Angel konnte ebenso bereitwillig eine Schuld auf sich nehmen wie sie. »Das ist wohl mein Fehler. Pickens hat mich ohne große Schwierigkeiten aufgespürt, aber ich bin in New Mexico ein paar Wochen aufgehalten worden. Schließlich stand in seiner Nachricht nichts von Eile.«

»Ich verstehe.« Das tat sie aber nicht. Sie sah höllisch verwirrt aus. »Überbringer schlechter Nachrichten sind selten gern gesehen, aber ich möchte mich trotzdem bei Ihnen bedanken, daß Sie persönlich hergekommen sind, wo doch ein Telegramm vollauf genügt hätte. Und es tut mir leid wegen Ihres Pferdes. Sie können sich eines von unseren borgen, um es zu suchen. Bringen Sie unseres einfach zurück, wenn Sie es nicht mehr brauchen.« Sie griff in eine der weiten Taschen ihres Mantels und zog ein Zwanzig-Dollar-Goldstück daraus hervor. »Und damit können Sie sich gewiß einen neuen Hut kaufen.«

Angel konnte die Hand, die sie ihm entgegenstreckte, nur anstarren, womit er sie zwang zu sagen: »Nehmen Sie es.« Als er es immer noch nicht tat, zuckte sie mit den Schultern und schloß ihre Faust um die Münze. »Wie Sie wollen, aber wenn Sie mich jetzt bitte entschuldigen würden... Ich war gerade auf dem Weg in die Stadt, als Sie ankamen.«

Jetzt drehte sie sich doch tatsächlich um und ging einfach weg. Angel ließ sie fast bis zu ihrer Kutsche kommen, bevor er mit gedehnter Stimme feststellte: »Ich hätte mich wohl deutlicher ausdrücken müssen, Ma'am. Lewis Pickens hat mich an seiner Stelle hergeschickt. Ich bin hier, um Ihr Problem zu lösen, was immer das auch sein mag. Also sollten Sie mir vielleicht etwas darüber erzählen, bevor Sie sich auf den Weg in die Stadt machen.«

Bei den Worten »an seiner Stelle« wirbelte sie herum. In ihren Augen stand ein ungläubiger Ausdruck, aber als er mit seiner kleinen Ansprache fertig war, zeigte sie wieder ihre alte Streitlust. »Wie bitte?«

»Sie haben klar und deutlich gehört, was ich gesagt habe.«

»Ich weiß, daß ich Sie gehört habe«, stieß sie mit zusammengebissenen Zähnen hervor und bot dabei in jeder Hinsicht das Bild einer Frau, die drauf und dran war, ihre Fassung zu verlieren. »Ich kann es nur einfach nicht glauben. Was hat sich Mr. Pickens nur dabei gedacht, Sie herzuschicken, ausgerechnet *Sie?* Ich brauche einen Friedensstifter, keinen Revolverhelden. Sie würden die Situation nur noch schlimmer machen.«

»Was genau ist eigentlich die Situation?«

Sie winkte ungeduldig ab. »Es hat keinen Sinn, mit Ihnen darüber zu diskutieren, da Sie mir ja doch nicht helfen können. Wenn ein Schießeisen die Antwort wäre, würde ich mein eigenes benutzen.«

Er konnte nichts dagegen tun, mußte ganz einfach über das Bild grinsen, das ihre Worte heraufbeschworen – ein Bild von durch die Luft fliegenden Hüten. Aber er wandte sich ab, bevor sie es bemerken konnte. Es gab nur sehr wenige Menschen, die er nahe genug an sich heranließ, um seinen Sinn für Humor zu entdecken. *Sie* würde nicht dazugehören.

»Gibt es hier eine Schlafbaracke?«

»Ja, aber – einen Augenblick mal!« rief sie, als er Anstalten machte, um das Haus herumzugehen. »Sie können nicht hierbleiben. Haben Sie denn nicht zugehört?«

Er blieb gerade lange genug stehen, um zu sagen: »Ich schon, aber Sie nicht. Ich bin hier, um mich um Ihr Problem zu kümmern und um Pickens einen Gefallen zu tun.

Ich stehe in seiner Schuld, und daher werde ich erst dann gehen, wenn meine Schulden beglichen sind.«

Sie eilte hinter ihm her und holte ihn ein, als er gerade auf der anderen Seite des Hauses angekommen war. »Was auch immer Sie Pickens schulden mögen, hat nichts mit mir zu tun, Mister.«

»Jetzt schon.«

»Das ist völlig undenkbar. Ich werde es nur noch einmal wiederholen. Sie können nicht...«

Das Geschrei, das aus dem Haus kam, unterbrach sie. Angel drehte sich um und stellte fest, daß die große Katze hinter einem Fenster saß und sie beobachtete. Glücklicherweise war das Fenster nicht geöffnet, aber diese Tatsache beruhigte seine Nerven durchaus nicht. Das Wissen, daß die Katze nur ein Haustier war, ließ sie keinen Deut weniger gefährlich aussehen.

»Was *ist* das eigentlich?« fragte er schließlich.

»Ein schwarzer Panther.«

»Hab' gar nicht gewußt, daß es so etwas in Texas gibt.«

»Gibt es auch nicht. Marabelle stammt aus Afrika.«

Er hatte nicht vor, sich zu erkundigen, wie sie hergekommen war. »Halten Sie sie mir nur einfach vom Leibe, solange ich hier bin.«

Sie wurde sichtbar wütend bei diesen Worten. »*Wenn* Sie *hierblieben*, was Sie *nicht tun werden*, würde ich darauf bestehen, daß Sie sich mit Marabelle anfreunden. Und Sie müßten ihr aus naheliegenden Gründen auch Ihr Pferd vorstellen – aber Sie bleiben ja nicht hier. Der Stall ist übrigens da drüben.« Sie zeigte auf ein längliches Gebäude neben einer Scheune. »Suchen Sie Ihr Pferd, und dann reiten Sie wieder dahin zurück, wo Sie hergekommen sind.«

Sie schien zu glauben, damit sei die Angelegenheit erledigt. Und in gewisser Weise war sie das auch. Das machte ihr seine gedehnte Antwort klar, als sie sich zum zweiten

Mal von ihm abwandte. »Dann muß ich mich wohl auf meine Art um Ihr Problem kümmern.«

Ihre Augen flackerten. Sie hatte begriffen. »Das würden Sie nicht tun...« Er schwieg. »Also schön!« brauste sie auf. »Sie können bleiben, aber Sie dürfen niemanden umbringen. Keine Schießereien. Keine Leichen. Ist das klar?«

Sie wartete seine Antwort nicht ab. Diesmal stapfte sie endgültig von dannen und ließ keinen Zweifel daran, daß sie nur unter Protest nachgegeben hatte. Eine irritierende Frau. Wenn er nicht davon überzeugt gewesen wäre, daß er ein paar Erklärungen von ihr brauchte, um ihre Schwierigkeiten zu beheben, dann wäre dies das letzte gewesen, was er von ihr gesehen hatte. Er könnte die Sache dann auf seine Weise regeln. Aber als er ihre Kutsche davonrattern hörte, mit der sie in die Stadt fahren wollte, wurde ihm klar, daß er immer noch nicht wußte, wo die Schwierigkeiten eigentlich lagen. Wirklich eine *verdammt* irritierende Frau.

4

Es würde nicht funktionieren. Cassie hatte auf ihrem Weg in die Stadt genug Zeit gehabt, um über alle möglichen Auswirkungen nachzudenken, einschließlich der schlimmsten, daß nämlich die Catlins und die MacKauleys denken könnten, sie wolle zurückschlagen. Und was konnte ein Revolverheld schon tun, außer irgendwelche Drohungen auszustoßen? Und wenn seine Drohungen ignoriert wurden, dann würden die Schießereien beginnen. Genau das, was ihr Vater brauchte, wenn er heimkam – einen Krieg.

Sie hätte entschlossener mit diesem Mann reden müssen. Sie hätte ihn zwingen sollen, Farbe zu bekennen und bei ihrem »Nein, danke« bleiben sollen. Ihr Problem war nicht von der Art, daß es ein bezahlter Revolverheld hätte lösen können. Oder vielleicht doch – aber dann wäre das keine für sie akzeptable Antwort gewesen, und das würde sie ihm wohl sagen müssen, sobald sie zur Ranch zurückkam.

Diesem Gespräch sah sie nicht gerade mit Begeisterung entgegen. Sie wußte, daß er ein Revolverheld war, noch bevor sie seinen Namen gehört hatte. Einen Namen, den sie gut kannte, denn sie hatte ihn ein halbes Leben lang gehört, weil er aus demselben Teil des Landes kam wie sie und sich in den vergangenen elf Jahren immer in der Gegend von Cheyenne aufgehalten hatte. Aber sie hatte ihn nie gesehen, nicht einmal von weitem; bis heute war sie ihm niemals begegnet. Da er sich zwischen seinen Jobs in Cheyenne aufhielt, prahlten die Leute aus seiner Gegend natürlich damit, daß Cheyenne seine Heimat sei. Wenn er irgendwo doch ein richtiges Zuhause hatte, so wußte jedenfalls niemand davon.

Er war nicht so, wie sie sich *den* Angel vorgestellt hätte, falls es ihr jemals in den Sinn gekommen wäre, den vielen Geschichten über ihn ein Gesicht zuzuordnen. Besonders groß war er nicht, jedenfalls nicht so groß wie die MacKauley-Männer, wohl nur etwas über eins achtzig. Aber das fiel einem erst auf, wenn man direkt neben ihm stand. Natürlich war Cassie selbst eher klein, so daß er immer noch gut fünfzehn Zentimeter größer war als sie. Aber die Größe war es nicht, was den Menschen an Angel auffiel.

Von weitem sah man einen Mann, der ganz in Schwarz gekleidet war – bis auf diesen gelben Mackintosh-Mantel, der seinen geschmeidigen, muskulösen Körper umhüllte. Man sah den Colt an seiner Hüfte, die Silbersporen, die im Sonnenlicht glänzten, den breitrandigen, tief ins Gesicht gezogenen Hut und die Lässigkeit, mit der er zu Pferd saß. Diese Lässigkeit mochte im ersten Augenblick über seine stete Wachsamkeit hinwegtäuschen, über die Schnelligkeit, deren er fähig war, dieses unglaubliche Reaktionsvermögen, das Cassie am eigenen Leib erfahren hatte.

Aus der Nähe jedoch waren seine Augen das erste, was einem auffiel. Man ahnte die Unbarmherzigkeit, die Gewalt, zu der dieser Mann fähig war. Alles, was er darstellte, stand in diesen Augen – Augen, schwarz wie Pech, seelenlos, gewissenlos, furchtlos. Sie waren so faszinierend, daß es eine ganze Weile dauerte, bevor man sein durch und durch männliches Gesicht wahrnahm, einen kantigen, glattrasierten Kiefer, eine scharfgeschnittene Nase und vorstehende Backenknochen. Man brauchte noch länger, um festzustellen, daß sein Gesicht auf eine rauhe Weise attraktiv wirkte. Cassie jedenfalls war diese Tatsache erst aufgefallen, als sie schon fast in der Stadt war.

Aber das schien eine müßige Feststellung; es kam nur darauf an, was für eine Art Mann er war, und gewiß gehörte er nicht zu denen, die ihr auch nur im geringsten sympathisch gewesen wären. Sie wollte weder seine Hilfe noch sonst etwas von ihm. Die schlichte Wahrheit war, daß er sie erschreckte. Man kam einfach nicht um die Tatsache herum, daß es sein Beruf war, zu töten. Und er machte seine Sache wohl ziemlich gut.

Sie konnte nur hoffen, daß ihre Nachbarn nicht herausfinden würden, daß der Mann, der als Engel des Todes bekannt war, sie besucht hatte. Es bestand zwar die Möglichkeit, daß sein Ruf nicht so weit nach Süden gedrungen war, aber das würde nicht viel nützen, weil man ihn nur ansehen mußte, um zu wissen, was er verkörperte, und das war genauso schlimm. Also hoffte sie, daß niemand von seinem Besuch auf der Double C erfahren würde und daß er, noch bevor dieser Tag zu Ende ging, wieder verschwunden wäre.

Aus genau diesem Grunde wollte sie noch ein Telegramm an Lewis Pickens schicken, bevor sie die Stadt verließ. Sie würde ihm für seine Bemühungen danken – und lügen. Sie wollte ihm erzählen, daß sie keine Probleme mehr hatte und daß sein Engel der *Barmherzigkeit* nicht mehr benötigt wurde. Anschließend konnte sie Angel berichten, was sie getan hatte, und ihm klarmachen, daß es keinen Grund mehr für ihn gab, zu bleiben. Er würde gehen – und sie wäre wieder genau da, wo sie vor sechs Wochen gewesen war, nur daß ihr jetzt kaum noch Zeit blieb, um sich etwas Neues auszudenken.

Der Büchsenmacher, bei dem sie ihre Waffe zurückließ, war Cassies letzte Station, bevor sie ihr Telegramm aufgeben wollte. Als sie wieder auf die Straße kam, trug sie nur noch das Gewehr, das sie für den Notfall im Kutschkasten aufbewahrte. Sie konnte mit diesem Gewehr ebenso gut umgehen wie mit ihrem Colt, aber es war ziemlich unhandlich, ganz zu schweigen von seinem Gewicht. Eigentlich hätte sie ihren zweiten Revolver holen sollen, bevor sie die Ranch verließ, aber sie war so wütend gewesen, daß sie nicht einmal daran gedacht hatte.

Es kam jedoch überhaupt nicht in Frage, ganz ohne Waffe in der Stadt herumzulaufen. Zwar hatte sie bisher weder von den MacKauleys noch von den Catlins auch nur das geringste gesehen, nicht einmal einen ihrer treuen Arbeiter, aber schließlich hatte sie die Stadt noch nicht verlassen, und es war selten, daß sie bei ihren Besuchen nicht wenigstens einem von ihnen über den Weg lief. Dabei waren es Rafferty Slater und Sam Hadley, vor denen sie wirklich Angst hatte; diese Männer waren der Grund, warum sie nicht noch einmal ohne Waffe in der Stadt auftauchen wollte.

Die beiden arbeiteten noch nicht allzu lange für die Catlins, und dennoch hatte sie ihre Gewalttätigkeit hier bereits in Schwierigkeiten gebracht. Sie waren ganz anders als die Leute, die Dorothy Catlin für gewöhnlich einstellte; es waren Männer, die nie lange an einem Ort blieben und nur arbeiteten, um genug Geld zu haben, damit sie am Samstagabend in der Stadt ein Höllenspektakel machen konnten. Sie würden zweifellos irgendwann mit einer Kugel im Leib enden, aber in der Zwischenzeit würden sie sich immer dafür entscheiden, auf der richtigen Seite zu stehen – und Cassie stand zufällig auf der falschen Seite.

Sie wurde schon nervös, wenn sie nur an diesen Tag im Mietstall zurückdachte, als die beiden sie zwischen sich in die Ecke gedrängt hatten, um ihr den Ausgang zu versperren. Sam hatte sie herumgeschubst, und Rafferty hatte sie festgehalten und auf eine Weise berührt, zu der er kein Recht hatte. Und da war ein Blick in seinen Augen gewesen, der sagte, daß es noch ganz anders kommen würde, wenn er sie noch einmal allein erwischte. Sam hatte nur versucht, sie zu erschrecken. Rafferty hatte es genossen.

So etwas war ihr noch nie zuvor passiert, und es würde auch in Zukunft nie wieder passieren. Wenn sie Rafferty Slater noch einmal in der Stadt begegnen und er auch nur so aussehen sollte, als wolle er sie ansprechen, dann würde sie zuerst schießen und dann erst fragen, was er vorhatte. Dieser Mann würde *nicht* noch einmal eine Chance bekommen, seine Hände auf ihren Körper zu legen.

Der Zwischenfall hatte es ihr sogar verleidet, auch weiterhin einen der beiden Mietställe zu benutzen. Heute hatte sie ihre Kutsche vor Caullys Krämerladen stehengelassen, wo sie den Brief an ihre Mutter aufgegeben hatte. Den Rest ihrer Besorgungen hatte sie zu Fuß erledigt, aber als sie zurück zur Poststation ging, die gleichzeitig als Telegrafenamt diente, hatte sich etwas an ihrer Kutsche verändert. Sie stand zwar noch immer da, wo sie sie zurückgelassen hatte, aber jetzt waren zwei Pferde am hinteren Teil des Gespanns angebunden. Als sie die Pferde sah, blieb Cassie sofort stehen und machte sich daran, die Gegend nach dem Revolverhelden abzusuchen. Sie zweifelte keine Sekunde daran, daß es sich um Angels Pferd und das Pferd, das er sich geliehen hatte, handelte, auch wenn sie noch zu weit weg war, um die Tiere richtig sehen zu können. Ihn selbst konnte sie ohne große Mühe ausmachen. Er war wirklich kaum zu übersehen, dieser gelbe Mantel.

Angel lehnte an der Wand des Second Chance Saloon auf der anderen Straßenseite. Da er seinen Hut wieder einmal tief ins Gesicht gezogen hatte, konnte sie nicht erkennen, wen er beobachtete, aber sie hatte das Gefühl, daß sie es war.

Diese Tatsache war ihr ausgesprochen unangenehm. Sie wußte nicht, warum er ihr in die Stadt gefolgt war, und er war wohl auch nicht hergekommen, um ihr seine Gründe zu nennen. Er bewegte sich überhaupt nicht, sondern stand einfach nur ganz entspannt da. Aber so ungefähr jeder auf der Straße war sich seiner Gegenwart bewußt. Schließlich war Caully eine kleine Stadt, und Angel war ein Fremder. Natürlich würden die Leute sich fragen, wer er war, auch wenn er nicht so ausgesehen hätte wie ein Revolverheld. Cassie biß wütend die Zähne zusammen. Soviel also zu ihrer Chance, die Angelegenheit geheimzuhalten. Sie konnte die Stadt unmöglich verlassen, ohne mit ihm zu sprechen – nicht, nachdem er sein Pferd an ihre Kutsche gebunden hatte. Selbst wenn niemand bemerkt haben sollte, in welche Richtung er heute morgen geritten war, diese Begegnung in der Stadt würde gewiß nicht unbemerkt bleiben. Am Ende dieses Tages würde sich wohl jedermann hier die Frage gestellt haben: Was hatte das Stuart-Mädchen mit einem Revolverhelden zu schaffen? Aber ihre zur Zeit feindlich gesinnten Nachbarn würden nicht nur darüber nachdenken, sie würden spätestens heute abend auf der Ranch auftauchen und eine Erklärung verlangen. Und sollte Angel bis dahin nicht verschwunden sein, dann wäre der Teufel los.

Es war ihre eigene Schuld. Sie hätte sich von diesem Mann nicht derart durcheinanderbringen lassen dürfen. Sie hätte ihn auf der Stelle wegschicken müssen. Aber nein, sie mußte ihm ja die Erlaubnis geben zu bleiben, was ihm dann die Möglichkeit gab, seine Nase in ihre Angelegenheiten zu stecken. Und nun war er ihr in die Stadt gefolgt, um sie genauestens im Auge zu behalten, als habe er sich zu ihrem persönlichen Wächter auserkoren. Deutlicher konnte er ihr gar nicht sagen, daß er das Ganze nun doch auf seine Art und Weise angehen würde, ganz egal, was sie dazu zu sagen hatte.

Sie sah nicht noch einmal in seine Richtung, während sie die Straße weiter hinunterging. Aber sie war plötzlich in Eile, weil sie befürchtete, er könne sie aufhalten, bevor sie ihr Telegramm abschicken konnte. Und sie wurde auch aufgehalten. Aber nicht von Angel.

Morgan MacKauley kam in dem Augenblick aus Wilsons Sattlerei, als Cassie dort vorbeiging. Sie hätte ihn beinahe umgerannt. Und als sie sah, wer es war, versuchte sie, an ihm vorbeizuschlüpfen, bevor er sie bemerkte. Aber sie hatte kein Glück.

Morgan betrachtete sich selbst als eine Art Frauenheld. Ob das nun stimmte oder nicht, sein Blick fiel jedenfalls auf alles, was Röcke trug, und er brauchte nur eine einzige Sekunde, um Cassies Rock zu erspähen und sich zu ihr umzudrehen – und zurückzutreten, um ihr den Weg zu versperren. Sie versuchte, auf der anderen Seite an ihm vorbeizukommen, aber er machte ihr sehr schnell klar, daß sie es nicht so leicht haben würde. Schließlich wich sie zurück, wobei sie ihm einen haßerfüllten Blick zuwarf, der leider nicht die geringste Wirkung zeigte.

Es ärgerte sie ungemein, daß niemand hier unten in Texas bereit war, sie ernst zu nehmen. Sie lachten darüber, daß sie eine Waffe trug, sie ignorierten sie, wenn sie in Wut geriet. Man betrachtete sie wie einen Marienkäfer, den man mühelos wegschnippen konnte – es sei denn, ihr schwarzer Panther saß zufällig neben ihr. Selbst die furchtlosen MacKauleys hatten großen Respekt vor Marabelle.

Aber Cassie nahm ihre Gefährtin niemals mit in die Stadt, und das Stirnrunzeln, das Morgan ihr jetzt zeigte, war viel wirkungsvoller als ihr eigenes. Es war ausgesprochen einschüchternd.

Von R. J.'s vier Söhnen war Morgan mit seinen einundzwanzig Jahren der zweitjüngste, aber sie waren alle große Männer, alle weit über eins achtzig und von kräftiger Statur. Mit ihren rötlich-braunen Haaren und dunkelgrünen Augen glich jeder seinem Vater. Cassie glaubte keinen Augenblick lang, daß einer von ihnen sie wirklich tätlich angreifen würde, aber das dämpfte keineswegs die Furcht, die Morgan jetzt in ihr weckte. Sie alle waren heißblütig, und ein heißblütiger Mann konnte im Zorn machmal törichte Dinge tun, die er normalerweise sonst unterließ.

»Hätte nicht gedacht, daß ich Sie in dieser Woche in der Stadt treffen würde, Miss Stuart«, sagte Morgan lässig.

Noch vor zwei Monaten hatte er sie Cassie genannt, wie die meisten ihrer Freunde und Verwandten, und nicht Miss Stuart. Er hatte sie auch zu Will Bates Tanzabend am Samstag eingeladen und eine Woche später zu einem Sonntagspicknick oben auf dem Willow Ridge. Seine Absichten waren eindeutig gewesen. Er hatte ihr tatsächlich den Hof gemacht. Und sie hatte sich schrecklich geschmeichelt gefühlt – und war ausgesprochen interessiert an ihm. Immerhin waren die MacKauley-Brüder außergewöhnlich gutaussehende Männer, jeder einzelne von ihnen, und es war schwer – wie sie in den vergangenen Jahren herausgefunden hatte – einen Mann zu finden, der bereit war, sie *und* Marabelle zu heiraten.

Morgan hatte Marabelle nicht direkt ins Herz geschlossen, aber das hatte ihn nicht davon abgehalten, Cassie den Hof zu machen – bis sie sich auf eine Weise in das Leben seines Bruders eingemischt hatte, die keiner von ihnen jemals verzeihen oder vergessen würde. Und nachdem sie zum Mittelpunkt ihres ganzen Zorns geworden war, hatte er sie wissen lassen, daß er in Wirklichkeit immer nur an der Ranch ihres Vaters interessiert gewesen wäre.

Ob das nun stimmte oder ob er es nur im Zorn gesagt hatte, es hatte Cassie dennoch mehr verletzt, als sie sich eingestehen wollte. Sie hatte, wenn es um Männer ging, kein großes Selbstvertrauen – und durch Morgan MacKauley sank es noch weiter. Die traurige Tatsache war, daß sie ihn wirklich mochte. Sie hatte sich ein paar Wochen lang so große Hoffnungen gemacht. Jetzt ... war nichts mehr davon übrig, nicht einmal der leiseste Anflug von Freude, wenn sie ihm so nahe war wie im Augenblick. Sie empfand nur noch Bedauern – und eine gehörige Portion Ärger.

Seine beiläufige Bemerkung irritierte sie, denn die Erfahrung hatte sie erst kürzlich gelehrt, daß solche Worte keineswegs so beiläufig gemeint waren, wie sie klingen mochten. Wachsam fragte sie: »Warum?«

»Hätte gedacht, Sie wären zu sehr mit dem Packen beschäftigt.«

Natürlich, das war es. Sie kam an keinem MacKauley oder Catlin vorbei, ohne irgendeine unerfreuliche Erinnerung an ihre augenblicklichen Schwierigkeiten zu erhalten. Es waren die MacKauleys, die ihr eine Frist gesetzt hatten, um aus der Gegend zu verschwinden – und für den Fall, daß sie sich weigern sollte, hatten sie gedroht, mit brennenden Fackeln über die Ranch herzufallen.

»Da haben Sie eben etwas Falsches gedacht«, sagte sie mit einer leisen, gepreßten Stimme und versuchte noch einmal, an ihm vorbeizukommen. Wieder einmal vertrat er ihr den Weg, womit er sie dazu brachte, hinzuzufügen: »Sie benehmen sich abscheulich, Morgan. Lassen Sie mich vorbei.«

»Zuerst erzählen Sie mir etwas über diesen Fremden, der heute morgen zu ihrer Ranch geritten ist.«

Cassie stöhnte innerlich auf. Sie hatte noch keine Gelegenheit gehabt, sich einen annehmbaren Grund für Angels Anwesenheit auszudenken, und dafür brauchte sie Zeit, denn wenn es darum ging, zu lügen oder um eine Sache herumzureden, war Cassie ein hoffnungsloser Fall. Solange sie nicht eine Menge Gedanken darauf verwandte und das

Ganze immer wieder durchspielte, würde jeder, der sie kannte, es sofort bemerken, wenn sie log.

Bei Morgan mußte sie es nun dennoch versuchen. »Nichts von Bedeutung. Er – er war einfach nur auf der Durchreise und suchte für ein paar Tage Arbeit.«

»Dann hätten Sie ihn zu uns schicken sollen«, erwiderte er obenhin. »Sie werden für niemanden mehr Arbeit haben, wenn diese Woche zu Ende ist.«

Cassie versteifte sich bei dieser zweiten Anspielung auf die Frist, die man ihr für ihre Abreise gesetzt hatte. Irgendwie hatte sie gehofft, daß die Drohung, die Ranch ihres Vaters niederzubrennen, nur aus dem Zorn des Augenblicks erwachsen und nicht wirklich ernst gemeint gewesen war. Sie hatte dieselben Feste besucht wie diese Leute, war mit ihnen befreundet gewesen, und einer von ihnen hatte ihr sogar den Hof gemacht. Aber all das war, bevor sie sich eingemischt hatte.

Sie ging nicht weiter auf das Thema Angel ein, da ihr etwas anderes durch den Kopf schoß. »Ich muß mit deinem Pa sprechen, Morgan. Sag ihm, daß ich morgen zu euch rüberkomme...«

»Er wird nicht mit Ihnen reden. Tatsache ist, daß mein Bruder Clayton ihn mehr denn je erzürnt hat – und möchten Sie gerne wissen, warum, Miss Stuart?«

Sie hatte begonnen, den Kopf zu schütteln, während sein Ton schärfer geworden war. Sie wollte es wirklich nicht wissen, denn wie auch immer dieser Grund aussah, sie wußte genau, daß man ihr die Schuld dafür in die Schuhe schieben würde, gleichgültig, ob sie das verdient hatte oder nicht.

Aber Morgan war fest entschlossen, es ihr zu sagen, und er tat es auf die vernichtendste Art und Weise. »Dieser idiotische Bruder von mir ist nicht mehr ganz richtig im Kopf, seitdem er von Austin nach Hause gekommen ist. Man kann ihn nicht mehr dazu bringen, auch nur einen einzigen Handgriff zu tun. Und jetzt redet er von ›Rechten‹ und davon, daß er bei seiner ›Ehefrau‹ eben diese Rechte hätte. Er hat sogar davon gesprochen, daß er zu den Catlins rüberreiten wolle, um sich das Mädchen zu holen, da sie ja immer noch nicht geschieden sind. Natürlich hat ihm Pa diese Idee mit der Peitsche ausgetrieben.«

Cassie war fassungslos und dachte nicht einmal daran, ihre Gefühle zu verbergen. »Willst du damit sagen, daß er mit Jenny verheiratet *bleiben* will?«

Morgan lief bei dieser Frage hellrot an, stritt schon die bloße Möglichkeit einer solchen Idee ab. »Den Teufel will er«, knurrte er wütend. »Dank Ihrer Einmischung hat er eine Kostprobe von dem Mädchen bekommen, und nun will er noch eine. Mehr ist an dieser Sache nicht dran.«

Diesmal war es an Cassie, zu erröten, denn das Thema, das er angesprochen hatte, war absolut unpassend für ihre unschuldigen Ohren. Morgan wußte, daß er gerade eben die Grenzen des Anstands überschritten hatte, aber es kümmerte ihn nicht. Er war wütend auf sie, denn ihre Einmischung hatte seinen Hoffnungen, sie zu heiraten, ein Ende gesetzt. Außerdem war er wütend auf sich selbst, weil er nicht den Mut hatte, seinem Vater die Stirn zu bieten und zu Cassie zu halten, wie er es eigentlich gern getan hätte. Denn es war eine Tatsache, daß er sie immer noch bewunderte.

Als sie das erste Mal ihren Vater besucht hatte, war sie Morgan nicht weiter aufgefallen. Sie war damals achtzehn und keine besondere Schönheit. Man konnte sie gerade eben hübsch nennen, und in Caully gab es viele hübsche, ja sogar schöne Frauen. Außerdem war sie für Morgans Geschmack viel zu zierlich und kindhaft. Sie hatte einfach nichts an sich, was seine Leidenschaft hätte wecken können, oder zumindest hatte er das damals gedacht.

Aber es war etwas verdammt Merkwürdiges um Miss Cassandra Stuart, etwas, das sie mit jeder Begegnung interessanter und attraktiver machte. Sie steigerte sich irgendwie

– zumindest jedenfalls, soweit es ihr Aussehen betraf. Man begann zu bemerken, daß sie zwar klein war, ihre Formen jedoch nichts Kindliches hatten. Und je öfter man sie ansah, um so hübscher schien sie schließlich zu werden.

Morgan hatte zu seiner Überraschung viel an sie gedacht, bevor ihr Besuch im letzten Jahr geendet hatte, und den ganzen Sommer über war er reizbar und streitlustig gewesen, weil ihm erst nach ihrer Abreise klargeworden war, daß er sie haben wollte. Dann war sie im letzten Winter nicht wiedergekommen, und seine Interessen hatten ein anderes Objekt gefunden, nichts Ernsthaftes, aber er hatte seine Gefühle für Cassie begraben, sie vergessen – bis sie wiederaufgetaucht war.

Merkwürdigerweise war es bei ihrem Wiedersehen genauso gewesen wie beim ersten Mal. Er hatte nicht viel an ihr entdeckt, was einen Mann auf sie aufmerksam machen konnte, und dachte sogar, daß er im vergangenen Jahr ein wenig verrückt gewesen sein mußte, als er sie in seine Gedanken und sogar in seine sexuellen Phantasien mit einbezogen hatte. Aber diesmal hatte es weniger als sechs Monate gedauert, bevor sich seine Gefühle wandelten. Schon einen Monat nach ihrer Ankunft begehrte er sie wieder, und es war ihm so ernst gewesen, daß er sogar seinen Vater um die Erlaubnis gebeten hatte, sie zu heiraten.

Es war typisch für R. J. MacKauleys Einfluß auf seine Söhne, daß seine Zustimmung die einzige war, die sie für notwendig erachteten, ganz gleich, worum es sich handelte. Ob Charles Stuart der Bewerbung um seine Tochter seinen Segen gab, war zweitrangig. Cassie selbst wurde nicht einmal gefragt. Die MacKauley-Männer waren unglaublich arrogant, wenn es darum ging, gewisse Dinge für selbstverständlich zu halten.

Das war auch einer der Gründe, warum R. J. so wütend auf Cassie war: daß es ihr irgendwie gelungen war, seinen jüngsten Sohn dazu zu bringen, mit der Tradition zu brechen und das zu tun, was ihm paßte, ohne R. J.'s Zustimmung. Daß das, was Clayton »paßte«, mit einem Feind zu tun hatte, streute nur noch mehr Salz in die offene Wunde. Aber auch Morgans Wunde brannte, denn er wollte Cassie immer noch und wußte, daß er sie nun niemals bekommen würde.

Er gab seinem Vater, der zu unbeugsam und in seinen Ansichten zu festgefahren war, um sich zu verändern, keine Schuld. Er gab auch der Fehde keine Schuld, deren Grund er nicht einmal kannte, die jedoch andauerte, seit er sich erinnern konnte. Er gab Cassie die Schuld an allem, weil sie ihre Nase in Angelegenheiten gesteckt hatte, die sie nichts angingen. Wenn er sie geheiratet hätte, wäre es ihm bestimmt gelungen, ihr diese Gewohnheit, sich überall einzumischen, bald auszutreiben. Nun würde er niemals die Chance dazu haben.

Aber sie würde auch niemals etwas von seinen Gefühlen erfahren. Weder durch einen Blick noch durch irgendeine Tat durfte er sich verraten. Am Ende der Woche würde sie gehen, und er konnte sich abermals daranmachen, sie zu vergessen. Wenn er sie jetzt so ansah, fand er, daß das für ihn nicht schnell genug sein konnte.

Cassie kümmerte sich nicht darum, daß Morgans grüne Augen, während sie vor ihm stand, über ihre zierliche Gestalt glitten. Trotz der peinlichen Art und Weise, wie er es ausgedrückt hatte, stürzte sie sich geradezu auf die Möglichkeit, daß Clayton MacKauley es mittlerweile vielleicht bedauerte, seine Braut ihrer Familie zurückgegeben zu haben. Diese Idee war so unerwartet, so befreiend, daß sie sie sofort aufgriff und an ihr Herz drückte. Es bedeutete, daß ihre Instinkte doch nicht so sehr in die Irre gegangen waren. Es bedeutete, daß ihr Plan, zwei Familien durch Heirat zu verbinden, um ihre Fehde zu beenden, immer noch funktionieren konnte – zu guter Letzt. Natürlich wäre sie dann nicht mehr da, um die Erfüllung ihrer Wünsche mitzuerleben, aber...

»Was machst du mit diesem Ding da, Cassie?«

Sie richtete ihren Blick wieder auf Morgan und bemerkte, daß er stirnrunzelnd das Gewehr in ihrer Hand betrachtete. Er war so überrascht darüber, daß er sogar vergessen hatte, sie Miss Stuart zu nennen. Aber schließlich war es auch das erste Mal, daß sie ihm mit einer Waffe in der Hand über den Weg gelaufen war.

»Ich hatte ein paar Schwierigkeiten mit ... es waren ... ach, es geht dich überhaupt nichts an, was ich damit mache«, schloß sie halsstarrig.

Aber sie ärgerte sich über sich selbst, daß sie immer noch versuchte, den Frieden zwischen diesen beiden Familien zu wahren, so wie sie es getan hatte, bevor all diese Schwierigkeiten ihren Anfang genommen hatten. Jetzt war es nur allzu wahrscheinlich, daß Morgan sich nicht weiter über das, was ihr die Catlin-Leute angetan hatten, aufregen würde. Wahrscheinlich würde er ihnen sogar noch Beifall klatschen, weil es ihnen gelungen war, sie zu ängstigen. Also würde sie es gar nicht erst erwähnen.

Aber Morgans Stirnrunzeln vertiefte sich noch, während er ihr fest in die Augen sah. »Was für Schwierigkeiten?«

Sie gab ihm keine Antwort. Einmal mehr versuchte sie, an ihm vorbeizukommen. Und diesmal verstellte er ihr nicht den Weg; statt dessen griff er nach ihrem Arm, was sie viel wirkungsvoller daran hinderte, weiterzugehen.

»Antworte mir«, verlangte er.

Wenn sie es nicht besser gewußt hätte, wäre ihr vielleicht der Gedanke gekommen, daß es eine unerwartete Sorge um ihr Wohlergehen war, die ihn zu seinem Verhalten veranlaßte. Aber da seine eigene Familie die Absicht hatte, am Ende der Woche die Double C in Brand zu setzen, war das natürlich unmöglich. Vielleicht ärgerte es ihn einfach nur, daß die Catlins ihr größere Angst machten als die MacKauleys.

Wie dem auch sein mochte, sie war ihm keine Antworten schuldig, weder wahre noch falsche. »Du hast kein Recht, mich auszufragen, Morgan MacKauley«, sagte sie halsstarrig und wand sich in seinem Griff, um ihren Arm freizubekommen. »Jetzt laß mich...«

Ihre Forderung blieb ihr im Hals stecken, denn sie hatte sich jetzt so weit umgedreht, daß sie die Straße sehen konnte, und aus den Augenwinkeln erhaschte sie einen kurzen Blick auf etwas Hellgelbes. Als sie sich weiter umdrehte, stellte sie fest, daß Angel irgendwann im Laufe ihrer Unterhaltung hinter ihr aufgetaucht war und jetzt lässig an einem der Pfosten lehnte, die das überhängende Dach der Sattlerei stützten.

Er machte nicht den Endruck, als gehöre er zu ihr. Genaugenommen schien er nicht mehr als ein zufälliger Beobachter einer interessanten Szene zu sein, die sie und Morgan aufführten. Aber seine lässige Pose war trügerisch, wenn man sich die Mühe machte, genauer hinzusehen. Der Daumen seiner linken Hand hing in einer Gürtelschlaufe, seinen Mackintosh hatte er geöffnet und weit zurückgeschoben, und seine rechte Hand lag locker auf seiner Hüfte – direkt über seinem Fünfundvierziger Colt.

Er stand etwa zwei Meter von ihnen entfernt, nahe genug also, um alles zu hören – nahe genug, um ihr zu helfen. Und Cassie war absolut entsetzt bei dem Gedanken, was in den nächsten paar Sekunden passieren konnte.

Sie riß ihre Augen von ihm los, um so zu tun, als kenne sie ihn nicht, und hoffte, Morgan hätte seine Gegenwart nicht bemerkt. Aber soviel Glück hatte sie nicht. Morgan, der Cassies ungläubigem Blick gefolgt war, sah Angel jetzt direkt an, und sein Stirnrunzeln hatte nicht im mindesten abgenommen.

»Wünschen Sie etwas, Mister?«

Cassie zuckte zusammen, als sie die Aggressivität in Morgans Ton hörte. Das Schlimme mit den MacKauleys war, daß ihre gewaltige Größe ihnen ein Gefühl der Überlegenheit wie auch der Unbesiegbarkeit gab. Aber eine Kugel hatte durchaus die Möglichkeit, einen Mann auf eine viel geringere Größe zurechtzustutzen und seine Chancen einem anderen gegenüber sehr schnell zu verringern. Angel wußte das sicher aus Erfahrung, was wahrscheinlich auch der Grund dafür war, daß er nicht mit der Wimper zuckte. Er schien von dem größeren Mann nicht im geringsten beeindruckt zu sein, ja er schien ihm nicht einmal antworten zu wollen. Und keine Antwort wäre jetzt wahrscheinlich das Schlimmste. Keinem Mann gefiel es, wenn man ihn einfach ignorierte, und ein MacKauley würde sich das gewiß nicht gefallen lassen, da niemand ihn *jemals* ignorierte.

Cassie unterbrach die anhaltende Stille, um Morgan abzulenken und sagte das erste, was ihr in den Sinn kam: »Sag deinem Pa, daß ich nicht eher gehen werde, als bis er sich einverstanden erklärt hat, mit mir zu reden.«

Mit dieser Feststellung zog sie seinen Blick sofort wieder auf sich. »Ich habe dir doch erklärt, daß er...«

»Ich weiß, was du gesagt hast«, fiel sie ihm aufgeregt ins Wort. »Aber du wirst ihm meine Nachricht überbringen, oder ich werde bis zum Jüngsten Tag hierbleiben, Morgan. Wirst *du* das Haus in Brand setzen, solange ich noch darin bin?«

»Sei nicht so... Also jetzt hör mir mal zu... Verdammt noch mal...!« endete er, so durcheinander, daß er nichts mehr herausbringen konnte.

Cassie war ebenfalls einigermaßen durcheinander, um nicht zu sagen entsetzt, über ihren eigenen Wagemut. Sie hatte nicht die Absicht gehabt, den Bluff der MacKauleys aufzudecken, falls es sich wirklich nur um einen Bluff handelte. Sie hätte nicht den Mut dazu aufgebracht, wenn sie auch nur ein wenig darüber nachgedacht hätte. Aber sie hatte nicht nachgedacht. Sie wollte lediglich Morgans feindliche Aufmerksamkeit von Angel abwenden – was nicht notwendig gewesen wäre, wenn Angel sich zurückgehalten hätte.

Und unglücklicherweise zeigte ihre List nur vorübergehende Ergebnisse. Wenn Angel, während sie Morgan abgelenkt hatte, einfach gegangen wäre, hätte das die ganze Situation entspannt. Aber er war immer noch da, beobachtete sie immer noch mit diesen sündhaft schwarzen Augen und provozierte Morgan nach wie vor mit seiner bloßen Gegenwart. Und Morgan, peinlich berührt von seinem eigenen Gestammel und außerstande, mit weiblicher Sturheit fertig zu werden, fand, daß ein neugieriger Fremder genau das richtige Ventil für seinen augenblicklichen Zorn wäre. Er hatte noch nicht begriffen, daß dies der Fremde war, nach dem er Cassie gefragt hatte.

»Kümmern Sie sich um Ihre eigenen Angelegenheiten, Mister, oder fahren Sie zur Hölle. Dies hier ist ein privates Gespräch.«

Angel lehnte noch immer völlig entspannt an dem Pfosten, aber diesmal antwortete er: »Das hier ist ein öffentlicher Weg – und ich möchte von der Dame hören, daß sie sich nicht belästigt fühlt.«

Der bloße Gedanke daran entlockte Morgan ein ungehaltenes Schnauben. »Ich belästige sie nicht!«

»Sieht für mich aber so aus«, erwiderte Angel in seiner langsamen, gedehnten Sprechweise. »Ich will es also von ihr selber hören.«

»Ich werde nicht belästigt!« brauste Cassie auf und versuchte, Angel mit Blicken dazu zu bringen, sich um seine eigenen Angelegenheiten zu kümmern. Dann zischte sie Morgan leise zu: »Jetzt laß mich los und beweis es. Du hast mich schon lange genug aufgehalten.«

Morgan mußte seinen Blick von Angel losreißen, um auf Cassie herabzublicken. Er war selbst überrascht, als er feststellte, daß seine Hand noch immer ihren Arm festhielt und ließ sie augenblicklich los. »Entschuldigung«, murmelte er.

Cassie nickte nur steif und wandte sich ab. In ihrer Erregung über ihren unbeabsichtigten Vorstoß, der am Ende der Woche üble Folgen für sie haben konnte, war es ihr völlig gleichgültig, daß sie die beiden Männer miteinander allein ließ, der eine unvernünftig, der andere undurchschaubar. Sollten sie einander doch ruhig erschießen, sie hatte nichts dagegen.

5

Angel schenkte seine Aufmerksamkeit zur Hälfte der Frau, die gerade davoneilte, und zur Hälfte dem Mann, den sie Morgan genannt hatte. Sie ging so schnell, daß sie beinahe rannte. Morgan sah ebenfalls hinter ihr her – und fluchte tonlos. Angel war sich nicht sicher, was er da gerade eigentlich beobachtet hatte, aber er wußte, daß es ihm nicht gefiel. Und es war langsam an der Zeit, daß er endlich herausfand, was da vorging.

Der große Texaner wurde sich schließlich wieder der Gegenwart des anderen Mannes bewußt und wandte sich ihm zu. Er wollte etwas sagen, aber Angel hatte keine Zeit, ihm den Gefallen zu tun, zuzuhören. »Sie werden mich entschuldigen müssen, aber sie ist gerade dabei, mit meinem Pferd zu verschwinden.«

Und er wollte verdammt sein, wenn sie nicht genau das gerade tat. Jetzt war es an ihm zu fluchen, denn ihm wurde klar, daß er ihre Kutsche, die sie bereits in Bewegung gesetzt hatte, nur noch im Laufschritt würde einholen können.

Als es ihm schließlich gelang, hatte sie die Stadt beinahe hinter sich gelassen, und er war wutentbrannt und außer Atem. Die ersten Worte aus seinem Mund waren keineswegs dazu gedacht, ihre Furcht darüber zu beschwichtigen, ihn plötzlich auf dem Sitz neben sich zu entdecken. »Lady, so etwas nennt man Pferdediebstahl!«

Sie riß Mund und Augen auf, bevor sie herumwirbelte

und die Pferde hinter der Kutsche sah. »O Gott, ich habe ganz vergessen ... habe nicht einmal bemerkt ... wollte ganz bestimmt nicht...«

Sie beendete ihre wirre Erklärung abrupt und biß sich auf die Lippen. Dann drehte sie sich langsam wieder um, wobei ihr Gesicht einen ganz anderen Ausdruck annahm als noch wenige Sekunden zuvor, einen Ausdruck, den er bei ihrer früheren Begegnung nur allzu gut kennengelernt hatte.

»Fangen Sie jetzt nur nicht an...«, er versuchte, die erwartete Schmährede abzuwenden, aber sie machte seine Bemühungen überflüssig.

»*Was, zum Teufel*, hatten Sie eigentlich vor? Wissen Sie nicht, wie man mit Männern umgeht, ohne sie in ihrem Stolz zu verletzen?«

»Wahrscheinlich nicht.«

Diese Antwort hatte Cassie nicht erwartet, ebensowenig, wie sie gedacht hätte, daß er sich einfach zurücklehnen und seine Arme über der Brust kreuzen würde, so als wolle er sie dazu herausfordern, weiter an ihm herumzunörgeln. Damit nahm er ihr den Wind aus den Segeln, und sie wandte ihr Gesicht wieder der Straße zu.

»Dann lassen Sie bestimmt überall, wo Sie auftauchen, Leichen zurück«, sagte sie mit stiller Verachtung.

»So etwas soll schon vorgekommen sein.«

Darauf wußte sie nichts zu sagen. So wie er über dieses Thema redete, hätten sie ebensogut übers Wetter sprechen können, statt über die Menschen, die er getötet hatte. Sie hatte wahrhaftig keine Ahnung, wie man mit jemandem wie ihm umging, und sie hatte auch keine Lust, es zu lernen.

Er *mußte* einfach gehen, heute – auf der Stelle. Nachdem sie diesen Entschluß gefaßt hatte, hielt sie die Kutsche an, um ihm das mitzuteilen. Aber als sie an den Zügeln zog, beugte er sich vor, und als sie sich zu ihm umdrehte, war er nur noch wenige Zentimeter von ihr entfernt, so nahe, daß sie ihren Kopf in den Nacken legen mußte, um ihm ins Gesicht sehen zu können. Und wieder einmal verfing sich ihr Blick in diesen kohlschwarzen Augen, die jetzt nicht mehr so einschüchternd wirkten, sondern nur noch neugierig, aber immer noch faszinierend.

»Weshalb haben Sie angehalten?«

Ja, weshalb hatte sie eigentlich angehalten? Sie hatte keine Ahnung ... und dann fiel es ihr ein. Sie keuchte und drückte sich so weit in ihre Ecke der Sitzbank, wie sie nur konnte. Sie war sich nicht ganz sicher, was gerade geschehen war, warum jeder Gedanke, den sie vorher gehabt hatte, urplötzlich ausgelöscht worden war. Oder warum sie sich so merkwürdig und atemlos fühlte, als wäre sie besinnungslos vor Angst. Aber es hatte ihr im Augenblick niemand Angst eingejagt. Und der Blick, den Angel ihr jetzt zuwarf, war auch nicht gerade beängstigend, sondern eher verwirrt.

Sie mußte ihre Augen von ihm abwenden, um ihre Gedanken wieder in die richtige Richtung lenken und sich an ihre vorherige Entschlossenheit erinnern zu können. Diese Entschlossenheit kehrte schnell genug zurück, solange sie ihn nur nicht ansah. Also würde sie weiter geradeaus schauen und dabei das sagen, was gesagt werden mußte – um sicher zu sein, daß es auch gesagt wurde.

»Was da in der Stadt passiert ist, hat mir gar nicht gefallen. Mit Morgan wäre ich allein fertig geworden. Mit *Ihnen* und Morgan nicht. Ich habe sogar etwas gesagt, das ich normalerweise niemals gesagt hätte, nur um seine Aufmerksamkeit von Ihnen abzulenken, bevor Sie ihn in eine Schießerei verwickeln konnten.«

»Das hätte ich nicht getan«, erwiderte Angel mit einer kalten Schärfe in seinem Tonfall. »Ich reiße mich nicht um Schießereien, weil das verdammt unfair wäre. Ich kann mich auch ohne Waffe verteidigen, und die meisten Leute ziehen es dann vor, den Mund zu halten und zu verschwinden.«

»Die meisten Leute sind auch keine MacKauleys, aber

Morgan ist zufällig einer. Und die MacKauleys sind Hitzköpfe, alle miteinander. Sie haben ein fürchterliches Temperament, und es wäre nicht das erste Mal, daß einer von ihnen wie ein gereizter Bulle auf einen anderen Mann losgeht. Morgan hätte es vielleicht nicht einmal bemerkt, wenn sie ihre Waffe gezogen hätten, und Sie hätten ihn erschießen müssen, um ihn aufzuhalten, oder Sie wären auf der Straße gelandet, und er hätte Ihnen ein neues Gesicht verpaßt. Aber das ist jetzt vorbei und vergessen, Gott sei Dank, daß es dabei keine Tote gegeben hat.«

»Genau, also...«

»Ich bin noch nicht fertig«, unterbrach sie ihn schroff, wobei sie es immer noch sorgfältig vermied, ihn anzusehen, obwohl er nicht dasselbe tat. Mit einem unbehaglichen Gefühl fuhr sie fort: »Ich habe mich jedenfalls so darüber aufgeregt, was *hätte* passieren können, daß ich die Stadt verlassen habe, ohne alle meine Besorgungen zu erledigen. Das letzte, was ich noch tun wollte, war ... nun, ich kann es Ihnen ja erzählen. Ich werde ein Telegramm an Lewis Pickens schicken, um ihm mitzuteilen, daß meine Probleme gelöst sind und daß ich seine Hilfe nicht länger benötige – seine nicht und Ihre auch nicht. Und jetzt fahre ich zurück in die Stadt, um genau das zu tun.«

»Wie Sie wollen«, war alles, was er dazu sagte.

Cassie sackte erleichtert in sich zusammen. Sie hatte einen Streit erwartet, hatte erwartet, daß sie das Blaue vom Himmel würde herunterlügen müssen, um ihn davon zu überzeugen, daß sie in keinen Schwierigkeiten steckte, bei denen er ihr von Nutzen sein könnte. Schließlich hatte er gerade erst ihren Zusammenstoß mit Morgan beobachtet. Aber vielleicht war er selbst nur allzu froh, aus der Sache herauszukommen. Immerhin schien er am Morgen nicht übermäßig erfreut gewesen zu sein, daß die Art und Weise, wie er seine Schulden begleichen sollte, etwas mit ihr und ihren Problemen zu tun hatte.

Sie wandte sich ihm nun mit einem zaghaften Lächeln zu, das jedoch auf der Stelle erstarb, als sie den finsteren Blick sah, mit dem er sie betrachtete. Hatte sie seine Antwort mißverstanden? Vielleicht waren doch ein paar Lügen notwendig.

»Ich habe wirklich nicht mehr dasselbe Problem wie vor sechs Wochen, als ich um Hilfe bat. Wenn mich Ihre Ankunft heute morgen nicht so durcheinandergebracht hätte, wäre mir gleich eingefallen, Ihnen das zu sagen. Mittlerweile ist soviel Zeit vergangen, daß sich die Gemüter beruhigt haben, und das Ganze ist so unwichtig geworden, daß es nicht einmal der Rede wert ist.«

Er lehnte sich wieder in dieser lässigen Art zurück und fragte mit gedehnter Stimme: »Jetzt bin ich schlicht und einfach neugierig. Also, warum reden Sie nicht doch ein wenig davon?«

Sie hatte nicht die Absicht, ihn in ihre Geschichte einzuweihen, da sie versehentlich etwas sagen könnte, womit sie sich verriet. Keinesfalls wollte sie, daß er auf die Idee käme, sie könne seine Hilfe doch gebrauchen. »Es geht nur darum, daß ein paar Leute wütend auf mich sind.«

»Wie viele?«

»Es sind zwei verschiedene Familien«, antwortete sie ausweichend.

»Wie viele?«

Seine Beharrlichkeit ließ ihre Augen schmaler werden, und sie brauste ungeduldig auf: »Ich habe mir nicht die Mühe gemacht, sie zu zählen.«

»So viele?«

Schwang da Belustigung in seinem Tonfall mit? Sie war sich nicht sicher, aber diese Angelegenheit war weiß Gott nicht zum Lachen, nicht für sie jedenfalls. Aber schließlich konnte es nichts schaden, wenn *er* das dachte.

Also winkte sie nur ab und stellte zuversichtlich fest: »Es ist nichts Ernstes. Ich hätte mich trotzdem über Mr. Pickens'

Hilfe gefreut, weil ich die Dinge gern wieder so ins Lot gebracht hätte, wie sie waren, bevor ich alle – wütend gemacht habe. Ich hoffte, ich könnte dann bis zum Frühling hierbleiben, was ich eigentlich vorhatte. Aber jetzt bleibe ich nur, bis mein Vater zurückkehrt, und das wird nicht weiter schwierig sein.«

Er erwiderte nichts darauf, sondern sah sie nur geduldig an, als warte er darauf, daß sie weiterspräche – als wüßte er, daß das noch nicht alles war. Nun, das war sein Problem. Sie hatte alles gesagt, was sie zu sagen bereit war.

»Es war nett von Ihnen, mir Ihre Hilfe anzubieten, aber es gibt nichts mehr, wobei ich Hilfe bräuchte. Ich befinde mich nicht in irgendeiner Gefahr – das war nie der Fall, um genau zu sein, und das Telegramm, das ich an Mr. Pickens schicken werde, wird Sie von jeder Verpflichtung mir gegenüber befreien.«

»Ach, wirklich?«

»Ja, gewiß. Vielleicht wird er Ihre Schulden bei ihm als beglichen ansehen, obwohl Sie gar nichts tun mußten. Immerhin sind Sie ja gekommen. Sie waren fähig und bereit, mir zu helfen – und Sie waren weiß Gott hartnäckig«, fügte sie mit einem leisen Seufzen hinzu. »Sie haben getan, worum er Sie gebeten hat, also, was wollen Sie noch...«

»Er wird das nicht so sehen, und ich ebensowenig«, unterbrach sie Angel trocken. »Aber da es ja keine Probleme mehr gibt, wird es Ihnen sicher nichts ausmachen, wenn ich ein paar Tage dableibe und Fragen stelle, oder?«

Cassie versteifte sich und entgegnete scharf: »Warum sollten Sie das tun?«

»Weil Sie keine besonders geschickte Lügnerin sind, Lady.«

Sie starrte ihn lange an und sah es in seinen Augen, in seinem spöttischen Blick, daß er ihr kein einziges Wort geglaubt hatte. Schließlich stieß sie einen Seufzer aus und bemerkte kläglich: »Ich weiß. Aber die meisten Leute merken es nicht.«

»Das liegt vielleicht an Ihrem süßen, unschuldigen Gesicht. Die meisten Leute können sich wahrscheinlich einfach nicht vorstellen, daß Sie irgend etwas anderes als die Wahrheit sagen.«

War das nun eine Beleidigung oder ein Kompliment gewesen? Und weshalb konnte er sich so sicher sein, daß sie ihm gegenüber nicht ehrlich gewesen war, obwohl dies normalerweise nur Menschen beurteilen konnten, die sie wirklich gut kannten?

Sie versuchte es ein letztes Mal. »Sie können mir trotzdem nicht helfen. Das vorher mit Morgan ist der beste Beweis dafür. Sie machen die Menschen wütend, und ich brauche jemanden, der sie beschwichtigt.«

Langsam schüttelte er den Kopf. »Ich habe nicht die Absicht, Ihnen zu glauben, Lady, nicht nach diesem Haufen Unsinn, den Sie mir gerade serviert haben. Ich werde selbst entscheiden, ob ich Ihnen helfen kann. Aber bevor ich nicht weiß, wo Ihr Problem liegt – und diesmal die Wahrheit bitte –, werde ich mich ständig an Ihre Fersen heften, und ich glaube kaum, daß Ihnen das gefallen wird.«

Sie wußte, daß es ihr nicht gefallen würde. Zwar drohte er ihr im Augenblick nicht, sondern war einfach nur dickköpfig und stur, aber dennoch machte er sie damit außerordentlich nervös. Sie war sich seiner Gegenwart nur allzu bewußt – seiner rohen Männlichkeit und der Gewalt, deren er fähig war. Mit Männern wie ihm hatte sie absolut keine Erfahrung, aber sie sollte wohl besser schnellstens dazulernen, denn es sah nicht so aus, als würde sie ihn in absehbarer Zeit wieder loswerden.

»Na schön«, sagte sie, teils verbittert, teils resigniert, »aber zunächst einmal möchte ich klarstellen, daß die Schwierigkeiten, in denen ich stecke, ganz allein meine eigene Schuld sind. Ich mische mich andauernd in die Angelegenheiten anderer Leute ein. Ich weiß, daß es so ist, aber ich kann es anscheinend nicht verhindern. Außerdem sollte ich Sie wohl warnen, daß ich, wenn Sie hierbleiben, wahrscheinlich versuchen werde, mich auch in Ihr Leben einzumischen.«

»Gut, ich bin gewarnt«, erwiderte er.

Er war allerdings keineswegs von ihrer Warnung beeindruckt, bemerkte sie. Wahrscheinlich vertraute er darauf, daß er viel zu furchteinflößend war, um sie zu so einem Verhalten zu ermutigen. Und wenn sie so darüber nachdachte, konnte er damit durchaus recht haben.

»Wie dem auch sei«, fuhr sie fort, »diesmal habe ich versucht, eine Fehde zu beenden, die seit fünfundzwanzig Jahren besteht. Es handelt sich um zwei Familien, die MacKauleys und die Catlins. Genaugenommen sind es nicht nur die Familien. Auch alle Leute, die für sie arbeiten, werden in diese Fehde mit einbezogen. In der Stadt kommt es immer wieder zu Raufereien zwischen ihren Cowboys. Und wenn ihre beiden Herden durcheinandergeraten – nun, bei einer solchen Gelegenheit gab es früher ohne weiteres eine Schießerei. Mein Vater ist in den letzten zehn Jahren zu einer Art Puffer zwischen den beiden Familien geworden, zumindest auf der Weide, da er sich mitten zwischen den jeweiligen Ranchgebieten niedergelassen hat. Die Fehde hat daher das gewalttätige Stadium mehr oder weniger hinter sich, aber das heißt nicht, daß es nicht auf beiden Seiten noch immer eine Menge Haß gäbe.«

»Ich weiß alles über Fehden, Miss Stuart. Ich habe eine ganze Menge davon am eigenen Leibe miterlebt.«

Das wußte sie, zumindest hatte sie von einer Fehde gehört, in die man ihn hineingezogen hatte, aber sie hatte nicht die Absicht, auf dieses Thema näher einzugehen. »Diese Leute sind, was ihren Streit angeht, anderen gegenüber recht verständnisvoll. Sie bestehen nicht darauf, daß Außenseiter sich für die eine oder andere Seite entscheiden. Daher war ich mit beiden Familien befreundet, insbesondere mit Jenny Catlin, die ungefähr in meinem Alter ist – und mit Morgan MacKauley.«

»Dieser störrische junge Esel, mit dem Sie sich unterhalten haben? Das nennen Sie befreundet?«

Sein Hohn ließ sie erröten. »Wir sind recht gut miteinander ausgekommen, bevor ich seine ganze Familie gegen mich aufgebracht habe.«

»Und wie ist Ihnen das gelungen?«

»Ich habe mich als Kupplerin betätigt. Ich fand, die einfachste Art und Weise, diese Fehde zu beenden, wäre eine Ehe zwischen den beiden Familien. Es war eine gute Idee. Finden Sie nicht auch?«

»Wenn das junge Paar sich nicht am Ende gegenseitig umgebracht hat, hätte es funktionieren können, nehme ich an. Ist es das, was dabei herausgekommen ist? Haben sie einander umgebracht?«

Cassie ärgerte sich über seinen blasierten Ton. »Niemand ist umgebracht worden. Aber Jenny und Clayton haben mit meiner Hilfe geheiratet, weil sie beide glaubten, einander zu lieben. Ich habe sie sozusagen davon überzeugt. Nur fanden sie leider in ihrer Hochzeitsnacht heraus, daß keiner von ihnen wirklich ganz überzeugt vom anderen war. Clayton hat seine Braut ihrer Familie zurückgegeben, und beide Familien waren maßlos wütend. Mir gab man die Schuld an dem ganzen Unheil. Durchaus zu Recht, finde ich, da alle beide, übrigens jeweils die jüngsten Familienangehörigen, niemals etwas Derartiges getan hätten, wenn ich nicht gewesen wäre. Irgendwann fiel mir eben auf, daß sie sich zueinander hingezogen fühlten, und daraufhin habe ich mich mal wieder eingemischt.«

»Mit anderen Worten, Sie haben es geschafft, daß die Hälfte der Leute Sie hier bis aufs Blut haßt. Ist das alles?«

Ihr blieb der Mund offenstehen. »Alles? Für mich ist das genug, vielen Dank«, sagte sie entrüstet. »Ich bin nicht daran gewöhnt, daß man mich haßt. Und außerdem ist das noch nicht alles. Beide Familien haben mich gebeten – nun, sie haben mir wohl eher *befohlen*, Texas zu verlassen. Aber die MacKauleys haben mir auch noch eine Frist für meine Abreise gesetzt. Wenn ich bis dahin nicht weg bin, wollen sie die Double C niederbrennen. Na ja, sie waren wirklich großzügig, wenn man bedenkt, daß das Ganze jetzt sechs Wochen her ist. Sie haben mir eine Menge Zeit gegeben, Zeit genug für meinen Vater, wieder nach Hause zu kommen; nur ist mein Vater durch eine Verletzung aufgehalten worden. Meine Frist läuft diesen Samstag ab, und da die Catlins den Vorarbeiter verjagt haben, könnte ich nicht einmal von hier weggehen, selbst wenn ich es wollte. Hinzu kommt, daß weder Dorothy Catlin noch R. J. MacKauley, die beiden Familienoberhäupter, mit mir sprechen wollen, so daß ich mich nicht einmal entschuldigen und um Verzeihung bitten kann. Und jetzt sagen Sie mir, Mister, wie wollen *Sie* mir helfen? Ich hätte Mr. Pickens gebraucht, mit seinem Talent, die Menschen dazu zu überreden, wieder Vernunft anzunehmen. Nach allem, was ich gehört habe, reden Sie aber mehr oder weniger gar nicht.«

»Nach allem, was Sie gehört haben? Das ist nicht das erste Mal, daß Sie darauf anspielen, mich zu kennen, obwohl wir uns, wenn ich mich recht erinnere, niemals begegnet sind. Oder irre ich mich da?«

Es war nicht sehr schmeichelhaft, daß er davon ausging, er könne sie vergessen haben, falls sie einander tatsächlich begegnet wären. Aber Cassie nahm es ihm nicht übel. Sie wußte selbst, daß sie keine Schönheit war, nach der sich die Männer umdrehten. Nicht, daß man sie völlig ignoriert hätte, seit sie im heiratsfähigen Alter war – aber das hatte natürlich eine ganze Menge damit zu tun, daß die Lazy S eine sehr große Ranch war und daß die Stuarts außerdem eine Menge Geld besaßen. Doch hatten die beiden Männer, die bisher ein wenn auch nur geringes Interesse an ihr gezeigt hatten, sie jeweils ohne Umschweife gefragt, ob sie bereit wäre, sich von Marabelle zu trennen; als sie dieses Ansinnen ablehnte, war ihr Interesse sofort erloschen.

Zu Angel sagte sie jetzt: »Wir sind uns nicht begegnet, aber ich weiß trotzdem viel über Sie – was Sie sind, was Sie tun. Ich bin mit Geschichten über Ihre Heldentaten groß geworden.«

Er warf ihr einen zweifelnden Blick zu. »Mein Name ist im Norden zwar ziemlich bekannt, Lady, aber hier unten eigentlich kaum.«

»Ja, aber ich bin in Texas nur zu Besuch«, erklärte sie. »Mein Zuhause ist in Wyoming.«

Er starrte sie einen Augenblick lang eindringlich an, dann begann er zu fluchen. »Verdammt – Sie sind eine von diesen exzentrischen Stuarts von der Lazy S in der Nähe von Cheyenne, nicht wahr? Diese Leute, die auf ihrer Weide einen Elefanten zusammen mit ihrem Vieh grasen lassen. Das hätte ich mir weiß Gott gleich denken können.«

Die letzten Worte sprach er mit einem solchen Widerwillen aus, daß sie zornig errötete. »Sie wissen weiß Gott überhaupt nichts«, sagte sie und begann ihre Familie zu verteidigen. »Mein Großvater macht eben gern ungewöhnliche Geschenke. Er ist ein Weltreisender, der viele Orte besucht, von denen noch nie jemand etwas gehört hat. Und er teilt seine Erfahrungen gern auf greifbare Weise mit seiner Familie. Ich kann nichts Schlimmes daran finden.«

»Nichts Schlimmes? Ich habe gehört, daß dieser Elefant eines Tages Ihre halbe Scheune niedergetrampelt hat.«

Sie errötete noch tiefer. »Der *Elefant* gehört meiner Mutter. Für gewöhnlich bleibt er draußen auf der Weide, aber ab und zu kommt er zum Haus – da ist er eben ein wenig unbeholfen. Es passiert nichts *wirklich* Schlimmes, und meine Mama hat ihn sehr gern.«

»Ihre Mama...«

Er verkniff sich das, was er eigentlich sagen wollte, aber sie konnte es sich genau vorstellen. In der Gegend von Cheyenne war es kein Geheimnis, daß Catherine Stuart zehn Jahre lang im selben Haus mit ihrem Mann gelebt hatte, ohne ein einziges Wort an ihn zu richten, es sei denn durch Dritte. Eine Menge Leute hielten das schlicht und einfach für übergeschnappt. Und ihre Sammlung ungewöhnlicher Tiere bestätigte diese Leute in ihrer Meinung nur noch.

»Auf diese Weise sind Sie also an Ihren schwarzen Panther gekommen? Ein Geschenk von Ihrem Großvater?«

Ihr war klar, daß es ihm keinerlei Schwierigkeiten bereitete, diese Vorstellung zu akzeptieren. Wahrscheinlich hielt er ihren Großvater für ein wenig verrückt – oder sogar für sehr verrückt. Aber an diese Reaktion war sie gewöhnt. Und sie war daran gewöhnt, es zu erklären.

»Eigentlich nicht. Großvater hatte Marabelle für sich selbst mitgebracht. Er fand sie an dem Tag, an dem er Afrika verließ. Die Eingeborenen hatten ihre Mutter getötet und wollten auch sie töten. Aber Großvater ist eingeschritten und hat sie mit auf sein Schiff genommen. Nachdem er aufs Meer hinausgesegelt war, mußte er jedoch herausfinden, daß er und Marabelle einfach nicht zusammenpaßten. Sie konnte dem Segeln überhaupt nichts abgewinnen und war während der ganzen Heimreise seekrank. Natürlich war er selbst nicht bereit, das Segeln aufzugeben. Und jedesmal, wenn er in ihre Nähe kam, mußte er aus irgendeinem Grund niesen. Als er die Ranch erreichte, war das arme Ding halb tot und bis auf Knochen abgemagert, weil sie auf dem Schiff kaum etwas hatte bei sich behalten können. Großvater hatte schon beschlossen, sie irgendwo im Osten in einen Zoo zu stecken, aber zunächst gab er sie mir, damit ich sie etwas aufpäppeln solle. Ich fürchte, ich habe sie sehr schnell ins Herz geschlossen, so klein und entzückend, wie sie damals war. Ich habe eine ganze Weile gebraucht, um ihn dazu zu überreden, sie mir zu lassen. Aber schließlich konnte ich ihn schon immer um den Finger wickeln, und ich habe es nie bedauert, sie behalten zu haben.« Auch wenn Marabelle die wenigen möglichen Verehrer, die Cassie vielleicht haben mochte, in die Flucht schlug.

»Aber ich glaube, wir sind vom Thema abgekommen«, fuhr sie schließlich entschlossen fort. »Ich habe Sie gefragt, in welcher Hinsicht ein Revolverheld mir bei dieser Angelegenheit von Nutzen sein könnte. Würden Sie mir darauf jetzt vielleicht eine Antwort geben?«

Es war ihr offensichtlich gelungen, ihn in Verlegenheit zu bringen, denn er warf ihr einen finsteren Blick zu. »Haben Sie nicht gesagt, diese MacKauleys seien ein Haufen Hitzköpfe?«

»Ja, aber...«

»Wenn Sie nicht wollen, daß ich mit ihnen rede, was ich wirklich gern tun würde...«

»Nein!«

»Dann werde ich einfach nur hier sein, um Sie zu beschützen, falls sich das als notwendig erweisen sollte, und zwar so lange, bis Sie hier weggehen oder diese Leute beschließen, Sie in Frieden zu lassen. Ich schätze, ich werde mich doch ziemlich fest an Ihre Fersen heften müssen.«

Er schien nicht besonders glücklich darüber zu sein. Ein Gefühl, das Cassie durchaus mit ihm teilte.

6

Er würde da sein, um sie zu beschützen. Das klang gut, klang sicher – wenn es irgendein anderer als der Engel des Todes gesagt hätte. Das Schlimme war nur, daß Cassie nicht glaubte, daß er sie einfach nur beschützen wollte. Er würde den Gefallen, den er Mr. Pickens tat, so bald wie möglich hinter sich bringen wollen. Er würde nicht einfach nur dasitzen und die Dinge ihren Lauf nehmen lassen. Und sie mochte nicht einmal daran denken, was er vielleicht tun würde, wenn er sich in den Kopf setzte, den Gang der Ereignisse auf seine Weise zu beschleunigen.

Auf dem Weg zurück zur Ranch hatte sie noch einmal betont, daß er niemanden töten dürfe. Sie war sich nicht ganz sicher, ob er ihr wirklich zugehört hatte. Und selbst wenn er das getan hatte, bezweifelte sie stark, daß er sich daran halten würde. Schließlich war nicht sie es, die ihn engagiert hatte, so daß er sich nicht verpflichtet zu fühlen brauchte, ihren Befehlen zu gehorchen.

Es war eine nervenzerrüttende Fahrt. Cassie hatte gehofft, daß Angel die Kutsche verlassen und auf seinem Pferd zur Ranch zurückreiten würde, aber nachdem sie ihr Gespräch beendet hatten, traf er dazu keinerlei Anstalten. Und er war gewiß nicht besonders gesprächig. Wenn sie nicht zuerst etwas sagte, redete er überhaupt nicht, und manchmal antwortete er ihr nicht einmal, wenn sie sich doch zu einer Bemerkung aufraffte.

Seine Nähe machte sie so nervös, daß sie kaum noch auf die Straße achtete. Immer wieder fiel ihr Blick auf seine langen Beine in der schwarzen Hose, die er weit von sich gestreckt hatte. Seine Stiefel waren gut geschnitten, und offensichtlich kümmerte er sich auch um sie; die Sporen glänzten, als kämen sie niemals mit Schmutz in Berührung. Die Stiefel und sein Halstuch waren ebenso schwarz wie der Rest seiner Ausstattung – alles war schwarz, bis auf seine Waffe, seine Sporen und diesen gelben Mantel, in dem man ihn schon von weitem sehen konnte.

Überhaupt war nichts Normales an seiner ganzen Ausstattung. Seine Kleidung war dazu gedacht, Aufmerksamkeit zu erregen. Sie fragte sich, warum, hatte aber nicht die Absicht, ihm irgendwelche persönlichen Fragen zu stellen. Unglücklicherweise würde sie später noch mehr als genug Zeit dafür haben, falls sie den Mut dazu aufbrachte. Denn schließlich hatte er vor zu bleiben – um sich an ihre Fersen zu heften. Wie sehr sie hoffte, daß er das nicht wörtlich gemeint hatte.

Auch Angel betrachtete Cassandra Stuart während dieser Fahrt, und das nicht nur einmal. Sein Blick kehrte immer wieder zu ihrem Gesicht zurück und zu einem Profil, das weit hübscher war, als er zunächst gedacht hatte. Es zeigte eine kecke kleine Nase, den weichen Schwung ihrer Wangenknochen, ein süß gerundetes Kinn und die Fülle dieser üppigen Lippen. Diese Lippen waren ausgesprochen schön und zum Küssen wie geschaffen. Er hatte sich schon früher dabei ertappt, daß er diese Lippen anstarrte, wenn sie sich zu ihm umdrehte. Und er hatte sich gefragt, wie sie wohl schmecken würden – eine Überlegung, die ihn verwirrte, da er sich nicht im geringsten zu dieser unmöglichen Frau hingezogen fühlte.

Es war nicht schwer zu erkennen, daß er sie nervös machte, aber das war nichts Ungewöhnliches für ihn. Angel machte die meisten Frauen nervös, ganz besonders, wenn es sich um Damen handelte. Ihr steifer, schmaler Rücken, die Anspannung in ihrem Nacken und ihren Schultern, das Weiß ihrer Knöchel, wenn sie die Zügel viel zu fest hielt – das alles war ausgesprochen verräterisch. Sie hatte sogar ihr Gewehr vom Boden aufgehoben und es zwischen sie auf die Sitzbank gestellt. Darüber hatte er sich so amüsiert, daß er beinahe laut losgelacht hätte. Aber er hatte es nicht getan, und er hatte auch nicht die Absicht, sie zu beruhigen. Für gewöhnlich war es ohnehin reine Zeitverschwendung, so etwas zu versuchen, und in ihrem Fall hatte er einfach keine Lust dazu.

Jetzt, da er wußte, wer sie war, sah er sie mit anderen Augen, wenn auch in keinem besseren Licht, denn schließlich konnte er nun der Liste ihrer Unzulänglichkeiten auch noch die Tatsache hinzufügen, daß sie ihn belogen hatte. Aber sie kam aus Cheyenne, und das machte einen Unterschied für ihn; er sah sie jetzt auf eine persönlichere Art und Weise, wenn er auch wünschte, es wäre anders.

Aber schließlich war Cheyenne von allen Orten derjenige,

den er am ehesten sein Zuhause nennen konnte, weil er dort, seit er aus den Bergen gekommen war, die meiste Zeit verbracht hatte. Er war damals fünfzehn Jahre alt gewesen – so ungefähr jedenfalls. Er wußte nicht genau, wie alt er jetzt war, aber er mußte wohl so um die sechsundzwanzig sein. Er hatte keine Ahnung, wann er geboren war oder wo und wußte auch nicht, wer seine Familie war oder wie er seine Angehörigen finden konnte, falls sie nicht schon alle tot waren. Old Bear hatte ihn aus St. Louis entführt, aber er konnte sich noch daran erinnern, daß er mit einem Zug in diese Stadt gekommen war, also war St. Louis nicht sein wahres Zuhause. Einmal war er dorthin zurückgekehrt, aber nach all den Jahren konnte sich niemand an einen kleinen Jungen erinnern, der damals verschwunden war. Außerdem war die Suche nach der eigenen Vergangenheit für einen Jungen, der seine Kindheit praktisch als Gefangener eines verrückten alten Mannes verbracht hatte, nicht von allzu großem Interesse. Er war zu sehr damit beschäftigt gewesen, all die Dinge zu lernen, die ihm neun Jahre lang verwehrt worden waren – und sich wieder daran zu gewöhnen, unter Menschen zu leben.

Es gefiel ihm gar nicht, daß er das Gefühl hatte, Cassandra Stuart gut zu kennen, aber die Tatsache blieb bestehen, daß sie eine von diesen verrückten Stuarts war – eine von diesen *reichen* verrückten Stuarts – und daß er sogar einmal ihrer Mutter begegnet war. Er hatte sie zusammen mit Jessie Summers auf ihrer Ranch besucht. Das war zu der Zeit gewesen, als er für das Rocky Valley arbeitete, der kurzen Spanne, während der er sich als Rancher versucht hatte – um nur allzu bald herauszufinden, daß er dafür nicht geschaffen war. Aber er erinnerte sich aus einer ganzen Reihe von Gründen mit größter Klarheit an jenen Tag.

Es war seine erste und einzige Begegnung mit Catherine Stuart gewesen. Und sie verhielt sich ganz anders, als er nach dem, was er über sie gehört hatte, erwartet hätte. Sie war eine attraktive Frau, eine Frau mit einem starken Charakter und freimütigem Benehmen. Sie hatte ihm direkt in die Augen gesehen, um ihn abzuschätzen, ganz so, wie ein Mann das getan hätte. Nichts Weiches oder Schüchternes haftete ihr an, auch nichts Damenhaftes, zumindest nicht an jenem Tag, da sie gerade von der Weide gekommen war und lange Hosen trug sowie einen Messergurt und ein Gewehr – jetzt wußte er auch, woher Miss Stuart den Mut nahm, eine Waffe zu tragen. Mußte wohl in der Familie liegen.

Charles Stuart, dem Ehemann, war er nie begegnet. Er hatte Wyoming verlassen, noch bevor Angel jemals etwas von den verrückten Stuarts gehört hatte. Aber es gab nicht eine Menschenseele, die ihm Vorwürfe gemacht hätte, daß er seine Frau und seine Tochter verlassen hatte. Schließlich wußten sie alle oder glaubten jedenfalls zu wissen, was bei den Stuarts vorgefallen war.

Einige behaupteten, Catherine habe ihn mit einer anderen Frau im Bett erwischt, aber zehn Jahre waren eigentlich zu lang, um einen Mann wegen eines Fehltritts leiden zu lassen. Andere behaupteten, er habe sie einmal geschlagen, und sie habe ihm das niemals verziehen. Und dann gab es noch eine andere Version, die besagte, Catherine Stuart habe es so schwer gehabt, ihr einziges Kind zur Welt zu bringen, daß sie ihn nie wieder in ihr Bett gelassen habe.

Was auch immer die Gründe für dieses zehnjährige Schweigen gewesen sein mochten, Catherine Stuart hatte jedenfalls, nachdem ihr Mann weggegangen war, die Leitung der Lazy S übernommen, und nun führte sie die große Ranch mit eiserner Hand. Die Männer, die für sie arbeiteten, sprangen, wenn sie sagte: Spring. Nachdem er ihr begegnet war, wußte Angel auch, warum. Diese Frau hatte durchaus etwas Einschüchterndes an sich.

Aber der Grund, warum Angel sich so glasklar an diesen Morgen erinnerte, waren die beiden flammendroten Papageien, die auf dem Geländer der Veranda thronten. Wenn er genauer darüber nachdachte, hatte diese Veranda zu einem Haus gehört, das mit jenem identisch war, das er heute morgen gesehen hatte. Die Papageien waren die ungewöhnlichsten, komischsten Geschöpfe, die ihm jemals begegnet waren. Sie bewegten sich mit einer solchen Symmetrie auf dem Geländer vor und zurück, daß man hätte glauben können, es handele sich um nur einen einzigen Vogel, dem ein Spiegel folgte. Und die unflätigen Ausdrücke, die die Tiere von sich gegeben hatten... Jessie hatte schallend gelacht, aber Catherine Stuart hatte nicht einmal mit der Wimper gezuckt. Und Angel war angesichts der beiden Frauen um drei Schattierungen röter geworden, vor allem deshalb, weil er so überrascht gewesen war. Er hatte nicht einmal gewußt, daß es solche Vögel überhaupt gab, und erst recht nicht, daß sie sprechen konnten.

Aber das war es nicht allein gewesen, das seine Erinnerung an diesen Tag so unauslöschlich gemacht hatte. Es kam hinzu, daß er an jenem Nachmittag beinahe umgebracht worden wäre. Er war damals den Viehdieben über den Weg gelaufen, die schon seit einigen Wochen damit beschäftigt gewesen waren, die Herde von Rocky Valley Stück für Stück zu dezimieren. Sie hatten ihm eine Kugel in die Hüfte geschossen und waren gerade dabei, ihm aus nächster Nähe eine zweite zu verpassen, direkt zwischen die Augen. Genau in diesem Moment war Jessies Halbbruder Colt aufgetaucht. Es war ziemlich knapp gewesen, nur wenige Sekunden bis zu seinem letzten Atemzug. Er hatte schon gesehen, wie der Abzug sich bewegte.

Dieser Mann, Colt Thunder, war der zweite, dem er etwas schuldete, und die Begleichung dieser Schuld war auch für seine Verspätung auf dem Weg nach Texas verantwortlich gewesen. Colt war so ungefähr der einzige Mann, den Angel einen echten Freund nennen konnte. Es gab noch mehr Männer, die ihn, Angel, als ihren Freund bezeichneten, Männer, die an dem Ruhm seines Rufes teilhaben wollten. Angel tolerierte sie nur bis zu einem bestimmten Punkt. Bei Colt war es etwas anderes. Sie waren beide Einzelgänger, beide Revolverhelden, und beide hatten sie mit der Reserviertheit anderer Menschen zu kämpfen, wenn auch aus verschiedenen Gründen. Colt hatte sie beide einmal als verwandte Seelen bezeichnet. Angel hatte ihm nicht widersprochen.

Und Cassandra Stuart und ihre Mutter waren Colts Nachbarn. Wahrscheinlich kannte Colt die beiden Frauen sogar sehr gut. Das war ein weiterer Grund, warum er gezwungen war, die Frau neben ihm in einem anderen Licht zu sehen, jetzt, da er das wußte. Sie war die gute Bekannte eines Freundes. Verdammt, ihm wäre es lieber gewesen, er hätte das nicht gewußt.

7

Cassie war so begierig darauf, der Gesellschaft des Revolverhelden zu entkommen, daß sie sich nicht die Mühe machte, die Kutsche bis zur Scheune zu fahren, wie sie das für gewöhnlich tat, wenn sie aus der Stadt zurückkehrte, sondern das Gespann vor dem Haus anhielt. Emanuel, Marias Sohn, würde ohnehin kommen, um die Kutsche unterzustellen, ganz egal, wo sie sie stehenließ. Daher verschwendete sie auch keinen Gedanken an das müde Kutschpferd. Sie wollte einfach nur so schnell wie möglich von *ihm* wegkommen.

Das Ganze hatte sich trotz der kurzen Strecke als die längste Fahrt ihres Lebens entpuppt. Es war schon schlimm genug gewesen, daß Angels bloße Gegenwart sie durcheinanderbringen konnte, aber darüber hinaus hatte sie auch noch gespürt, daß er sie häufig anstarrte. Und das Schlimmste war gewesen, nicht zu wissen, was er von ihr hielt, nicht zu wissen, warum er sie anstarrte, nicht zu wissen, was einem Mann wie ihm von einer Minute zur anderen in den Sinn kommen konnte.

Er hatte es fertiggebracht, daß sie nur noch ein Nervenbündel war, obwohl sie genug Intelligenz besaß, um zu erkennen, daß sie sich lächerlich machte. Er war da, um ihr zu helfen, nicht um ihr weh zu tun. Aber ihre Gefühle hatten keinen Sinn für Logik.

Im selben Augenblick, als sie die Kutsche zum Stehen brachte, sprang sie auch schon auf ihrer Seite herunter und rannte beinahe um das Gefährt herum zur Veranda. Aber Angel tat dasselbe und war vor ihr da, um ihr den Weg zu versperren.

Zum zweiten Mal an diesem Tag gelang es ihr nur in letzter Sekunde, einen Zusammenstoß mit einem Mann zu vermeiden, und diesmal nur, weil seine Stimme sie vor Schreck innehalten ließ. »Warum so eilig, Lady?«

Cassie stellte bestürzt fest, daß ihr – ungerechtfertigtes – Benehmen ihn verärgert hatte. Und sie hatte auch keine Antwort parat, die die Sache nicht noch schlimmer gemacht hätte. Zögernd trat sie so weit zurück, daß sie schließlich sehen konnte, daß er ihr Gewehr in der Hand hielt.

Sobald ihr Blick darauf gefallen war, warf er es ihr zu. »Das da haben Sie vergessen.«

Diese Worte kamen in einem so höhnischen Ton, daß ihr klar wurde, daß *er wußte*, daß sie das Bedürfnis hatte, sich gegen ihn verteidigen zu können. Sie errötete. Lieber Himmel, hatte sie sich schon jemals so sehr zum Narren gemacht?

»Es tut mir leid«, begann sie sich zu entschuldigen. Das war das wenigste, was sie tun konnte, nachdem sie ihm mit ihrem Benehmen zu verstehen gegeben hatte, daß sie ihn für ein gräßliches Monster – oder Schlimmeres hielt.

Aber er fiel ihr ins Wort: »Nehmen Sie es. Sie werden es vielleicht brauchen – denn Sie bekommen Gesellschaft.«

Die Pause zwischen seinen Worten war gerade lange genug, um sie auf den Gedanken zu bringen, schließlich doch recht gehabt zu haben. Sie erbleichte, aber dann überflutete eine tiefe Röte ihre Wangen, als sie begriff, daß genau das seine Absicht gewesen war. Allerdings blieb ihr keine Zeit mehr, darüber in Wut zu geraten, wie es für sie normal gewesen wäre. Sie war gezwungen, in die Richtung zu sehen, in die er gewiesen hatte, und das beschwichtigte sie für den Augenblick, denn drei MacKauleys kamen wie der leibhaftige Teufel auf die Ranch zugeritten.

»O nein«, stöhnte sie, »Morgan muß wie ein Wahnsinniger nach Hause geritten sein, um seinem Pa zu erzählen, was ich gesagt habe. Das da ist R. J. MacKauley, angeführt von Morgan, und es sieht so aus, als bildete R. J.'s ältester Sohn Frazer die Nachhut. Ich nehme an, ich sollte froh darüber sein, daß er dabei ist.«

»Warum?«

»Er hat das sanfteste Temperament von allen MacKauleys – was nicht bedeutet, daß er nicht genauso wie der Rest explodieren kann, nur daß er eben nicht ganz so schlimm ist wie die anderen. Er ist der einzige MacKauley, der mir lediglich einen wütenden Blick zugeworfen hat, als die Sache anfing, und der mich anschließend einfach ignorierte. Aber schließlich hat Frazer eine merkwürdige Art von Humor, die niemand außer ihm versteht. Ich wäre gar nicht überrascht, wenn er die ganze Angelegenheit mittlerweile nur noch komisch fände.«

»Kann er die anderen beruhigen?« fragte Angel, als er nach ihrem Arm griff und sie die Stufen zur Veranda hinaufführte.

»Manchmal... Was haben Sie vor?«

»Sie in eine bessere Position zu bringen. Wenn die Männer absteigen, müssen sie zu Ihnen aufsehen. Bleiben sie auf ihren Pferden sitzen, stehen Sie ihnen wenigstens Auge in Auge gegenüber.«

Strategie – und das, während sich ihr der Magen vor Angst umdrehte. »Am liebsten würde ich ihnen überhaupt nicht gegenüberstehen.«

Sie war sicher, daß sie das nur gedacht, nicht ausgesprochen hatte, bis er erwiderte: »Dann gehen Sie ins Haus und lassen Sie mich mit ihnen reden.«

Cassie erblaßte. »Nein!«

Angel seufzte. »Entscheiden Sie sich, Lady. Ich dachte, Sie wollten eine Chance haben, mit dem alten Mann reden zu können.«

»Wollte ich auch.«

Aber sie hatte nicht geglaubt, diese Chance zu bekommen, bis sie vor wenigen Stunden eine Äußerung gemacht hatte, die eine Begegnung zwischen ihr und R. J. beinahe garantierte. Nur hatte sie nicht damit gerechnet, daß es so bald dazu kommen würde. Mit Angel an ihrer Seite hatte sie bisher keine Zeit gehabt, darüber nachzudenken. Aber dennoch brauchte sie Zeit, um solche Auseinandersetzungen zu planen, um sich auszudenken, was sie sagen wollte, damit sie es auch richtig sagen konnte. Ohne vorherige Überlegung neigte Cassie dazu, die Dinge nur noch schlimmer zu machen – so wie sie es heute schon ein paarmal getan hatte.

Aber ihr blieb keine Zeit. Die MacKauleys waren schon beinahe da. Und Angel stellte sich vor sie, um den Männern entgegenzutreten, ein Umstand, der sie mehr beunruhigte als die MacKauleys selbst.

Sie ging um ihn herum und bat ihn inständig: »Bitte sagen Sie kein Wort. Und stehen sie nicht einfach da mit einem Gesicht, als hofften Sie, daß es zu einer Schießerei käme. Ich habe Ihnen doch gesagt, daß die MacKauleys ein gefährliches Temperament haben. Es braucht nicht viel, um sie in Wut zu bringen. Das da würde durchaus reichen.«

»Das da« war das Gewehr, das sie noch immer in der Hand hatte; sie lehnte es gegen die Wand. Als sie sich umdrehte, wehte der Staub von drei heftig zum Stehen gebrachten Pferden bereits über die Veranda.

»Mr. MacKauley«, sagte Cassie respektvoll, während sie auf die Treppe zuging – und sich vor Angel aufbaute.

R. J. war größer als seine Söhne, zumindest war er breiter gebaut als sie. Morgan hatte einmal erzählt, daß er erst fünfundvierzig Jahre alt sei. Sein volles rotes Haar zeigte noch keine Spur von Grau. Er hatte seine vier Söhne sehr jung bekommen, und sie waren jetzt im Alter zwischen zwanzig und dreiundzwanzig – einer pro Jahr, was angeblich der Grund für den Tod seiner Frau war.

R. J. hatte kaum einen Blick für Cassie. Mit Morgan und Frazer war es nicht anders. Sie alle interessierten sich im Augenblick weit mehr für Angel, so daß Cassie sich beeilte, zu sagen, was sie zu sagen hatte, solange sie noch die Chance dazu hatte.

»Ich weiß, daß Sie sich darüber ärgern, daß ich noch hier bin, Mr. MacKauley, aber mein Vater ist durch eine Verletzung aufgehalten worden. Ich erwarte ihn erst in drei Wochen zurück, und die Catlins haben unseren Vorarbeiter sowie zwei andere Arbeiter verjagt. Wir haben noch ein paar Männer übrig, aber keiner von ihnen wäre fähig, den Job des Vorarbeiters zu übernehmen. Sie sehen also, warum ich noch nicht gehen kann, jedenfalls nicht, bevor mein Vater wieder da ist.«

Cassie holte tief Luft. Sie war gleichzeitig erstaunt und erfreut darüber, daß es ihr gelungen war, ihr Hauptanliegen vorzubringen, ohne unterbrochen zu werden – nicht einmal bei der Erwähnung der verhaßten Catlins. Aber sie hatte noch ein zweites Anliegen, und die Art, wie die drei Männer Angel anstarrten, ließ es zweifelhaft erscheinen, ob sie genug Zeit haben würde, auch diese Angelegenheit vorzubringen.

»Sie haben mir nie die Chance gegeben, Ihnen zu sagen, wie leid...«

Cassie hatte recht. R. J., der immer noch Angel ansah, unterbrach sie. »Wer ist das, Mädchen? Und erzähl mir nicht denselben Mist, den du meinem Jungen heute aufgetischt hast. Nichts davon, daß er nur auf der Durchreise ist und nach Arbeit sucht.«

»Warum fragen Sie nicht mich selbst?« bemerkte Angel in einem so bedrohlichen Tonfall – wenigstens hörte es sich für Cassies Ohren so an –, daß sie in Panik geriet.

»Er ist mein Verlobter.« Sie platzte mit der ersten Erklärung heraus, die ihr einfiel.

Das trug ihr die ungeteilte Aufmerksamkeit der Männer ein, einschließlich der Angels. Aber als sie bemerkte, wie ungläubig und zornig Morgan aussah, wußte sie, daß ihr mit *dieser* harmlosen Erklärung von Angels Gegenwart mehr als nur ein kleiner Schnitzer unterlaufen war. Und nun mußte sie die Lüge auch noch weitertreiben. Sie brauchte einen logischen Grund, warum sie es zugelassen hatte, daß Morgan ihr den Hof machte, obwohl sie bereits einen Verlobten hatte.

Daher fügte sie hastig hinzu: »Ich dachte, er wäre tot, aber er ist hergekommen, um das Gegenteil zu beweisen.«

R. J. kaufte ihr diese Geschichte nicht ab. »Du lügst, Mädchen«, sagte er ohne den geringsten Zweifel. »Ich weiß nicht, wo du ihn aufgetrieben hast, aber er bedeutet dir nicht das Geringste.«

Cassie hatte nun überhaupt keine Ahnung mehr, wie sie ihre ungeheuerliche Behauptung beweisen sollte, bis Frazer bemerkte: »Pa hat recht. Wenn ihr beide euch gerade erst wiedergefunden hättet, würdet ihr keine Sekunde voneinander ablassen. Mir scheint...«

Cassie wartete nicht darauf, daß er weitersprach. Sie drehte sich zu Angel um, schlang entschlossen ihre Arme um seinen Hals und preßte ihre Lippen auf seine.

Niemand war von ihrem Verhalten so überrascht wie Angel, aber er machte ihre Bemühungen nicht dadurch zunichte, daß er sie wegschob. Er legte jedoch einen Arm um ihre Taille, um sie ein wenig zur Seite zu schieben, weg von seiner Waffe, denn er hatte nicht die Absicht, seine Verteidigung außer acht zu lassen, ganz egal, welchen Plan sie verfolgte. Also akzeptierte er ihren Kuß, erwiderte ihn sogar ein wenig geistesabwesend, hielt aber die ganze Zeit über die drei Männer im Auge, die ihrer Vorstellung beiwohnten, und teilte seine Aufmerksamkeit zwischen ihnen und der Frau, die sich an ihn drückte.

Während Sekunde um Sekunde verging, lief R. J. langsam rot an, dann riß er sein Pferd herum und ritt davon. Morgan warf Angel einen mörderischen Blick zu, bevor er dasselbe tat. Frazer machte keine Anstalten, ihnen zu folgen. Er saß einfach nur da und grinste, bis sich seine Belustigung in einem Lachanfall Bahn brach. Als sie das Gelächter hörte, ließ Cassie Angels Hals los und beendete den Kuß; aber sein Arm schloß sich plötzlich noch fester um ihre Taille, und er hielt sie dicht an sich gedrückt. Sie mußte eine Hand auf seine Brust legen, um ihr Gleichgewicht zu behalten, während sie sich umdrehte, um herauszufinden, wer sich da über sie amüsierte – als hätte sie es nicht sofort gewußt.

»Sie haben es ja wirklich in sich, Miss Cassie.« In Frazers Stimme schwang noch immer Belustigung mit. »Pa wird eine Woche lang nur fluchen und toben, und es wird mir ein wahres Vergnügen sein, das zu beobachten.«

Frazers Sinn für Humor hatte nie aufgehört, sie zu verblüffen, obwohl sie ihn im Augenblick keineswegs erfreulich fand. »Aber wird er dennoch Ende der Woche herkommen?«

»Nein.« Frazer grinste sie an. »Der Plan war, daß Sie vor lauter Angst nach Hause zu Ihrer Mama rennen sollten. Tatsache ist, daß Pa sich schon die größten Sorgen gemacht hat, weil dieser Tag immer näherkam und weil Sie immer noch hier sind. Wahrscheinlich ist er erleichtert darüber, daß Sie ihm einen Vorwand verschafft haben, sich zu drücken – wenn nur dieser Bursche da nicht wäre. Wer sind Sie nun eigentlich, Mister?«

»Mein Name ist...«

»John Brown«, sagte Cassie schnell, um Angel zu unterbrechen, aber das trug ihr nur ein weiteres Kichern von Frazer ein.

»Da hätte ich aber etwas Besseres von Ihnen erwartet, Miss Cassie.«

Sie errötete und wurde blaß, als Angel es noch einmal versuchte.

»Mein Name ist...«

Diesmal war es ihr Absatz, der sich in seine Stiefelspitze bohrte, der ihn zum Schweigen brachte und ihr gleichzeitig ihre Freiheit wiedergab. Sie hörte ihn leise fluchen und wurde daraufhin noch blasser, obwohl Frazer jetzt erneut in tosendes Gelächter ausbrach.

»Ich schätze, so wichtig ist es nun auch wieder nicht«, brachte Frazer heraus, als er sich endlich beruhigt hatte. Aber in seinen Augen stand ein boshaftes Zwinkern, als er hinzufügte: »Vielleicht kriegen wir hier ja noch eine Hochzeit, bevor Sie zurück in den Norden gehen. Pa könnte es vielleicht als einen Mordsspaß ansehen, Ihnen auf diese Weise Ihren wohlverdienten Lohn zu verschaffen.«

Cassie ignorierte seinen auf Hochtouren laufenden Humor. »Kann ich nun darauf zählen, in Ruhe gelassen zu werden?«

»Von Pa? Vielleicht. Was Morgan angeht, bin ich mir da allerdings nicht so sicher, denn *er* hat Ihnen die Geschichte über Ihren Freund da geglaubt. Habe ihn nicht mehr so wütend gesehen, seit Clay nach Hause gekommen ist, um uns zu sagen, was er angerichtet hatte – und welche Rolle Sie in der Sache gespielt haben. Mit den Catlins ist das natürlich etwas ganz anderes, nicht wahr?«

Mit einem letzten, höchst verletzenden Kichern tippte Frazer an seinen Hut und ritt davon. Cassie stand plötzlich der schrecklichen Tatsache gegenüber, daß sie wieder einmal mit Angel allein war. Nach dem, was sie ihm gerade angetan hatte – o Gott, die Ungeheuerlichkeit ihrer Tat, die Unverschämtheit –, fragte sie sich, ob sie nicht einfach ins Haus rennen und ihm die Tür vor der Nase zuschlagen könnte. Nein, sie schuldete ihm zuerst eine Entschuldigung – *dann* würde sie hineinrennen und die Tür zuschlagen.

Sie wirbelte herum, nur um ihn direkt hinter ihrer rechten Schulter zu finden, zu nahe, viel zu nahe unter den gegebenen Umständen. Also fing sie an, Schritt für Schritt rückwärts zu gehen, über die ganze Länge der Veranda, weg von der Tür, was sie nicht ändern konnte, da er nicht stehenblieb, wo er war, sondern ihr langsam folgte. Er sah nicht wütend aus, aber in der Art, wie er sich an sie heranpirschte, lag bedrohliche Entschlossenheit. Ihr Herz hämmerte zum Zerspringen, so wie vorhin, als sie ihm in ihrer Verwirrtheit diesen Kuß gegeben hatte.

»Es tut mir leid.« Ihre Worte klangen wie ein Piepsen, und sie fügte eilig hinzu: »Das mit Ihrem Fuß tut mir *wirklich* leid. Ich wollte nicht ... nun ja, ich wollte schon ... ich hätte es natürlich nicht tun dürfen. Aber wenn sie herausgefunden hätten, wer Sie sind... Ich hatte Angst, es würde alles nur noch schlimmer machen. Und...«

Sie keuchte, als sie mit dem Rücken gegen das Seitengeländer stieß, das ihren Rückzug unerbittlich beendete. Aber er kam weiter auf sie zu, bis er direkt vor ihr stand, bis sich sein Körper, zumindest die untere Hälfte davon, gegen den ihren preßte. Sie lehnte sich zurück und versuchte sich so weit wie möglich über das Geländer zu recken, um etwas Abstand von ihm zu haben, wenn auch nur ein bißchen.

Seine Hände fielen links und rechts von ihr klatschend auf das Geländer, und es bereitete ihm offensichtlich Mühe zu sprechen: »Ich habe Ihnen doch *gesagt*, daß man mich hier unten nicht kennt.«

»Sie – Sie können das nicht sicher wissen. Sie wären überrascht zu erfahren, wie leicht ein Ruf wie der Ihre die Runde macht. Es hatte keinen Sinn, das Risiko einzugehen, daß die MacKauleys vielleicht noch nichts von Ihnen gehört haben. Das hätte überhaupt nichts genützt.«

»Und Sie glauben, Ihre Lüge und Ihre kleine Demonstration hätten etwas genützt? Schätzchen, das einzige, was Sie dabei erreicht haben, war, mir zu zeigen, wie süß Ihr Mund schmeckt. Wir müssen das irgendwann noch einmal ohne Publikum versuchen.«

Heiße Röte überflutete ihre Wangen. »Sie sind noch verrückter, als Sie aussehen«, bemerkte sie unglücklich.

»Mein Zeh pocht noch immer, Lady. Ich finde, dafür sind Sie mir etwas schuldig.«

Cassie stöhnte. »Bitte, ich bin bestimmt nicht dafür geeignet, daß Sie Rache an mir nehmen. Sie haben gesehen, wie unzureichend selbst die MacKauleys mich fanden. Und ich hätte Ihnen niemals auf den Fuß getreten – oder das andere getan –, wenn ich Zeit gehabt hätte, darüber nachzudenken. Aber ich bin in Panik geraten. Ich konnte nicht mehr klar denken. Ich hatte Angst...«

»Sie haben immer noch Angst, und das geht mir langsam auf die Nerven. Sie hatten genug Schneid, um es mit drei riesigen Texanern aufzunehmen, von denen zwei teuflisch wütend waren. Ich dagegen bin nur *ein* Mann.«

»Aber Sie sind ein Killer.«

Sie wünschte wirklich, sie hätte das nicht gesagt. Es klang wie das Läuten einer Todesglocke, ihrer, um genau zu sein, und die anschließende Stille war schauderhaft. Cassie hatte das Gefühl, als hätte sie ihn geschlagen, obwohl sie doch nur eine Tatsache festgestellt hatte. Aber die Gefühle, die sie in seinen Augen zu sehen glaubte...

»Sie meinen, ich würde Ihnen weh tun?«

Die Stunde der Wahrheit. Er bat sie nicht nur um eine Antwort. Er zwang sie, diese Antwort auch selbst zu hören und sie ein für allemal zu akzeptieren – damit sie endlich aufhörte, sich wie eine dumme Gans aufzuführen, sobald er ihr näherkam. Tief innerlich kannte sie die Antwort. Sie hatte nur einfach nicht auf ihre eigenen Instinkte gehört.

»Nein, Sie würden mir nicht weh tun – und jetzt lassen Sie mich gehen.«

Bei den letzten Worten schob sie ihn zur Seite und schlüpfte an ihm vorbei zur Haustür. Als ihr jedoch klar wurde, was er ihr gerade angetan hatte, wurde sie plötzlich zornig. Er hatte mit ihrer Angst gespielt, um ihr etwas heimzuzahlen, und dann hatte er ihr diesen Umstand auch noch *bewußt* gemacht. Noch ein einziges Wort, dann...

»Miss Stuart?«

Sie wirbelte herum und war durchaus bereit, ihn in ihrem mittlerweile siedenden Zorn heftig zu attackieren, aber sein Gesichtsausdruck hielt sie davon ab.

»Ich werde eine Weile warten, bevor ich diese Schuld eintreibe«, sagte er, ohne ihren Mund aus den Augen zu lassen.

Ihr stockte der Atem. »Ich – ich dachte, das hätten Sie gerade eben getan.«

Er schüttelte den Kopf, und ein langsames, alarmierendes Grinsen formte sich auf seinen Lippen, das erste Anzeichen irgendeiner Art von Humor, das sie bei ihm zu sehen bekommen hatte, und es wäre ihr weit lieber gewesen, es nicht zu sehen. Dann sagte er nichts weiter, schlenderte einfach nur die Veranda hinunter und verschwand.

Cassie ging ins Haus und schloß leise die Tür hinter sich, statt sie heftig zuzuschlagen. Das Schlagen besorgte bereits ihr Herz.

8

»Ich fange keinen Streit an, aber schrecke auch nicht davor zurück.«

Cassie wünschte, sie wäre nicht nach wie vor so nervös in Angels Gegenwart. Gestern hatten sie endgültig festgestellt, daß er ihr nicht weh tun würde, also war es doch völlig überflüssig, daß sie sich immer noch zittrig fühlte, sobald er in ihre Nähe kam. Sie brauchte nicht um ihr Leben zu fürchten. Sie brauchte nicht einmal um ihre Tugend zu fürchten. Die Drohung, die er gestern zum Abschied ausgesprochen hatte, besagte wohl nicht viel, wenn man näher darüber nachdachte. Schließlich kannte sie ihre Eigenschaften und Vorzüge, und dazu gehörte es nicht, gutaussehende Männer auf sich aufmerksam zu machen – zumindest, wenn es sich um Männer handelte, die kein Interesse an einer Ranch hatten. Und die Unterstellung, daß er sie noch einmal küssen würde, um ihr etwas heimzuzahlen, nun, da hatte wohl die bloße Drohung schon ihren Zweck erfüllt. Er würde es nicht wirklich tun.

Aber heute morgen, als Angel darauf bestanden hatte, mit ihr gemeinsam auszureiten, um die Herde zu überprüfen, war Cassie wieder durch und durch nervös geworden. Und diesmal hatte sich ihre Nervosität aus einer ursprünglich harmlosen Plauderei heraus entwickelt, die plötzlich sehr ernst geworden war, als sie ihn danach fragte, wie viele Männer er herausgefordert hatte. Seine Antwort war nicht so ausgefallen, wie sie erwartet hatte. Aber nachdem sie nun mit dem Thema begonnen hatte, hielt ihre Neugier sie davon ab, es wieder fallen zu lassen.

»Man behauptet, Sie hätten mehr als hundert Männer getötet«, bemerkte sie so ungezwungen wie möglich.

»Man behauptet eine Menge Dinge über mich, die nicht der Wahrheit entsprechen«, erwiderte er.

Sie ritten Seite an Seite, und sie warf ihm einen vorsichtigen Blick zu, aber sein Gesichtsausdruck hielt sie nicht davon ab, weiterzusprechen. Genaugenommen sah er ziemlich gleichgültig aus.

»Haben Sie mitgezählt?« fragte sie.

Einen Augenblick begegnete er ihrem Blick, und sie hätte schwören können, einen Funken Humor in seinen Augen zu entdecken, als er antwortete: »Es tut mir furchtbar leid, Sie desillusionieren zu müssen, aber die Zahl ist nicht so hoch, daß ich den Überblick verloren hätte.«

Offensichtlich wollte er ihr diese Zahl jedoch nicht mitteilen. »Waren es alles faire Kämpfe?«

»Das hängt davon ab, was Sie für fair halten. Ich habe ein paar Männer getötet, die das nicht voraussehen konnten. Aber schließlich habe ich auch keine Skrupel, einen Mann zu erschießen, auf den schon irgendwo der Strick wartet. Ich gebe ihm dieselbe Chance wie der Henker – keine.«

»Und das ist in Ihren Augen kein Mord?«

»Das ist in meinen Augen Gerechtigkeit auf Umwegen. Glauben Sie, diese zwielichtigen Bastarde geben ihren Opfern irgendeine Chance, wenn sie sie vergewaltigen, berauben und töten?«

Seine Gleichgültigkeit war verschwunden. In seiner letzten Bemerkung hatte sogar so viel Engagement gelegen, daß Cassie wünschte, sie hätte nicht davon angefangen. Zu ihrem eigenen Entsetzen hörte sie sich jedoch fragen: »Wie viele sind ein paar?«

»Drei.«

»Und die Gründe?«

»Einer versuchte, mich zu engagieren, um seinen Partner aus dem Hinterhalt zu erschießen. Er glaubte, wenn er für so etwas bezahlen würde, könne man ihn nicht zur Verantwortung ziehen. Ich sehe das nicht so. Auch sein Partner hätte das wohl nicht so gesehen. Aber diesen Kerl hätte ich dem Sheriff übergeben, wenn er nicht den Fehler gemacht hätte, mir zu erzählen, daß der örtliche Gesetzeshüter auf seiner Lohnliste stehe.«

Das war nichts Neues für Cassie. Auch der Sheriff von Caully war mehr oder weniger parteiisch, da er zufällig ein Neffe von Dorothy Catlin war. Allerdings war in der letzten Amtsperiode ein Cousin der MacKauleys Sheriff gewesen.

»Dem Mann wäre also nichts passiert«, vermutete Cassie.

»Überhaupt nichts, und sein Partner, der zufällig ein anständiger und ehrlicher Mann war, wäre eines Nachts ermordet worden, einfach weil er den Fehler begangen hatte, sich mit dem falschen Mann auf Geschäfte einzulassen. Ich hatte keine Lust, das zu akzeptieren.«

Cassie fragte sich, ob sie in der Lage gewesen wäre, eine solche Entscheidung zu treffen. Gott sei Dank hatte sie noch nie vor einer solchen Situation gestanden. »Und die beiden anderen?«

Er brachte sein Pferd plötzlich zum Stehen. Als sie es bemerkte, hielt sie ebenfalls an und drehte sich um. Er beugte sich vor, stützte sich auf den Sattelknauf und sah ihr direkt in die Augen.

Einige lange Sekunden starrte er sie so an, bevor er fragte: »Sind Sie sicher, daß Sie das wissen wollen?«

So ausgedrückt und in einem solchen Tonfall wußte sie, daß sie besser nein sagen sollte. Aber sie klammerte sich an das Gefühl, daß sie mehr über Angel wissen müsse. Je mehr sie über ihn wußte, um so weniger konnte er sie erschrecken. Bisher funktionierte es allerdings nicht. Aber sie war zu sehr daran gewöhnt, sich einzumischen, als daß sie an dieser Stelle einfach aufgegeben hätte. Dennoch brachte sie es nicht fertig, das Wort auszusprechen. Sie konnte nur nicken.

Daraufhin trieb er sein Pferd an, bis sie wieder Seite an Seite ritten, sah sie jedoch nicht an, während er sprach.

»Vor ein paar Jahren bin ich zufällig auf einen Mann gestoßen, der gerade ein junges Mädchen vergewaltigte. Es sah so aus, als hätte er sie von dem Feld, auf dem sie arbeitete, weggeschleppt. Man konnte in der Ferne ihre Farm sehen, deren Felder direkt an den Fluß stießen, dem ich auf meinem Weg in die nächste Stadt folgte. Er hatte sie auf das gegenüberliegende Ufer gebracht und so weit hinter die Bäume gezerrt, daß niemand – wenn nicht ich die Schreie gehört hätte – darauf aufmerksam geworden wäre.

Als ich endlich den Fluß überquert hatte und hinter ihnen auftauchte, war er beinahe fertig mit ihr. Er hatte sie geschlagen, wahrscheinlich weil sie ihm Widerstand geleistet hatte. Trotzdem hätten sie durchaus verheiratet sein können, obwohl ich einen Mann, der seine Frau auf diese Art und Weise behandelt, widerlich finde. Also habe ich ihm zunächst einmal nur den Rat gegeben, das Mädchen in Ruhe zu lassen. Er forderte mich auf, mich zur Hölle zu scheren – und das mit ein paar ziemlich farbenprächtigen Ausdrücken. Da erst bemerkte ich den Jungen, der dem Mädchen ähnlich genug sah, um ihr Verwandter sein zu können. Er hatte offensichtlich versucht, ihr zu helfen, und lag nicht allzu weit von den beiden entfernt. Ein Messer ragte aus seinem Bauch. Er war bereits tot.«

Cassie mußte hart schlucken, bevor sie sagen konnte: »Also haben Sie ihn erschossen.« Es war keine Frage.

»Ich habe ihn erschossen.«

»Gut«, sagte sie so leise, daß er es nicht hören konnte.

»Aber das Mädchen hat nichts mehr wahrgenommen. Sie hörte nicht mehr auf zu schreien, und in dem Augenblick, als ich diesen Bastard von ihr wegschob, sprang sie auf und rannte in den Fluß. Ich bin hinter ihr hergelaufen, aber das Wasser wurde ein Stückchen flußabwärts tiefer, und sie ging unter. Als ich sie endlich herauszog, war sie tot – und ich wäre am liebsten zurückgegangen, um diesen Bastard noch einmal zu erschießen.«

Cassie versuchte, das Ereignis aus ihren Gedanken zu verdrängen. Es war eine Tragödie, die nun schon einige Jahre zurücklag – und sie hatte ihn gerade gezwungen, all das noch einmal zu durchleben. Jetzt wäre ein wenig Leichtfertigkeit notwendig gewesen, um die düstere Stimmung, die diese Geschichte verursacht hatte, zu durchbrechen, aber sie war nicht besonders geschickt, wenn es darum ging, jemanden aufzuheitern. Ihre Stärke war es, die Menschen wütend zu machen.

Immerhin schuldete sie ihm zumindest einen Versuch, daher sagte sie: »Ich hoffe, Sie haben nicht das Schlimmste bis zuletzt aufgehoben.«

Darüber konnte er sogar lachen. »Ich hätte doch gedacht, *das* hätte Ihnen den Mund gestopft.«

Sie warf ihm einen argwöhnischen Blick zu. »War das die Wahrheit, was Sie mir gerade erzählt haben?«

»Die verkürzte Version – es sei denn, Sie wollen noch hören, wie ihre Familie reagiert hat. Diese beiden Kinder waren alles, was sie hatten. Sie gaben mir die Schuld, daß ich das Mädchen nicht gerettet habe.«

»Aber Sie haben es versucht!«

»Der Versuch hat sie nicht interessiert.«

Nein, das war wohl verständlich, denn Trauer war ein sehr seltsames Gefühl, das sich auf jeden Menschen anders auswirkte. Und Angel schien nicht verbittert darüber zu sein. Wahrscheinlich hatte er im Laufe seiner Karriere eine ganze Menge Trauer zu sehen bekommen – und einen Teil dieser Trauer hatte er wahrscheinlich selbst verursacht.

Plötzlich fügte er noch hinzu: »Ich habe noch nie jemandem von diesem Mädchen und ihrem Bruder erzählt.«

Cassie war überrascht, aber sein Geständnis löste auch ein warmes Gefühl in ihr aus. Sie empfand etwas wie Freude, etwas, das mehr war als nur Stolz darüber, daß er seine Geschichte mit ihr geteilt hatte. Dieser Umstand schmeichelte ihr so sehr, daß sie sagte: »Möchten Sie dann auch noch das letzte Ereignis mit mir teilen?«

Sie war durchaus bereit, ein eindeutiges Nein zu akzeptieren, aber statt dessen bemerkte er: »Sie mischen sich wirklich gern ein, nicht wahr?« Sie errötete, aber er wartete ihre Antwort nicht ab. »Das dritte Ereignis hat sich erst letzten Monat abgespielt. Es kursierte ein Gerücht, daß ein Bursche namens Dryden reiche alte Witwen weges ihres Geldes heiratete und sie dann ermordete. Er hatte seine Methode bis zur Perfektion entwickelt.«

»Sie haben wirklich einen Mann wegen eines *Gerüchtes* getötet?«

Er ignorierte ihren schockierten Gesichtsausdruck und sprach in demselben Plauderton weiter. »Es gab viele Leute, die davon wußten, aber leider keine Möglichkeit hatten, es zu beweisen. Sie glauben wirklich, ich würde jemanden wegen eines Gerüchtes töten?«

Diesmal errötete sie noch heftiger als zuvor. Wieder einmal war es die Stunde der Wahrheit. »Nein, das würden Sie nicht tun.«

»Nein, das würde ich auch nicht – obwohl mir der Gedanke an all diese Witwen, die vor ihrer Zeit sterben mußten, es gewiß leichter gemacht hat, auf den Abzug zu drücken. Aber ich habe Dryden erschossen, weil er gerade eben eine Frau, eine englische Herzogin, einer Mörderbande übergeben hatte, von der er ganz genau wußte, daß sie sie umbringen würden. Sie war zufällig eine Freundin von Colt Thunder, und er hatte mich darum gebeten, mich dieser Verbrecherbande, die Jagd auf sie machte, anzuschließen, damit ich ihr helfen konnte, falls sie Hilfe brauchte. Und Hilfe hat sie tatsächlich gebraucht. Wenn ich ihn nicht erschossen hätte, wäre Dryden mit seinem Blutgeld einfach von dort verschwunden, und ich wollte auf keinen Fall das Risiko eingehen, daß ich ihn vielleicht nicht wiederfand.«

»Haben Sie die Engländerin gerettet?«

»Als ich sie das letzte Mal sah, lebte sie noch. Daß es dabei bleibt, ist jetzt Colts Problem.«

»Ich hatte ganz vergessen, daß Sie ihn kennen, ihn und auch Jessie und Chase Summers. Sie sind meine Nachbarn, wissen Sie?«

»Ich weiß.«

Er klang ein wenig resigniert, als wünschte er, es wäre nicht so. Sie sah ihn neugierig an, aber er starrte nur hinaus auf die mit Beifuß übersäte Prärie, so daß sie es für besser hielt, diesen Gedanken nicht weiter zu verfolgen.

»Es überrascht mich zu hören, daß Colt sich mit einer weißen Frau angefreundet hat. Wenn ich ihn nicht vor ... nun, vor dem Callan-Zwischenfall schon gekannt hätte, dann würde er mir jetzt nicht einmal sagen, wie spät es ist.«

Jeder, der Colt Thunder kannte, wußte von diesem Ereignis, das sich vor einigen Jahren zugetragen hatte. Damals hatte man ihn beinahe zu Tode gepeitscht, weil er es gewagt hatte, einer weißen Frau den Hof zu machen. Der Vater des Mädchens hatte daran Anstoß genommen, als er herausfand, daß Colt ein halber Cheyenne-Indianer war. Colt hatte anschließend nie wieder eine weiße Frau mit denselben Augen angesehen, es sei denn, daß er sie bereits gut kannte. Die übrigen mied er wie die Pest.

»Vielleicht war der Ausdruck ›Freundin‹ ein klein wenig zu großzügig«, gab Angel zu. »Diese Herzogin hatte Colt irgendwie dazu gebracht, sie nach Wyoming zu begleiten, so daß er sie damals am Hals hatte. Ich kann nicht sagen, daß es ihm gefallen hat. Tatsache ist, es hat ihm überhaupt nicht gefallen.«

Das klang schon mehr nach Colt Thunder, und daher wanderten ihre Gedanken zurück zu dem, was Angel ihr gerade von seiner dritten »unfairen« Begegnung erzählt hatte. »Sie wußten doch, daß Sie diese Engländerin retten konnten oder es zumindest versuchen würden. Wie rechtfertigen Sie es also, daß Sie Dryden dennoch getötet haben?«

Bei diesen Worten blieb er wieder hinter ihr zurück, und wieder mußte sie sich im Sattel umdrehen, um ihn anzusehen. »Lady, *er* wußte nicht, daß ich nicht zu dieser Bande gehörte, die ihm fünftausend dafür versprochen hatte, wenn er sie ihnen übergab. Er wußte nur, daß sie sterben würde – und lassen Sie sich eins gesagt sein, die Pläne, die diese Leute für sie hatten, sahen keinen sauberen, einfachen Tod vor. Ich sehe es so: Wenn ein Mann etwas tut, das ihm einen Strick einbringen würde, macht es mir nichts aus, dem Henker die Mühe zu ersparen. Wenn Sie also denken, daß ich es bedauern würde, daß ich diesen Bastard getötet habe, dann denken Sie besser noch einmal nach. Es war ein reines Vergnügen. Aber was, zum Teufel, erwarte ich eigentlich? *Sie* hat es schließlich auch kaltblütigen Mord genannt, obwohl sie jetzt tot sein würde, wenn ich damals nicht zur Stelle gewesen wäre. Glauben Sie also, es interessierte mich auch nur im geringsten, was, zum Teufel, Sie davon halten?«

Cassie wußte nicht mehr, was sie sagen sollte. Er war wütend darüber, daß sie ihn verurteilte, und damit hatte er recht. Wenn sie dabeigewesen wäre, hätte sie es vielleicht genauso gesehen wie er – obwohl ihr der Mut gefehlt hätte, mit Dryden so zu verfahren, wie er es verdient hatte.

Sie sah wieder nach vorn und wartete, bis er neben ihr war. Die Braun- und Grüntöne der Ebene machten langsam dem Grün der hügeligen Flußregion Platz, wo das Vieh graste. Das Weidelager der beiden noch übriggebliebenen Cowboys ihres Vaters lag direkt hinter der nächsten Anhöhe. Jetzt jedoch schien es noch meilenweit entfernt zu sein, denn sie hatte das Gefühl, auf glühenden Kohlen zu sitzen.

»Sie haben recht«, sagte sie entschuldigend. »Der Mann war genauso schuldig, als hätte er sie selbst getötet, denn die Absicht ist ebenso schlimm wie die Tat.«

»Nicht immer.«

Als er das sagte, sah er sie direkt an, und Spuren seines Zorns spiegelten sich noch immer in seinem Gesicht. Sie zweifelte daher kaum daran, daß er ihr im Augenblick am liebsten an die Gurgel gegangen wäre. Seltsamerweise fand sie diesmal nichts Beunruhigendes an diesem Gedanken. Im Gegenteil, das erschien ihr eher komisch.

»Solange Sie nur daran denken...«, sagte sie lächelnd.

»Solange ich nur woran denke?«

»Daran, mir den Hals umzudrehen.«

Er schob seinen Hut zurück und gestattete es der Sonne, die Hälfte seines Gesichts zu bescheinen. Dann sagte er in diesem trägen, schleppenden Tonfall, der so typisch für ihn war: »Das ist es also, woran ich gerade gedacht habe?«

Ihre Augen weiteten sich in gespielter Überraschung. »*Noch* schlimmer?«

Er lachte und ging auf ihr Spiel ein. »Ich schätze, Ihren Hals umzudrehen, würde mir schon reichen.«

»Aber ich habe einen ziemlich mageren Hals. Er würde sehr schnell brechen. Das wäre bestimmt keine große Befriedigung.«

»Dann muß ich mir wohl etwas anderes ausdenken. Man kann sich nicht rächen, ohne...«

Weiter kam er nicht. Zwei kurz nacheinander abgefeuerte Schüsse zogen seine Aufmerksamkeit auf sich, obwohl sie aus weiter Ferne gekommen waren. Mit gespannter Aufmerksamkeit lauschte er dem tiefen Grollen, das wenige Augenblicke später einsetzte. Dieses Geräusch erforderte keine Erklärung. Sie hatten es beide schon früher gehört.

Cassie stöhnte. Angel sprach aus, was er dachte. »Machen wir, daß wir hier wegkommen«, sagte er, als die ersten in Panik davonstürmenden Rinder über die ferne Anhöhe jagten – genau in ihre Richtung.

Doch sie dachte nicht einmal daran, seinen Rat zu befolgen. »Das ist die Herde meines Vaters«, war alles, was sie erwiderte, bevor sie ihr Pferd in Galopp fallen ließ, um dem Vieh den Weg abzuschneiden.

Angel traute seinen Augen nicht. »Lady, Sie reiten in die falsche Richtung!« schrie er hinter ihr her, aber sie blieb nicht stehen.

Zwei Sekunden lang dachte er, zur Hölle mit ihr. Sie hatten weites, offenes Land vor sich mit genug Platz, um der herannahenden Herde aus dem Weg zu gehen. Dann stieß er einen wilden Fluch aus, gab seinem Pferd die Sporen und folgte ihr.

9

Cassie hatte keine Angst, auf diese Herde zuzureiten – jedenfalls nicht allzu viel. Immerhin wußte sie, was sie tat. Sie hatte früher gesehen, wie man so etwas machte. Irgend jemand hatte ihre Tiere mit Gewehrschüssen in panische Angst versetzt. Mit Gewehrschüssen konnte man sie auch wieder zur Umkehr bewegen. Aber da die Tiere jetzt wild waren, mußte sie die Herde ziemlich nahe herankommen lassen, bevor sie schießen konnte. Sie mußte sichergehen, daß sie sie mit ihren Schüssen tatsächlich zurücktreiben konnte.

Daher zog sie ihr Gewehr erst aus dem Sattelholster, als die Herde sie beinahe erreicht hatte; dann schoß sie zweimal in die Luft, aber ihre Schüsse erzielten nicht die erhoffte Wirkung. Statt die Rinder so zu erschrecken, daß sie in einem Halbkreis die Richtung änderten, teilte sie die Herde in zwei Teile, und Cassie steckte mittendrin.

Die in Todesangst an ihm vorbeidonnernden Tiere machten es Angel unmöglich, Cassie zu erreichen. Er gab nun ebenfalls einen Schuß ab, um sich einen Weg zu ihr zu bahnen, aber es gelang ihm lediglich, ein paar Rinder direkt vor ihm zu vertreiben. Es waren viel zu viele Tiere, und sie bewegten sich zu schnell, als daß es für ihn ein Durchkommen gegeben hätte. Im Zentrum dieser Masse konnte sie sich kaum noch auf dem Pferd halten, und nach allem, was er sah, hatte sie auch die Kontrolle über ihr Reittier verloren. Das Pferd hatte nicht einmal genug Platz, sich um die eigene Achse zu drehen, so daß es sich wenigstens vom Strom der Rinder hätte mitreißen lassen können. Und dann verlor es plötzlich auch noch den Boden unter den Füßen, seine Hinterbeine gaben nach, und er sah die Frau zusammen mit dem Tier verschwinden.

Plötzlich spürte Angel eine Angst, die weit schlimmer war als das, was er empfunden hatte, als er sich zum ersten Mal dem Tod gegenübergesehen hatte. Seinen eigenen Tod hatte er mittlerweile akzeptiert. Das hing mit seinem Job zusammen. Aber dies hier war etwas ganz anderes. Dies hier brachte ihn dazu, mitten in die Herde hineinzureiten, sein Gewehr auf diese dunkle, brodelnde Masse zu richten, ohne sich darum zu kümmern, was er traf ... es brachte ihn dazu, aus Leibeskräften zu brüllen – und schon bald war er von den brüllenden, vorwärts drängenden Tieren ebenso umzingelt wie Cassie. Aber wenigstens bewegte er sich mit ihnen, bewegte sich auf sie zu, obwohl er sie nicht mehr sehen konnte.

Er hörte einen weiteren Schuß, war sich aber nicht sicher, ob sie ihn abgefeuert hatte oder ob endlich einer der beiden Cowboys aufgetaucht war und jetzt an den äußeren Rändern der Herde entlangritt, um die Tiere aufzuhalten. Aber nach einem kurzen Augenblick erschien Cassies Pferd wieder, direkt vor ihm, nur sie selbst konnte Angel nach wie vor nirgends entdecken.

Als er ihr Pferd erreichte, war es ihm, als schnüre ihm die Angst die Kehle zu. Und als er Cassie auf der anderen Seite des Tieres entdeckte, wo sie sich an den Sattelknauf klammerte und das Pferd wie einen Schild benutzte, befreite ihn auch dieser Anblick keineswegs von seiner Furcht. Solange er es nicht schaffte, sie vom Boden hochzubekommen...

Es gelang ihm schließlich, indem er über ihr Pferd griff und sie hochzog. Sein Instinkt sagte ihm, daß er ziehen mußte, bis er sie sicher auf seinem eigenen Pferd wußte, aber sie schwang bereits ein Bein über ihr Pferd, um sich in ihrem Sattel aufzusetzen. Anscheinend waren ihre Verletzungen nicht allzu schwer. Also griff er nach ihren Zügeln und schaffte es auf diese Weise, ihr Pferd herumzureißen, so daß sie sich in derselben Richtung bewegten wie die Rinder. Nach und nach arbeiteten sie sich an den Rand der Herde vor.

Glücklicherweise hatten sich die meisten Tiere mittlerweile von ihnen entfernt, so daß sie nicht lange brauchten, um sich in Sicherheit zu bringen. Aber Angel hielt nicht an, bevor sie zu einem einzeln stehenden Baum am Fuße des Hügels kamen, über den die Rinder herangestürmt waren. Dort stieg er vom Pferd, hob Cassie vorsichtig aus dem Sattel und trug sie zu dem Baum. Er setzte sie so ab, daß sie sich an den Stamm lehnen konnte.

Unter der Staubschicht, die sie beide mittlerweile bedeckte, war sie totenblaß; das war der Grund dafür, daß seine Stimme einen so scharfen Klang hatte, als er fragte: »Wo sind Sie verletzt?«

»Mir fehlt nichts«, bekam sie gerade noch heraus, bevor sie ein paar Sekunden lang husten mußte. »Eines von den Tieren ist mir auf den Fuß getreten, aber ich glaube nicht, daß ich mir etwas gebrochen habe. Ich könnte allerdings ein wenig Wasser gebrauchen. Ich glaube, ich habe den halben Schmutz von Texas geschluckt.

Das war es *nicht*, was er zu hören erwartet hatte. Er kniete neben ihr und starrte sie eine ganze Weile nur wortlos an. So lange brauchte er, um zu begreifen, daß sie überhaupt nicht verletzt, daß sie lediglich ein wenig durchgeschüttelt worden war. Und dann wuchs sein Zorn in dem gleichen Verhältnis wie seine Erleichterung. Aber das behielt er für sich. Für den Schrecken, den sie ihm gerade eingejagt hatte, hätte er sie am liebsten erdrosselt, aber er nahm an, daß sie nun schon genug durchgemacht hatte. Sie brauchte nicht auch noch...

»Verdammte Närrin! Haben Sie eigentlich keinen Funken Verstand?«

Er stand auf, während er ihr diese Worte zubrüllte und wartete ihre Antwort erst gar nicht ab, sondern marschierte hinüber zu seinem Pferd, um seine Feldflasche zu holen.

Gleichgültig ließ er sie ihr in den Schoß fallen, als er zurückkehrte. Sie jedoch griff nicht sofort danach. Sein Gesichtsausdruck machte sie im Augenblick zu mißtrauisch, um sich überhaupt zu bewegen.

»Nun?«

»Wahrscheinlich nicht«, sagte sie besänftigend.

»Womit Sie verdammt recht haben! Das da draußen war eine in Panik geratene Viehherde, Lady. Der stellt man sich nicht freiwillig in den Weg.«

»Ich dachte, ich könnte sie zur Rückkehr bewegen. Die Tiere liefen direkt auf das Weideland der MacKauleys zu, und die haben in letzter Zeit kein Rind meines Vaters, das sie auf ihrem Land angetroffen haben, zurückgegeben. Uns fehlen bereits mehr als dreißig Tiere. Nur deshalb habe ich versucht, die Herde zurückzuhalten.«

»Was die Tiere außerordentlich beeindruckt hat«, entgegnete er angewidert. »Also, bei welcher von beiden Parteien müssen wir uns Ihrer Meinung nach für diese Geschichte bedanken?«

Sie entspannte sich sichtbar, als sie bemerkte, daß er sie nun nicht mehr länger anschreien würde, wusch sich sogar den Mund aus und nahm einen langen Schluck aus seiner Feldflasche, bevor sie antwortete: »Das sieht mir ganz nach den Catlins aus. Und die Schüsse kamen auch aus ihrer Richtung.«

»Die andere Partei hätte sich dort aufhalten können, um Sie auf genau diesen Gedanken zu bringen«, stellte Angel fest.

»Stimmt. Nur daß die MacKauleys mir von Anfang an gedroht haben, die Catlins aber keine Woche vergehen lassen, ohne etwas zu *tun*, um mich von hier zu verscheuchen. Keine von beiden Parteien hat übrigens je versucht, zu verbergen, was sie getan haben, oder die Schuld daran dem anderen in die Schuhe zu schieben. Sie wollen, daß ich ganz genau weiß, wofür jeder verantwortlich ist.«

Er dachte darüber nach, während er zusah, wie sie versuchte, mit zitternden Fingern den Knoten ihres Halstuchs zu lösen. Schließlich kniete er sich neben sie hin, um ihr dabei zu helfen. Sie zuckte zurück, als sich seine Hand näherte, starrte ihn dann jedoch nur wortlos an, während er den Knoten lockerte und das Tuch von ihrem Hals abstreifte.

»Sie hätten sich das da übers Gesicht ziehen sollen«, sagte er barsch, während er ein wenig Wasser über den roten Stoff schüttete und ihn ihr zurückgab.

»Ich weiß, aber ich hatte nicht mehr genug Zeit, über solche Dinge nachzudenken. Und auch wenn Sie das erstaunen sollte – das Ganze ist durchaus nichts Selbstverständliches für mich. Ich bin zwar auf einer Ranch aufgewachsen, aber ich habe nie mit dem Vieh gearbeitet, so wie meine Mutter das tut.«

Da er nichts darauf erwiderte, nahm sie sich einen Augenblick Zeit, um sich mit dem nassen Tuch den Schmutz vom Gesicht zu wischen. Als sie fertig war, nahm er es ihr aus der Hand und säuberte ein paar Stellen, die ihr entgangen waren. Verwirrt sah sie ihn an.

»Warum sind Sie so nett zu mir?«

Seine schwarzen Augen begegneten den ihren mit einem finsteren Blick. »Damit Sie nicht so mitleiderregend aussehen, wenn ich Sie schlage.«

Cassie starrte ihn mit offenem Mund an. Er streckte eine Hand aus und hob ihr Kinn, um ihren Mund wieder zu schließen. Dann befeuchtete er den roten Stoff noch einmal und benutzte ihn für sein eigenes staubiges Gesicht. Er hatte genug Verstand gehabt, sein Gesicht mit seinem Halstuch zu bedecken, bevor er in diese Staubwolke geritten war, die die Rinder aufgewirbelt hatten. Daher hatte er nicht soviel abzuwischen wie sie.

Cassie untersuchte inzwischen ihren Fuß. »Soll ich ihn mir einmal ansehen?« bot er ihr an.

Eingedenk seines letzten üblen Witzes warf sie ihm einen scharfen Blick zu, aber er schien es ernst zu meinen. Trotzdem – seine Hände auf ihrem nackten Fuß? Der Gedanke ließ sie erschauern. »Nein, danke. Ich kann noch alle meine Zehen bewegen, also kann es nicht mehr als eine Prellung sein.«

Sein Blick wurde noch düsterer, als er ihren Fuß betrachtete. »Selbst das ist schon zuviel, also werde ich mal da rüberreiten und diesen Leuten einen kleinen Besuch abstatten. Wenn Sie mir jetzt bitte sagen würden, in welche Richtung ich reiten muß?«

Mit »diesen Leuten« mußte er wohl die Catlins meinen. »O nein.« Nachdrücklich schüttelte sie den Kopf. »Ganz bestimmt nicht.«

Er stand auf. »Lady«, knurrte er sie an, »das da war eine in Panik geratene Herde, in die wir mitten hineingeraten sind. Jemand hätte verletzt werden können, auch ich – ganz besonders ich. Und *vor allen Dingen* Sie.«

»Das war nicht ihre Absicht.«

»Zum Teufel mit ihrer Absicht.« Wieder einmal schrie er sie an. »Sie hätten dieser ganzen Angelegenheit schon vor langer Zeit ein Ende machen sollen. Soweit ich sehe, haben Sie kein einziges Gesetz gebrochen. Diese Leute haben kein Recht, zu versuchen, Sie von hier zu vertreiben.«

Cassie seufzte, als ihr klar wurde, daß er diesmal nicht auf sie wütend war, sondern um ihretwillen. Damit konnte sie viel besser umgehen.

»Wenn die Leute zu Hause wütend auf mich waren, hat sich immer meine Mutter darum gekümmert«, gab sie reumütig zu. »Sie beschützt mich auf eine etwas grimmige Art und Weise, wahrscheinlich weil ich ihr einziges Kind bin. Aber dadurch, daß sie sich immer um meine Probleme gekümmert hat, konnte ich nicht viel Erfahrung sammeln, wie man selbst mit so etwas fertig wird. Ich schätze, ich stelle mich bei meinem ersten Versuch nicht übermäßig geschickt an.«

»Das kann man wohl sagen.«

Diese gelassene Erwiderung machte sie ausgesprochen wütend. »Glauben Sie bloß nicht, ich könnte nicht selbst ein paar Drohungen aussprechen und anschließend auch dazu stehen. Ich trage meinen Colt nicht nur, um auf Schlangen zu schießen. Ich weiß ihn zu benutzen, wahrscheinlich genauso gut wie Sie.« Sie ignorierte sein verächtliches Schnauben. »Aber das ist eben nicht meine Art.«

»Vielleicht nicht, aber es ist meine. Und es sind Dinge wie diese, für die man mich normalerweise engagiert, also lassen Sie mich tun, wozu ich mich eigne.«

»Das, wozu Sie sich eignen, bringt Menschen den Tod, aber ich will nicht, daß irgend jemand meinetwegen den Tod findet. Habe ich mich endlich klar ausgedrückt?«

»Soweit es Sie betrifft, höre ich auf Sie. Wenn es jedoch mich betrifft, dann werde ich sehr wohl etwas dagegen tun. Und habe *ich* mich klar ausgedrückt, Lady?«

»Also einen Augenblick mal«, sagte sie ärgerlich, während sie sich mühsam hochrappelte. »Niemand hier hat Ihnen irgend etwas getan. Wagen Sie es bloß nicht, diese Sache persönlich zu nehmen.«

»Sie ist in dem Augenblick persönlich geworden, als mir klar wurde, wer Sie sind. Sie sind Colts Nachbarin, und er ist zufällig so ungefähr der einzige Mann, den ich als Freund bezeichne. Das macht es persönlich.«

Darauf fiel ihr keine Antwort ein, denn es war ihr bisher nicht in den Sinn gekommen, daß er die Dinge auf diese Weise sehen könnte. Und es sah auch nicht so aus, als würde er noch lange auf irgendwelche Erklärungen von ihr warten. Er ging bereits zu seinem Pferd.

Trotzdem mußte sie es wenigstens versuchen. »Was werden Sie tun?«

Er stieg auf, bevor er sagte: »Ich werde mich zuerst an den Sheriff wenden. Wenn das Gesetz die Sache in die Hand nimmt, tue ich gar nichts.«

Diese Feststellung hätte sie eigentlich erfreuen sollen, aber statt dessen stöhnte sie nur. »Verschwenden Sie nicht Ihre Zeit. In diesem Jahr ist ein Verwandter der Catlins hier Sheriff. Er würde sich um eine Beschwerde gegen die MacKauleys kümmern, aber gegen seine eigenen Leute wird er gar nichts tun.«

»Dann muß ich mich mit den Catlins unterhalten«, erwiderte er.

Sie mußte wieder an seine Geschichte von dem Mann denken, der den Sheriff in der Hand gehabt hatte. Damals hatte Angel das Gesetz in seine eigenen Hände genommen. »Könnten Sie sich diesmal nicht etwas anderes einfallen lassen?«

»Wie soll ich das machen?«

»Waffen sind nicht die Antwort auf alles. Wäre es Ihnen vielleicht möglich, in dieser Gegend *niemanden* zu erschießen? Ich – ich würde es als einen persönlichen Gefallen betrachten.«

Er antwortete ihr nicht sofort, und diese sündhaft schwarzen Augen schafften es wieder einmal, sie völlig zu entmutigen, bevor er auch nur ein Wort sagen mußte. »Sie stehen schon in meiner Schuld, Lady. Ich kann mir nicht vorstellen, daß Sie Ihre Schulden noch vergrößern wollen, aber ich werde es mir merken.«

Sie errötete heftig, aber er blieb nicht mehr lange genug, um das zu sehen. Jetzt konnte sie nur noch hoffen, daß er die Catlin-Ranch einfach nicht finden würde. Und falls er sie doch finden sollte, so hoffte sie, daß wenigstens Buck Catlin nicht zu Hause wäre, weil Buck zwar kein so heftiges Temperament besaß wie die MacKauleys, dafür aber doppelt so arrogant war. Und wie durfte Angel es nur wagen, ihre Bitte einfach abzutun, indem er sie an diesen lächerlichen Vorfall erinnerte, den sie doch wohl beide nicht ernst nehmen konnten? Es war einfach nur ein Scherz – ein Scherz, der ihr Herz schneller schlagen ließ, wenn sie auch nur daran dachte.

10

Die Catlin-Ranch war eine im spanischen Stil gebaute Hazienda, groß und beeindruckend. Die hohen, aus Lehmziegeln gebauten Mauern, die das Haus und die Nebengebäude umgaben, machten sie zu einer wahren Festung – mit all den Toren vor dem gewölbten Haupteingang. Die Tore waren nicht verschlossen, so daß Angel ungehindert hindurchreiten konnte. Innerhalb der Mauern herrschte geschäftiges Treiben. In einem Pferch waren drei Männer damit beschäftigt, ein Pferd einzureiten. Aus dem Lagerhaus kam gerade ein Dienstbote mit einer ganzen Schürze voller getrockneter Äpfel heraus. Ein paar kleine Mexikaner wehrten ein gespieltes Indianermassaker ab, wobei sie den Staub auf einem kleinen Friedhof mit drei Kreuzen darauf hochwirbelten. Irgendwo wurde Holz gehackt, und aus einer anderen Richtung ertönte der unmelodische Gesang einer Frau. Dann hörte man sie lachen und es noch einmal probieren.

Als Angel auf den Hof vor dem Haus zuritt, wandten sich ihm alle Köpfe zu, die Bewegungen erstarrten, der Lärm vom Friedhof erstarb, und nur das falsche Singen klang plötzlich lauter.

Ein junger Mann trat mit einem Kaffeebecher in der Hand auf die Veranda hinaus. Er hatte blondes, schulterlanges Haar, braune Augen, war von mittlerer Größe und höchstens ein oder zwei Jahre älter als zwanzig. Seine Weste war aus rohem Fell gemacht; sein Revolver hing tief an seinen Hüften, und seine übertriebene Arroganz verriet Angel, daß er gerade seinem ersten Catlin gegenüberstand.

»Kann ich Ihnen helfen, Mister?« fragte der junge Mann in einem neutralen Tonfall.

Angel stieg nicht vom Pferd, ließ jedoch seine Hände betont harmlos auf seinem Sattelknauf liegen. »Ich möchte den Besitzer sprechen.«

»Das ist meine Ma. Ich bin Buck Catlin, und ich stelle hier die Leute ein.«

»Ich bin nicht auf der Suche nach Arbeit. Ich habe eine Nachricht für Ihre Mutter, und wenn Sie sie jetzt holen würden, wäre ich Ihnen sehr dankbar.«

Buck Catlin rührte sich nicht, sondern trank nur einen Schluck Kaffee. »Ma hat zu tun. Was es auch ist, Sie können mit mir reden. Ich werde es ihr schon ausrichten.«

»Sie können es gern zur selben Zeit hören wie Ihre Mutter, aber nicht vorher.«

Bei diesen Worten wurden Bucks Augen schmal, und er runzelte die Stirn. Er war nicht daran gewöhnt, ein Nein zu vernehmen. Seit seinem dreizehnten Lebensjahr hatte er Männern Befehle gegeben, die älter waren als er. Die Ranch würde eines Tages ihm gehören. Er leitete sie jetzt schon. *Niemand* sagte Nein zu ihm – außer seiner Mutter.

»Wer, zum Teufel, sind Sie, Mister?«

»Mein Name ist Angel.«

»Und von wem kommt Ihre Nachricht?«

»Von mir«, erwiderte Angel. Dann wurde er deutlicher: »Um genau zu sein, ist es weniger eine Nachricht als eine Warnung. Also, holen Sie jetzt Ihre Mutter, oder muß ich sie selber suchen?«

»Ich glaube nicht, daß Sie irgend etwas anderes hier tun werden, als zu verschwinden.«

Buck hatte, bevor er mit dieser Feststellung fertig war, die Hand nach seiner Waffe ausgestreckt, doch Angel hatte seinen Revolver bereits aus dem Halfter gezogen, den Hahn gespannt und den Lauf auf Buck gerichtet, bevor dieser mit der Hand auch nur in die Nähe seiner Waffe gekommen war.

»Das wollen Sie ganz bestimmt nicht tun«, sagte Angel in seinem langsamen, schleppenden Tonfall. »Und Miss Cassie will nicht, daß ich irgend jemanden erschieße, also lassen Sie es besser bleiben. Auf diese Weise leben Sie weiter, und ich muß die Dame nicht aufregen. Dann gewinnen wir beide.«

Bucks Finger zuckten und schlossen sich dann um leere Luft zusammen. Langsam ließ er die Hand sinken. »Was sagten Sie noch, wer sind Sie?« fragte er mit erstickter Stimme.

»Angel.«

»Angel was?«

»Einfach nur Angel.«

»Sollte ich Sie kennen?«

»Dafür besteht kein Grund.«

»Aber Sie kennen das Stuart-Mädchen. Das haben Sie gesagt. Hat Sie sie bezahlt, um hierher zu kommen?«

»Nein«, erwiderte Angel. »Tatsache ist, sie hat mich gebeten, es nicht zu tun. Sie hatte diese merkwürdige Idee, daß ich vielleicht jemanden erschießen könnte. Das wird doch wohl nicht notwendig sein, oder?«

Die noch immer auf ihn gerichtete Waffe und Angels unheilverkündender Gesichtsausdruck ließen Buck Catlin ein wenig erbleichen. In diesem Augenblick konnte er nur noch den Kopf schütteln.

»Gut«, sagte Angel. »Nun, ich habe Ihnen schon mehr Fragen gestattet, als ich das normalerweise tue, also, warum tun Sie mir nicht ebenfalls einen Gefallen und holen Ihre Mutter?«

»Seine Mutter ist schon da, Mister«, hörte Angel plötzlich Dorothy Catlins Stimme hinter sich. »Und ich habe ein Gewehr, das auf Ihren Kopf gerichtet ist. Also lassen Sie lieber

Ihre Waffe fallen, falls Sie lebendig von hier wegkommen wollen.«

Angels Muskeln spannten sich nur ein klein wenig an. Aber sein Gesichtsausdruck blieb derselbe, und sein Blick haftete weiterhin auf Buck.

»Ich fürchte, diesen Gefallen kann ich Ihnen nicht tun, Ma'am«, sagte er höflich, ohne sich jedoch umzudrehen. »Ich werde diese Waffe behalten, bis ich Sie wieder verlasse.«

»Sie glauben, ich würde nicht auf Sie schießen?« fragte Dorothy ungläubig.

»Es interessiert mich nicht besonders, ob Sie das tun oder nicht, Ma'am. Allerdings wird Ihr Junge hier dann ebenfalls sterben. Wenn es das ist, was Sie wollen – dann, bitte, schießen Sie.«

In der langen darauf folgenden Stille brach Buck der Schweiß aus. Er war derjenige, der das Schweigen brach, als seine Mutter immer noch keine Anstalten traf, ihr Gewehr zu senken. »Ma, wenn es dir nichts ausmacht – ich würde heute lieber nicht sterben.«

»Mistkerl«, fluchte sie, bevor sie vortrat, um Angel anzusehen. Der Lauf ihres Gewehrs zeigte nun zu Boden. »Wer sind Sie, ein Verrückter?«

»Nur ein Mann, der lange genug mit dem Tod gelebt hat, um ihm nicht mehr viel Beachtung zu schenken.« Er tippte sich grüßend an seinen Hut, als er ihr die Hälfte seiner Aufmerksamkeit schenkte. Seine Waffe zeigte jedoch weiterhin auf Buck.

Sie war sehr groß für eine Frau, nur drei oder vier Zentimeter kleiner als ihr Sohn. Und sie hatte dasselbe blonde Haar und dieselben braunen Augen. Angel schätzte sie auf nicht einmal vierzig. Genaugenommen war Dorothy Catlin noch immer eine schöne Frau; in jüngeren Jahren mußte sie einfach umwerfend gewesen sein. Und sie sah sehr sanft aus in ihrem weißen Rock und der spitzengesäumten Bluse.

Es paßte gar nicht zu ihr, ein Gewehr in der Hand zu halten. Schon der Gedanke, sie könne jemanden erschießen, schien absurd. Aber Angel wäre nicht so lange am Leben geblieben, wenn er unschuldig aussehende Menschen unterschätzt hätte. Er hatte schon vor langer Zeit begriffen, daß jeder fähig war zu töten, wenn man ihm nur den richtigen Grund dafür lieferte.

»Ich habe gehört, daß Sie das Stuart-Mädchen erwähnten«, sagte Dorothy verärgert. »Falls Sie gekommen sind, um sich für sie zu entschuldigen, verschwenden Sie nur Ihre Zeit.«

»Deshalb bin ich nicht gekommen. Ich entschuldige mich nicht einmal für mich selbst, geschweige denn für jemand anderen.«

»Das ist gut, denn das, was sie getan hat, ist nicht entschuldbar.«

Buck pflichtete ihr bei: »Sie brauchen meine Schwester nur anzusehen, und schon fängt sie an zu flennen. Das ist das einzige, was sie überhaupt noch tut, und Cassie Stuart und ihre Einmischung sind schuld daran.«

Eine Feststellung, die Angel durchaus zweifelhaft fand, denn es konnte ebensogut sein, daß das Mädchen weinte, weil sie wieder zu Hause war, statt mit ihrem frischgebackenen Ehemann zusammenzuleben. Aber er erwiderte nur: »Das habe ich gehört.«

»Dann sagen Sie, was Sie zu sagen haben, und verschwinden dann von meinem Besitz!« rief Dorothy.

»Jemand hat heute morgen die Stuart-Herde in Panik versetzt und das Vieh direkt auf die Weide der MacKauleys zugetrieben. Die Schüsse, die diese Panik verursacht haben, kamen aus ihrer Richtung.«

Dorothys Gesicht rötete sich vor Entrüstung. »Wollen Sie mich beschuldigen, eine Viehherde mit Absicht in Panik versetzt zu haben?«

»Ich bin Viehzüchter, Mister«, fügte Buck zornig hinzu.

»Und es gibt keinen Grund auf der Welt, dessentwegen ich irgendwelche Rinder verängstigen würde.«

»Und das *letzte*, was uns einfiele, wäre es, die MacKauley-Herde zu vergrößern«, stellte Dorothy fest. »Nicht einmal, um diese aufdringliche Nordstaatlerin loszuwerden.«

»Aber ich habe den Eindruck, daß ein paar von den Männern, die für Sie arbeiten, das vielleicht anders sehen«, sagte Angel. »Und eine in Panik geratene Herde ist zu gefährlich, um damit irgendwelchen Unfug zu treiben. Auf diese Weise sind schon viele Männer gestorben. Wenn ich also herausfinde, wer dafür verantwortlich ist, dann werde ich ihn wahrscheinlich töten.«

»Na schön, Sie haben jetzt also gesagt, was Sie zu sagen hatten«, stellte Dorothy zähneknirschend fest.

»Nicht ganz«, erwiderte Angel, und eine kalte, stählerne Schärfe veränderte seine Stimme. »Zufällig war Cassie Stuart auf der Weide und geriet in die Herde hinein. Wenn das nicht in Ihrer Absicht lag, betrachte ich diesen Zwischenfall als Unfall. Doch wenn noch so etwas in der Art passiert, werde ich das nicht tun, sondern zurückkommen, um ihn dafür zur Verantwortung zu ziehen.« Er deutete mit dem Kopf auf Buck, damit seine Mutter ihn nicht mißverstand. »Sie wollen bestimmt nicht, daß ich ihn herausfordere, Ma'am. Ich schieße nicht, um jemanden zu verletzen. Die Chancen, daß er diesen Kampf überleben würde, stehen also ziemlich schlecht.«

Buck schluckte hart. Er hatte Angel bereits ziehen sehen. Auch Dorothy hatte es gesehen, während sie hinter ihm stand, aber das war nicht das Thema, das sie jetzt anschnitt.

»Ist sie verletzt worden?«

Angel beschloß, sich mit seinem Urteil über diese Frau noch etwas zurückzuhalten, als er die Sorge bemerkte, die sich bei dieser Frage in Dorothys Miene spiegelte. »Sie hätte verletzt werden können, *wäre* auch beinahe verletzt worden, da diese närrische Lady mitten in die Herde hineingeritten ist, um sie aufzuhalten.«

»Hört sich ja nicht so an, als hätten Sie sie besonders gern«, bemerkte Buck, dessen Nerven sich langsam wieder beruhigten.

»Ich denke noch darüber nach«, gab Angel zu. »Aber ob ich sie nun mag oder nicht, hat nichts damit zu tun, daß ich sie beschütze. Das werde ich so lange tun, bis sie von hier weggeht. Und sie wird nicht eher gehen, als bis ihr Vater zurückkommt. Ich würde Ihnen allen daher den Rat geben, sie von jetzt an in Ruhe zu lassen – es sei denn, Sie wollen es mit mir aufnehmen.«

»Ich will Cassie nicht tot sehen, Mister, ich will nur, daß sie verschwindet«, erklärte Dorothy, die ihren angriffslustigen Ton wiedergefunden hatte. »Und je eher sie geht, um so eher kann meine Tochter vergessen, was passiert ist.«

»Und das, obwohl sie nur ein paar Meilen von hier entfernt einen Ehemann hat, der sie doch viel mehr an das Ganze erinnern dürfte?«

»Ex-Ehemann, sobald der Richter aus Santa Fe zurückkehrt.«

Angel schüttelte den Kopf über diese Logik. Eine Scheidungsurkunde würde Jenny Catlin MacKauley nicht dazu bringen, zu vergessen, daß ein Mann sie geheiratet, das Bett mit ihr geteilt und sie schließlich verlassen hatte.

»Das ist Ihre Angelegenheit«, erwiderte er. »Cassie Stuart ist jetzt meine.«

»Sie müssen wirklich Nerven haben, hierher zu kommen und mir zu drohen, das gestehe ich Ihnen zu«, sagte Dorothy. »Es wäre leicht genug, Sie loszuwerden, Revolverheld hin oder her.«

»Sie können es ja gerne versuchen, wenn Sie in dieser Sache nun auch noch Blutvergießen wollen. Aber, um das einmal klarzustellen, ich drohe nur selten, Ma'am. Ich stelle die Fakten fest, so wie sie im Augenblick sind. Was Sie damit anfangen, ist Ihre Sache.«

Dorothy betrachtete ihn abermals mit zorngerötetem Gesicht. »Na schön, Sie haben *Ihre* Fakten aufgetischt. Hier haben Sie jetzt meine. Wenn Sie noch einmal hier auftauchen, werden Sie auf der Stelle erschossen.«

Angel grinste über diese Bemerkung. »Ich habe verstanden, obwohl ich Sie warnen sollte, daß mich so etwas kaum aufhalten kann. Guten Tag, Mrs. Catlin.«

Er tippte an seinen Hut, steckte seine Waffe in den Halfter und drehte ihnen den Rücken zu. Nachdem er einige Meter zurückgelegt hatte, rief sie ihm nach: »Wenn das Stuart-Mädchen Sie nicht engagiert hat, was bedeutet Sie Ihnen dann?«

»Eine Gefälligkeit.«

Dorothy sagte nichts weiter, sondern sah nur zu, wie er sich von ihnen entfernte – ohne die geringste Befürchtung, von hinten erschossen zu werden. Sie haßte Revolverhelden, wahrhaftig. Man konnte unmöglich mit einem Mann fertig werden, der keine Angst hatte.

»Finde heraus, wer er ist, Buck«, sagte sie, immer noch zornig. »So redet ein Mann nur, wenn er auch danach handelt. Und finde heraus, welcher von den Jungs in dieser Angelegenheit weiter geht als befohlen. Wer auch immer es ist, ich will, daß er bei Sonnenuntergang verschwindet.«

11

Cassie lief von einem Ende der Veranda zum anderen und wieder zurück. Die Arme hatte sie unter ihren Brüsten verschränkt, und ihre Augen suchten ängstlich in beiden Richtungen die weit entfernte Straße ab. Bei ihrer Rückkehr auf die Ranch hatte sie sich sorgfältig gewaschen. Jetzt trug sie einen sehr eleganten Rock mit drei tiefen Volants auf cremefarbenem, mit winzigen Blumen übersäten Satin. Die weiße Seidenbluse war an Kragen und Manschetten mit weicher sizilianischer Spitze besetzt, und eine dicke weiße Stola vollendete ihre Ausstattung. Außerdem war ihr mit Marias Hilfe eine schlichte, aber doch kleidsame Frisur gelungen.

Insgesamt war die Wirkung nicht zu ausgefallen, aber auch nicht zu zurückhaltend – sie war »gerüstet«, wie ihre Mutter es nannte. Allerdings zog Cassie, im Gegensatz zu ihrer Mutter, ein wenig Raffinesse einem allzu offenkundigen Aussehen vor, wenn sie sich für einen ganz speziellen Anlaß kleidete. Und im Augenblick wollte sie den Eindruck erwecken, ruhig und gelassen zu sein, obwohl genau das Gegenteil zutraf. Sie wartete auf Angels Rückkehr zur Ranch. Schon einige Stunden. Und die Dinge, die sich in ihrer Phantasie auf der Catlin-Ranch ereigneten, ließen ihr keine Ruhe. Pausenlos lief sie auf der Veranda auf und ab.

Marabelle lief neben ihr her. Gelegentlich drückte der Panther sich an sie, und Cassie senkte geistesabwesend die Hand, um die geschmeidige Katze zu streicheln. Einmal hatte sie versucht, sie ins Haus zu befördern, aber Marabelle hatte sich einfach nur hingesetzt und ihre Mißbilligung durch kehliges Knurren ausgedrückt, so daß Cassie es bei diesem einen Versuch bewenden ließ. Schließlich spürte die Katze es meist, wenn etwas mit Cassie nicht stimmte, und dann wich sie ihr nicht von der Seite. Kleider konnten das Tier nicht täuschen.

Es war bereits Spätnachmittag, als Cassie endlich ein Pferd herangaloppieren hörte, aber immer noch nicht wußte, ob es wirklich Angel war, denn das Geräusch kam von der Rückseite des Hauses. Sie wartete nicht lange, sondern lief ums Haus herum und kam im selben Augenblick beim Stall an wie Angel.

»Was ist passiert?« fragte sie, bevor er auch nur absteigen konnte.

Außerdem rang sie die Hände. Womit sie all ihre Anstrengungen zunichte machte, ruhig und gelassen zu erscheinen.

Und der aufreizende Mann antwortete noch nicht einmal sofort – nun, das lag möglicherweise daran, daß er einige Schwierigkeiten mit seinem Pferd hatte, da Marabelle ihrer Herrin zum Stall gefolgt war.

Angel warf ihr von seinem sich aufbäumenden Pferd einen wütenden Blick zu. »Ich dachte, ich hätte Ihnen gesagt, Sie sollen mir dieses Vieh vom Hals halten.«

»Sie wird Ihnen nichts tun ... oh, verflixt ... Warten Sie«, fügte sie hinzu, bevor sie zum Haus zurückrannte. Sie ging durch die Küche hinein, wartete, bis Marabelle ihr gefolgt war, schlüpfte dann wieder hinaus und schloß die Tür fest hinter sich zu. Hinter ihr erklang ein unwilliges Fauchen, aber Cassie ignorierte es und lief zurück zum Stall. Angel stieg gerade von seinem Pferd, obwohl das Tier noch immer ziemlich scheu und nervös wirkte.

»Nun?« fragte sie ein wenig atemlos.

Er führte sein Pferd in den Stall, und seine Stimme klang ziemlich gereizt, als er ihr eine Antwort zukommen ließ: »Ich mußte niemanden erschießen, wenn es das ist, was Sie unbedingt hören wollen.«

Cassie wäre am liebsten in einem Strudel der Erleichterung versunken. Statt dessen folgte sie ihm jedoch in den Stall, obwohl das, was gerade geschehen war, ihn eindeutig verärgert hatte.

In ihrer Erleichterung versuchte sie, ihn zu beruhigen. »Marabelle würde Ihnen nichts tun... Jedenfalls, solange Sie in ihrer Gegenwart die Stiefel anbehalten.«

Bei dieser Feststellung blieb er abrupt stehen. »Warum?«

»Sie hat eine ausgesprochene Schwäche für Füße, ganz besonders für meine, aber wenn sie in der richtigen Stimmung ist, gibt sie sich auch mit den Füßen anderer Leute zufrieden. Sie reibt sich gern die Nase daran, und ab und zu auch ihre Zähne.«

»Die Zähne – warum, zum Teufel, macht sie *das?*«

Cassie grinste. »Keine Angst, sie kaut nicht daran. Sie

kratzt einfach nur mit den Spitzen ihrer Zähne über die Füße; das *kann* natürlich ein bißchen weh tun, wenn die Füße dabei zufällig nackt sind.«

Er sah keineswegs beruhigt aus. Genaugenommen schien er sogar noch ärgerlicher zu sein. »Ich habe nicht die Absicht, das herauszufinden«, stellte er entschieden fest und führte sein Pferd in die nächstgelegene leere Stallbox.

Cassie zuckte nur mit den Schultern. Sie wußte aus Erfahrung, daß es Fremden immer sehr schwer fiel, sich an Marabelle zu gewöhnen, und daß es ihnen sogar noch schwerer fiel, sich in ihrer Gegenwart zu entspannen. Angel war in dieser Hinsicht keine Ausnahme, obwohl es bei ihm einen wichtigen Unterschied zu den anderen gab. Er würde ihre Katze, wenn er sich von ihr bedroht fühlte, wohl eher erschießen, während die meisten Leute einfach vor ihr davongelaufen wären. Daher mußte sie weiter versuchen, ihn davon zu überzeugen, daß Marabelle harmlos war, aber für den Augenblick ließ sie das Thema fallen, um sich einem anderen Problem zuzuwenden.

»Sie haben die Catlins also gefunden?«

Er beschäftigte sich weiter damit, seinem Pferd den Sattel abzunehmen, während er antwortete: »Ich habe sie gefunden.«

»Und?«

»Und sie haben den Rat, den ich ihnen gegeben habe, nicht allzu freundlich aufgenommen.«

»Was für ein Rat war das?«

»Sie in Ruhe zu lassen oder es mit mir zu tun zu bekommen. Ich habe ihnen auch erklärt, warum sie letzteres bestimmt nicht allzu erfreulich fänden.«

Das konnte sie sich lebhaft vorstellen. »Sie haben Ihnen doch nicht gedroht, oder?«

»Ich habe ihnen nur die neuen Konsequenzen erklärt, die es für sie hätte, falls sie weitermachen sollten wie bisher.«

Womit sie immer noch nicht schlauer war als zuvor.

Schließlich war sie wütend genug, um zu bemerken: »Also wirklich, von Ihnen eine Information zu bekommen ist schlimmer, als ein Maultier zur Arbeit zu bewegen. Können Sie mir nicht alles auf einmal erzählen?«

Er warf ihr einen langen Blick zu. »Wenn Ihnen noch irgend etwas zustoßen sollte, werde ich mich wieder an Buck Catlin wenden. Er weiß es. Seine Mutter weiß es. Ist es das, was Sie hören wollten?«

»Würden Sie ihn dann erschießen?«

»Wahrscheinlich.«

Cassie stöhnte. »Ich wünschte nur, Sie würden ein kleines bißchen widerwilliger aussehen, wenn Sie so etwas sagen.«

Stirnrunzelnd sah er sie an. »Glauben Sie, mir macht es Spaß zu töten?«

»Tut es das nicht?«

»Nein, das tut es nicht.«

»Warum suchen Sie sich dann nicht eine andere Arbeit, um Ihren Lebensunterhalt zu verdienen?«

»Sagen Sie mir, für welche andere Arbeit ich mich eigne. Ich habe mich als Rancher versucht, und es hat nicht funktioniert. Ich weiß nichts darüber, wie man eine Farm führt. Wahrscheinlich könnte ich irgendwo einen Saloon aufmachen, aber ich bezweifle, daß ich die Geduld dazu hätte, die geschäftliche Seite zu erlernen. Ich weiß natürlich auch, wie man Fallen stellt, aber ich glaube, daß ich lieber sterben würde, als noch einmal allein da oben in den Bergen zu leben.«

Seine lange Rede hatte sie maßlos erstaunt, ebenso wie die Tatsache, daß er offensichtlich andere Möglichkeiten, sein Geld zu verdienen, in Erwägung gezogen hatte. »Sie würden einen guten Sheriff abgeben«, schlug sie zögernd vor. »Hat man Ihnen nicht in Cheyenne so einen Job angeboten?«

Er kümmerte sich wieder um sein Pferd. »Als Sheriff würde man Jahre dafür brauchen, soviel zu verdienen, wie ich jetzt für einen einzigen Job bekomme. Ich kann nicht finden, daß das die Sache wert wäre, da ich schließlich so oder so mein Leben aufs Spiel setze.«

Damit hatte er nicht ganz unrecht. Und sie hatte keine Vorstellung davon gehabt, daß er so teuer war.

Seine Bemerkung machte sie neugierig genug, um zu fragen: »Sie haben das jetzt schon einige Jahre lang getan. Hat Sie das zu einem reichen Mann gemacht, oder geben Sie Ihr Geld sofort aus, wenn Sie es bekommen?«

Er kam aus dem Stall heraus und schloß das Tor hinter sich. Dann drehte er sich zu ihr um und schenkte ihr seine volle Aufmerksamkeit. Seine Unterlippe verzog sich ein wenig, als er antwortete: »Nun, wofür sollte ich mein Geld Ihrer Meinung nach ausgeben?«

Sie wußte, wofür die meisten jungen Männer ihr Geld ausgaben – für alles, was in einem Saloon zu finden war. Wenn er das nicht tat, mußte er mittlerweile ein beträchtliches Bankkonto besitzen.

»Haben Sie schon einmal daran gedacht, sich zurückzuziehen?« überlegte sie laut. Mit mehr Nachdruck fügte sie dann hinzu: »Darüber, nie mehr zu töten?«

»Ich habe darüber nachgedacht, aber wenn ich mich zurückzöge, würde das die jungen Burschen nicht davon abhalten, mich herauszufordern. Ich würde meinen Namen ändern müssen.«

»Warum tun Sie es denn nicht?«

»Was?«

»Ihren Namen ändern?«

Er schwieg so lange, daß sie unter seinem direkten Blick schon anfing, nervös zu werden. Dann sagte er: »Die letzte Frau, die mich mit soviel Geschwätz belästigt hat, habe ich gefragt, ob sie mich heiraten wolle – damit ich das Recht hätte, sie zu verhauen.«

Ihre Augen flackerten einen Augenblick lang, bevor sie verächtlich schnaufte und dann zuversichtlich feststellte:

»Das würden Sie nicht tun. Sie sagten, Sie fänden es abscheulich, wenn ein Mann seine Frau auf diese Weise behandelt.«

»Das heißt aber nicht, daß ich es nicht täte – das heißt nur, daß es mir nicht gefallen würde«, entgegnete er in seinem lässigen Tonfall. »Es gibt schönere Dinge, die man mit einer Frau tun kann – solange sie keine Nervensäge ist.« Grinsend fügte er hinzu: »Sie werden doch wohl nicht rot, Schätzchen?«

Ihr war klar, daß sie schon feuerrot geworden war, wenn er das in dem gedämpften Licht des Stalls erkennen konnte. Daher bemerkte sie nur steif: »Ich muß Sie doch bitten, nicht mit mir über solche Dinge zu reden.«

Er zuckte mit den Schultern. »Bitten können Sie ruhig«, erwiderte er und schlenderte langsam aus dem Stall.

»Warten Sie einen Augenblick!«

Cassie lief hinter ihm her und stellte sich vor ihn, um ihm am Ausgang den Weg abzuschneiden. Unglücklicherweise mußte sie dabei in Kauf nehmen, daß ihr gerötetes Gesicht im Licht der kühlen Nachmittagssonne viel deutlicher zu sehen war. Aber sie hatte nicht vor, darüber oder über seine ungehörige Bemerkung nachzudenken, die er wahrscheinlich nur gemacht hatte, um sie zum Schweigen zu bringen. Sein Pech. Wenn er Fragen nicht ausstehen konnte, sollte er eben etwas mitteilsamer sein.

»Warum haben Sie so lange gebraucht, um hierher zurückzukommen?« wollte sie wissen. »Sie waren mehr als vier Stunden weg.«

Seufzend schob er seinen Hut zurück. »Sie hätten mich warnen sollen, daß Sie sich nicht nur in alles einmischen, sondern auch an allem herumnörgeln müssen.«

Zornig richtete sie sich auf. »Wenn Sie nicht so verschlossen wären...«

»Na schön.« Er gab nach. »Ich bin noch über das Land Ihrer Nachbarn geritten, um zu zählen.«

Das überraschte sie. »Rinder?«

»Cowboys«, korrigierte er sie. »Es zahlt sich immer aus, wenn man weiß, woran man ist. Ich habe zwölf Männer bei den Catlins gezählt.«

Sein Argument erschien Cassie vernünftig, daher beschloß sie, ihm zu helfen. »Sie haben mehr als zwölf. Einige der Männer sind heute wohl in der Stadt.«

»Und bei den MacKauleys waren es etwa vierzehn.«

»Egal, wie hoch die Zahl ist, sie ist unter Garantie bei beiden Familien dieselbe. Wann auch immer die Catlins einen neuen Mann einstellen, tun die MacKauleys dasselbe und umgekehrt. Es ist so, als wollten sie sichergehen, die gleichen Chancen zu haben, falls es eines Tages zu einem offenen Krieg zwischen ihnen kommen sollte.«

»Ist das schon jemals passiert?«

»Nein. Aber jedesmal, wenn ich in der Kirche war und die MacKauleys auf der einen Seite und die Catlins auf der anderen saßen, schien es mir, als könne es jeden Augenblick losgehen, so viele haßerfüllte Blicke gingen im Kirchenschiff hin und her. Diese unerfreuliche Spannung jeden Sonntag war es auch, die mich auf die Idee gebracht hat, etwas dagegen zu unternehmen, insbesondere nachdem ich bemerkt hatte, daß die Blicke, die sich Jenny und Clayton zuwarfen, alles andere als haßerfüllt waren.«

»Wenn Sie mich fragen, haben Sie die Dinge nur ein ganz klein wenig beschleunigt.«

»Warum sagen Sie das?«

»Wir haben bereits gehört, daß Clayton mit der Sache noch nicht fertig ist. Scheint so, als wäre es Jenny auch nicht, denn nach dem, was ihr Bruder erzählt, weint sie sich die Augen aus.«

»Aber das ist ja schrecklich!«

Angel zuckte mit den Schultern. »Hängt ganz davon ab, weswegen sie weint. Könnte sein, daß diese beiden jungen Leute irgendwann auch ohne Ihre Hilfe zueinandergefunden hätten; wenn ihre Familien sie in Ruhe ließen, täten sie das vielleicht immer noch.« Bei diesen Worten runzelte Cassie nachdenklich die Stirn, was sehr leicht zu interpretieren war. »Denken Sie nicht einmal daran, Lady. Der Teufel und Ihre Mutter hätten Ihnen diese ewige Einmischerei schon lange austreiben sollen.«

Sie warf ihm einen verdrossenen Blick zu. »Es ist einfach nicht fair, daß Clayton und Jenny in diese Fehde verwickelt werden, daß diese leidige Angelegenheit die beiden voneinander fernhält. Und wissen Sie, was? Die beiden haben nicht einmal eine Ahnung, *warum* ihre Familien einander verachten.«

»Nun, das ist nicht Ihre Angelegenheit, *die beiden* sind nicht Ihre Angelegenheit, und Sie werden sich nicht noch einmal da einmischen. Verstanden?«

Sein Gesichtsausdruck war so einschüchternd, daß Cassie sagte: »Nun, wenn Sie es so ausdrücken, haben Sie wohl recht. Aber sagen Sie mir eines. Jetzt, nachdem Sie sie getroffen haben – glauben Sie, Dorothy Catlin wäre vielleicht bereit, doch noch mit mir zu reden?«

»Keine Chance. Aber ich habe ihr klargemacht, daß Sie nicht von hier weggehen, bevor Ihr Vater zurückkehrt. Und ich glaube nicht, daß Sie von dieser Seite noch weitere Schwierigkeiten zu erwarten haben.«

Cassie lächelte verhalten. »Ich schätze, es hat doch nicht geschadet, daß Sie dorthin geritten sind. Vielen Dank.«

»Nicht der Rede wert.«

»Nun, jetzt können Sie gehen.« Sie machte ein paar Schritte rückwärts auf das Haus zu, fügte aber, bevor sie sich schließlich herumdrehte, hinzu: »Da unsere letzten beiden Cowboys draußen auf der Weide bleiben, können Sie gern Ihr Dinner im Haus einnehmen.« Gestern abend hatte Emanuel ihm sein Essen in die Schlafbaracke gebracht.

»Ist das eine Einladung?«

Sein überraschter Ton verwirrte sie. »Nein – ich meine – ja, das ist es, aber nicht so, wie Sie denken.«

»Sie meinen, Sie hätten nicht plötzlich eine besondere Vorliebe für mich entwickelt, Schätzchen?« fragte er grinsend.

Diese aufreizende Frage verdiente keine Antwort, verursachte bei ihr aber ein neuerliches Erröten, als sie herumwirbelte, um seiner Gesellschaft zu entkommen. Langsam fragte sie sich, ob Angel nicht vielleicht einen ähnlich merkwürdigen Sinn für Humor hatte wie Frazer MacKauley.

12

Cassie zog sich an diesem Abend nicht noch einmal eigens für das Dinner um, was sie natürlich getan hätte, wenn ihr Vater dagewesen wäre. Sowohl er als auch ihre Mutter hielten an den förmlichen Sitten des Ostens fest, obwohl sie beide mehr als die Hälfte ihres Lebens im Westen verbracht hatten. Wenn sie sich jetzt umgezogen hätte, das befürchtete sie wenigstens, wäre Angel aber vielleicht auf den Gedanken gekommen, das nicht als bloße Konvention zu betrachten, und hätte glauben können, sie wolle ihn beeindrucken. Und auf diesen Gedanken wollte sie ihn wahrhaftig nicht bringen.

Aber sie wünschte wirklich, sie hätte den Mund gehalten. Maria bemerkte ihre Nervosität und erinnerte sie daran, daß Angel durchaus mit ihr und ihrem Sohn in der Küche essen könne. Genau das hatte Cassie auch im Sinn gehabt, als sie ihre Einladung ausgesprochen hatte, aber nach Angels falscher Auslegung ihres Angebots, ob echt oder nur gespielt, würde er glauben, sie hätte immer noch Angst vor ihm, wenn sie sich jetzt weigerte, mit ihm zu essen. Ob das nun so war oder nicht, sie zog es jedenfalls vor, ihn nicht noch einmal auf diese Idee zu bringen. Und schließlich war er keiner ihrer Angestellten – er war ein Gast – ein unerbetener zwar, aber immerhin ein Gast.

Und er kam zu spät. Maria hatte das Dinner fünfzehn Minuten lang warm gehalten, als Angel endlich an der Haustür erschien. Cassie verlor kein Wort über seine Unpünktlichkeit, obwohl sie Emanuel zu ihm geschickt hatte, um ihm mitteilen zu lassen, um welche Uhrzeit das Dinner für gewöhnlich serviert wurde. Sie war einfach zu überrascht durch seine Erscheinung, um überhaupt viel zu sagen.

Er hatte sich von seinem Macintosh getrennt. Statt dessen trug er jetzt eine schwarze Jacke, unter der sich die Muskulatur abzeichnete, die zuvor unter dem formlosen gelben Mantel verborgen gewesen war. Sein sauberes schwarzes Hemd war bis zum Kragen zugeknöpft, und er trug jetzt eine schmale Krawatte statt seines Halstuches. Bei seinem Eintreten nahm er sofort den Hut ab. Sein schwarzes Haar war noch immer feucht vom Baden und fiel ihm schwer und säuberlich gekämmt auf die Schultern. Wie die meisten Männer, die viel Zeit draußen zubrachten, ließ er es offensichtlich für den Winter wachsen, um Hals und Ohren gegen die Kälte zu schützen.

Diesmal war es unmöglich zu übersehen, was für ein attraktiver Mann er war. Es war einfach offenkundig und verwirrte Cassie ebensosehr wie sein gefährlicher Ruf. Sie ertappte sich dabei, wie sie ihn einfach nur anstarrte. Glücklicherweise bemerkte er es nicht. Er war zu sehr damit beschäftigt, sich umzusehen.

»Haben Sie sie eingesperrt?« fragte er, nachdem sie die Tür hinter ihm geschlossen hatte.

»Wen ... oh, Sie meinen Marabelle? Sie ist in der Küche. Keine Angst, ich habe Maria gebeten, sie bei sich zu behalten, solange Sie im Haus sind.«

»Dafür bin ich Ihnen sehr dankbar«, erwiderte er.

Seine Vorsicht, wenn es um ihr großes Haustier ging, hätte sie eigentlich amüsieren sollen, aber sie war sich zu sehr der Tatsache bewußt, daß dieser Mann selbst zum Dinner seine Waffe trug, so daß Marabelle trotz ihrer Harmlosigkeit in seiner Gegenwart nicht sicher war.

Mit der Vision eines katastrophalen Abends vor sich, führte ihn Cassie durch die Halle zu den Doppeltüren auf der rechten Seite. Der lange, repräsentative Tisch war für zwei Personen gedeckt. Als sie die beiden Gedecke so nahe beieinander sah, wünschte Cassie, sie hätte rechtzeitig daran gedacht, Maria zu bitten, an den gegenüberliegenden Enden des Tisches zu decken, statt nur an einem Ende, wie sie es tat, wenn Cassie mit ihrem Vater aß. Das Arrangement schien unter den gegebenen Umständen viel zu intim, aber wenn sie es jetzt noch versuchte zu ändern, wäre Angel wahrscheinlich beleidigt gewesen.

Sie ging auf einen der Stühle zu und war überrascht, ihn hinter sich zu spüren, als er den Stuhl für sie zurechtrückte. Kultivierte Manieren hatte sie bei ihm nicht erwartet.

»Danke«, sagte sie, und ihre Verwirrung stieg, als er nichts darauf erwiderte, sondern den Platz ihr gegenüber einnahm.

Maria, die Cassies Stimme gehört hatte, streckte ihren Kopf durch die Seitentür und begann kurz darauf, das Essen aufzutragen. Angel machte irgendeine Bemerkung über die schönen Möbel, und Cassie war erleichtert, ein neutrales Thema gefunden zu haben, über das sie sich mit ihm unterhalten konnte. Sie erklärte ihm, daß jedes Stück in diesem Haus genauso war wie in ihrem Zuhause in Wyoming und daß ihr Vater in dasselbe Geschäft in Chicago gegangen war, aus dem die Originale stammten. Ein paar der Möbelstücke waren dort nicht mehr vorrätig gewesen, so daß er jemanden damit beauftragen mußte, sie für ihn zu kopieren.

»Warum?« fragte Angel, als das Thema für sie schon beinahe erschöpft war.

»Danach habe ich nie gefragt«, gab sie zu. »Es gibt gewisse Dinge, über die ich mit meinem Vater nicht spreche. Alles, was mit meiner Mutter zu tun hat, oder alles, wobei ich nur den Verdacht habe, es könnte mit ihr zu tun haben, wird einfach niemals erwähnt.«

»Warum nicht? Nur, weil sie geschieden sind...«

»Sie sind nicht geschieden.« Als er die Gabel senkte und sie fassungslos ansah, fügte sie hinzu: »Die meisten Leute glauben das wohl, aber keiner von den beiden hat jemals einen Versuch in dieser Hinsicht unternommen. Es scheint ihnen beiden zu genügen, an verschiedenen Enden des Landes zu leben.«

»Und was ist, wenn einer von ihnen wieder heiraten will?« erkundigte er sich.

Cassie zuckte mit den Schultern. »Dann wird der oder diejenige wahrscheinlich etwas tun, um die erste Ehe zu beenden.«

»Würde Ihnen das etwas ausmachen?«

»In meinem ganzen Leben haben meine Eltern kein einziges Wort miteinander gewechselt. Warum sollte es mir etwas ausmachen, wenn einer von ihnen den Wunsch hätte, eine *normale* Ehe zu führen?«

Angel schüttelte den Kopf, bevor er seine Mahlzeit fortsetzte. »Ich glaube, ich habe es nie wirklich für möglich gehalten, daß die beiden in all diesen Jahren wirklich kein Wort miteinander gesprochen haben. Das muß für Sie als Kind sehr schwierig gewesen sein.«

Sie lächelte. »Um ehrlich zu sein, ich war sieben Jahre alt, bevor ich herausfand, daß sich nicht alle Eltern auf diese Weise verhielten. Ich dachte, das sei ganz normal. Warum erzählen Sie mir jetzt nicht etwas von sich, Angel?«

Sie errötete, als sie seinen Namen aussprach. Es war das erste Mal, daß sie das getan hatte, und es war ihr gar nicht in den Sinn gekommen, welch intimen Klang sein Name hatte, ganz besonders aus dem Mund einer Frau.

Er bemerkte es. »Was ist los?«

»Gibt es – hm – gibt es irgendeinen anderen Namen, mit dem ich Sie ansprechen könnte?«

Er lächelte zwar nicht gerade, aber sie konnte sehen, daß er sich über ihr Unbehagen amüsierte. »Mister wäre doch gar nicht so schlecht«, riet er ihr.

Aber das schien ihr im Augenblick kaum die passende Anrede zu sein, und »Mr. Angel« ging auch nicht, da »Angel« nicht sein Familienname war. Er schien nicht die Absicht zu haben, das Problem für sie zu lösen, was sie wütend genug machte, um zu fragen: »Was, um alles in der Welt, hat Sie darauf gebracht, sich den Namen Angel auszusuchen?«

Eine schwarze Braue fuhr in die Höhe. »Sie glauben, ich hätte mir einen solchen Namen ausgesucht?«

»Nein?«

»Zum Teufel, natürlich nicht. Es war nur zufällig der einzige Name, an den ich mich erinnern konnte. Meine Mutter hat mich so genannt, und daher war es auch der einzige Name, den ich dem alten Mann nennen konnte, der mich in den Bergen aufgezogen hat. *Er* fand ihn ausgesprochen lustig, wenn ich mich recht erinnere.«

Sie brauchte nur zehn Sekunden, um darüber nachzudenken und festzustellen: »Aber das war wahrscheinlich einfach ein Kosename, den Ihre Mutter benutzt hat, so wie ›Liebling‹ oder ›Schätzchen‹.«

»Das ist mir später auch klargeworden, aber da war es bereits zu spät, und ich hatte den Namen am Hals. Außerdem hat es mir auch nicht allzuviel ausgemacht. Wenn man so lange wie ich daran geglaubt hat, dies sei der Name, mit dem man geboren wurde, dann gewöhnt man sich daran. Alles andere würde sich für mich jetzt merkwürdig anhören.«

Und was war mit Leuten, die nicht daran gewöhnt waren? hätte sie gern gefragt, war jedoch neugieriger auf das, was er unbeabsichtigt preisgegeben hatte. »Ist Ihre Mutter gestorben? Ist das der Grund, warum dieser alte Mann in den Bergen Sie aufgezogen hat?«

»Er hat mich gestohlen.«

Diesmal war es an Cassie, ihre Gabel zu senken. »Wie bitte?«

»Mitten aus St. Louis heraus«, fuhr er fort, ganz so, als säße sie ihm nicht mit offenem Mund gegenüber. »Ich war fünf oder sechs damals. Kann mich nicht genau erinnern.«

»Sie können sich nicht erinnern? Wollen Sie damit sagen, Sie wissen nicht, wie alt Sie sind?«

»Genau das.«

Das erschien ihr so traurig, daß sie automatisch voller Mitleid nach seiner Hand greifen wollte. Als sie bemerkte, was sie beinahe getan hätte, zog sie ihre Hand ruckartig wieder zurück. Er hatte es bemerkt, und dieser Umstand brachte sie so sehr aus der Fassung, daß sie drei Bissen von Marias Gewürzhuhn gleichzeitig in ihren Mund schob, damit sie nichts mehr sagen konnte.

Aber nachdem sie alles hinuntergeschluckt hatte, sprach sie doch. »Wie konnte denn ein Kind aus einer so großen Stadt einfach verschwinden? Hat man denn keinen Versuch unternommen, Sie wiederzufinden?«

»Da man mich nicht gefunden hat, kann ich das nicht wissen. Und die nächsten neun Jahre habe ich so weit oben in den Rocky Mountains verbracht, daß wir nicht einmal einen Indianer zu Gesicht bekommen haben, geschweige denn einen anderen Weißen.«

»Haben Sie nie versucht zu fliehen?«

»Ein paar Monate, nachdem wir diese Hütte hoch in den Bergen erreicht hatten, habe ich mich einmal zu weit davon entfernt. Als Old Bear mich fand, hat er mich anschließend für drei Wochen in seinem Garten angekettet.«

Cassie fiel es schwer zu akzeptieren, was sie da hörte. Vor allem das letzte erfüllte sie mit Entsetzen. »Er hat Sie bei Wind und Wetter draußen gelassen?«

»Ich nehme an, ich kann dankbar dafür sein, daß sich das Ganze im Sommer abgespielt hat«, sagte Angel leichthin, so als brächte das Thema keine schrecklichen Erinnerungen zurück. »Aber ich habe mich danach nie wieder weit von der Hütte entfernt. Und es hat beinahe fünf Jahre gedauert, bevor er mir erlaubt hat, ihn in die Siedlung zu begleiten, wo er seine Pelze verkaufte. Man brauchte eine ganze Woche nur für den Hinweg.«

»Und haben Sie es dort niemandem erzählt?«

»Er hatte mich gewarnt, ja den Mund zu halten. Mittlerweile war ich daran gewöhnt, ihm zu gehorchen. Außerdem kannten diese Leute Old Bear. Es gab da niemanden, der sich gegen ihn gestellt und mir geholfen hätte, nach St. Louis zurückzukommen.«

Cassie wünschte, sie hätte ihn nicht wegen seines Namens befragt, obwohl sie das Thema jetzt anscheinend nicht mehr fallenlassen konnte. »Wissen Sie, warum er Sie mitgenommen hat? Wollte er einen Sohn?«

»Nein, einfach nur Gesellschaft. Meinte, er sei es müde, immer nur mit sich selbst zu reden.«

Einfach nur Gesellschaft. Ein kleiner Junge war aus seiner Familie herausgerissen worden, um einem alten Mann Gesellschaft zu leisten. Sie hatte noch nie zuvor etwas so Mitleiderregendes und Trauriges gehört – und auch nichts so Empörendes.

»Wo ist er jetzt?« fragte sie.

»Tot.«

»Haben Sie...?«

»Nein«, erwiderte er und erklärte: »Er hat seinen Namen bekommen, weil unter den Pelzen, die er verkaufte, immer auch ein oder zwei Bärenfelle waren. Er hat seine Kräfte immer gern mit einem Bären gemessen, je größer, desto besser. Aber er wurde schließlich zu alt dafür. Sein letzter Bär hat überlebt, er nicht.«

»Und Sie sind gegangen?«

»Sobald ich ihn begraben hatte«, sagte Angel. »Ich war damals fünfzehn – oder jedenfalls so ungefähr.«

»Sind Sie zurück nach St. Louis, um Ihre Familie zu finden?« fragte Cassie als nächstes.

»Natürlich. Aber niemand konnte sich an meine Mutter oder an einen verschwundenen kleinen Jungen erinnern. Wahrscheinlich war St. Louis auch nicht mein eigentliches Zuhause. Ich erinnere mich, daß wir mit dem Zug dorthin gefahren sind, und Old Bear hat mich schon kurz nach dieser Zugfahrt mitgenommen.«

»Sie haben nichts von einem Vater gesagt.«

»Ich kann mich auch kaum an einen erinnern. Es gab da einen Mann, der sich als meinen Pa bezeichnete, aber ich glaube, ich habe ihn nur ein oder zweimal gesehen. Welcher Beschäftigung er auch nachgegangen sein mag, sie hat ihn wohl immer lange von zu Hause ferngehalten.«

»Aber haben Sie denn nicht versucht, Ihre Eltern zu finden?«

»Ich wußte nicht, wo ich hätte suchen sollen.«

Er sagte das so gleichgültig, als spiele es keine Rolle mehr für ihn. Eine Haltung, die Cassie genauso viele Probleme bereitete wie die Geschichte selbst.

»Chase Summers hat seinen Vater auch nie gekannt«, erzählte sie ihm. »Aber er wußte seinen Namen, was es Chase leicht gemacht hat, ihn zu finden, als er ihn in Spanien suchte. Schließlich gibt es Männer, die eigens dazu ausgebildet sind, irgendwelche Leute zu finden, Männer, die wissen, wie man mit lange verschütteten oder beinahe vergessenen Anhaltspunkten umgehen muß. Wir könnten so jemanden beauftragen, Ihre Familie zu finden, wenn Sie wollen.«

»Wir?«

Sie errötete und griff nach der Weinflasche, um ihre Gläser aufzufüllen. Er hatte seines kaum berührt. Sie hätte Maria bitten sollen, irgendwo eine Flasche Whisky für ihn aufzutreiben, falls es in diesem Haus überhaupt welchen gab – ihr Vater trank nicht –, obwohl der Gedanke an einen betrunkenen Angel etwas überaus Erschreckendes hatte.

»Ich nehme an, meine Vorliebe, mich überall einzumischen, ist mal wieder sichtbar geworden«, gab sie zu und hoffte, ihre geröteten Wangen wären nicht ebenfalls sichtbar. Sie hatte das Gefühl, daß sie in ihrem ganzen Leben noch nicht so oft errötet war wie seit seiner Ankunft auf der Ranch. »Sie müssen mir verzeihen. Ich kann einfach nicht dagegen an, wenn ich den Menschen helfen möchte.«

»Selbst wenn die betreffenden es gar nicht wollen?«

Diese Bemerkung hätte sie eigentlich zum Schweigen bringen müssen, aber sie war noch nicht damit fertig, sich für ihre merkwürdige Angewohnheit zu entschuldigen. »Manchmal brauchen die Menschen ein wenig Hilfe, um herauszufinden, was sie eigentlich wollen.«

In diesem Punkt gab Angel nach und sagte nichts mehr. Er wünschte ja selbst, er könnte seine Eltern finden. Noch nie hatte ihn jemand geliebt, und diese beiden Menschen waren vielleicht die einzigen auf der Welt, die dazu bereit wären. Liebe war etwas, das ihm in seinem Leben gefehlt hatte, und nicht nur elterliche Liebe. Seit er Jessie und Chase Summers zusammen gesehen hatte – die Art, wie sie sich berührten und einander ansahen, die Art, wie ihre Liebe zwischen ihnen existent war – wußte er, daß er das auch für sich selbst wollte. Diese Nähe zu einem anderen Menschen, die Fürsorge, die Zärtlichkeit, Dinge, die er nie besessen hatte, und wenn, dann war es so lange her, daß er sich nicht mehr daran erinnern konnte.

Aber er hatte die Hoffnung aufgegeben, so etwas für sich selbst zu finden. Die guten Frauen hielten sich wegen seines Rufes von ihm fern. Den schlechten Frauen gefiel sein Ruf, und sie hießen ihn in ihren Betten willkommen, gerieten jedoch bei dem ersten Anzeichen, er könne etwas Ernsthafteres von ihnen wollen als ein wenig Spaß, in Angst. Was hatte Cassandra Stuart nur an sich, daß er plötzlich wieder daran denken mußte? Nein, es war nicht sie selbst, sondern die Art, wie sie all diese Jahre der Einsamkeit wieder aufwühlte.

»Es tut mir leid«, sagte sie. »Ich glaube, Sie haben mich – nun, Sie haben mich mit Ihrer Erzählung *überrascht*. Ich dachte, ich wüßte eine Menge über Sie, aber ich habe noch nie zuvor etwas über Ihre Jugend gehört.«

Er hatte Colt von Old Bear erzählt, aber sonst niemandem – bis jetzt. Und um nichts in der Welt hätte er sagen können, warum er ausgerechnet mit ihr darüber gesprochen hatte. Vielleicht lag es daran, daß sie ihn aus der Fassung brachte, wie sie so dasaß, steif und korrekt und hübscher als je zuvor. Was nicht den geringsten Sinn ergab, denn eigentlich war nichts anders an ihr als sonst. Sie trug sogar dieselben Kleider, die sie wenige Stunden zuvor getragen hatte.

Es war jedoch das erste Mal, daß er sie ohne einen Mantel, eine Jacke oder eine Stola sah, die ihre Figur verbargen, und er war einigermaßen überrascht gewesen, herauszufinden, wie schön geformt ihr Körper war, mit wohlgerundeten kleinen Brüsten und einer schmalen Taille. Im Kerzenlicht sah sie sanft und weich aus, ihre grauen Augen funkelten wie flüssiges Silber. Und diese üppigen Lippen...

Er konnte nicht zählen, wie oft seine Augen an diesem Abend zu ihrem Mund wanderten, während sie sprach oder aß oder ihre Lippen schürzte, um einen Schluck von ihrem Wein zu trinken. Es war kaum mehr als eine Kostprobe gewesen, als sie ihm diesen Kuß geschenkt hatte, aber das, was er da geschmeckt hatte, war unglaublich süß...

Sinnlos, das länger zu leugnen. Und sein Blick senkte sich auf ihre Brüste, hob sich dann wieder zu ihrem weichen Mund, und sein Körper machte ihm langsam klar, daß er mehr als das wollte.

Seine unerwartete Reaktion auf dieses Mädchen bestürzte Angel so sehr, daß er nach seinem Weinglas griff und es mit einem Zug leerte. Als er das Glas wieder abstellte, sah er, wie Cassie die Narbe an seinem Kinn anstarrte. Er wußte, daß ihr diese Narbe schon früher aufgefallen war, obwohl sie nicht danach gefragt hatte. Sie verlief direkt unter seinem Kinn, so daß man sie nur sehen konnte, wenn man seinen Kopf in einem bestimmten Winkel zurücklegte. Und die Art, wie sie jetzt schnell wieder auf ihren Teller blickte, verriet ihm, daß sie auch jetzt nicht danach fragen würde.

Er verstand diese Zurückhaltung nicht, da ihr doch sonst kein Thema zu heikel war. Vielleicht lag es daran, daß sie dieses Ergebnis möglicher Gewalt einschüchterte. Aber aus irgendeinem Grund ärgerte ihn ihre Zimperlichkeit ... nein, es war sein plötzliches Begehren, das ihn ärgerte, und der Drang, die Hand auszustrecken und sie auf seinen Schoß zu ziehen, um eine gründlichere Kostprobe ihrer Lippen zu bekommen.

Daher gab er ihr freiwillig eine Erklärung. »Ein Mann hat versucht, sich von hinten an mich heranzuschleichen und mir die Kehle durchzuschneiden. Er hat sie nicht richtig erwischt.«

Ihr Blick verfing sich in seinen schwarzen Augen. »Lebt er noch?«

»Nein.«

Mit diesen Worten warf Angel seine Serviette auf den Tisch und stand abrupt auf. Er mußte hier raus, weg von dem Kerzenlicht, von dem Wein und von ihr, die ihm mit jeder Sekunde hübscher erschien.

»Vielen Dank für das Dinner, Ma'am, aber fühlen Sie sich nicht verpflichtet, die Einladung zu wiederholen. Um die Wahrheit zu sagen, mir ist wohler, wenn ich allein essen kann, ich bin es so gewöhnt.«

Er wünschte, er hätte diese letzten Worte nicht ausgesprochen. Bei dem Mitleid, das sich plötzlich auf ihrem Gesicht spiegelte, krampfte sich sein Inneres heftig zusammen. Er mußte gehen, bevor er der Versuchung nachgab, zu akzeptieren, was sie anzubieten hatte. Was auch immer es war, er brauchte es nicht, er brauchte niemanden.

13

Der Schlaf schien in dieser Nacht einen großen Bogen um Cassie zu machen. Sie wälzte sich im Bett hin und her, bis sie schließlich aufstand und versuchte, sich müde zu laufen. Aber die Müdigkeit wollte nicht kommen, und das einzige, was sie schließlich erreichte, war, Marabelle so aufzuregen, daß sie die Pantherkatze aus ihrem Zimmer schaffen mußte. Sie konnte nur hoffen, daß das Tier bei seinen Streifzügen durchs Haus nicht auch noch Maria, die unten schlief, wecken würde.

Ihr eigenes Zimmer lag oben, im hinteren Teil des Hauses. Von einem ihrer Fenster aus konnte sie die Schlafbaracke sehen, und jedesmal, wenn sie in ihrer Unruhe daran vorbeiging, stellte sie fest, daß dort noch immer Licht brannte. Sie fragte sich, ob Angel wohl dasselbe Problem hatte wie sie. Ganz gegen ihre sonstige Art hoffte sie es, denn schließlich hing ihr Problem mit ihm zusammen.

Das war nicht fair. Es war ihre eigene Schuld, daß sie soviel über ihn erfahren hatte. Sie hatte in seiner Vergangenheit herumgestochert und ihn dazu gebracht, ihr Dinge zu erzählen, von denen sie lieber nichts gewußt hätte. Es hatte ihr viel besser gefallen, als er einfach nur Angel, der Engel des Todes gewesen war. Jetzt war er auch Angel, der kleine Junge, und Angel, der Mann, der sich wohler fühlte, wenn er allein essen konnte.

Mehr als einmal an diesem Abend hätte sie ihn gern voller Mitleid in die Arme genommen. Sie konnte nur dankbar sein, daß sie nicht zu solch spontanen Handlungen neigte und jedem beliebigen Impuls einfach nachgab. Wenn sie das getan hätte, würde sie sich jetzt schrecklich gedemütigt fühlen. Er hätte sie natürlich schroff zurückgewiesen. Bestimmt war er kein Mann, der sich gern trösten ließ, ganz egal, warum.

Außerdem war es absurd, einen Mann wie ihn trösten zu wollen, einen unbarmherzigen Revolverhelden, einen Killer... Nein, sie war schon wieder unfair, Angel war nicht einfach nur ein Killer. Er half auch anderen Menschen. Außerdem hatte er einen ausgeprägten Gerechtigkeitssinn. Das, was er tat, mochte sich zwar nur noch so gerade eben innerhalb der Grenzen des Gesetzes abspielen, aber dennoch hatte sie das Gefühl, daß er auf der Seite des Rechts stand. Und wer war sie schon, über ihn zu urteilen?

Als sie endlich seine Lampe verlöschen sah, versuchte sie noch einmal einzuschlafen, was ihr diesmal überraschenderweise auf der Stelle gelang. Es schienen nur wenige Augenblicke vergangen zu sein, als eine fest auf ihren Mund gepreßte Hand sie wieder weckte.

Das Entsetzen des ersten Augenblicks legte sich ein wenig, als Cassie begriff, daß es Angel sein mußte. Sie verstand nur nicht, warum er nicht angeklopft hatte, um sie zu wecken, statt sie in Angst und Schrecken zu versetzen, indem er einfach bei ihr auftauchte. Es war zu dunkel, um sein Gesicht erkennen zu können; das kleine Feuer, das sie früher am Abend im Kamin gemacht hatte, war mittlerweile zu weit heruntergebrannt. Daher konnte auch er nicht sehen, daß ihre Augen offen waren, was wahrscheinlich der Grund dafür war, daß er ihr noch immer den Mund zuhielt.

»Na, endlich aufgewacht, kleine Lady?«

Die Stimme gehörte nicht Angel, sondern Rafferty Slater. Cassies Entsetzen kehrte zurück und raubte ihr alle Kraft.

»Du brauchst nur zu nicken, wenn du wach bist.«

Aber nicht einmal das konnte sie. Sie konnte sich überhaupt nicht bewegen, ihre Gliedmaßen schienen bleischwer zu sein. Hatte sie nicht geschworen, er dürfe sie niemals mehr berühren? Doch jetzt im Bett hatte sie ihren Revolver natürlich nicht bei sich und hatte keine Möglichkeit, ihn aufzuhalten...

Sie stöhnte, als er mit seiner anderen Hand unter der Decke eine ihrer Brüste fand und zudrückte. »So ist es schon besser«, sagte er mit einem tiefen Lachen. »Wolltest dich wohl totstellen, was? Oder bist du einfach nur erschöpft von der Jagd auf die Rinder, die ich aufgescheucht habe? Aber das hier wirst du jedenfalls nicht verschlafen.«

Es war dieses Lachen, das sie plötzlich lebendig machte. Sie schlug mit den Armen um sich und trat mit den Beinen ihre Decke weg. Eine ihrer Fäuste schaffte es, krachend in seinem Gesicht zu landen.

»Hör damit auf!« knurrte er.

Was sie nicht tat. Und der Versuch, ihre Arme mit nur einer Hand zu bändigen, erwies sich als nicht besonders erfolgreich. Die Hand über ihrem Mund verrutschte so weit, daß sie anfangen konnte zu schreien. Nur wurde ihr Schrei zu schnell erstickt, und seine Finger preßten ihre Lippen erneut zusammen.

»Du bist nicht besonders klug, Kleine. Du solltest besser nett zu mir sein, damit ich dich nicht verletzen muß.«

Um diese Warnung zu äußern, beugte er sich dicht über ihr Gesicht. Sein schnapsgesäuerter Atem reizte sie zum Würgen, aber sie hatte keine Möglichkeit, ihren Kopf abzuwenden. Ihr wurde klar, daß er wahrscheinlich betrunken war, daß es der Schnaps war, der ihm den Mut gegeben hatte, hierherzukommen und sich ihr auf solche Weise zu nähern. Aber sie hatte zu große Angst, um darüber nachzudenken, auf welche Weise sie aus seinem Zustand einen Vorteil ziehen könnte.

»Ich hätte dich schon viel früher besuchen sollen, da dein einziger Beschützer so leicht zu bestechen ist.«

Diese Bemerkung fand er so komisch, daß er wieder anfing zu lachen, während Cassie sich auf das, was er gesagt hatte, keinen Reim machen konnte. Angel bestechlich? Sie würde ihre Hand dafür ins Feuer legen, daß das nicht stimmte. Aber Angel schlief, und sie war kaum dazu in der Lage gewesen, einen Laut von sich zu geben, als sie es versucht hatte. Bestimmt war es ihr nicht gelungen, ihn zu wecken. Ihre Fenster mochten zwar offenstehen, aber solange sie keinen lauten Schrei zuwege brachte...

Plötzlich tauschte Raffertys Mund den Platz mit seiner Hand, zu schnell, als daß Cassie mehr tun konnte, als Luft zu holen. Da er jetzt beide Hände frei hatte, hielt er die ihren mühelos mit einer Hand fest und fing dann an, mit der anderen an ihrem hochgeschlossenen Nachthemd zu zerren. Die Perlenknöpfe sprangen einer nach dem anderen auf, und sie fühlte die kühle Dezemberluft auf ihren Brüsten. Dann spürte sie seine Hand.

»Mist, ich hätte mir eine Lampe mitnehmen sollen. Aber fühlen ist genauso gut wie sehen.«

Cassie fing an zu wimmern. Der Gestank seines Mundes erstickte sie, und seine Hände taten ihr weh. Er hatte ein Bein über ihre beiden Beine geworfen, so daß sie auch diese nicht mehr bewegen konnte. Und dann fauchte und schrie Marabelle, das süßeste Geräusch, das sie je gehört hatte – nur, daß es von draußen kam.

»Verdammte Katze. Ich hätte das Vieh erschießen sollen, statt...«

Rafferty vergaß, Cassie den Mund zuzuhalten, lange genug, um ihr Zeit zu einem gellenden Schrei zu geben: »Angel!«

»Halt den Mund, verdammt noch mal!« Seine Hand legte sich wieder wie ein Schraubstock über ihren Mund. »Wenn dieser Angel der neue Mann ist, von dem sie in der Stadt reden, dann hoffst du besser, daß er dich nicht gehört hat.«

Cassie hoffte genau das Gegenteil, und als unten eine Tür

zuschlug, betete sie, daß es nicht Maria oder Emanuel waren. Rafferty schien das jedenfalls nicht zu glauben, denn er stürzte zur Tür, um den Riegel vorzulegen.

»Das wird Angel nicht aufhalten«, höhnte sie, jetzt, da sie wieder frei war. Schnell schlüpfte sie aus dem Bett und ging auf der anderen Seite in Deckung, bevor sie hinzufügte: »Er wird Sie umbringen, falls Sie noch hier sein sollten, wenn er durch diese Tür kommt.«

Sie konnte im Zwielicht kaum erkennen, daß Rafferty sich verzweifelt in ihrem Zimmer umsah. Wenn er glaubte, er könnte sich irgendwo verstecken, dann hatte er sich getäuscht. Aber das, was er suchte, war ein anderer Ausweg, und er fand ihn in den Doppeltüren, die auf den oberen Balkon hinausführten. Er rannte darauf zu und versuchte, sie zu öffnen, aber sie knarrten nur leise.

Cassie hatte die Türen für die Nacht abgeschlossen, aber sie war auch nicht sonderlich darauf versessen, einen toten Mann in ihrem Zimmer zu haben, daher sagte sie: »Drehen Sie doch den Schlüssel um, Sie Idiot.«

Er tat es, und im gleichen Augenblick, als er die Balkontüren aufstieß, lief sie quer durchs Zimmer, um Angel die Tür zu öffnen.

Hinter sich hörte sie ihn murmeln: »Das Miststück gibt mir nicht einmal einen kleinen Vorsprung.«

Das *konnte* einfach nicht sein Ernst sein. Er hatte schon großes Glück, daß sie nicht nach ihrer Waffe griff, sondern statt dessen Angel ins Zimmer ließ. Sie hätte ohne weiteres die Möglichkeit gehabt, ihn zu erschießen, bevor er von dem Balkon hinunterspringen konnte, wogegen Angel dazu keine Gelegenheit mehr haben würde. Und tatsächlich erreichte Angel gerade den oberen Treppenabsatz, als sie die Tür öffnete und über Marabelle stolperte, die ihm den Weg gezeigt hatte.

»Was ist los?« fragte er, als er ihr vom Boden aufhalf.

»Es war einer von den Catlin-Männern.«

Überraschung schwang in seiner Stimme mit. »Nach der Warnung, die ich ihnen gegeben habe?«

»Rafferty Slater handelt auf eigene Faust, aber ich glaube nicht, daß ihm schon jemand etwas von Ihrem Besuch auf der Catlin-Ranch gesagt hat. Außerdem hat er zugegeben, daß er es war, der heute morgen die Rinder aufscheuchte, und ich zweifle daran, daß er seitdem wieder auf der Ranch war. Er hat erwähnt, daß er von den Leuten in der Stadt etwas über den ›neuen Mann‹ hörte, kannte aber nicht einmal Ihren Namen. Und nach seinem Gestank zu urteilen, würde ich sagen, daß er den meisten Teil des Tages in der Stadt verbracht und sich betrunken hat.

Angel stürzte auf die Balkontür zu, noch bevor sie zu Ende gesprochen hatte. Cassie versuchte nicht, ihn aufzuhalten, da Rafferty mittlerweile wahrscheinlich bei seinem Pferd angekommen war. Statt dessen machte sie sich daran, eine Lampe anzuzünden, doch ihre Finger zitterten beinahe zu sehr, um das zu bewerkstelligen. Die körperliche Bedrohung war zu stark gewesen. Jetzt war es vorbei, aber die Erleichterung brach sich nur langsam Bahn.

Marabelle schlängelte sich um ihre Beine. Sie schnurrte nicht, sondern gab leise knurrende Geräusche von sich.

»Es ist ja alles gut, Baby«, sagte Cassie. »Aber du hast schon recht. Ich hätte dich nicht aus meinem Zimmer schicken sollen. Das nächste Mal...«

»Es wird kein nächstes Mal geben«, sagte Angel hinter ihr. »Den werde ich mir schnappen.«

Sie stülpte den Zylinder wieder über die Lampe und stellte fest, ohne sich zu ihm umzudrehen: »Sie werden ihn in der Dunkelheit niemals finden.«

»Ich werde ihn finden.«

Aber in der Dunkelheit konnte Angel ebensogut erschossen werden wie Rafferty, und dieser Gedanke trieb sie dazu zu sagen: »Der Mann wird auch morgen früh immer noch hier sein, außerdem ist das nicht wirklich ein Grund zu töten, Angel. Er hatte keine Chance, mich ernsthaft zu verletzen.«

»Sie kennen meine Einstellung in bezug auf böse Absichten, Lady. Und meine Schuld wird nicht getilgt, wenn Sie bei dieser Angelegenheit verletzt werden.«

Sie wünschte, er würde sich Sorgen um *sie* machen und nicht um seine Schuld, aber sie wollte dennoch nicht, daß er unnötige Risiken einging. Und Rafferty war ein unbekannter Faktor. Er hatte keinen besonderen Ruf, aber das war noch keine Garantie für irgend etwas, denn er trug seine Waffe, als wüßte er damit umzugehen.

Sie hörte, daß Angel sich anschickte, ihr Zimmer zu verlassen, und drehte sich um, weil sie ihn aufhalten wollte, wobei sie völlig den Zustand ihres Nachthemdes vergaß. Aber in dem hell erleuchteten Raum konnte Angel es unmöglich übersehen. Sein Blick fiel sofort auf den langen Riß, der mitten durch das Kleidungsstück ging und die Hälfte ihrer Brüste und einen Teil ihres Bauches freigab. Sie keuchte und zog den Stoff heftig zusammen, als sie bemerkte, worauf sein Blick gefallen war. Sein Gesicht wurde diesmal genauso rot wie ihres.

»Dieser verdammte Hurensohn«, knurrte er mit einer tiefen, zorngefärbten Stimme. »Sonst alles in Ordnung?«

»Nein. Meine Hände wollen einfach nicht aufhören zu zittern.« Und sie würden weiterzittern, wenn sie nicht schleunigst das Thema wechselten. »Wie – wie ist Marabelle nach draußen gekommen?«

Die Erwähnung des Panthers lenkte seinen Blick auf das Tier, und Marabelle wählte genau diesen Augenblick, um auf ihn zuzuschlendern. Verständlicherweise gab Angel nicht ausgerechnet in diesem Augenblick eine Antwort. Er bewegte nicht einen einzigen Muskel, aber Marabelle rieb lediglich ihren Körper an seinen Beinen, während sie an ihm vorbeiging, um den Balkon zu erforschen, ein Teil des Hauses, zu dem sie freien Zutritt gehabt hatte, bevor die ganzen Schwierigkeiten ihren Anfang genommen hatten.

Mit einer schnellen Bewegung schloß Angel hinter ihr die Tür. Cassie hörte ihn seufzen, bevor er sich wieder zu ihr umdrehte. Seine Reaktion auf ihr Haustier war offensichtlich nach wie vor ein Problem, gleichgültig wie oft sie ihm versicherte, die Pantherkatze wäre zahm. Sie nahm an, daß er sich mit der Zeit schon an sie gewöhnen würde.

Endlich beantwortete Angel ihre Frage: »Auf der hinteren Veranda lag eine rohe Rinderkeule und daneben ein leerer Sack. Damit hat Slater wahrscheinlich Marabelle aus dem Haus gelockt.«

»Sie hätte nur die Nase darüber gerümpft. Wahrscheinlich mußte er sie aus dem Haus herauszerren.«

Angel war beeindruckt oder, um genauer zu sagen, fassungslos erstaunt. »Nun, der Mann muß wirklich Nerven haben.«

»Nein, eigentlich nicht. Als ich das erste Mal hierher kam, mußte ich allen Leuten klarmachen, daß Marabelle harmlos ist. Die Leute neigen dazu, sich zu ärgern, wenn sie sich erst erschrecken und nachher herausfinden, daß es gar keinen Grund dafür gab.«

»Jetzt, wo Sie es sagen – es hat wirklich nicht so ausgesehen, als hätte sie das Fleisch auch nur angerührt. Sie hat statt dessen an meiner Tür gekratzt und mich zu Tode erschreckt, als ich aufmachte. Doch dann ist sie wie der Blitz wieder zum Haus zurückgelaufen. Ich hätte mir nichts dabei gedacht, wenn sie nicht an einem Pferd vorbeigekommen wäre. Es war an der hinteren Veranda festgemacht und hatte eindeutig nicht dagestanden, als ich das Haus verließ.«

»Ich bin froh, daß Ihnen das aufgefallen ist.«

Er nickte unbehaglich. Situationen wie diese lagen jenseits seiner Erfahrungen.

»Wenn er so betrunken ist, wie Sie sagen, dann wird er leicht zu finden sein«, sagte Angel.

»So betrunken war er nun auch nicht, und ich wünschte, Sie würden nicht weggehen. Ich kann bestimmt nicht mehr einschlafen, es sei denn, ich weiß, daß Sie in meiner Nähe sind.«

»Keine Angst, Sie werden schon wieder einschlafen. Sie müssen nur...«

»Bitte, Angel.«

Noch bevor sie seinen Namen ganz über die Lippen gebracht hatte, fing sie an zu weinen, und das war keineswegs nur ein Täuschungsmanöver. Bei dem Gedanken, er könne das Haus verlassen, geriet sie tatsächlich in Panik.

»O nein, bitte tun Sie das nicht.«

Sie hörte nicht auf ihn. Ein Teil ihres Gesichts wurde nun von ihrem offenen Haar verdeckt, der andere von ihren Händen. Sie hatte ihr Nachthemd schon wieder vergessen, aber die übereinander liegenden Ränder des Stoffes blieben geschlossen. »Nun kommen Sie schon, hören Sie auf damit.« Er versuchte es noch mal, aber sie weinte einfach nur noch lauter. »Ach, zum Teufel...«

Cassie war überrascht, als sie plötzlich seine Arme um sich spürte. Das war es nicht, was sie hatte erreichen wollen, aber sie konnte nicht leugnen, daß es ihr gefiel.

Angel sagte nichts mehr, sondern hielt sie nur unbeholfen fest. Gut, das war durchaus in Ordnung. Wenigstens würde er sich jetzt nicht mehr auf den Weg machen, um Blut zu vergießen – oder zu riskieren, daß ein anderer seines vergoß. Und nach einer Weile fielen ihre Hände auf seine Hüften herunter, und sie legte ihre nasse Wange an seine Brust.

Bis zu diesem Augenblick hatte sie gar nicht bemerkt, daß er sein Hemd weder zugeknöpft noch in seine Hose gesteckt hatte. Sie war zu aufgeregt gewesen, um überhaupt etwas zu bemerken, aber es war nackte Haut, an die sie jetzt ihr Gesicht drückte.

Natürlich hätte sie sich sofort zurückziehen müssen. Das wäre die einzig schickliche Verhaltensweise gewesen. Aber gerade das wollte sie nicht, da sie sich im Moment eigentlich besonders wohl fühlte. Was außerordentlich erstaunlich war, wenn man bedachte, daß sie normalerweise in Angels Gegenwart so nervös war. Trotzdem brauchte sie eine Entschuldigung für sein und ihr Verhalten, und diese Entschuldigung existierte nicht mehr, denn ihre Tränen waren getrocknet und bis auf ein leises Schnüffeln versiegt. Daher blieb sie nur noch ein paar Augenblicke stehen, bevor sie seufzte und zu ihm aufsah.

»Es tut mir leid«, sagte sie sanft. »Ich habe, seit diese Sache begonnen hat, kein einziges Mal geweint. Ich nehme an, es war einfach überfällig.«

Sie sahen einander für ein paar lange Sekunden in die Augen, seine so dunkel und unergründlich, ihre wie funkelndes Silber. Plötzlich lag in der Luft eine Spannung, die Cassie den Atem anhalten ließ, während sein Blick sich langsam, sehr langsam auf ihre geöffneten Lippen senkte und dort verharrte.

»Sie entschuldigen sich zuviel«, erwiderte er mit der für ihn typischen Trägheit, kurz bevor sich sein Mund über ihrem schloß.

Dies kam für sie vollkommen unerwartet. Und es war etwas ganz anderes als der Kuß, den sie gestern gegeben hatte. Da war sie in Panik gewesen und hatte Angst gehabt, zurückgewiesen zu werden. Jetzt aber war sie entspannt und offen für eine Fülle von Entdeckungen.

Er begann ganz zaghaft, als sei diesmal er derjenige, der eine Zurückweisung erwartete. Das aber kam ihr nicht einmal in den Sinn, so sehr war sie damit beschäftigt, dieses wunderbare Gefühl auszukosten. Als er nicht einmal den winzigsten Protest von ihr hörte, wurde sein Kuß heftiger. Er teilte ihre Lippen und ließ seine Zunge in ihrem Mund auf eine quälend süße Entdeckungsreise gehen. Neue Gefühle stiegen in ihr auf, die sie in ihrer Fremdheit und Intensität beinahe erschreckten, tiefe, strudelnde, heiße Gefühle. Und es war nicht mehr der Kuß allein. Es waren auch seine Arme, die sich fester um sie schlossen, die sie näher zogen, bis sie mit ihm verschmolz. Ihr Nachthemd war viel zu dünn, um seinem Körper auch nur den geringsten Widerstand entgegenzusetzen.

Warme Trägheit durchflutete ihren Körper, ein heftiger Gegensatz zu dem Hämmern ihres Herzens. Sie fühlte sich durch und durch schwach, unfähig, den Kuß zu beenden, selbst wenn sie es gewollt hätte. Aber sie wollte nicht. Er wollte nicht. Und das war von allen Entdeckungen die aufregendste.

Während des Dinners hatte sie ein paarmal bemerkt, daß er ihre Lippen anstarrte, aber sie hatte sich nichts dabei gedacht. Und ganz gewiß war sie nicht auf die Idee gekommen, er könne sie begehren. Sie gehörte einfach nicht zu den begehrenswerten Frauen. Aber Angel küßte sie, als gäbe es nichts auf der Welt, was er lieber täte, und Cassie fühlte sich mehr als nur geschmeichelt, denn dazu genoß sie seinen Kuß viel zu sehr.

Als sein Mund in eine neue Richtung wanderte, war sie überrascht darüber, daß er nicht aufhörte, sie zu küssen, sondern sich daranmachte, ihre Haut auch an anderen Stellen zu kosten. Seine Zunge bewegte sich langsam ihren Hals hinauf, um dann ihr Ohrläppchen zu liebkosen.

»Ganz und gar aus Zucker«, hauchte er in ihr Ohr. »Du bist die reinste Süßigkeit.«

Cassie erschauerte am ganzen Körper. Mittlerweile zitterte sie beinahe und wurde mit jeder Sekunde schwächer. Dann lehnte er sich zurück, um sie anzusehen, während seine Hand durch den Riß in ihrem Nachthemd schlüpfte, um langsam und vorsichtig über ihre nackte, empfindliche Haut zu streichen.

Dies war die sündhafteste, erotischste Erfahrung ihres Lebens – seine Hand auf ihrer Brust, seine Augen mit schwelender Leidenschaft in ihren versunken. Es war einfach zuviel auf einmal, all diese jenseits ihrer bisherigen Erfahrung liegenden Gefühle, die er in ihr erweckte. Cassie erschrak plötzlich und wich zurück, löste sich aus seiner Umarmung, aus seiner erregenden Berührung.

»Das – das dürfen Sie nicht...«

Sie erkannte ihre eigene Stimme kaum wieder, noch brachte sie auch nur ein einziges weiteres Wort über die Lippen. Aber er sah sie einfach nur an, und das so lange, daß sie glaubte, gleich in Ohnmacht fallen zu müssen, so unerträglich war die Spannung.

Endlich stieß er einen Seufzer aus und sagte: »Ich weiß. Ich schätze, diesmal bin wohl ich an der Reihe, mich zu entschuldigen. Es wird nicht wieder vorkommen.«

Sie sah ihm nach, als er ging, hin und her gerissen zwischen dem Drang, ihn zurückzurufen und einer plötzlichen Erinnerung daran, was sich gehörte und was nicht. Und ganz gewiß gehörte es sich weder Angel zu küssen, noch seinen Kuß so sehr zu genießen. Warum verspürte sie also so großes Bedauern bei dem Gedanken, daß es nie wieder vorkommen würde?

14

Angel war nicht überrascht darüber, daß die Catlins auf den hohen Mauern, die ihre Farm umgaben, einen Wachposten aufgestellt hatten. Irgend jemand mußte ihn schon aus weiter Ferne gesehen haben, denn noch bevor er sich der Ranch nähern konnte, kamen Buck Catlin und zwei Cowboys auf ihn zugeritten. Und sie gingen kein Risiko ein. Catlins Männer hielten ihre Gewehre in der Hand und ihre Finger lagen am Abzug.

Er fragte sich, ob auf diesen Mauern vor ihm noch mehr Gewehre auf ihn gerichtet waren, machte sich jedoch nicht die Mühe, genauer hinzusehen. Seine eher schlanke Figur hatte eindeutig ihre Vorteile – er gab eine kleinere Zielscheibe ab.

Trotzdem brachte er sein Pferd zum Stehen und wartete auf die drei Reiter. Wahrscheinlich konnte er es, falls notwendig, mit allen dreien gleichzeitig aufnehmen. Schließlich war er schnell genug, und wenn es darauf ankam, hatte er noch nie sein Ziel verfehlt. Vielleicht würde er selbst ebenfalls eine Kugel abbekommen, da zwei der Männer ihre Gewehre ja in der Hand hielten, aber was kümmerte das ihn. Er befand sich heute morgen in einer gefährlichen Stimmung, einer Mischung aus einer gehörigen Portion Selbstverachtung und dem Gefühl, daß seine Dummheit in der vergangenen Nacht irgendeine Strafe verdiente. Es war ein Fehler gewesen, keine Vorkehrungen zu treffen, die Slater daran gehindert hätten, ohne weiteres einbrechen zu können. Außerdem hätte er ihm gestern sofort folgen sollen.

Und niemals hätte er Cassandra Stuart berühren dürfen.

Das war überhaupt sein größtes Unglück und Ursache seiner schlimmsten Verwirrung. Diese Frau. Diese irritierende Frau, die kaum jemals schwieg und sich überall einmischte – sie und ihr menschenfressendes Haustier. Was konnte man an ihr schon mögen? Sie war nicht einmal sehr hübsch – obwohl sie gestern abend sogar verdammt hübsch gewesen war, aber gestern abend hatten er und der Wein, den sie ihm serviert hatte, sich offensichtlich nicht gut vertragen. Warum sonst hätte er wohl diesem unglaublichen Verlangen, sie noch einmal zu küssen, nachgegeben?

Die Cowboys hielten direkt vor ihm an, wobei Buck ein klein wenig vor den anderen stand. Der Rancher nahm seinen Hut ab und schlug damit gegen seinen Oberschenkel, ein Zeichen von Nervosität nahm Angel an. Der junge Mann sah ganz und gar nicht so aus, als fühle er sich wohl in seiner Haut.

Aber die Arroganz war Buck Catlin in Fleisch und Blut übergegangen, so daß sein Ton immer noch ziemlich beleidigend klang, als er sagte: »Ich dachte, meine Ma hätte Ihnen gesagt, was passiert, wenn Sie hier noch einmal auftauchen.«

Angel gab ihm nicht sofort eine Antwort. Es waren Augenblicke wie diese, in denen er sich wünschte zu rauchen. Gerade jetzt wäre es sehr nützlich, wenn er sich eine Zigarette drehen könnte, um den jungen Rancher zu ignorieren und herauszufinden, ob er bereit war, seine Drohung wahrzumachen, oder ob das Ganze einfach nur Angeberei war.

»Wenn ich mich recht erinnere, habe ich ihr gesagt, daß das keine Rolle spielen würde – nicht, wenn ich einen guten Grund hätte, wiederzukommen.«

Buck kicherte in sich hinein. »Mister, Sie müssen entweder der verrückteste oder der tapferste Mann sein, den ich je kennengelernt habe. Haben Sie denn immer noch nicht begriffen, daß ein Wort von mir genügt, um Sie zu einem toten Mann zu machen?«

»Nicht tot, Catlin. Verletzt vielleicht. Aber dreimal dürfen Sie raten, wer tot sein *wird*, und auf wen Sie auch tippen mögen, Sie hätten in jedem Falle recht.«

»So gut können Sie einfach nicht sein.«

»Ich glaube nicht, daß Sie das herausfinden möchten.«

Buck blickte sich verstohlen nach seinen beiden Männern um; er wollte sichergehen, daß sie immer noch auf alles vorbereitet waren. Sie waren es. Aber das beruhigte ihn lange nicht so sehr, wie er gehofft hatte.

»Sehen Sie, Angel, niemand hat Ihnen gesagt, daß Sie zurückkommen sollen. Wir werden hier schon allein mit unseren faulen Äpfeln fertig.«

»Ich komme wegen Slater.«

»Und ich habe Ihnen gerade gesagt, daß Sie zu spät kommen«, erklärte ihm Buck. »Als ich die Männer befragt habe, hat Sam, Raffertys Freund, gestanden, daß die in Panik geratene Herde auf Raffertys Konto geht. Und er war gestern nirgends zu finden, was meiner Meinung nach Sams Geschichte bestätigt. Ich weiß nicht, wann Rafferty gestern nacht in sein Bett gekrochen ist, aber heute morgen habe ich ihn aus den Federn gezerrt und gefeuert. Er ist noch vor Sonnenaufgang verschwunden.«

»Wohin?«

»Er hat es nicht gesagt, und ich habe nicht gefragt.«

»Dann werde ich mit seinem Freund Sam sprechen.«

»Der wird heute auf der Südweide sein. Sie können ihn gern suchen gehen – aber es ist eine große Weide, ungefähr zweitausend Morgen. Man kann sich leicht auf dem Catlin-Land verirren.«

Er hatte seine Arroganz also wiedergefunden. Und Angel hatte nicht die Absicht, sich damit abzufinden. »Dann werden *Sie* ihn für mich finden und zu mir schicken. Es geht nicht mehr nur um die aufgescheuchten Rinder. Gestern nacht ist Slater bei Miss Cassie aufgetaucht, ist bei ihr eingebrochen und hat ihr übel mitgespielt. Ich will ihn haben.«

In dieser Feststellung lag eine solche Drohung, daß alle drei Männer froh waren, nicht Slater zu heißen. Angel wartete auf keine Antwort. Er riß sein Pferd herum und ritt zurück zur Stuart-Ranch.

Buck ließ einen leisen Seufzer hören und wandte sich an den Mann zu seiner Linken. »Yancy, vielleicht sollten Sie nach Süden reiten und schauen, ob Sie Sam ausfindig machen können. Ich will diesem Mann nicht noch einmal einen Vorwand liefern, uns zu besuchen. Den würde ich nicht einmal einem MacKauley auf den Hals wünschen.« Aber dann fielen ihm die rotgeweinten Augen seiner Schwester ein, und er fügte hinzu: »Nun, wenn ich so darüber nachdenke – vielleicht mit Ausnahme von Clayton MacKauley.«

Cassie fand eine Entschuldigung nach der anderen, um an diesem Tag nicht das Haus verlassen zu müssen. Sie zettelte einen Frühjahrsputz im Dezember an, der Maria dazu brachte, mit der Zunge zu schnalzen und leise vor sich hin zu schimpfen. Sie überprüfte alle Vorräte. Sie schrieb noch einen weiteren Brief an ihre Mutter, um ihr von Angel zu erzählen, den sie anschließend sogleich wieder zerriß. Ihre Mutter brauchte nun *wirklich* nicht zu wissen, daß ein berüchtigter Revolverheld in Rufweite ihrer Tochter lebte. Nichts würde sie schneller nach Texas bringen als eine solche Mitteilung. Und wenn auch die strenge, sachliche Art und Weise, wie ihre Mutter an Probleme heranging, genau das sein mochte, was im Augenblick notwendig war, so war Cassie doch fest entschlossen, diesmal ihre Schwierigkeiten allein zu meistern.

Zu diesen Schwierigkeiten kam jetzt jedoch noch eine neue Verwicklung hinzu, die sie selbst gestern nacht verursacht hatte – ihr eigenes Benehmen. Ihr eigenes *liederliches* Benehmen. Im hellen Tageslicht fand sie es entsetzlich demütigend, daß sie einfach passiv geblieben war, als Angel sich solche Freiheiten bei ihr herausgenommen hatte. Nun ja, er schien sie zu begehren, und das hatte ihr geschmeichelt, außerordentlich geschmeichelt, denn schließlich hatte er klipp und klar gesagt, daß er kein Interesse an einer Ranch habe. Einmal also hatte die Lazy S nichts damit zu tun, daß ein Mann sie anziehend fand.

Das war natürlich keine Entschuldigung. Ebensowenig wie die Tatsache, daß ihr diese Erfahrung ein solches Vergnügen bereitet hatte. Sie wußte es besser, wußte genau, welches Benehmen sich schickte und welches nicht. Außerdem war es völlig absurd, in Angel auch nur einen Augenblick lang einen Mann zu sehen, mit dem sie vielleicht eine Zukunft haben könnte. Er war unberechenbar, gefährlich und ein Einzelgänger. Wenn er sie begehrenswert fand, dann war es nur für den Augenblick, und Cassie wußte, wie solche Dinge endeten. Überall im Süden und im Westen des Landes gab es Saloons voller Frauen, die einer solchen Leidenschaft des Augenblicks nachgegeben hatten.

Sie konnte sich nicht vorstellen, was er jetzt von ihr dachte, nachdem sie sich wie eine alte Jungfer betragen hatte, die noch nach dem winzigsten Krümelchen Zuneigung hungerte. Am besten war es wohl, wenn sie sich so verhielt, als sei überhaupt nichts geschehen. Außerdem hatte er gesagt, es würde nie mehr vorkommen. Wahrscheinlich wollte er den Vorfall genauso schnell vergessen wie sie – aber sie wußte, daß ihr das niemals gelingen würde. Wenn sie alt und grau wäre und schon Enkelkinder hätte – hoffentlich –, würde sie sich immer noch an Angels Hand auf ihrer Brust erinnern.

Ihr selbstgewählter Hausarrest mit dem Ziel, Angel aus dem Weg zu gehen, funktionierte so lange, bis er am Spätnachmittag mit seinen Satteltaschen über der Schulter an der Tür auftauchte.

»Ich habe darüber nachgedacht«, waren seine ersten Worte, als er an ihr vorbei in die Eingangshalle ging. »Ich ziehe hier ein.«

Ungläubig starrte sie ihn an. »Was?«

Er ging einfach weiter und blieb erst stehen, als er an der Treppe angekommen war, wo er sich zu ihr umsah. Und ganz so, als würde er sie nicht zu Tode damit erschrecken, sagte er: »Geben Sie mir das Zimmer, das dem Ihren am nächsten liegt, ganz egal, welches.«

Cassie rührte sich nicht. Sie hatte sich darauf gefaßt gemacht, daß diese erste Begegnung mit ihm nach der gestrigen Nacht ein wenig peinlich werden konnte, aber es war ihm gelungen, sie dieses Ereignis für den Augenblick vollkommen vergessen zu lassen.

»Das kommt gar nicht in Frage«, erklärte sie ihm mit großem Nachdruck. »Sie können nicht...«

»Tun Sie es einfach«, unterbrach er sie mit derselben Nachdrücklichkeit, ließ sich jedoch dazu erweichen, ihr sein Vorhaben zu erklären. »Slater hat die Stadt verlassen. Solange ich nicht höre, daß er auch Texas verlassen hat oder tot ist, werde ich keine Risiken mehr eingehen. Ich will Sie schnarchen hören können.«

»*Was?*«

Seine Lippen zuckten ein wenig, weil ihre Augen so groß und rund geworden waren. »Nur eine Redensart, Lady, aber Sie verstehen schon, was ich meine. Wenn Sie mich brauchen, egal wann, dann will ich nahe genug sein, um es zu wissen.«

Ihr Gesicht hellte sich auf angesichts der Doppeldeutigkeit, die sie aus seinen Worten heraushörte, auch wenn sie sicher war, daß er das nicht beabsichtigt hatte – was sie nur um so mehr in Verlegenheit stürzte. »Das ist ausgesprochen unschicklich«, fühlte sie sich gezwungen festzustellen.

»Schicklichkeit spielt keine Rolle, wenn es darum geht, jemanden zu beschützen. Wenn ich nicht glaubte, Sie würden schon bei dem bloßen Vorschlag in Ohnmacht fallen, würde ich direkt in Ihr Zimmer einziehen. Also sprechen Sie nicht noch einmal von Schicklichkeit.«

Ihre Verlegenheit verwandelte sich in Zorn, während sie nur kurz nickte und auf die Treppe zuging. »Folgen Sie mir«, sagte sie und ging an ihm vorbei. Ihre Stimme war genauso steif wie ihr Rücken, und ihre Hände krampften sich um den Stoff ihres Rocks zusammen, um ihn nur ja keinen Millimeter höher zu heben, als es unbedingt notwendig war, um die Treppe hochzusteigen.

Sie führte ihn in das Zimmer neben dem ihren, das zufällig ohnehin leerstand. Sie hatte es als Nähzimmer benutzt.

»Maria ist eine hervorragende Haushälterin, das Bettzeug sollte also sauber sein. Wenn Sie irgend etwas brauchen, können Sie sie für gewöhnlich in der Küche finden. Ich werde Maria davon informieren, daß Sie eingezogen sind.«

»Sie nehmen das viel zu schwer, Lady«, sagte er, jetzt, da er seinen Willen bekommen hatte, in einem ausgesprochen liebenswürdigen Ton. »Sie werden nicht einmal bemerken, daß ich hier bin.«

Wie, zum Teufel, sollte ihr das wohl gelingen?

15

Cassie wollte nicht das Risiko eingehen, noch einmal eine solche Kutschfahrt mit Angel zu erleben wie die letzte. Wenn sie sich die Vorräte, die sie brauchte, bringen ließ, würde das zwar zusätzliche Kosten verursachen, aber das wäre nur eine Kleinigkeit im Vergleich dazu, noch einmal Angels Nähe ertragen zu müssen. Es hatte sich als eine Zeitverschwendung erwiesen, ihm zu erklären, daß sie auch ohne seine Begleitung in die Stadt fahren konnte. Er nahm seine Rolle als ihr selbstgewählter Beschützer sehr ernst.

Wenn sie ihr Pferd reiten wollte, mußte sie natürlich den strapazierfähigen Hosenrock anziehen, den sie auf der Weide benutzte, ebenso wie die dazugehörige kurze Jacke aus Hirschleder. Weder ihre eleganten Kleider aus dem Osten noch ihre Haarnadeln paßten zu einem Sattel aus dem Westen. Ihr Waffengürtel paßte jedoch hervorragend. Ausnahmsweise sah er auf ihrer Hüfte einmal nicht so lächerlich aus.

Sie hatte jedoch keinen Gedanken an ihre saloppe Kleidung verschwendet, bis sie bemerkte, daß sie die Leute von Caully anstarrten, als sähen sie sie zum ersten Mal. Und Angel an ihrer Seite zog noch mehr Aufmerksamkeit auf sich. Bei dieser Gelegenheit bekam sie es auch aus erster Hand mit, wie die Menschen auf ihn reagierten. Sie machten einen großen Bogen um ihn. Jeder Laden, den er betrat, leerte sich in Sekundenschnelle. Die Besitzer wie auch ihre Angestellten versuchten, seine Blicke zu meiden, in der

Hoffnung, er würde einfach verschwinden, wenn sie ihn ignorierten.

Das hätte für Cassie keine Überraschung sein sollen. Trotz allem, was gestern nacht geschehen war, fühlte sie sich in Angels Gegenwart ebenfalls unbehaglich, ganz besonders, wenn er schwieg, was er getan hatte, seitdem sie heute morgen von der Ranch weggeritten waren. Aus ebendiesem Grund hatte sie auch ihre Kutsche zu Hause gelassen. Dennoch war sie seinetwegen peinlich berührt, als sie sah, wie die Leute ihn behandelten.

Als sie den Krämerladen verließen, brachte sie den Mut auf, das Thema anzuschneiden. »Stört es Sie nicht, daß Sie die Menschen nervös machen, Angel?« Es fiel ihr langsam leichter, seinen Namen auszusprechen, ohne dabei zu erröten.

Er suchte gerade in beiden Richtungen die Straße ab, so daß er sie nicht ansah. »Warum sollte es?«

»Das macht es Ihnen doch sicher schwer, Menschen kennenzulernen.«

Bei diesen Worten sah er sie schließlich doch an. Seine schwarzen Augen verrieten jedoch nichts von seinen Gefühlen. »Wer sagt denn, daß ich das will?«

Sie zuckte mit den Schultern und ließ die Angelegenheit auf sich beruhen. Aber seine Antwort machte sie unerklärlicherweise traurig, ein Umstand, über den sie sich ärgerte. Sie hatte wieder einmal versucht, seine Gefühle zu ergründen. Wahrscheinlich hatte er gar keine. Wahrscheinlich war er innerlich von derselben Eiseskälte, die seine Augen vermuten ließen. Und wenn das so war, warum sollte es ihr etwas ausmachen?

Seine Augen glitten wieder mit einem suchenden Blick über die Straße, eine Gewohnheit, die sie mit seinem Beruf in Verbindung brachte. Aber sie bemerkte auch, daß sein Blick mehr als einmal auf dem Last Keg Saloon am Ende der Straße haften blieb. Wahrscheinlich wollte er einen

Drink, war aber nicht bereit, sie lange genug allein zu lassen, um sich diesen Wunsch zu erfüllen. Oder vielleicht wollte er ja auch etwas anderes. In den meisten Saloons von Caully gab es eine Reihe von Frauen, die sowohl unten im Schankraum als auch oben auf den Zimmern arbeiteten.

Bei diesem Gedanken trat ein mürrischer Ausdruck auf Cassies Gesicht, und ihr Ton klang außerordentlich steif, als sie bemerkte: »Ich bin für heute fertig. Und ich kann bestimmt nach Hause kommen, ohne überfallen zu werden oder etwas in der Art, falls Sie noch das eine oder andere in der Stadt zu tun haben.«

»Ich wollte mich eigentlich noch nach Slater erkundigen, da sein Freund Sam mir nicht sagen konnte, wo er hinwollte. Aber das kann warten, bis ich allein hierherkomme.«

Als er das sagte, sah er sie wieder an, so daß er den Mann, der gerade in diesem Augenblick um die Ecke kam, nicht bemerkte. Cassie jedoch bemerkte ihn und öffnete entsetzt den Mund. Wenn man vom Teufel sprach...

»Nun – ich habe etwas vergessen, in dem Laden da«, sagte Cassie schnell. »Wir müssen noch einmal reingehen...«

»Tun Sie das. Ich hole derweil die Pferde.«

»Nein!« Sie griff nach seinem Arm und versuchte, ihn zurück in den Laden zu zerren. »Ich brauche Ihre Hilfe, um...«

Abermals wurde sie unterbrochen, diesmal jedoch von einer Stimme hinter ihnen. »He, Sie!«

Angel drehte sich so schnell um, daß er Cassie mit sich herumwirbelte. Und jetzt konnte sie nichts mehr tun, um ihn davon abzuhalten, Rafferty Slater zu bemerken, der sein Pferd nur wenige Meter von ihnen entfernt zum Stehen gebracht hatte.

»Sie sind Angel?« fragte Rafferty, sobald er abgestiegen und auf den Gehweg getreten war. Angel nickte nur. »Ich habe gehört, Sie suchen mich.«

»Und wer bitte sind Sie?«

»Rafferty Slater.«

Hatte Cassie wirklich geglaubt, Angels Augen zeigten niemals ein Gefühl? Jetzt loderte eine solche Befriedigung darin auf, daß sie ein heißer Schrecken durchfuhr, denn sie kannte den Grund. Aber unerwarteterweise trat ein anderes, noch mächtigeres Gefühl zu ihrer Angst hinzu, der Wunsch, zu schützen und zu verteidigen. So etwas hatte sie noch nie erlebt, und es war ausgesprochen lächerlich. Man konnte sich kaum jemanden vorstellen, der weniger schutzbedürftig war als Angel. Aber ihre Gefühle kannten keine Logik.

Für jemanden, der nicht impulsiv war, gab Cassie ihren Gefühlen erstaunlich schnell nach und wagte sich mitten ins Feuer. »Ich fordere Sie zum Kampf heraus, Rafferty«, sagte sie und machte einen Schritt nach vorn. »Sie wissen, warum.«

Angel gab einen Kraftausdruck zum besten. Rafferty starrte sie einen Augenblick lang ausdruckslos an, bevor er anfing zu lachen. Cassie wünschte wirklich, die Leute würden sie und ihren Colt ein wenig ernster nehmen.

»Ich gebe Ihnen genau eine Sekunde, um sich in Luft aufzulösen«, bemerkte Angel zu ihr gewandt.

Sie warf ihm einen mehr als flüchtigen Blick zu, nur um herauszufinden, ob sein Gesichtsausdruck genauso wütend war wie sein Tonfall. Er war es, und daher sah sie schnell wieder zu Rafferty hinüber, während sie versuchte, vernünftig mit Angel zu reden.

Das tat sie mit Gelassenheit und Logik, was angesichts der Umstände wirklich erstaunlich war. »Ich glaube, Sie sollten mir erlauben, ihn zu erschießen. Ich habe geschworen, daß ich das tun würde, falls er mich je wieder berühren sollte.«

»Dann schwören Sie jetzt lieber etwas anderes. Der da gehört mir.«

»Aber ich bin diejenige, die er gestern nacht angegriffen hat«, erinnerte sie ihn.

Angel nahm ihren Einwand nicht zur Kenntnis, sondern sagte nur: »Gehen Sie zurück in diesen Laden, Cassie.«

»Sie hören mir ja gar nicht zu.«

»Genau. Und jetzt verschwinden Sie endlich!«

Mit einem Befehl wie diesem und einem Arm an ihrem Rücken, der sie wegschob, hätte sie eigentlich gehen müssen, aber sie tat es nicht. Sie rang die Hände und zermarterte sich das Gehirn, wie sie den Showdown zwischen diesen beiden Männern verhindern konnte. Aber Angel tat ihr nicht den Gefallen, ihr die Zeit zu geben, sich etwas auszudenken.

»Das ist eigentlich ganz gegen meine Prinzipien, Slater«, sagte er, als er seinen Mantel wegwarf. »Aber für Sie mache ich eine Ausnahme. Wo wollen Sie es haben, weiter oben auf der Straße oder da, wo Sie jetzt stehen?«

Rafferty wirkte weder beeindruckt, noch im geringsten eingeschüchtert. Er grinste nur und spuckte den Holzspan aus, auf dem er herumgekaut hatte.

»Ich wäre letzte Nacht nicht weggelaufen, wenn ich nicht den Bauch voller Fusel gehabt hätte. Aber jetzt bin ich wieder nüchtern, und der Gedanke, Sie auf den Fersen zu haben, gefällt mir überhaupt nicht. Die Straße ist mir gerade recht, mein Freund, aber wenn Sie mich fragen – die kleine Lady da ist es nicht wert, daß Sie für sie sterben wollen.«

»Wer fragt Sie denn?«

Rafferty lachte nur und streckte seinen Arm aus, um zu bedeuten, daß Angel ihm die Straße entlang vorausgehen solle. Cassie fand Raffertys Zuversicht widerwärtig. Sie hatte recht gehabt, sich seinetwegen Sorgen zu machen, und als Angel sich umdrehte, sah sie auch, warum. Rafferty hatte nicht die geringste Absicht, Angel in einem fairen Kampf gegenüberzutreten. In derselben Sekunde, als Angel ihm den Rücken zuwandte, griff er nach seiner Waffe.

Cassie zog ebenfalls ihren Colt, rief aber zur Sicherheit noch: »Achtung!« Trotzdem drückte sie ab. Auch Angel schoß. Raffertys Kugel traf den Schmutz zu seinen Füßen, während er selbst mit dem Gesicht nach unten auf die Straße fiel. Der Pulverdampf von drei Schüssen brannte Cassie in den Augen. Und als sie zusah, wie Angel den am Boden liegenden Mann mit dem Fuß umdrehte, wurde ihr klar, daß sie ihre eigene Waffe ebensogut in ihrem Halfter hätte lassen können. Angel hatte sich umgedreht und Rafferty erschossen, noch bevor ihr Warnruf ganz verhallt war.

Sie stellte sich neben Angel, um sich die beiden Schußwunden näher anzusehen. Eine Kugel, die dazu gedacht gewesen war, Rafferty bewegungsunfähig zu machen, steckte in seiner Schulter, und eine andere, die dazu gedacht war, ihn zu töten, war direkt über dem Herzen eingeschlagen. Beide Kugeln hatten ihre Absicht erreicht, und das Ergebnis war einfach gräßlich.

»Sie hätten diesen Kampf mir überlassen sollen«, sagte sie kleinlaut. »Ich hätte ihn nur verwundet. Sie – haben ihn getötet.«

Angel sah sie scharf an. »Wollen Sie mir etwa erzählen, er hätte das nicht herausgefordert?«

»Nun ... nein, aber – es hätte niemand sterben müssen, wenn Sie diesen Kampf mir überlassen hätten.«

»Machen Sie sich doch nichts vor. Es wäre genau dasselbe passiert – das heißt, wenn er es geschafft hätte, mit seinem Gelächter lange genug aufzuhören.«

Sein Spott brachte sie in Rage. »Das ist nicht komisch.«

»Hat er aber gedacht. Darum geht es allerdings jetzt nicht. Solange ich in der Nähe bin, Lady, werden *Sie* an keiner Schießerei teilnehmen. Mir ist es egal, wie gut Sie zu sein glauben...«

»Ich *weiß*, wie gut ich bin«, gab sie zurück.

Sein Ton wurde – sie empfand es als Herablassung – ein wenig weicher. »Es ist nicht dasselbe, mit der Waffe zu trainieren oder einem Mann gegenüberzustehen, der versuchen wird, Sie zu töten, Cassie. Den Unterschied zwischen diesen beiden Dingen wollen Sie gewiß nicht kennenlernen.«

»Das mag sein«, gab sie zu. »Aber Sie verstehen nicht, worum es mir geht. Rafferty sollte nicht tot sein. Eine Verletzung hätte gereicht...«

»Das ist das Ergebnis, wenn man schießt, um zu verwunden«, unterbrach er sie und zeigte mit dem Daumen auf die Narbe an seinem Kiefer. »Der Bursche hat sich erholt und mich anschließend wieder aufgespürt. Er wollte mich tot sehen, hatte aber zuviel Angst, mir noch einmal in einem fairen Kampf gegenüberzutreten. Also schlich er sich von hinten an mich heran. Ich stehe nur deshalb hier vor Ihnen, weil er mit dem Messer genauso lausig schlecht umgehen konnte wie mit dem Revolver – und weil ich es mir abgewöhnt habe zu schießen, um zu verwunden.«

»Sie haben recht.«

»Ich habe was?«

Cassie krümmte sich innerlich. »Machen Sie doch kein so überraschtes Gesicht. Was Sie gerade gesagt haben, hat mich an ein paar Schießereien erinnert, von denen man mir erzählt hat. In diesen Fällen ist auch immer ein Mann verwundet worden, und nach ein paar Tagen hat man dann den anderen in irgendeiner kleinen Gasse mit einer Kugel im Rücken gefunden. Ich will damit nicht sagen, daß das immer passiert, aber es passiert oft genug, um – um Ihre Ansicht zu rechtfertigen, für Sie jedenfalls.«

»Was war hier los?«

Cassie drehte sich um und sah den Sheriff, wie er sich seinen Weg durch ein Dutzend von Menschen bahnte, die auf sie zudrängten. Sie alle versuchten, einen Blick auf den Toten zu erhaschen, ohne dem Mann zu nahe zu kommen, der ihn erschossen hatte.

Frank Hanley war eher klein, nicht viel größer jedenfalls als Cassie. Er trug Stiefel mit sieben Zentimeter hohen Absätzen, was nicht viel zu bedeuten hatte, aber er besaß auch eine sehr starke Persönlichkeit, was sehr wohl etwas zu bedeuten hatte. Er hatte schon Männer eingeschüchtert, die viel größer waren als er selbst, und genau das machte ihn zu einem guten Sheriff – oder hätte ihn dazu gemacht, wenn es ihm gelungen wäre, familiäre und berufliche Angelegenheiten zu trennen.

Jetzt warf er nur einen Blick auf Slater, und Cassie wußte, daß es ihm diesmal wieder nicht gelingen würde. »He, diesen Mann kenne ich doch. Er arbeitet für...« Frank hielt inne und betrachtete Angel mit schmal gewordenen Augen. »Ich glaube, ich muß Sie wohl einbuchten, Mister.«

Cassie konnte sich gerade noch davon abhalten zu zischen, den Teufel werden Sie tun! Statt dessen trat sie zwischen die beiden Männer, um ruhig festzustellen: »Das wird nicht notwendig sein, Sheriff. Fragen Sie nur die Leute hier. Sie werden ein oder zwei Zeugen finden, die gesehen haben, wie Slater versuchte, diesen Mann von hinten zu erschießen. Ich habe es gesehen, und das ist der Grund, warum Sie in seiner Schulter auch eine Kugel von mir finden werden. Und nur der Vollständigkeit halber – Slater war nicht mehr bei Ihrer Tante angestellt. Ihr Vetter Buck hat ihn gestern morgen rausgeworfen.«

Seinem Gesichtsausdruck nach zu urteilen, war es diese letzte Information, die Franks Meinung änderte. Cassie hatte keinen Zweifel daran, daß er Angel auch ohne Grund verhaftet hätte, wenn Slater noch immer ein Catlin-Mann gewesen wäre. Möglicherweise wäre es sogar zu einer Scheinverhandlung gekommen, und wenn Dorothy Catlin es so gewollt hätte, wäre Angel gehängt worden, so groß war der Einfluß dieser alteingesessenen Familie. Aber Cassie glaubte nicht, daß die Witwe Catlin derart bösartig war, und außerdem hätte sie es niemals zugelassen, daß Angel wegen eines durch und durch gerechtfertigten Schusses verhaftet worden wäre.

Trotzdem war Cassie ungeheuer erleichtert, als sie Frank sagen hörte: »Ich zweifle nicht an Ihren Worten, Miss Stuart. Der Mann gehört also zu Ihnen?«

Diesmal kam ihr die Lüge ganz leicht über die Lippen: »Er ist mein Verlobter.«

Der Sheriff war überrascht. »Ich dachte, Sie und Morgan ... nun, geht mich ja nichts an. Sehen Sie nur zu, daß er aus der Stadt wegbleibt. Wir brauchen keine Schießereien, und ich hasse einfach den ganzen Papierkram, den so etwas nach sich zieht.«

Cassie nickte und legte ihren Arm auf den Angels, um ihn wegzuführen, bevor Frank noch einmal seine Meinung änderte. Angels Schweigen dauerte an, bis sie ihre Pferde erreicht hatten und er ihr beim Aufsitzen half.

»Warum nur habe ich das Gefühl, daß Sie es höchstpersönlich mit dem Sheriff aufgenommen hätten, wenn er nicht einsichtig gewesen wäre?«

Cassie errötete ein wenig angesichts dieser scharfsinnigen Frage. Und da er keineswegs den Eindruck machte, daß ihm diese Möglichkeit gefiel, entgegnete sie: »Ich weiß nicht, wovon Sie sprechen.«

Er gab nur ein leises Grunzen von sich, bevor er auf sein Pferd stieg. »Ihre Lügen werden langsam besser – ein wenig.«

16

Ziemlich still hier, aber schließlich war es nicht der einzige Saloon in der Stadt, und Angel hatte sich aus alter Gewohnheit für ein ruhigeres Haus entschieden.

An ein paar Tischen wurde Karten gespielt, aber Angel hatte keine Lust, sich dazuzusetzen. Er hatte vielmehr Lust, sich zu betrinken und sich eines der Mädchen, die auch in den oberen Räumen arbeiteten, vorzunehmen. Eine von ihnen war sogar recht hübsch, und er konnte nicht leugnen, daß er eine Frau brauchte, ganz besonders, nachdem er die letzten drei Nächte in unmittelbarer Nähe einer Frau verbracht hatte, die er in zunehmendem Maße viel zu begehrenswert fand.

Er würde sich jedoch nicht betrinken, zumindest nicht in einem öffentlichen Lokal. Das wäre unvorsichtig, und Angel war nur selten unvorsichtig. Außerdem hatte er sich auch noch nicht endgültig entschlossen, ob er heute nacht die Dienste einer der drei Frauen in Anspruch nehmen wollte. Das Begehren war da, aber sein Interesse an dem, was verfügbar war, hielt nicht lange an.

Das allein war schon ausgesprochen überraschend. Für gewöhnlich war er keineswegs anspruchsvoll, wenn es um Frauen ging. Ein warmer, weicher Körper, der noch dazu für ihn bereit war, hatte ihm immer genügt. Jetzt aber verschwendete er viel zu viele Gedanken an eine bestimmte Frau, auch etwas, das er noch nie zuvor getan hatte, und langsam ging ihm das Ganze höllisch auf die Nerven. Das und noch einige andere Dinge.

Es gefiel ihm gar nicht, was er in der letzten Zeit empfand. Seine Gefühle, nachdem er gestern Slater erschossen hatte, waren das beste Beispiel dafür – zuviel Befriedigung. Es hatte ihm noch nie zuvor besonderes Vergnügen bereitet, einen Mann zu töten, und er verstand nicht, warum das diesmal anders gewesen sein sollte. Es war auf jeden Fall etwas Primitives an dem, was er empfunden hatte. Er war ganz einfach wütend darüber gewesen, daß der Mann versucht hatte, Cassie Gewalt anzutun. Nein, das hatte ihm *wirklich* nicht gefallen. Aber die einzig akzeptable Erklärung, die er für seine Befriedigung finden konnte, war nur die, daß sie unter seinem Schutz stand. Alles andere hätte keinen Sinn ergeben.

Angel war gerade bei seinem dritten und letzten Drink, als Morgan MacKauley hereinkam. Hereinstolperte, um genauer zu sein. Er hatte heute abend wohl ebenfalls zu tief in die Flasche geschaut, viel zu tief, wie es aussah. Und er war nicht allein. Er hatte einen seiner Brüder bei sich, und zwar – dem Aussehen nach zu urteilen – den zweitältesten. Angel konnte sich nicht daran erinnern, wie Cassie diesen Bruder genannt hatte, aber er nahm an, daß er das schon bald herausfinden würde, da die beiden Männer auf ihn zukamen, sobald Morgan ihn an der Bar entdeckt hatte.

»Na, wenn das nicht Miss Stuarts Verlobter ist«, höhnte Morgan. »Brown war doch der Name, oder?«

Angel stellte sein Glas ab, um beide Hände frei zu haben. Die Brüder bedrängten ihn nun von beiden Seiten, und Morgans Gesichtsausdruck demonstrierte etwas, das wie pure Abneigung aussah.

»Mein Name ist Angel.«

»Ja, das habe ich gehört. Angel Brown.«

»Nur Angel.«

Morgan taumelte nach hinten. Angel glaubte jedoch nicht, daß das seine Absicht gewesen war. Der Mann gehörte ins Bett, wo er seinen Rausch ausschlafen konnte, statt hier herumzustehen und sich Schwierigkeiten einzuhandeln.

»Soll das heißen, Cassie hat gelogen?«

»Nein, nur daß ich mich Angel nenne und sonst nichts.«

»Ach, zum Teufel«, sagte Richard MacKauley jetzt. »Hör auf damit, kleiner Bruder.«

»Halt dich da raus...«

Morgan wurde jäh unterbrochen, als der ältere MacKauley ihn beiseite zerrte, um ihm ein paar zornige Worte ins Ohr zu flüstern. Als Morgan sich dafür entschied, die Warnungen seines älteren Bruders zu ignorieren, kam es zu einem kleinen Gerangel.

Tatsächlich wurde Morgan von einer bärenstarken Umklammerung im Zaum gehalten, als er erneut zu Angel hinübersah und brüllte: »Stimmt das? Man nennt Sie den Engel des Todes?«

Falls es noch jemanden im Raum gegeben hatte, dessen Aufmerksamkeit sie nicht auf sich gezogen hätten, so änderte sich das jetzt sofort. Angel zuckte mit keiner Wimper. »Ein paar Leute sind dumm genug, das zu tun.«

Morgan war anscheinend zu betrunken und zu aufgebracht, um diesen Wink zu verstehen. »Was, zum Teufel, bildet sich ein Killer wie Sie ein, wenn er eine Dame bittet, ihn zu heiraten?«

Eine verdammt gute Frage. Das war etwas, was Angel unter gar keinen Umständen tun würde. Schon der Gedanke daran war einfach grotesk. Keine Dame, die ihre Sinne beisammen hatte, würde ihn haben wollen, und er war ein klein wenig zu stolz, um sich einer solchen demütigenden Zurückweisung auszusetzen. Aber weil diese ganz bestimmte Dame sich überall einmischte und die unglaublichsten Lügen verbreitete, die einige Idioten auch noch glaubten, mußte er jetzt diese Frage beantworten – oder nicht. Er entschied sich für nicht, um sich und Cassie die Peinlichkeit zu ersparen.

»Was geht Sie das eigentlich an, MacKauley?«

Irgend jemand im Raum war betrunken genug, um zu rufen: »Mann, der wollte sie doch selbst heiraten!«

Morgan wirbelte herum, wobei er seinen Bruder mit sich riß, da Richard ihn noch immer festhielt. Aber er konnte den Missetäter nicht finden, der die Schuld daran trug, daß er noch zorniger geworden war. Außerdem war es immer noch Angel, den er herausfordern wollte, daher fuhr er wieder herum und unternahm dabei einen ernsthaften Versuch, der Umklammerung seines Bruders zu entkommen.

Angel machte sich auf einen Kampf gefaßt. Er dachte kurz darüber nach, ob er die Waffe ziehen und diesen Kampf beenden sollte, noch bevor er überhaupt begann. Aber das Gefühl, das ihn schon vor einigen Tagen beschlichen hatte, daß er nämlich irgendeine Art von Strafe verdient hätte, war plötzlich wieder da. Also zog er seine Waffe aus dem Halfter und gab sie dem Mann hinter der Theke.

»Meinen Sie, Sie können dafür sorgen, daß es fair zugeht?«

Er mußte dem Barkeeper nicht sagen, was er mit diesem »es« meinte. »Da wird nix Faires dran sein, wenn Sie es mit Morgan aufnehmen«, sagte er mit einem selbstgefälligen Nicken. »Ich wäre Ihnen allerdings verbunden, wenn Sie das Ganze nach draußen verlegen könnten.«

»Meinetwegen gern, aber ich glaube nicht, daß wir ihn dazu bewegen können.«

In diesem Augenblick schrie Morgan seinen Bruder an: »Laß mich endlich los, verdammt noch mal, Richard! Ich werde ihn nicht erschießen, ich werde ihm nur ein paar Knochen brechen.«

Dieser Feststellung fügte er einen heftigen Ruck hinzu, der ihm seine Freiheit wiedergab und gleichzeitig verursachte, daß er vorwärts taumelte. Nach dem, was er gerade gehört hatte, hielt Angel es nicht gerade für die beste Idee, auf Morgans ersten Schlag zu warten. Statt dessen hob er sein Knie, um ihn zunächst einmal aufzuhalten. Und während der größere Mann sich krümmte, ließ Angel noch einen rechten Schwinger folgen.

Damit hätte Morgan eigentlich zu Boden gehen müssen. Jeder andere hätte das wohl auch getan, und der Kampf wäre zu Ende gewesen. Aber Morgan war weit über eins achtzig groß und besaß noch dazu eine eisenharte Muskulatur. Er war nur ein wenig benommen. Außerdem war er zu betrunken, um irgendwelche Schmerzen wirklich wahrzunehmen. Als Morgan zum Schlag ausholte, wünschte Angel, er könnte dasselbe von sich sagen.

Zehn Minuten später wünschte er sich das noch einmal, obwohl er froh darüber sein konnte, daß Morgan *tatsächlich* zuviel getrunken hatte. Andernfalls hätte er ihn niemals schlagen können, und am Ende war er ziemlich überrascht, daß es ihm überhaupt gelungen war. Er hatte lediglich mit seinem letzten Schlag großes Glück gehabt. Natürlich war es auch seiner Willenskraft zu verdanken, daß er selbst sich noch auf den Beinen halten konnte.

Angel streckte die Hand nach dem Barkeeper aus, um seinen Revolver wiederzubekommen. Der Mann reichte ihn über die Theke, und dazu noch eine Flasche Whisky und ein Grinsen.

»Auf Kosten des Hauses, Mister. Es war mir ein echtes Vergnügen, Morgan zum ersten Mal verlieren zu sehen. Und um den Schaden brauchen Sie sich auch nicht zu kümmern. Ich werde das mit seinem Pa regeln.«

Angel nickte nur. Hinter ihm nahm Richard MacKauley ein Glas Bier von einem der Tische, die noch immer aufrecht standen, und schüttete Morgan den Inhalt ins Gesicht. Angel nahm die Flasche und ging. Trotz seiner Schmerzen fühlte er sich jetzt tatsächlich besser. Vielleicht würde er sogar Miss Cassie bitten, ihn wieder zusammenzuflicken.

17

Es war das Pfeifen, das Cassie aufweckte. Sie brauchte einen Augenblick, um zu begreifen, was für ein Geräusch das überhaupt war. Jemand pfiff, schrill, unmelodisch und, der Lautstärke nach zu urteilen, direkt vor ihrer Tür oder jedenfalls ganz in der Nähe davon. Sie machte sich nicht die Mühe, darüber nachzudenken, wer diesen scheußlichen Lärm verursachte, aber ganz gewiß dachte sie darüber nach, warum dieser Jemand das tat.

Ohne auf die Uhr auf ihrer Kommode zu sehen wußte sie, daß es Mitternacht sein mußte oder später. Sie war lange aufgeblieben, hatte auf Angels Rückkehr gewartet und sich Sorgen gemacht, weil er ihr erzählt hatte, wohin er gehen wolle. In die Stadt, und das an einem Samstagabend, dem einen Abend, den sich die Cowboys aus der näheren Umgebung dazu ausgesucht hatten, sich auszutoben, dem Abend, an dem es beinahe unter Garantie irgendwelche Schwierigkeiten gab. Was war es nur, das die Männer dazu trieb, mit dem Feuer zu spielen?

Sie hatte sich natürlich das Allerschlimmste vorgestellt, eine Schießerei, noch einen Toten – und das alles wäre dann ihre Schuld. Schließlich war Angel ja nur deshalb hier, weil sie Lewis Pickens um Hilfe gebeten hatte. Sie stellte sich vor, wie Angel diesmal tatsächlich ins Gefängnis geworfen wurde und wie sie sich dann mit Frank auseinandersetzen mußte, um ihn freizubekommen, wie ihr das mißlang, wie sie ihn anschließend aus dem Gefängnis befreite und ihm zur Flucht verhalf – einem zwar freien, aber mittlerweile vom Gesetz gesuchten Mann. Und das alles aufgrund ihrer Fehler, weil sie unfähig gewesen war, allein mit ein paar sturen Texanern zurechtzukommen.

Es war unglaublich, daß sie überhaupt einschlafen konnte, und jetzt war sie wieder hellwach. Aber sie hatte keine Lust, ihr warmes Bett zu verlassen. Statt dessen lauschte sie erst einmal und wartete darauf, daß endlich die Stille eintrat, die ihr verriet, daß er in sein Bett gefallen war. Sie würde ihn morgen fragen, was sein Pfeifkonzert zu bedeuten gehabt hatte. Es war das erste Mal, seit er vor vier Tagen ins Haus gezogen war, daß er sich derart unhöflich benahm. Für gewöhnlich mußte sie sich aufs äußerste anstrengen, um überhaupt das leiseste Geräusch aus seinem Zimmer vernehmen zu können.

Aber das nächste, was sie hörte, ein dumpfer Aufprall, als sei er hingefallen, brachte sie in Windeseile aus dem Bett und zur Tür. Vor ihrem Zimmer blieb sie jedoch abrupt stehen, als sie ihn vor sich sah. Er hielt sich, wenn auch nur mit knapper Not, noch immer auf den Beinen. Das Licht, das sie für ihn im Flur hatte brennen lassen, ließ keinen Zweifel daran: Er lehnte mit dem Rücken an der Tür, und das in einem solchen Winkel, daß seine Füße jeden Augenblick unter ihm wegrutschen konnten. Und er pfiff immer noch. Verständlicherweise wurde Cassie langsam wütend.

»*Worin* besteht eigentlich Ihr Problem?«

Er hob den Kopf, den er ebenfalls an die Tür gelehnt hatte, um sich zu ihr umzudrehen, ließ ihn jedoch sogleich wieder zurückfallen. »Kriege die Tür nicht auf.«

»Haben Sie den Schlüssel verloren?«

»Gar nicht verschlossen.«

Sie runzelte die Stirn. »Warum können Sie sie dann nicht öffnen?«

»Meine Hand ist zu geschwollen, um den Griff herunterzudrücken.«

»Alle beide?«

»Nein.«

»Warum probieren Sie es dann nicht mit der anderen Hand?«

»Daran habe ich gar nicht gedacht. Danke für den Tip.«

In diesem Augenblick wurde ihr klar, daß er betrunken war, ernsthaft betrunken, und ihre Alarmglocken läuteten Sturm. Mit einem betrunkenen Angel wollte sie lieber nichts zu tun haben. Am besten ging sie sofort zurück in ihr Zimmer und ließ ihn sein Bett allein suchen. Er würde es schon finden – oder auch nicht. Aber dann drehte er sich doch zu ihr um, und sie sah sein Gesicht.

Entsetzt keuchte sie: »Was ist passiert?«

Ein Auge war völlig verfärbt und so angeschwollen, daß er es nicht mehr öffnen konnte. Oben an seiner Wange war ein Stück Haut abgeschürft, und darum herum befanden sich eine Unmenge Schrammen. Aus beiden Nasenlöchern lief ihm das Blut, was er offensichtlich nicht weiter bemerkte, obwohl er es irgendwann über die andere Wange verschmiert haben mußte. Jetzt sah sie auch die offene Whiskyflasche in seiner Hand und Blut an allen vier Fingern. Sie sahen tatsächlich geschwollen aus, und zufällig war das die Hand, mit der er schoß.

Das eine Auge, mit dem er noch sehen konnte, richtete sich keineswegs direkt auf sie, sondern blickte lediglich in die Richtung, aus der ihre Stimme kam. »Hatte 'n kleinen Zusammenstoß mit Ihrem Verehrer.«
»Welchem Verehrer?«
»Morgan.«

Aus irgendeinem unerklärlichen Grund errötete sie. Sie wußte selbst nicht genau, warum es ihr lieber gewesen wäre, wenn er nicht herausgefunden hätte, daß Morgan ihr früher den Hof gemacht hatte. Aber glücklicherweise achtete Angel nicht weiter auf ihre Reaktion. Er drehte sich noch ein bißchen weiter herum, um mit seiner anderen Hand noch einmal sein Glück bei der Tür zu versuchen. Diesmal öffnete sich die Tür, aber da er sich noch immer dagegenlehnte, folgte er ihr ins Zimmer und landete mitten auf dem Gesicht.

Cassie riß die Augen auf und betrachtete seine Beine, die über die Türschwelle herausragten. Jetzt hatte sie absolut keine Angst mehr, daß er in seinem gegenwärtigen Zustand gefährlich werden könne. Er war offensichtlich ziemlich harmlos und konnte ganz gewiß ein wenig Hilfe gebrauchen.

Als sie in sein Zimmer spähte, sah sie, daß er rücklings dalag. Wunderbarerweise hatte er keinen Whisky verschüttet, sondern hielt die Flasche noch immer mit einer beschützenden Geste in der Armbeuge, und das, obwohl er das Bewußtsein verloren zu haben schien.

Sie hatte einen Augenblick lang vor, ihn einfach dort zu lassen, wo er lag, ihm lediglich die Stiefel auszuziehen und eine Decke über ihn zu werfen – das brachte sie aber nicht über sich. Er war auch ohne eine solche Behandlung schon übel genug zugerichtet. Eine Nacht auf dem harten Boden würde seinen Zustand nicht verbessern. Mit einigem Schieben und Zerren und einer ganzen Menge guten Zuredens gelang es ihr schließlich, ihn in sein Bett zu befördern. Er wachte bei der ganzen Prozedur nicht einmal richtig auf. Und während er halb bewußtlos war, holte sie etwas Wasser und ein Stück Stoff, um sein Gesicht zu säubern.

Zweifellos befand er sich in einem haarsträubenden Zustand. Sie fragte sich, wie es zu dem Kampf gekommen sein mochte und in welcher Verfassung sich Morgan wohl befand. Vor allem aber fragte sie sich, warum Angel sich überhaupt geprügelt hatte, da er doch einen Revolver trug. Das sah ihm eigentlich gar nicht ähnlich.

»Du hast eine weiche Hand, Schätzchen.«

Cassie zuckte zusammen und nahm den feuchten Stoff von seinem Kinn. Er hatte nicht einmal die Augen geöffnet, um das zu sagen. Aller Wahrscheinlichkeit nach war er nicht ganz bei sich und wußte nicht einmal, mit wem er sprach. Dennoch war es immer wieder ein merkwürdiges Gefühl, wenn er sie Schätzchen nannte, ein Gefühl von Wärme und nachgiebiger Schwäche.

»Kann ich nicht von den anderen Frauen behaupten, die mich zusammengeflickt haben«, fuhr Angel fort, wobei er sie immer noch nicht ansah.

Cassie hätte ihn einfach weiter drauflosreden lassen, da sie annahm, daß es sich um nichts weiter als Gefasel handelte, aber jetzt hatte er ihre Neugier geweckt. »Welche anderen Frauen haben Sie denn schon zusammengeflickt?«

»Jessie Summers zum Beispiel.«

Plötzlich erinnerte sie sich. »Ja, stimmt, jetzt fällt es mir wieder ein. Ich habe mal etwas von Viehdieben gehört, die Sie auf ihrem Land angeschossen haben. Wie schlimm waren Ihre Verletzungen damals?«

»Schlimm genug.«

»Dann sind es wahrscheinlich diese Verletzungen, **an die** Sie sich erinnern, und weniger an die Behandlung.«

»Kann sein ... nein, ich könnte an zwei Fingern die Frauen abzählen, die so sanft zu mir waren wie Sie ... **sagen wir** an einem Finger.«

Sie lächelte. »Wollen Sie mir etwa schmeicheln, Angel?«

Schließlich schaffte er es doch, ein Auge zu öffnen. »Funktioniert es?«

Ja. »Nein.«

»Wie schade.«

»Worauf sind Sie eigentlich aus?«

»Darauf, daß Sie sich neben mich legen. Ich könnte ein paar zärtliche Liebkosungen jetzt gut gebrauchen.«

Ihr blieb der Mund offenstehen. »Sie könnten wahrscheinlich einen Doktor gut gebrauchen«, sagte sie scharf. Sein Vorschlag hatte sie außerordentlich überrascht. Es mußte am Alkohol liegen ... zum Teufel auch, wahrscheinlich war er so hinüber, daß er *wirklich* nicht mehr wußte, mit wem er sprach.

Das glaubte sie immer noch, sogar als er erwiderte: »Gegen das, was mir fehlt, kann ein Doktor auch nichts tun – es sei denn, es wäre ein weiblicher Doktor.«

»Was bei unserem nicht der Fall ist, und daher würde ich vorschlagen, Sie finden sich mit dem Zweitbesten ab und versuchen zu schlafen.«

»Und Sie wollen mich ganz bestimmt nicht mit dem Erstbesten versorgen?«

»Ganz bestimmt nicht.«

»Es würde Ihnen vielleicht gefallen, Cassie.«

Sie zog scharf die Luft ein. Er wußte also doch, wer sie war, und diese einfache Tatsache hatte eine wirklich verblüffende Wirkung auf sie. Tatsächlich dachte sie noch einmal darüber nach. Was konnte es schon schaden, wenn sie sich neben ihn legte? Der Mann befand sich eindeutig nicht in einem Zustand, in dem er ihr gefährlich werden konnte, abgesehen von seinen ungehörigen Bemerkungen, und ... Sie mußte ja verrückt sein!

Cassie sprang auf und eilte hinaus auf den Balkon, wo sie für sein Auge ein nasses Stück Stoff zum Abkühlen hingehängt hatte. Hinter ihr stieß Angel einen Seufzer aus.

Nicht einmal betrunken konnte er sie aus seinen Gedanken verbannen.

Sie trug dieselbe Art von weißem Baumwollnachthemd, die sie neulich getragen hatte, mit langen Ärmeln und Rüschen am Handgelenk, hochgeschlossen, mit noch mehr Rüschen am Hals und ein wenig Spitze. Das Ganze verriet absolut keine Formen – und im Gegensatz zu jenem anderen war es nicht zerrissen. Es gab also eindeutig nichts, was einen Mann in Versuchung führen konnte, außer der Tatsache, daß sie ein Nachthemd trug, was für einen Mann in seiner augenblicklichen Verfassung nicht weiter von Bedeutung sein konnte.

Gott, wie gern er sie mit offenem Haar sah. Es floß wie glänzendes Mahagoni um ihre Schultern und sah so weich aus, daß es ihn schmerzlich danach verlangte, seine Hände darin zu vergraben. Aber er nahm nicht an, daß sie sich das gefallen lassen würde. Sie war heute nacht die höchstanständige Miss Cassandra, obwohl er für einen Augenblick geglaubt hatte, sie würde seine Leidenschaft erwidern. Es mußte der Whisky sein, der ihn sehen ließ, was er sehen wollte statt dessen, was es wirklich zu sehen gab.

Mit leicht geschürzten Lippen kam sie zurück. »Das wird die Schwellung vielleicht ein wenig lindern.« Trotz all ihrer Zurückhaltung war sie sehr sanft, als sie den kalten Stoff auf sein Auge legte.

Er hielt ihre Hand fest, bevor sie sie zurückziehen konnte. »Ein Kuß, damit ich einschlafen kann?«

»Ich bin mir gar nicht sicher, ob Sie überhaupt noch wach sind. Es ist viel wahrscheinlicher, daß Sie schon träumen und sich morgen früh an nichts mehr erinnern werden.«

»Dann sorg dafür, daß es ein schöner Traum wird, Schätzchen.«

Als sie auf seine Lippen hinuntersah, glaubte er einen Augenblick lang, er hätte sie so weit. Aber dann zog sie ihre

Hand weg, und er sank in die Kissen zurück. Plötzlich spürte er jede einzelne Verletzung, die er hatte.

»Sie benehmen sich höchst ungehörig«, erklärte sie ihm, als sie mit schnellen Schritten auf die Tür zuging.

»Dazu habe ich wohl alles Recht, nachdem Ihr Ex-Verehrer versucht hat, mich mit bloßen Händen zu töten, und das alles nur, weil er mich für Ihren Verlobten hält.«

»Ich wünsche Ihnen eine *gute Nacht*, Angel.«

»Es hätte vielleicht eine werden können«, brummte er.

18

Den ganzen Sonntag über stürmte es so heftig, daß Cassie den Tag im Haus verbringen mußte. Der Kirchgang war in den vergangenen drei Wochen ohnehin immer eine unangenehme Erfahrung gewesen, da all ihre früheren Freunde plötzlich nicht mehr mit ihr sprachen. Und Jenny hatte keinen einzigen Gottesdienst mehr besucht, seitdem sie mit Clayton ausgerissen war. Nach dem, was Angel von Buck über dessen Schwester erfahren hatte, vermutete Cassie, daß sie wahrscheinlich nicht lange genug ihre Tränen zurückhalten konnte, um es bis zur Kirche zu schaffen. Sie selbst war dankbar für diese Atempause, aber keineswegs begeistert, als Angel ihr mitteilte, daß sie ohnehin nicht hätte gehen dürfen, weil *er* sie nicht begleiten konnte. Unverschämterweise eröffnete er ihr, daß er ihr nicht über den Weg traue, es sei denn, er könne sie im Auge behalten. Auch diese Bemerkung gefiel ihr gar nicht, aber der Mann befand sich in einer so gereizten Stimmung, daß sie es vorzog, sich nicht mit ihm zu streiten.

Tatsächlich verließ er weder am nächsten noch am übernächsten Tag das Bett. Das eine Mal, als Cassie in sein Zimmer sah, um herauszufinden, wie es ihm ging, war so unerfreulich gewesen, daß sie sich keine Wiederholung wünschte. Daher überließ sie ihn seinem Kater und schickte Emanuel mit den Mahlzeiten zu ihm hinauf.

Als er jedoch auch am dritten Tag nicht zum Frühstück herunterkam, begann Cassie sich Sorgen zu machen, daß er vielleicht schwerer verletzt wäre, als er ihr gegenüber zugegeben hatte, schwerer, als es ihr bewußt gewesen war. Doch als sie an seine Tür klopfte und die Erlaubnis bekam, einzutreten, war er angezogen – und übte mit seiner Waffe. Er hörte nicht damit auf, nur weil sie im Zimmer war, daher wartete sie geduldig, bis er ihr seine Aufmerksamkeit schenkte. Zweimal ließ er die Waffe fallen, wobei er jedesmal üble Flüche ausstieß, bevor er sich endlich ihr zuwandte.

»Nun?«

Sein ärgerlicher Ton hätte ausreichen sollen, um sie auf der Stelle wieder aus dem Zimmer zu befördern. Statt dessen fragte sie: »Ist sie gebrochen?«

»Was?«

»Ihre Hand?«

»Nein, nur ein paar angeknackste Knöchel. MacKauley hat einen Felsbrocken, wo andere einen Kiefer haben.«

Auf diese Feststellung ging sie nicht weiter ein. »Sollten Sie Ihre Hand nicht lieber heilen lassen, bevor Sie versuchen, sie wieder zu gebrauchen?«

»Bei solchen Nachbarn wie Sie sie haben?«

Diese spöttische Frage bewies, daß er sich eindeutig noch immer in einer lausigen Stimmung befand. »Sie haben sich ruhig verhalten, seit Sie mit der einen Familie geredet haben und ich in der Lage war, mit R. J. zu sprechen – zumindest lassen Sie *mich* jetzt in Ruhe.« Das brachte ihr einen finsteren Blick ein, den sie ohne zu zögern erwiderte, während sie fortfuhr: »Ich dachte, ich hätte Sie ausdrücklich gebeten, keinen von ihnen zu töten.«

»Ich habe auch nicht vor, jemanden zu töten, aber Sie

brauchen immer noch meinen Schutz. Das ist mir ohne meine Waffe unmöglich.«

»Oh, ich weiß nicht. Mabel Koch – sie ist eine der schlimmsten Klatschbasen von Caully – hat gestern bei mir vorbeigesehen, um zu erwähnen, daß Sie diesen Kampf mit Morgan gewonnen haben, nur für den Fall, daß ich noch nichts davon gehört hätte. Sieht mir ganz so aus, als kämen Sie auch ohne eine Waffe ganz gut zurecht.«

Ihr selbstgefälliger Ton brachte ihr diesmal einen noch finstereren Blick ein. »Ich habe nicht die Absicht, es jemals wieder ohne Waffe mit einem MacKauley aufzunehmen. Einmal hat mir gereicht. Und ich glaube nicht, daß der Rest von ihnen allzu glücklich über den Ausgang dieses Kampfes sein wird, daher erwarte ich aus dieser Richtung weitere Schwierigkeiten. Die Frage ist nur, wann es passieren wird und wie.«

Cassie runzelte die Stirn. »Jetzt, da Sie es sagen, glaube ich, daß Sie recht haben. R. J. war immer sehr stolz darauf, daß nie jemand aus einem Kampf mit einem seiner Jungs als Sieger hervorgegangen ist. Ich bin überrascht, daß Frazer nicht hergekommen ist, um mir zu erzählen, daß sein Vater wieder einmal einen Tobsuchtsanfall hatte. Das ist etwas, das R. J. wirklich gut beherrscht, wissen Sie. Als ich ihn das erste Mal bei einem Wutausbruch erlebt habe, dachte ich, er würde jemanden umbringen. Aber eigentlich spuckt er nur große Töne. Es ist schon so, wie Frazer sagte, sein Vater scheint einfach nur gern Dampf abzulassen.«

»Wie dem auch sei, mir wäre es lieber, Sie würden die Ranch für eine Weile nicht verlassen.«

»Ist das diesmal eine Bitte?«

»Cassie...«

Sie fiel ihm ins Wort. »Ach, ganz egal. Ich schätze, mit Ihrer linken Hand können Sie nicht viel ausrichten?«

»Ich kann mit der Linken treffen, worauf ich ziele, aber ich kann nicht schnell genug ziehen.«

»Dann verstehe ich nicht, wo das Problem liegt, da Sie nicht mehr an irgendwelchen Schießereien teilnehmen werden, bei denen es um Geschwindigkeit geht.«

»Was das betrifft, hat man selten die Wahl«, erwiderte er. »Aber wann begreifen Sie endlich, daß ich keine Risiken eingehen werde, soweit es Sie betrifft? Also bleiben Sie zu Hause – ja, verdammt noch mal, das ist ein Befehl.«

Sie versteifte sich. »Ich weiß nicht, warum ich mir überhaupt die Mühe mache, mit Ihnen zu reden. Sie sind nicht nur schrecklich unhöflich, Sie sind – Sie sind...«

Er unterbrach sie, bevor er sich etwas anhören mußte, das zweifellos auf einen sehr steifen, damenhaften Rüffel hinauslaufen würde. »Sind Sie aus einem besonderen Grund hier oder einfach, weil Sie Lust hatten, mich zu ärgern?«

Das Rosa ihrer Wangen biß sich heftig mit ihrer safrangelben Bluse. »Ich habe mir Sorgen ... ach egal. Es ist nicht mehr wichtig.«

Sie drehte sich um, doch er hielt sie an der Tür auf, und plötzlich schwang in seiner Stimme etwas anderes mit, ein eindeutiges Zögern. »Muß ich – hm – mich wieder bei Ihnen entschuldigen?«

Ihr Rückgrat wurde, falls das überhaupt möglich war, noch steifer. »Gerade jetzt müssen Sie das allerdings.«

»Zum Teufel mit gerade jetzt. Ich meine neulich – nachts?«

Sie warf ihm einen zweifelnden Blick zu. »Sie können sich nicht mehr erinnern?«

»Würde ich sonst fragen?«

Die Möglichkeiten, die sich ihr für eine Antwort auf diese Frage boten, waren zahlreich, und jede einzelne veränderte ihre Miene, so daß Angel innerlich aufstöhnte.

»Um genau zu sein...«, begann sie, nur um gleich wieder innezuhalten. Offensichtlich hatte sie ihre Meinung geändert. »Nein.«

Darüber nachzudenken, was er ihr in jener Nacht angetan

hatte, würde ihn jetzt vollends zum Wahnsinn treiben, weil er sich wirklich an nicht viel mehr erinnern konnte, als daß er diese Whiskyflasche geöffnet hatte, die ihm der Barkeeper mitgegeben hatte, damit er auf dem Heimweg seine Schmerzen betäuben konnte. Aber das würde er ihr nicht unter die Nase reiben. Er entschuldigte sich ohnehin nicht gern, ganz besonders nicht für etwas, an dem er keine Schuld trug. Und das Ganze war vor allem ihre Schuld! Wenn sie nur einfach endlich aufhören würde, bei jeder Begegnung hübscher zu werden...

Er wünschte bei Gott, er wüßte, wie sie das anstellte. Selbst jetzt, voller Zorn auf sie und ihren Bullen von Ex-Verehrer, wollte er sie in die Arme nehmen und küssen. Aber es gab eine ganze Anzahl guter Gründe, warum er den Leidenschaften, die sie in ihm weckte, nicht nachgeben durfte. Allerdings wurde es immer schwerer, sich an diese Gründe zu erinnern, und gerade jetzt war er genau in der Stimmung, sie vollends zu vergessen. Er gab dieser Stimmung nach.

»Sie sollten wirklich damit aufhören, Cassie«, sagte er mit seiner typischen Trägheit in der Stimme, während er den Abstand zwischen ihnen langsam verringerte.

Auf der Stelle machte sie sich auf den Rückzug, bis die Tür sie schließlich aufhielt. »Was?«

»Mich ohne guten Grund hier aufzusuchen.«

Die Wachsamkeit auf ihrem Gesicht schwand, und heftige Empörung trat an ihre Stelle. »Ich hatte einen Grund. Törichterweise habe ich gedacht, Sie könnten vielleicht schlimmer verletzt sein, als es den Anschein hatte.«

Er stellte sich vor sie und drängte sie mit Absicht an die Tür. Jetzt stand ihr die Überraschung eindeutig ins Gesicht geschrieben, und als er seine Hände auf ihre Wangen legte, um ihren Kopf nach hinten zu beugen, hörte er sie keuchen. Er konnte der Versuchung, seine Daumen über ihre Unterlippe gleiten zu lassen, nicht widerstehen. Es war solch eine weiche, nachgiebige Lippe. Er wollte daran saugen – und an ihrer Zunge – und an ihren Brustwarzen, wenn sie es ihm nur gestattete. Zum Teufel auch, er würde am liebsten jeden Zoll ihres Körpers mit seiner Zunge erforschen. Nur schade, daß sie ihm das nie erlauben würde.

Aber während er sie immer tiefer in Verwirrung stürzte, fuhr er fort: »Besorgnis, Cassie? Wegen eines abgebrühten Killers wie mir? Ich bin tief bewegt.«

Cassie wußte nicht, wie ihr geschah. Erst vor wenigen Augenblicken noch hatten sie einander angefahren, und jetzt gelang es ihm mit Hilfe dieses heiseren Tonfalls, sie in seinen Bann zu schlagen. In den betäubten Tiefen ihres Verstandes konnte sie noch denken, daß er nicht im mindesten aufgeregt aussah. Er sah hungrig aus, und anscheinend stand sie auf seinem heutigen Speiseplan.

Sie mußte ihn aufhalten. Aber als sein Mund sich langsam dem ihren näherte und ihr reichlich Zeit dazu ließ, fiel ihr kein einziges Wort ein, womit sie das hätte tun können. Tatsache war, daß das im Augenblick auch nicht das Wichtigste war, daß es an die zweite Stelle getreten war gegenüber der Erwartung, die sie jetzt erfüllte. Schon der Gedanke, seinen Mund noch einmal zu kosten, war unglaublich aufregend.

Aber das war nichts im Vergleich zur Wirklichkeit, einer Wirklichkeit, die ihr den Atem raubte und ihr Fleisch zu schmelzen schien. Sie stützte sich mit den Händen an der Tür ab, um sich aufrecht zu halten, aber das funktionierte nicht. Daher griff sie statt dessen nach seinen Schultern. Das war schon besser, aber sie hatte immer noch das Gefühl, auf der Stelle umzufallen, falls er sie plötzlich losließe. Dieses Gefühl wurde noch stärker, als er ihre Unterlippe sanft in seinen Mund zog.

Ein seltsames Geräusch stieg in ihrer Kehle auf, und ihre Finger gruben sich in seine Muskeln. Er mußte ihr Problem erahnt haben, weil er seine Hüften plötzlich nach vorn schob und sie auf diese Weise an der Tür festhielt. Er bot ihr seine Hilfe an, und die brauchte sie auch, als er ihren Mund mit seinen Lippen langsam öffnete. Jetzt war es ihre Zunge, auf die er es abgesehen hatte, und er umschmeichelte sie, spielte mit ihr, bis Cassie sie ihm schließlich in aller Unschuld überließ.

Eine Hitze, wie sie sie noch nie erlebte, breitete sich in ihrem ganzen Körper aus, und dazu viele andere Gefühle und Sehnsüchte, die sie nicht verstand. Auch Furcht gehörte dazu, denn sie hatte keine Kontrolle über das, was geschah, oder über das, was sie empfand. Dann stöhnte er plötzlich, und sie wurde hochgehoben, ihre Füße baumelten herab, sein Oberkörper preßte sich gegen ihre Brüste, und der Kuß nahm eine wilde Intensität an, für die sie nicht genug Erfahrung besaß.

Ihre Angst gewann die Oberhand, und sie versuchte, Angel von sich wegzuschieben. Er ließ sie augenblicklich los. Völlig außer Atem prallte sie gegen die Tür. Dann starrte er sie eine schier unendlich lange Zeit an. Sie wußte, daß er mit sich rang, daß er gegen etwas Gewaltiges, ja sogar Primitives ankämpfte, und sie hielt den Atem an; sie wartete, ohne wirklich sicher zu sein, ob sie überhaupt wollte, daß er den Kampf gewann.

Schließlich sagte er: »Diesmal werde ich mich nicht entschuldigen. Wenn Sie dieses Zimmer noch einmal betreten, werde ich glauben, Sie wollen, daß ich dies hier ... zu Ende führe, und diesen Gefallen werde ich Ihnen verdammt gern tun.«

Sie gab nicht vor, ihn mißzuverstehen. Es dauerte einen Augenblick, bis sie die Tür mit zitternden Fingern endlich geöffnet hatte, aber dann war sie auch schon verschwunden.

Angel stand noch eine Weile einfach nur da und starrte auf die geschlossene Tür, bevor er dem Drang nachgab und mit der Faust heftig dagegenschlug. Die Folge davon war eine Serie übler Flüche, als die ohnehin geschwollenen

Knöchel seiner Hand zu pochen begannen. Aber das war nicht das einzige, das pochte.

Warum nur ließ er es zu, daß sie ihn immer wieder so erregte? Er ließ es zu! Zum Teufel noch mal, es schien nichts zu geben, was er dagegen tun konnte, und schließlich mußte er es zugeben. Er würde Miss Cassandra Stuart gern beibringen, sich nicht ganz so anständig zu verhalten. Und wenn er noch viel länger hier in der Gegend blieb, würde er das vielleicht auch wirklich tun.

19

Cassie dachte eine ganze Woche lang angestrengt darüber nach, kam aber schließlich zu dem Schluß, daß Angel sie noch einmal geküßt hatte, nur weil er böse auf sie gewesen war. Außerdem hatte ihm seine Unfähigkeit, die rechte Hand zu benutzen, zugesetzt. Und wahrscheinlich gab er ihr die Schuld an dem Kampf, den er mit Morgan ausgetragen hatte.

Das ergab tatsächlich einen Sinn, und es ging Hand in Hand mit dieser Drohung, die er an dem Tag, als sie ihm auf den Fuß getreten war, ausgesprochen hatte. Damals hatte sie ihn nicht ernst genommen, aber er hatte darauf beharrt, daß sie ihm etwas schuldig sei, und er hatte auch angedeutet, daß er diese Schuld mit einem Kuß eintreiben würde. Als er dann wieder einmal auf sie wütend gewesen war, hatte er sich wahrscheinlich an jene andere Gelegenheit erinnert und beschlossen, es ihr auf diese Art und Weise heimzuzahlen. Was sonst konnte er schließlich tun, um sich an ihr zu rächen? Er konnte sie wohl kaum zum Kampf herausfordern. Er konnte nicht einmal weggehen, weil er nicht ihretwegen, sondern wegen Lewis Pickens hier war.

Das ergab einen Sinn. Was keinen Sinn ergab, war die

Vorstellung, er könne sie begehren. Das taten die Männer einfach nicht – sie begehren. Nicht einmal die beiden, von denen ihr zu Hause halbherzig der Hof gemacht worden war, hatten jemals auch nur so getan, als fänden sie sie begehrenswert. Es war die Ranch, für die sie sich interessierten, und die Anzahl von Rindern auf der Weide. Morgan war anders gewesen, aber sie hatte schnell genug herausgefunden, daß auch seine Gefühle nur vorgetäuscht gewesen waren, daß er, wie die anderen, es nur auf ihren Reichtum abgesehen hatte.

Aber mit Angel hatte sie sich von Anfang an nur gestritten. Darum kam man einfach nicht herum. Und er hatte kein Interesse an einer Ranch, daher gab es nicht einmal diesen Grund, der ihn in Versuchung führen konnte. Und bei näherem Nachdenken konnte man die Nacht, in der Slater bei ihr eingebrochen war, wohl nicht mitrechnen. Zu diesem Zeitpunkt hatte sie sich in einem absolut schändlichen Zustand befunden. Außerdem hatte sie sich aus freien Stücken an Angel gepreßt. Wahrscheinlich hatte er angenommen, daß sie es so wollte, und war freundlich genug gewesen, ihr den Gefallen zu tun. Hatte sie ihr Benehmen in dieser Nacht nicht selbst als liederlich bezeichnet? Auch sein dummes Betragen in der Nacht, als er sich betrunken hatte, zählte nicht. Zu dieser Zeit war der Mann einfach nicht mehr ganz richtig im Kopf gewesen.

Wie um ihre Schlußfolgerung zu bekräftigen, hatte Angel seit jenem letzten Kuß kein Wort darüber verloren, sondern sich so benommen, als sei es nie passiert. Er war, wann immer sie ihm begegnete, ganz er selbst gewesen, barsch und mürrisch. Diese Begegnungen waren überdies recht selten geworden, da sie ihm nach Möglichkeit aus dem Weg ging. Sie hatte sogar ihre Essenszeiten geändert, damit sie ihn nicht im Flur traf, wenn er in die Küche und sie ins Eßzimmer ging.

Das Schlimme war, daß Cassie sich mehr als einmal dabei

ertappte, wie sie sich wünschte, sich zu irren. Reine Narretei, aber sie schien machtlos dagegen zu sein. Sie konnte einfach nicht aufhören, an diesen letzten Kuß zu denken und zu bedauern, daß sie dabei in Panik geraten war. Wenn sie ihn nicht weggeschoben hätte...

Ein wirres Durcheinander von Gefühlen stürmte auf sie ein. Sie brauchte unbedingt jemanden, mit dem sie reden konnte, jemanden, der ihr helfen würde, wieder Ordnung in dieses Chaos zu bringen. Zu Hause hätte sie sich an Jessie Summers gewandt. Hier war Jenny ihre einzige enge Freundin gewesen, aber selbst wenn es ihr irgendwie gelänge, mit Jenny zu sprechen, so war Jenny doch zu jung und zu unerfahren, um ihr raten zu können. Und zum Teufel auch, Jenny brauchte noch dringender Hilfe als Cassie selbst.

Cassie hätte sich gefreut, wenn es anders gewesen wäre, weil Jenny Catlin zu ihrer großen Überraschung an diesem Nachmittag plötzlich auftauchte. Zu ihrer noch größeren Überraschung sah ihre junge Freundin wie das personifizierte Unglück aus. Ihr blondes Haar befand sich in einem schrecklichen Zustand, als wäre sie den ganzen Weg zur Stuart-Ranch gerannt, und ihre Kleider waren zerdrückt, als hätte sie sie eine Woche lang nicht gewechselt. Und Buck hatte tatsächlich nicht übertrieben. Jennys blaue Augen waren blutunterlaufen und die Wangen darunter aufgedunsen.

Cassie drängte sie in den vorderen Salon und versuchte sie dazu zu bewegen, sich hinzusetzen, aber das hatte keinen Zweck. Schon nach wenigen Sekunden sprang Jenny wieder auf und begann, wie ein Tier im Käfig im Zimmer umherzulaufen.

Cassie wußte nicht, was sie zu dem Mädchen sagen sollte, nach all den Schwierigkeiten, die sie verursacht hatte. »Es tut mir leid«, schien so banal. Sie versuchte es dennoch. Jenny winkte nur ungeduldig ab und blieb am Fenster stehen, um nervös hinauszuschauen.

»Deine Mutter weiß nicht, daß du hier bist, oder?« riet Cassie.

Jenny, die sich gerade auf eine neue Runde durchs Zimmer begeben hatte, schüttelte den Kopf. »Ich habe gewartet, bis sie und Buck heute in die Stadt gefahren sind.«

»Macht sie dir das Leben sehr schwer?«

»Du meinst, abgesehen von der Tatsache, daß sie mich ansieht, als hätte ich ihr ein Messer in den Rücken gestoßen?«

Cassie zuckte zusammen. »Du hast gewußt, daß dieser Teil der Geschichte nicht leicht werden würde«, erinnerte sie ihre Freundin.

»Ich weiß.«

»Was ist es dann?«

Jenny legte ihre Hände auf den Bauch und brach in Tränen aus. Cassie hatte nicht viel Übung mit dieser Art von Andeutungen oder Rätseln.

»Sag es mir, Jenny.«

Jenny umfaßte ihren Bauch noch eindringlicher und jammerte: »Das habe ich gerade getan! Ich bekomme ein Baby von ihm!«

Cassie blieb der Mund offenstehen. Sie brauchte ein paar Augenblicke, bevor es ihr gelang zu sagen: »Bist du sicher?«

»Ich bin seit mehr als einem Monat sicher. Was soll ich nur tun? Meiner Mutter kann ich es nicht erzählen. Es ist schon schlimm genug, daß ich hinter ihrem Rücken einen MacKauley geheiratet habe, aber das hier... Sie wird mich wahrscheinlich hinauswerfen.«

»Sie würde nicht...«

»Sie würde!«

»Nein, würde sie nicht – aber wenn sie es doch tut, kannst du zu mir kommen.«

Diese Feststellung war nicht dazu geeignet, Jennys Tränen zu trocknen. Genaugenommen weinte sie jetzt nur noch heftiger. »Ich will nicht zu dir. Ich will zu Clay – aber er will mich nicht haben!«

Cassie seufzte innerlich. Wenigstens hatte sie sich, was Jennys Gefühle anging, nicht geirrt, und wenn sie Morgan richtig verstanden hatte, war es bei Clayton nicht anders. Das war allerdings nur ein schwacher Trost, solange die Eltern der beiden sich nicht um die Gefühle ihrer Kinder scherten. Immerhin linderte es jedoch ein wenig Cassies Schuldgefühle - obwohl damit kein einziges der anstehenden Probleme gelöst wurde. Das Mädchen mochte seinem Ehemann von Herzen zugetan sein, aber die Situation war hoffnungslos, solange ihr Mann nicht fähig war, sich gegen seinen Vater zu behaupten.

Cassie seufzte abermals, und diesmal laut. »Jenny, wie konnte das alles nur so schiefgehen? Du und Clayton, ihr wart so glücklich und aufgeregt, als ihr nach Austin gefahren seid.«

Endlich ließ Jenny sich doch in einen Sessel fallen und gestand: »Irgendwie sind wir darauf zu sprechen gekommen, wer wen zuerst geliebt hat. Er sagte, ich wäre ihm nicht einmal aufgefallen, wenn du ihm nicht erzählt hättest, daß ich in ihn verliebt sei. Das hat mich so wütend gemacht, daß ich ihm die Wahrheit gesagt habe, daß ich nämlich nicht einmal an ihn gedacht hätte, bis du *mir* sagtest, er sei in mich verliebt. Da ist er explodiert. Meinte, man hätte ihn hereingelegt. Ich glaube, er hatte schon schreckliche Angst, was sein Pa wohl sagen würde, wenn wir erst wieder zu Hause waren.«

Cassie wäre gar nicht überrascht gewesen, wenn genau das der Wahrheit entsprochen hätte. Sie fragte sich, ob sie Jenny erzählen solle, daß Clayton es wahrscheinlich bereits bedauerte, sie verlassen zu haben. Damit konnte sie die Dinge zumindest nicht schlimmer machen.

»Wenn es ein Trost für dich ist – ich glaube, Clayton ist im Augenblick genauso unglücklich wie du.«

Jenny setzte sich sofort auf. Ihre Augen waren groß und voller Hoffnung. »Woher weißt du das?«

»Ich hatte vor ein paar Wochen einen ziemlich unerfreulichen Zusammenstoß mit Morgan. Er sagte, sein Bruder hätte, seit er aus Austin zurück wäre, nicht mehr gearbeitet und wäre auch nicht mehr ganz richtig im Kopf. Morgan erwähnte außerdem, daß Clayton andauernd von irgendwelchen ›Rechten‹ spräche und davon, daß er einfach zu euch rüberreiten und dich mitnehmen wolle. Aber R. J. hat ihm diese Idee mit der Peitsche ausgetrieben.«

Jenny schoß erneut aus dem Sessel hoch, aber diesmal in einem echten Wutanfall. »Ich hasse diesen alten Mann!«

Cassie konnte sich kaum mit ihr darüber streiten, stellte jedoch fest: »Deine Mutter ist genauso schlimm, aber sie haßt du nicht.«

»Wer sagt das?«

»Na komm schon, Jenny. Mit Haß hat diese Fehde begonnen. Mit Liebe sollte sie jetzt endlich wieder aufhören.«

Jenny blieb stehen, um sie anzustarren. »Wenn du das geglaubt hast, dann hast du geträumt. Aber ich mache dir keine Vorwürfe, daß du dich als Kupplerin betätigt hast. Bevor wir uns in der Hochzeitsnacht gestritten haben, war es einfach wunderbar. Ich bedaure nicht einmal, daß ich ein Kind von ihm bekomme. Ich weiß nur nicht, was ich jetzt tun soll.« Wieder sammelten sich Tränen in ihren Augen. »Ich will keine geschiedene Mutter sein.«

»Das mußt du auch nicht. Deine Mutter kann diese Scheidungsurkunden nicht für dich unterschreiben, Jenny. Also unterschreib sie einfach nicht.«

»Sie wird mich dazu zwingen.«

»Vielleicht nicht. Oder ist es dir noch nicht in den Sinn gekommen, daß das Baby vielleicht für alle Beteiligten die Dinge in ein anderes Licht rückt? Es ist schließlich das erste Enkelkind für deine Mutter. Für R. J. übrigens auch.«

Jenny seufzte. »Du verstehst noch immer nicht, Cassie.

Ihr Haß sitzt einfach zu tief. Der einzige Ort, an dem diese beiden das Kriegsbeil begraben werden, ist in der Brust des anderen.«

Dem konnte selbst Cassies Optimismus nichts entgegenhalten. »Ich habe dir nicht viel helfen können, wie?«

»Ich weiß, daß du nichts mehr für mich tun kannst, Cassie. Und ich muß wieder zu Hause sein, bevor irgend jemand mich vermißt und Buck jeden Mann losschickt, um mich zu suchen. Ich mußte nur einfach mal mit jemandem reden. Dafür danke ich dir.«

Cassie nickte, denn sie verstand ihre Freundin nur zu gut. Ihre eigenen Sorgen schienen ihr plötzlich nichtig. Wenigstens war sie nicht schwanger und hoffnungslos in einen Mann verliebt, den ihre Mutter niemals billigen würde. Aber sie konnte den Gedanken nicht ertragen, daß sie in einer Woche all diese Schwierigkeiten einfach hinter sich lassen würde, während Jenny allein mit den Problemen fertig werden mußte, die sie, Cassie, verursacht hatte.

Als sie ihre Freundin zur Haustür begleitete, sagte sie: »Ich wünschte, ich könnte deine Mutter und R. J. gemeinsam an einen Tisch bekommen und ihnen ein wenig Vernunft einbleuen.«

»Sie würden niemals miteinander in demselben Raum bleiben.«

»Dann würde ich sie eben einsperren.«

Darüber mußte Jenny sogar lachen. »Na, das wäre doch mal etwas – nein, sie würden einander gewiß umbringen.«

»Oder gezwungen sein, diese Angelegenheit endlich zwischen sich zu klären.«

»Es ist ein schöner Gedanke, Cassie, aber dazu bräuchten wir schon ein Wunder.«

Cassie hatte gerade kein Wunder zur Hand, aber sie hatte einen gefallenen »Engel«, der unter ihrem Dach lebte. Als sie die Tür hinter ihrer Freundin schloß, fragte sie sich...

»Wagen Sie es nicht, auch nur darüber nachzudenken.«

Cassie erschrak, als sie die tiefe Stimme hörte und wirbelte herum. Sie fand Angel auf dem unteren Treppenabsatz sitzend. Er hatte seinen Hut tief ins Gesicht gezogen und trug seinen gelben Mantel und das schwarze, seitlich gebundene Halstuch. Offensichtlich war er auf dem Weg nach draußen gewesen oder gerade heimgekommen. Wieviel hatte er mit angehört?

Sie sah ihn mit hochgezogenen Augenbrauen an und stellte sich dumm. »Worüber soll ich nicht einmal nachdenken?«

Der Blick, den er ihr zuwarf, besagte, daß er nichts für ihr unschuldiges Benehmen übrig hatte. »Sich einzumischen. Wenn ich Sie in diesem Teil des Landes noch einmal dabei erwische, werde ich mit Freuden tun, was Ihr Vater vor Jahren versäumt hat, und Sie übers Knie legen. Und Sie brauchen gar nicht so eingeschnappt zu sein, sonst könnte ich mich versucht fühlen, das auch ohne weiteren Grund zu tun. Können Sie denn wirklich nicht aufhören, solange sie im Vorteil sind?«

»Wie kommen Sie auf die Idee, ich wäre im Vorteil?«

»Wir werden beide bald von hier verschwinden. Die Ranch steht noch, Ihre Knochen sind noch immer heil, und ich habe nur einen einzigen Mann töten müssen. Nach meiner Rechnung liegen Sie damit eindeutig vorn. Also warten Sie mit Ihren Einmischungen, bis Sie nach Hause kommen, wo Ihre Mutter mit den Schwierigkeiten, die Sie verursachen, fertig werden kann. Ich wette, sie ist daran gewöhnt.«

Cassie ging auf ihn zu. Ihr juckte es in den Fingern, ihm eine Ohrfeige zu geben, aber sie blieb nur vor ihm stehen, um zornig auf ihn hinabzublicken. »Ich habe Sie nicht hergebeten, wie Sie sich gewiß erinnern. Tatsache ist, ich erinnere mich daran, Sie zum Weggehen aufgefordert zu haben. Und da meine Nachbarn sich seit einiger Zeit ruhig verhalten, sehe ich keinen Grund, warum Sie noch länger hier herumlungern sollten.«

»Meinen Sie?«

»Ich würde sagen, Sie haben erledigt, weshalb Sie hergekommen sind, und jetzt sollten Sie darüber nachdenken, zu verschwinden – vorzugsweise noch heute.«

»Wer hat Sie eigentlich nach Ihrer Meinung gefragt?«

Während er ihr diese Worte entgegenknurrte, stand er auf und zwang sie dazu, ein paar Schritte rückwärts zu gehen, wenn sie ihm weiter in die Augen sehen wollte. Im Augenblick verspürte sie jedoch nicht den Wunsch danach, da kein Zweifel daran bestand, daß sie ihn mehr als nur ein wenig verärgert hatte. Und er war noch nicht fertig.

»Ich bleibe, Cassie. Nicht, bis Ihr Vater zurückkommt, sondern bis Sie Ihre Sachen gepackt und dieses Land verlassen haben. Das kann für meinen Geschmack nicht bald genug passieren, aber vorher – *keine Einmischungen mehr*. Haben Sie mich verstanden?«

Cassie war überrascht, daß sie mehr als nur ein Nicken zustande brachte. »Ja, ziemlich genau. Ich hätte wissen müssen, daß Sie kein Verständnis für meine Situation aufbringen können oder auch nur ein bißchen Mitleid mit diesen beiden jungen Leuten empfinden würden, die einander zufällig lieben. Dafür müßten Sie ja ein Herz haben...«

Sie ließ es dabei bewenden, drehte sich um und verschwand. Er sah ihr voller Belustigung über ihren Schneid nach. Immer wenn er es am wenigsten erwartete, brach sich plötzlich ihre Courage Bahn. Wenn ihm das nicht besonders gut an ihr gefiel!

»Oh, ich habe sehr wohl eines, Schätzchen«, sagte er sanft. »Glücklicherweise ist die Schale drumherum so hart, daß Sie sie nicht zerbrechen können.«

20

Cassie hatte es, so lange es nur ging, vor sich hergeschoben, noch einmal mit Angel in die Stadt zu fahren, aber nun kam sie nicht mehr darum herum. Ihr Vater liebte keine Überraschungen, daher würde er ihr seine genaue Ankunftszeit sicher mitteilen. Ein Telegramm hätte man ihr zur Ranch herausgebracht, aber ein Brief würde so lange in der Stadt liegenbleiben, bis sie dazu kam, ihn abzuholen. Das hieß, daß sie in die Stadt mußte, und Angel war immer noch nicht bereit, sie allein dort hinzulassen.

Da es nur noch wenige Tage bis Weihnachten waren, mußte sie außerdem einige Einkäufe tätigen. Auch das war ein trostloser Gedanke. Sie hatte sich immer auf diesen Feiertag gefreut, doch dieses Jahr würde es anders sein, denn wenn es keine weiteren Verzögerungen gab und ihr Vater in den nächsten Tagen zurückkehrte, konnte sie nicht das Risiko eingehen, ihren Besuch hier auch noch über die Feiertage auszudehnen. Es würde das erste Weihnachtsfest sein, das sie nicht zumindest mit einem Elternteil verbrachte. Wahrscheinlich würde sie an diesem Tag allein in einem Zug oder einer Postkutsche sitzen und nach Norden fahren.

Das war es jedoch nicht, worüber sie an jenem Nachmittag auf ihrem Weg nach Caully nachdachte. Als sie sich nach Jennys Besuch vor drei Tagen auf so unerfreuliche Weise mit Angel gestritten hatte, war es ihr plötzlich mit aller Macht bewußt geworden, daß er bald aus ihrem Leben verschwinden würde, sehr bald, und daß sie ihn dann wahrscheinlich niemals wiedersehen konnte. Sie mochten zwar aus derselben Gegend von Wyoming stammen, aber in all den Jahren, die er in der Nähe von Cheyenne verbracht hatte, waren sie einander auch nicht begegnet. Es gab also keinen Grund zu glauben, daß sich in dieser Hinsicht irgend etwas ändern würde, wenn sie jetzt nach Hause zurückkehrte.

Und selbst wenn sie ihn eines Tages zufällig in Cheyenne treffen sollte, würde Angel wahrscheinlich auf die andere Straßenseite hinüberwechseln, um ihr aus dem Weg zu gehen. Und warum auch nicht? Es war nun wirklich nicht so, als hätten sie sich während dieser Zeit hier besonders angefreundet. Genau das Gegenteil war der Fall. Er konnte es gar nicht abwarten, endlich zu verschwinden, und sie – ihr war während der vergangenen drei Tage pausenlos zum Heulen zumute gewesen.

Überraschenderweise hatte Cassie diesmal, was ihren Ausflug mit Angel betraf, keinerlei böse Vorahnungen. Sie wählte heute sogar mit Absicht die Kutsche, um ihn dazu zu zwingen, ihre Gesellschaft und ihre Unterhaltung zu ertragen. Er jedoch schien nicht bereit zu sein, diese Herausforderung anzunehmen, nahm sein Pferd und hielt sich weit genug von der Kutsche entfernt, um jedes Gespräch während der Fahrt unmöglich zu machen. Und er bemerkte nicht einmal, daß sie unter ihrem pelzbesetzten Mantel nach dem letzten Schrei aus Chicago gekleidet war – in weißer und lavendelfarbener Spitze. Soviel also zu der Tatsache, daß sie sich den halben Vormittag lang mit ihrem Äußeren abgequält hatte.

Tatsächlich wartete in der Stadt ein Brief von ihrem Vater auf sie. Er konnte ihr zwar kein genaues Ankunftsdatum nennen, versprach aber, vor Weihnachten zu Hause zu sein.

Als sie Angel davon in Kenntnis setzte, nahm er die Neuigkeit mit seiner gewohnten Unergründlichkeit auf, die ihr nichts über seine Gefühle verriet. Aber sie konnte sie durchaus erahnen. Er mußte geradezu begeistert darüber sein, daß das Ganze bald vorbei sein würde.

Zumindest hatten sie diesmal in Caully keine Schwierigkeiten. Richard war zwar mit einigen der MacKauley-Cowboys da, aber er starrte sie, als er aus der Stadt herausritt, lediglich einen Augenblick lang an. Cassie blieb nicht länger als notwendig, obwohl es schon beinahe Abend war, als sie die Kutsche endlich wieder in die Scheune rollen ließ. Angel folgte ihr hinein und begann, das Pferd auszuspannen, noch bevor sie überhaupt aus der Kutsche hatte aussteigen können.

»Das macht Emanuel«, informierte sie ihn unwillig. Ihre Stimmung war auf den Nullpunkt gesunken.

Ohne von seinem Vorhaben abzulassen, erwiderte er: »Ich kann den Jungen nirgends sehen, Sie etwa?«

Cassies Kopf schnellte hoch, als sie seinen mürrischen Ton vernahm. Sie war diejenige, die schlechte Laune hatte. Welchen Grund hatte er, so gereizt zu sein?

»Wenn man bedenkt, wieviel Uhr es ist«, sagte sie steif, »dann kann man wohl davon ausgehen, daß er gerade zu Abend ißt. Aber ich kann mich durchaus selbst um das Kutschpferd kümmern. Sie haben Ihr eigenes Pferd, das…«

»Nun hören Sie schon auf damit«, unterbrach er sie, auch diesmal, ohne mit der Arbeit aufzuhören. »Gehen Sie schon vor ins Haus…«

»Nun, das ist wirklich eine gute Idee«, warf eine andere Stimme ein. »Warum tun wir das nicht alle?«

Drei Waffen wurden gleichzeitig gespannt. Cassie starrte Richard MacKauley mit weit aufgerissenen Augen an, als er aus dem Schatten im hinteren Teil der Scheune trat. Neben ihm erschienen nun auch Frazer und Morgan. Jeder von ihnen hielt seine Waffe auf Angel gerichtet.

Eine Falle? Richard mußte wie der Teufel nach Hause geritten sein, um seinen Vater zu holen, so wie es Morgan vor einiger Zeit getan hatte, nur daß es diesmal nicht ausschließlich um Cassie ging.

»Keine Bewegung, Angel, oder Ihr Name wird eine neue Bedeutung annehmen«, sagte Richard, als er sich hinter ihn stellte und Angels Colt vorsichtig aus dem Halfter zog.

Angel ließ ihn gewähren. Er hatte wohl keine große Wahl, nahm Cassie an, obwohl sie doch überrascht war, daß er so gar nichts sagte oder tat, bevor er die Gelegenheit dazu verlor. In seinem Beruf mußte er mit dieser Art von Situation eigentlich vertraut sein, mußte ein paar Tricks auf Lager haben, mit denen er den Spieß hätte umdrehen können. Natürlich hatte sie bisher auch noch nicht die vierte Waffe gesehen, die auf sie selbst gerichtet war.

Nicht, daß ihr dieser Umstand viel ausgemacht hätte, als sie sich schließlich umdrehte und den Mann erkannte, der zuerst gesprochen hatte. R. J. stand im Scheunentor und grinste breit. Dieses Grinsen hätte ihr verraten sollen, daß ihr das Kommende ganz und gar nicht gefallen würde.

Dennoch fragte sie: »Was haben Sie jetzt vor, Mr. MacKauley?«

»Ich bin nur hier, um Ihnen einen Gefallen zu tun, Miss Stuart, eine Art Dankeschön für Sie, für alles, was Sie für meine Familie getan haben. Ich konnte sie doch nicht nach Hause fahren lassen, ohne Ihnen meine ... Wertschätzung zu zeigen, wie es sich gehört.«

Cassie sah sich um. Frazer amüsierte sich offensichtlich prächtig über die Wortwahl seines Vaters. Richard dagegen schien das Ganze nicht besonders komisch zu finden, und Morgan machte ein Gesicht, als wäre er am liebsten überhaupt nicht dabei. Clayton war auffallend geistesabwesend. Und Angel, der war so unergründlich wie nur je.

Cassie durchzuckte der Gedanke, daß sie ausgerechnet heute beschlossen hatte, ihre eigene Waffe zu Hause zu lassen – und aus welchem Grund? Törichte Eitelkeit und der Versuch, so gut wie nur möglich auszusehen für jemanden, der das nicht einmal bemerkt hatte. Aber schließlich konnte R. J. nichts wirklich Ernstes vorhaben. Er würde nicht grinsend dastehen, wenn er die Absicht hätte, ihr echten Schaden zuzufügen, oder?

»Mir wäre es viel lieber, Sie würden mir keinen Gefallen

tun, Mr. MacKauley«, begann sie vorsichtig. Dann schlug sie vor: »Warum tun Sie nicht einfach so, als wäre ich schon weg? Das werde ich in wenigen Tagen auch sein.«

»Ich weiß. Darum bin ich ja jetzt auch hier, um Ihnen zu helfen, bevor es zu spät ist.«

Cassie runzelte die Stirn. »Um mir wobei zu helfen?«

»Wir werden zusehen, daß Sie ordentlich unter die Haube gebracht werden, bevor dieser junge Bursche da noch einmal die Gelegenheit dazu hat, zu verschwinden.«

Unter die Haube bringen? Das klang für sie so unglaublich, daß sie es nicht sofort begriff, aber als sie es dann tat, fing sie an zu lachen. »Sie machen Witze.«

»Nein, Ma'am.« R. J. schüttelte den Kopf. »In Ihrem Salon sitzt schon der Prediger und wartet nur darauf, alles Notwendige zu tun. Er war nur allzu glücklich, seinen Pflichten nachkommen zu können, als er hörte, daß Sie beide all die Zeit unter ein und demselben Dach gelebt haben – ohne eine richtige Anstandsdame.«

Die Andeutung, die R. J. da machte, überflutete ihre Wangen mit heißer Röte, die dann jedoch bis auf den letzten Rest verschwand, als ihr der tiefere Sinn seiner Worte aufging. Sie würden Angel zwingen, sie zu heiraten. Aber niemand konnte einem Mann wie ihm das antun. Er wäre so wütend darüber, daß er jeden von ihnen ohne die geringsten Skrupel töten würde, sobald er seine Waffe zurückbekam.

Dieser verdammte Frazer. Er hatte gesagt, sein Vater würde sich bestens über diese Idee amüsieren, und wahrscheinlich hatte er sichergestellt, daß sie ihm auch gekommen war. Sie warf ihm einen Blick zu, der einem flammenden Blitzstrahl alle Ehre gemacht hätte. Er jedoch grinste reuelos zurück.

»Wir haben es aus Ihrem eigenen Mund gehört, Miss Cassie«, mußte er ihr unter die Nase reiben. »Und das ist es doch, was Verlobte tun – sie heiraten, nicht wahr?«

Ihre eigene Lüge fiel jetzt auf sie zurück! Frazer wußte, daß es eine Lüge war. R. J. wußte es wahrscheinlich auch. Sie wollten lediglich Rache – wollten ihr, wie Frazer es ausgedrückt hatte, den »gerechten« Lohn zukommen lassen. Aber das konnte sie nicht zulassen. Sie mußte die Männer vor dem Schicksal bewahren, das sie unweigerlich ereilen würde, wenn sie Angel zu dieser Heirat zwangen.

Cassie wagte es nicht, Angel anzusehen, um herauszufinden, wie er dieses neue Dilemma aufnahm, aber sie wußte, daß er kein Wort sagen würde. Das war nicht seine Art. Anschließend erst würde er mit den MacKauleys abrechnen, und sogar mit Recht, da ihr Vorgehen nicht gerade gesetzlich war.

Sie durfte es einfach nicht so weit kommen lassen. Sie würde eben noch ein wenig mehr lügen müssen. Und wenn das nicht funktionieren sollte, konnte sie sich immer noch schlicht und einfach weigern zu gehorchen.

Sie wandte sich wieder an R. J. »Ich weiß Ihre Besorgnis sehr zu schätzen, Mr. MacKauley, aber meine Mutter plant bereits eine große Hochzeit für Ende Januar. Es sind schon Hunderte von Gästen eingeladen worden. Sie würde es mir nie verzeihen, wenn sie das Fest absagen müßte.«

Der alte Mann kicherte. »Kein Grund, Ihre Mutter zu enttäuschen. Es gibt kein Gesetz, das einem verbietet, zweimal zu heiraten – jedenfalls nicht, wenn es sich um denselben Mann handelt.«

Cassie biß die Zähne zusammen. »Dann werde ich eben warten, bis mein Vater zurückkommt, damit er wenigstens Brautführer sein kann.«

»Sie können ja, wenn Charlie wieder da ist, ruhig noch eine Hochzeit veranstalten, aber was diese hier betrifft, werden wir den Prediger nicht enttäuschen, da er den ganzen Weg hierher zurückgelegt hat, um das Richtige zu tun. Ich werde der Brautführer sein, Kleine. Es wird mir eine Ehre sein.«

An dieser Stelle wurde Cassie wirklich wütend. »Den Teufel werden Sie tun. Ich werde nicht heiraten, um Ihre unangebrachten Rachegelüste zu befriedigen, R. J. MacKauley. Wenn Sie nur die Augen aufmachen würden, könnten sie sehen, daß Clayton und Jenny zusammenleben wollen. Es ist lediglich Ihre Sturheit, die das unmöglich macht, und dieselbe Sturheit ist es, die Sie heute hierhergeführt hat. Also, was werden Sie jetzt tun? Mich erschießen?«

»Nun, das könnte ich natürlich tun«, sagte er nach einigem Nachdenken, bevor er schließlich mit dem Kopf in die Richtung hinter ihr zeigte. »Aber wahrscheinlich würde ich ihn statt ihrer erschießen.«

Mit »ihm« war Angel gemeint, und allein der Gedanke daran, Angel könne erschossen werden, ließ ihr das Blut in den Adern gefrieren. Er hatte noch immer kein Wort gesagt, und sie konnte es nicht länger vermeiden, ihn anzusehen. Aber das war ein Fehler, der ihr einen schlimmeren Schock versetzte, als die MacKauleys es vermocht hätten. Angel war, wie zu erwarten, maßlos wütend, und aus irgendeinem Grund richtete sich die volle Wucht seines Zorns auf sie. Nein, nicht aus *irgendeinem* Grund. Das hier war auch ihre Schuld, und er suchte die Verantwortung genau da, wo sie auch tatsächlich lag.

Sie wirbelte wieder herum, und diesmal hatte sie genug Angst, um vor R. J. sogar auf die Knie zu fallen, wenn es sein mußte. Angel gab ihr jedoch keine Chance. Er trat vor und riß sie von der Kutsche herunter. Niemand versuchte, ihn aufzuhalten.

»Bringen wir es hinter uns, Cassie. Eine Hochzeit oder drei machen im Augenblick keinen Unterschied mehr.«

Seine Stimme war jetzt ebenso ruhig wie sein Gesichtsausdruck, aber sie ließ sich nicht täuschen. Sie hatte den Zorn in seinen Augen gesehen und sträubte sich, als er begann, sie in Richtung Haus zu zerren. Ihre Bemühungen waren jedoch umsonst, und kurze Zeit später erreichten sie das Haus mit den MacKauleys direkt auf den Fersen. Der Prediger wartete tatsächlich schon auf sie.

Ihre letzte Hoffnung. Sie mußte ihm nur sagen, daß sie und Angel gezwungen wurden zu heiraten...

»Kein Wort außer ›Ich will‹«, zischte ihr Angel ins Ohr. »Haben Sie das verstanden?«

Cassie starrte ihn an, ohne zu begreifen, warum er kampflos aufgab. Wahrscheinlich dachte er, je eher er dies hinter sich brächte, um so eher würde er seine Waffe zurückbekommen, und dann würde hier die Hölle losbrechen. Sie hoffte nur, daß er zuerst den Prediger gehen ließ. Mit den MacKauleys empfand sie im Augenblick nicht das geringste Mitleid. Die arme Maria würde der Schlag treffen, wenn sie all das Blut sah...

»Haben Sie mich verstanden?« wiederholte Angel.

Sie nickte. Was kümmerte es sie, wenn es in ihrem Salon zu einem Blutbad kam? Zuerst die Heirat – nun ja, das würde ziemlich schmerzlos über die Bühne gehen. Irgendwo in einer Ecke ihres Bewußtseins bedauerte sie es sogar, daß es keine richtige Hochzeit war. Verrückt, wirklich. Wenn sie daran dachte, was ihre Mutter tun würde, wenn sie von dieser mit der Waffe erzwungenen Hochzeit hörte... Natürlich mußte sie noch am Leben sein, um ihr davon zu erzählen, und sie war keineswegs sicher, daß sie diese Nacht überleben würde.

R. J. lachte, als er den Prediger nach der Zeremonie hinausbegleitete. Morgan war nicht in den Salon gekommen, um sich das Jawort anzuhören. Cassie vernahm seine zornige Stimme im Flur, bevor er mit seinem Vater zusammen das Haus verließ. Richard schien das Ganze jetzt genauso wenig komisch zu finden wie kurz zuvor. Genaugenommen schien er sich ein wenig unwohl zu fühlen. Ein kluger Mann. Er wäre sogar noch klüger gewesen, wenn er Angels Waffe mitgenommen hätte, aber als er das Zimmer verließ, zog er sie bereits aus seinem Gürtel, offensichtlich, um sie auf dem Tisch im Flur zurückzulassen. Cassie hoffte nur, er würde seine Meinung ändern, bevor er ging.

Aber Frazer, dieser absonderliche Schurke, stand immer noch vor ihnen und grinste das frischverheiratete Paar an, als sollten sie eigentlich an seiner Belustigung teilhaben. Glücklicherweise ignorierte Angel ihn. Er war ans Fenster getreten, um zuzusehen, wie die anderen wegritten. Cassie dagegen konnte ihn nicht ignorieren. Das breite Grinsen dieses Mannes irritierte sie gerade jetzt höllisch.

Also ging sie zu Frazer hinüber und schob ihn buchstäblich aus dem Zimmer und auf die Haustür zu, während sie ihm zornig zuflüsterte: »Sind Sie jetzt zufrieden? Wenn Angel Sie dafür nicht umbringt, werde ich es wohl tun.«

»Was ist denn schon Großes passiert, Cassie?« hatte er die Frechheit zu erwidern. »Pa ist jetzt zufrieden, und Sie lassen das Ganze einfach annullieren. Welchen Schaden haben wir also angerichtet?«

»Der Schaden, den Sie angerichtet haben, ist der, daß Angel es vielleicht nicht so sehen wird, Sie Esel. Und jetzt verschwinden Sie endlich aus meinem Haus.«

Es war ihr eine echte Befriedigung, die Tür hinter Frazer zuzuschlagen, aber einen Blick auf den Tisch im Flur zeigte, daß Richard doch nicht so klug gewesen war, wie sie gehofft hatte. Er hatte Angels Waffe dagelassen. Sie hob sie auf und suchte nach einem Platz, wo sie sie verstecken konnte, aber im Flur gab es keine Möglichkeit dazu. Daher ließ sie den Colt unter ihren Mantel gleiten, bis sie spürte, daß er in ihrem enganliegenden Mieder steckenblieb. Plötzlich wurde ihr klar, daß sie nicht einmal daran gedacht hatte, für die Hochzeit ihren Mantel auszuziehen.

Gelächter stieg in ihrer Kehle auf. Sie schluckte es jedoch mit einem stummen Stöhnen hinunter.

»Cassie?«

Beim Klang seiner Stimme aus dem Salon fuhr sie herum. Sie war noch nicht bereit für diese Begegnung. Morgen konnten sie über die Annullierung reden. Heute abend war seine Waffe nicht das einzige, was es zu verstecken galt. Ohne ihn einer Antwort zu würdigen, rannte sie die Treppen hinauf und schloß sich in ihrem Zimmer ein.

21

Als Cassie an jenem Abend nicht zum Dinner herunterkam, wurde Emanuel mit einem Tablett zu ihr hinaufgeschickt. Maria hatte einige von Cassies Lieblingsgerichten zubereitet und sich dabei selbst übertroffen. Nun, sie hatte schließlich genug Zeit dazu gehabt, da sie bisher noch kein Blut aufwischen mußte. Und die Haushälterin hatte entweder, zugehört oder erraten, was geschehen war. Aber Cassie stocherte lediglich im Essen herum.

Mit Marabelle neben sich, die sie ein Dutzendmal beinahe zu Fall gebracht hätte, lief sie pausenlos im Zimmer auf und ab. Wie gewöhnlich spürte die Pantherkatze ihre Aufregung und würde sich erst dann beruhigen, wenn Cassie das auch tat. Aber Cassie war nur noch ein Nervenbündel; sie fragte sich, ob Angel das Haus verlassen hatte, fragte sich, was er unternehmen würde – und gegen wen. Es war ihr einfach unmöglich, sich hinzusetzen, und erst recht nicht, schon zu Bett zu gehen.

Als es an ihrer Tür klopfte, war sie so tief in Gedanken versunken, daß sie nicht weiter darüber nachdachte, ob sie öffnen solle. Sie nahm an, es sei Emanuel, der das Tablett wieder abholen wollte. Aber sie hatte sich geirrt.

»Ich hätte nicht gedacht, daß Sie mir öffnen würden«, sagte Angel.

Das hätte sie auch nicht getan, wenn ihr klar gewesen wäre, daß er es war. Und sie hätte die Tür auch auf der Stelle wieder geschlossen, wenn er nicht einen Schritt vorgetreten wäre, so daß sie ihm die Tür hätte ins Gesicht schlagen müssen, um sie wieder zu schließen. Also tat sie es nicht. Statt dessen wich sie langsam vor ihm zurück. Das schien sie in letzter Zeit häufig zu tun, wenn er in ihrer Nähe war.

Er wollte wahrscheinlich seine Waffe. Nein, er konnte ja nicht wissen, daß sie sie hatte. Wahrscheinlicher war, daß er ihre wollte. Was auch immer er vorhatte, sie mußte es ihm ausreden – irgendwie.

»Sie müssen ja ziemlich hungrig gewesen sein.«

Sie folgte seinem Blick zu dem leeren Tablett. »Marabelle war hungrig«, erwiderte sie, ohne dem sanften Ton, mit dem er jetzt sprach, auch nur einen Augenblick lang zu trauen. »Sehen Sie, können wir nicht darüber reden?«

»Aber gewiß doch – sobald Sie die Katze weggeschickt haben.«

Marabelle saß neben Cassie auf ihren Hinterpfoten. Da sie Angels Angst vor dem Panther kannte, war es das letzte, was sie wollte, Marabelle aus dem Zimmer zu schicken; andererseits hatte sie den Eindruck, daß ein Friedensangebot durchaus angebracht sein könnte. Daher führte sie die große Katze zur Tür und scheuchte sie hinaus. Angel war ins Zimmer geschlendert, um Marabelle aus dem Weg zu gehen.

Cassie schloß die Tür, blieb jedoch ganz in der Nähe stehen. Angel war erst einmal vorher in ihrem Zimmer gewesen. Sie erinnerte sich an jene Nacht und spürte wieder dieses Flattern in ihrem Bauch. Und er starrte ihr Bett an. Warum tat er das?

Sie holte tief Luft und begann, leichthin mit ihm zu reden, in der Hoffnung, das Gespräch auf einem vernünftigen Niveau halten zu können. »Wissen Sie, Sie brauchen wirklich niemanden deswegen zu töten. Ich werde eine Annullierung erwirken. Es wird so sein, als sei das Ganze nie geschehen.«

Seine Augen richteten sich auf sie, und begegneten kurz

ihrem Blick, bevor sie sich schließlich auf ihren Mund senkten. »Sie werden wohl statt dessen um eine Scheidung nachsuchen müssen.«

»Nein, Sie verstehen nicht. Es wird viel leichter sein, eine Annullierung zu bekommen.«

Er sah ihr fest in die Augen. Die Intensität seines Blicks raubte Cassie einen Augenblick lang den Atem.

»Nach dieser Nacht wird es das nicht sein«, sagte er in diesem langsamen, hypnotischen Ton.

»Warum?« Sie brachte das Wort kaum über die Lippen.

»Weil ich in der Stimmung bin, den Ehemann zu spielen.«

»Sie sind *was*?«

Er kam auf sie zu. Sie war zu verblüfft, um sich bewegen zu können, daher stand er direkt vor ihr, bevor sie Zeit gehabt hätte, auch nur darüber nachzudenken, ob sie vor ihm weglaufen solle.

»Dies ist unsere Hochzeitsnacht«, sagte er, als er sie hochhob.

»Warten Sie...!«

»Diesmal nicht, Schätzchen. Ich habe Sie nicht gebeten, mich zu heiraten. Wenn ich das getan hätte, wäre ihre Antwort mit Sicherheit nein gewesen. Trotzdem sind wir verheiratet, und gerade jetzt begehre ich Sie heftig genug, um mir diesen Vorteil zunutze zu machen.«

Cassie bekam keine Gelegenheit mehr, zu protestieren, zumindest eine ganze Weile nicht. Angel hatte sie kaum auf das Bett gelegt, als er sie auch schon mit seinem Körper dort festhielt, und sein Kuß nahm ihre volle Aufmerksamkeit in Anspruch, dieser Kuß, der wild forderte und zärtlich gab. Schon bald fand sie daran Gefallen, und sein Gewicht, das sie an ihren intimsten Körperbereichen fühlte, trug noch dazu bei. Sie war zu hilflos, um ihm zu widerstehen, und dann wollte sie es auch nicht mehr.

Es war ein magisches Wort – »verheiratet«. Es gab ihr die Erlaubnis zu genießen, nahm die Schuldgefühle und den größten Teil der Angst. Es beseitigte auch alle Hemmungen, so daß sie ihn umarmen und seinen Kuß erwidern konnte. Und als sie das tat, genoß sie den Klang seines Stöhnens; er hatte begriffen, daß sie diesmal nicht versuchen würde, ihn aufzuhalten.

Er wollte sie, aus welchem Grund auch immer, sei es nun Rache oder Lust – es war ihr egal. Nichts spielte eine Rolle, außer dem Begehren, das sie teilten, und Cassie hatte ganz eindeutig ihren Anteil daran. Es war wie Feuer, dieses Gefühl, das in ihr wuchs. Es war so verzehrend, daß sie kaum bemerkte, wie er sie auszog, bis seine Hände auf nacktes Fleisch stießen, und das war ein so erregender, sinnlicher Schock, daß sie es einfach bemerken mußte. Aber es warteten noch mehr Schocks auf sie, denn er berührte sie überall. Und dann diese Wärme, Haut auf Haut, und seine Lippen, die sich plötzlich über einer prall angeschwollenen Brustwarze schlossen, um sie tief in seinen Mund hineinzusaugen.

Diese unglaubliche Hitze, die einen so krassen Gegensatz zu der seidigen Kühle seines Haares bildete, als er über ihre Haut flatterte. Sie wölbte sich im entgegen. Ihr Atem ging stoßweise. Sie hielt seinen Kopf in ihren Händen, seine Hüften zwischen ihren Beinen, und die Intensität dessen, was sie jetzt empfand, war so überwältigend, daß sie am liebsten laut aufgeschrien hätte. Das tat sie nicht, noch nicht. Aber da war etwas, das tief in ihren Lenden immer weiter anwuchs, etwas Heißes und Brennendes und Unkontrollierbares.

Dann entglitt er plötzlich ihrer Umarmung. Seine Hände formten ihre Brüste nach, während seine Zunge langsam ihren Bauch hinunterglitt, bis zu... Nein, das würde er nicht tun. O Gott, er tat es doch. Der Protest kam und erstarb im selben Atemzug, denn schon im nächsten Augenblick folgte eine Explosion pulsierender Lust, die sie fast vom Bett hochhob und in einem Königreich reiner Wonne gefangenhielt. Es lag jenseits aller Realität, jenseits allen Begreifens, und sie war ihm hilflos ausgeliefert. Sie konnte nichts anderes tun, als es bis zum letzten glückseligen Pulsschlag zu genießen.

Gleich darauf lag sie wieder in seinen Armen, fest an seinen geschmeidigen, muskulösen Körper gepreßt. Sein Gewicht war eine überraschende Wohltat. Aber dann mischte sich ein neues Gefühl mit der süßen Schwäche, die sie jetzt empfand. Und das, was da auf sie einstürmte, ließ sie erstarren. Aber sie hatte keine Zeit, sich davor zu fürchten. Sie war warm und feucht, und er drang so sanft in sie ein, daß sie nur einen winzigen Druck verspürte, als er ihre Jungfräulichkeit raubte und sie schließlich voll und tief ausfüllte.

Dann richtete er sich ein wenig auf und streckte die Arme, um sich links und rechts von ihr abzustützen und sich noch tiefer in ihr zu vergraben. Als sie die Augen öffnete, entdeckte sie, daß er sie ansah, einfach nur ansah. Und seine Augen waren dunkel und voller Leidenschaft.

»Du kannst dir nicht vorstellen, wie sehr ich dies gewollt habe – dich gewollt habe.«

Nein, das konnte sie wirklich nicht. Sie konnte es noch immer kaum glauben. Und sie konnte ihm nicht antworten. Sie hielt den Atem an und beobachtete schweigend, wie er sich an ihr sattsah. Er bewegte sich nicht, nur seine Augen funkelten, und dann fühlte sie wieder dieses Prickeln in ihren Brüsten, als er auf sie hinunterstarrte, das Flattern in ihrem Bauch, als sein Blick darüber glitt – und da, wo sie ganz miteinander verbunden waren, spürte sie, wie die Hitze mit Macht zurückkehrte.

»O Gott«, keuchte sie.

Er lächelte, begann ein langsames, sinnliches Stoßen und senkte den Kopf, um sie zu küssen. Ihre Lippen schienen an den seinen zu kleben, ihre Arme schlossen sich fest um seinen Hals und schließlich sogar noch fester, als die Spannung wieder anstieg. Und dann war auch dieses Pochen plötzlich wieder da, das über ihre Sinne hereinbrach, das ihn umschloß, als er tief in sie eintauchte, sich in sie hineindrängte und sie gemeinsam dem Höhepunkt entgegentrieb – bis er den Kopf zurückwarf, um einen tiefen, animalischen Laut reiner Lust auszustoßen.

22

Es war eine völlig neue und einzigartige Erfahrung für Cassie, neben einem Mann aufzuwachen, eine Erfahrung, die ihr unter anderen Umständen nicht halb soviel ausgemacht hätte. So wie die Dinge lagen, wußte sie jedoch nicht, ob sie aufstehen oder weiterschlafen sollte – in der Hoffnung, daß er, wenn sie das nächste Mal aufwachte, nicht mehr da wäre. Aber natürlich konnte sie nicht mehr einschlafen, nachdem sie in die Wirklichkeit zurückgekehrt war. »Wirklichkeit« war an diesem Morgen ein so häßliches Wort. In der vergangenen Nacht hatten sie die Wirklichkeit für eine Weile außer Kraft gesetzt, aber jetzt kehrte sie mit aller Macht zurück.

Verheiratet. Und nicht freiwillig, obwohl, wenn sie die Wahl gehabt hätte... Nein, ihre eigenen Wünsche zählten nicht. Aber sie hatte eine Hochzeitsnacht erlebt. Und Jenny hatte tatsächlich recht gehabt, es war wundervoll – um das zu beschreiben, was Angel ihr gegeben hatte, eigentlich noch ein viel zu schwacher Ausdruck. Aber es hätte nicht passieren dürfen, nicht mit Angel. Und es war aus den falschen Gründen passiert.

Zum Lachen war das, wirklich. Sie war so sicher gewesen, daß er hinter den MacKauleys herjagen würde, daß er Blut sehen wollte. Aber er hatte nicht ihnen die Schuld an etwas gegeben, das sie, Cassie, in erster Linie zu verantworten hatte. Nein, er hatte die Schuld genau da gesucht, wo sie hingehörte, und sich seine Rachegelüste für sie aufgespart. Das sah ihm ähnlich, auf diese Weise fair zu sein. Sie wunderte sich, daß sie nicht schon früher erraten hatte, was er tun würde. Immerhin rächte er sich schon für geringfügigere Dinge mit einem Kuß, da war es nur verständlich, daß er für etwas so Ernstes wie eine erzwungene Hochzeit ganze Arbeit leisten würde.

Sie fragte sich nur, ob es in seinem Sinne gewesen sei, daß sie es so sehr genossen hatte. Wahrscheinlich nicht. Andererseits spielte es vielleicht keine Rolle für ihn, da die Scheidung, zu der er sie zwingen würde, seine eigentliche Rache darstellte. Obwohl heutzutage mehr und mehr Ehen auf diese Weise beendet wurden, war eine Scheidung immer noch ein Skandal, und das in einem Maße, daß Cassie alle Hoffnungen, eines Tages wieder heiraten zu können, begraben mußte. Kein ehrbarer Mann würde eine geschiedene Frau für eine Ehe in Betracht ziehen.

Jetzt, da sie darüber nachdachte, fand sie, daß es wirklich eine Gemeinheit war, was Angel ihr da angetan hatte. Hatte sie das wirklich verdient, nur weil sie ihm eine kleine Ungelegenheit bereitet hatte? Sie fand das nicht, denn eine Annullierung hätte genügt *und* ihren Ruf gerettet. Er konnte sich wahrhaftig glücklich schätzen, daß sie kein rachsüchtiger Mensch war, sonst könnte sie ihm womöglich ein wenig von seiner eigenen Medizin zu schmecken geben und sich überhaupt nicht von ihm scheiden lassen. Es würde ihm recht geschehen, wenn er sie nun für den Rest seines Lebens am Hals hätte. Aber das konnte sie ihm nicht antun, da ihn in dieser ganzen Sache keine Schuld traf.

In diesem Augenblick bewegte er sich ein wenig und zog ihre Aufmerksamkeit auf sich. Er schlief auf dem Bauch, mit dem Gesicht von ihr abgewandt. Sie konnte nur den Arm, den er auf das Kissen gelegt hatte, und seine nackten Schultern sehen, weil sie sich wohl beide irgendwann im

Laufe der Nacht zugedeckt hatten. Aber unter den Decken war er nackt. So wie sie.

Nach der letzten Nacht sollte sie eigentlich bei diesem Gedanken nicht mehr erröten, aber sie tat es trotzdem. Und ihre Neugier verstärkte dieses Gefühl nur noch. Sie hatte gestern nacht kaum eine Gelegenheit gehabt, einen Blick auf seinen Körper zu werfen, und konnte nicht leugnen, daß sie das gern getan hätte. Aber sie war nicht mutig genug, um die Laken zurückzuschlagen. Außerdem wollte sie sich auf keinen Fall mit ihm streiten, während sie noch im Bett lagen. Das wäre ein entschiedener Nachteil für sie, und sie hatte sowieso sehr wenige Vorteile – eigentlich gar keine, wenn sie genauer darüber nachdachte. Aber wenigstens würde sie sich etwas wohler fühlen, wenn es ihr gelang, ein paar Kleider anzuziehen, bevor sie ihm gegenübertreten mußte.

Nachdem sie das beschlossen hatte, setzte sie sich vorsichtig auf und bemerkte sofort Marabelles Schwanz, der am Fußende des Bettes über die Dielen fegte. Plötzlich erinnerte sie sich vage, daß der Panther irgendwann in der Nacht an die Tür gekratzt hatte, um hereingelassen zu werden. Cassie war dann offensichtlich aufgestanden, um Marabelle ihren Wunsch zu erfüllen, und hatte dann gleich weitergeschlafen. Offensichtlich hatte Angel jedoch nichts davon bemerkt, denn sonst wäre er gewiß nicht mehr da. Aber sie mußte Marabelle unbedingt aus dem Zimmer schaffen, bevor er aufwachte. Sie hier vorzufinden, würde Angel mit ziemlicher Sicherheit in üble Laune versetzen. Dennoch zögerte Cassie einen Augenblick. Und plötzlich lächelte sie vor sich hin.

Vielleicht konnte sie dieses eine Mal doch ein wenig rachsüchtig sein. Immerhin hatte Marabelle mehr Rechte, hier zu sein, als Cassies schon bald geschiedener Ehemann. Und warum sollte sie sich überhaupt Gedanken über seine Laune machen? Er sollte sich vielmehr über *ihre* Laune Gedanken machen, nach dem, was er ihr angetan hatte – nachdem er ihr, um sich zu rächen, ihre Jungfräulichkeit geraubt hatte. Sie hätte nicht gedacht, daß er so grausam sein könnte, aber das zeigte nur mal wieder, daß man einem Mann, der seinen Lebensunterhalt damit verdiente, durch die Lande zu reisen und Leute umzubringen, einfach nicht trauen konnte.

Sie würde also ihre Marabelle nicht aus dem Zimmer schaffen. Aber ihren Ehemann würde sie nur allzugern hinausschaffen. Sie beschloß, sich endlich anzuziehen, und arbeitete sich vorsichtig aus den Bettdecken heraus, um sich dann zu ihrem Kleiderschrank zu schleichen. Aber bis sie dort angekommen war, hatte sie bereits Todesqualen ausgestanden. Es war ihr nie zuvor aufgefallen, wie viele lose Dielen es in ihrem Zimmer gab, die quietschten, und warum, um Himmels willen, hatte sie noch nie bemerkt, daß die Angeln an ihrem Kleiderschrank unbedingt geölt werden mußten? Sie machte genug Krach, um Tote zu wecken, und ein Blick über ihre Schulter zeigte ihr, daß Angel nicht in diese Kategorie fiel. Er hatte schon beim ersten Quietschen auf dem Fußboden die Augen geöffnet, und diese Augen hafteten nun auf ihrem nackten Rücken.

Cassies Schamgefühl regte sich voller Empörung, und es gelang ihr gerade noch zu keuchen: »Machen Sie die Augen zu!«

»Den Teufel werde ich tun«, erwiderte er und grinste sogar. »Du bist ein verdammt schöner Anblick, Schätzchen. Da lohnt sich das Aufwachen. Warum drehst du dich nicht rum, damit ich dich besser sehen kann?«

»Warum fährst du nicht zur Hölle?« gab sie zurück und griff nach dem ersten, was ihr in die Finger kam, einem bauschigen Petticoat, den sie hastig über den Kopf zog.

»Solltest du nicht zuerst deine Unterhöschen anziehen?«

Sie hätte schwören können, daß in seiner Stimme eine gehörige Portion Gelächter mitschwang. »Oh, halt den Mund, Angel.«

»Das da wirst du doch wohl noch nach unten ziehen oder?«

Sie hatte den Petticoat auf ihren Brüsten hängenlassen, damit wenigstens der größte Teil ihres Körpers bedeckt war. »Nie im Leben.«

Sie hörte ihn seufzen, biß die Zähne zusammen und zog ein Mieder heraus. Aber nachdem sie sich einen Augenblick daran zu schaffen gemacht hatte, bemerkte sie, daß es sich über dem dicken Petticoat nicht schließen ließ.

»Du treibst dein Schamgefühl wirklich zu weit, Cassie. Schließlich stehst du mit dem Rücken zu mir, also mach weiter und laß das Ding fallen.«

Er meinte den Petticoat, und sie benahm sich tatsächlich lächerlich. Es gab für ihn nichts mehr zu sehen. Selbst ihr Rücken wurde von ihrem langen Haar verdeckt. Daher riß sie den Petticoat herunter, rückte das Spitzenmieder über ihren Brüsten zurecht und schloß es hastig. Aber als sie die Hand nach einem Kleid ausstreckte, bemerkte sie Angels Spiegelbild in ihrem Kosmetikspiegel, der in einem schrägen Winkel vor ihrem Kleiderschrank stand. Er starrte nicht sie an, er starrte den Spiegel an, und wenn sie ihn deutlich sehen konnte, dann mußte auch er eine gute Aussicht auf sie haben...

Sie fuhr herum, um ihn zu beschimpfen. »Du gemeiner Schuft...!«

»Worüber regst du dich eigentlich so auf?« unterbrach er sie mit einem absurderweise ausgesprochen vernünftig klingenden Tonfall. »Für den Augenblick habe ich durchaus ein Recht, dich anzusehen.«

»Den Teufel hast du! Wir lassen uns scheiden, und für meinen Geschmack kann das gar nicht schnell genug geschehen.«

Er hatte sich auf einem Ellbogen aufgestützt. Bei ihrer letzten Bemerkung ließ er sich auf das Bett zurückfallen und starrte hinauf zur Decke.

Cassie nahm dies als Zeichen dafür, daß sie ihm ihren Standpunkt klargemacht hatte und daß er sie nicht weiter provozieren würde.

Sie ließ es dabei bewenden und schlängelte sich hastig in ein Kleid hinein, kochte aber immer noch vor Wut. Rechte! Er wagte es, von Rechten *für den Augenblick* zu reden, und dabei wußte er ganz genau, daß ihre Ehe nicht legal war – oder jedenfalls nicht legal gewesen wäre, wenn er sich aus ihrem Bett ferngehalten hätte.

Dann wurde ihr plötzlich bewußt, daß er recht hatte. Er hatte ihre Ehe legalisiert, als er gestern nacht zu ihr gekommen war, und sie würde so lange legal bleiben, bis sie beide die Scheidungsurkunden unterzeichnet hatten. Daher hatte er – nach dem Gesetz – tatsächlich gewisse Rechte.

Zur Hölle mit dem Gesetz. Sie hatte ihn nicht darum gebeten, die Dinge mit seiner Rache noch komplizierter zu machen. Er hatte die Grenzen des Anstands bereits überschritten, also hatte er, soweit es sie betraf, keinerlei Rechte, und diese Erkenntnis würde sie notfalls auch mit der Waffe in der Hand verteidigen.

»Cassie?« Der Anflug von Panik in seiner Stimme bewirkte, daß sie sich augenblicklich zu ihm umdrehte. Alles, was ihr gerade durch den Sinn gegangen war, schien urplötzlich vergessen. Das Problem selbst konnte sie auf den ersten Blick erkennen.

Die Bewegung der Decken über Angels Zehen hatte Marabelles Aufmerksamkeit auf sich gezogen. Sie hatte sich halb auf das Bett gestellt, um der Sache nachzugehen, und rieb jetzt ihre Schnauze über das schmale Zelt, das seine überkreuzten Füße aus den Decken gebildet hatten. Marabelle hatte Cassie oft genug auf diese Weise morgens geweckt. Aber diesmal waren es nicht ihre Füße, an denen sich die Katze ergötzte, sondern die Angels. Marabelle hatte den Unterschied offensichtlich nicht bemerkt.

»Wie ist sie hier reingekommen?«

Seine Stimme war zu einem sanften Flüstern geworden, und er ging nicht das Risiko ein, sich auch nur im geringsten zu bewegen. Cassies Besorgnis hatte sich jedoch sofort aufgelöst, als sie sah, daß keine Gefahr bestand, und daher war sie jetzt wieder in einer Stimmung, in der sie nicht die Absicht hatte, mit Angel Mitleid zu empfinden.

»Ich erinnere mich vage daran, sie mitten in der Nacht hereingelassen zu haben, als sie an die Tür gekratzt hat«, antwortete sie mit übertriebener Lässigkeit. »Schließlich hat sie die *Erlaubnis*, hier bei mir zu schlafen.«

Er hatte nicht vor, diese Bemerkung aufzugreifen. »Schaff sie hier raus!«

»Ich glaube nicht, daß ich das tun werde. Du hast mich gestern nacht zu deiner Frau gemacht, nicht nur zu deiner Braut. Die Braut war bereit, dir zu gehorchen. Die Frau nicht.«

»Cassie!« Er wollte mit lautem Protest beginnen, endete jedoch mit deutlichem Entsetzen in der Stimme. »Sie beißt mich in die Füße!«

»Nein, das tut sie nicht. Sie will nur ein wenig knabbern. Ich habe dir gesagt, daß sie das manchmal gern tut.«

»Dann mach etwas, damit sie aufhört.«

Cassie seufzte und ging zum Fußende des Bettes, um Marabelle über den Rücken zu streicheln. »Also wirklich, Angel, du warst jetzt lange genug in ihrer Nähe, um zu wissen, daß sie harmlos ist.«

Er wandte den Blick noch immer nicht von der Pantherkatze ab – und er bewegte sich auch nicht. »Ich weiß überhaupt nichts. Ich kann mit dem Gedanken fertig werden, durch eine Kugel zu sterben. Aber der Gedanke, als Frühstück für diese Katze zu enden...«

»Marabelle hat nicht einmal etwas übrig für rohes Fleisch. Sie hat es lieber gekocht, und genaugenommen hat sie überdies eine besondere Schwäche für Kekse und Pfannkuchen.«

»Kekse?« brachte er mit erstickter Stimme heraus.

»Und Pfannkuchen.«

Er streifte sie ganz kurz mit einem Blick, der deutlich machte, daß er sie für verrückt hielt, bevor seine Augen sich wieder auf den Panther richteten. Aber nachdem er einen Augenblick darüber nachgedacht hatte – Kekse –, riß er seine Füße mit einem Ruck von Marabelles schnurrender Bewunderung weg. Und als die Katze ihn nur ansah, ohne sich zu bewegen, ging er noch weiter und sprang aus dem Bett.

Das hatte Cassie nicht erwartet. Ihre Augen rundeten sich. Sie hielt den Atem an. Aber sie dachte nicht einmal daran, ihren Blick abzuwenden. Gütiger Himmel, was hatte er für einen herrlichen Körper, ganz geschmeidige Anmut und gebändigte Kraft – wie ihr Panther. Sie bemerkte alte Schußwunden, drei oder vier, aber es war dieser männliche Körper, der sie so faszinierte. Breite Schultern, flacher Bauch, lange Beine – Beine, die er jetzt hastig in seine Hosen schob. Er war wütend. Sie konnte es an jedem Muskel seines Körpers erkennen. Und sie selbst war der Grund dafür.

Er bestätigte ihren Eindruck. »Das war eine absolute Niederträchtigkeit.«

Sie wußte genau, daß er davon sprach, daß sie ihm gerade eben bei Marabelle nicht geholfen hatte. »Nun, dann haben wir also etwas gemeinsam, nicht wahr?«

»Lady, wenn ich mit jemandem abrechne, dann nur mit dauerhaften Ergebnissen.«

Sie setzte sich aufs Bett und sah in eine andere Richtung. Ihre Stimme war ungewöhnlich ruhig. »Ich weiß.«

Plötzlich stand er direkt vor ihr, trotz der Tatsache, daß Marabelle neben ihr saß. Er hatte sein Hemd noch nicht gefunden. Seine Hose stand offen und hing nur locker an seinen Hüften. Nichts als Haut, nur wenige Zentimeter von ihrem Gesicht entfernt – und der verrückte Drang, sich vorzubeugen, um ihre Lippen darauf zu pressen.

»Die vergangene Nacht war keine ›Abrechnung‹, Cassie.

Die Versuchung war einfach zu groß, als daß ich ihr hätte widerstehen können. Um deinetwillen tut mir leid, was passiert ist. Um meinetwillen – ich will verdammt sein, wenn mir da irgend etwas leid tut.«

Sie hatte nicht damit gerechnet, daß er versuchen würde, ihr sein Verhalten zu erklären. Allerdings hätte er sich den Atem sparen können, da sie ihm kein einziges Wort glaubte – außer, daß es ihm um seinetwillen nicht leid tat. Warum sollte es auch? Es hatte ihn nichts gekostet und würde auch ganz gewiß nicht *seinen* Ruf ruinieren. Sie antwortete nicht und sah ihn auch nicht an. Aber sie erschrak, als seine Hand sich ihrer Wange näherte. Er berührte sie jedoch nicht, sondern zögerte einen Augenblick und ließ die Hand dann wieder fallen. Und warum war ihr plötzlich danach zumute, in Tränen auszubrechen?

Nein, sie würde nicht weinen. Sie zwang sich, vom Bett aufzustehen und sich an ihm vorbeizudrängen. »Such deine Stiefel und verschwinde«, sagte sie zu ihm, während sie zu ihrer Kommode hinüberging. Dort öffnete sie eine Schublade und zog seine Waffe heraus. »Und das da wirst du wohl brauchen.« Sie drehte sich um und warf sie ihm zu. »Man kann ja nie wissen, ob du nicht heute jemanden erschießen mußt.«

Er fing die Waffe auf, bewegte sich ansonsten jedoch nicht weiter, sondern sah sie nur eine ganze Weile an. Sie konnte beinahe sehen, wie es geschah, die Veränderung, die in ihm vorging, die Härte, die an die Oberfläche kam und wieder die Kontrolle über ihn gewann.

»Ja, das kann man nie wissen.«

Cassie krümmte sich innerlich. Vor ihr stand der Mann, der vor drei Wochen angekommen war, ein Mann der Gewalt, gnadenlos, wenn notwendig, gewissenlos – herzlos. Das hatte sie mit ihrer eigenen Kälte bewirkt. Aber bitteschön. Dieser Mann war ihr viel vertrauter als der, der sich davor fürchtete, ihre Wange zu berühren.

23

Angel saß mit der Flasche Tequila, die Maria für ihn aus ihren eigenen Vorräten geholt hatte, im Salon. Charles Stuart trank keine harten Sachen, und daher gab es im ganzen Haus keine einzige Flasche Whisky. Und Angel hatte keine Lust, in die Stadt zu reiten, um sich welchen zu besorgen. In seiner augenblicklichen Stimmung würde es ganz gewiß Schwierigkeiten geben, wenn er das tat.

Er hatte seine *Ehefrau* nicht mehr gesehen, seit er ihr Zimmer verlassen hatte – zum zweitenmal an jenem Morgen. Beim erstenmal war er so zornig gewesen, daß er ohne seine Stiefel gegangen war. Er hatte sogar schon den halben Weg zum Stall zurückgelegt, bevor er begriff, daß er nichts an den Füßen hatte. Also mußte er zurückgehen. Er besaß nur dieses eine Paar. Aber bevor er noch einmal an ihre Tür klopfte, hatte er gewartet, bis er ein wenig ruhiger geworden war.

Sie hatte sich mittlerweilen ebenfalls etwas beruhigt. Zumindest hatte sie in einem zivilisierten Tonfall mit ihm gesprochen, als zunächst keiner von ihnen beiden seine Stiefel finden konnte. »Da Marabelle sich hier aufgehalten hat, können wir ebensogut unterm Bett nachsehen«, schlug sie vor. »Da hortet sie nämlich die Sachen, die sie behalten will.«

»Behalten will?« Bei dem Gedanken, mit Marabelle ein Tauziehen um seine Stiefel veranstalten zu müssen, runzelte er die Stirn. »Ich habe nicht die Absicht, mit deiner Katze um meine Stiefel zu kämpfen.«

»Das wird nicht notwendig sein. Falls es dir noch nicht aufgefallen ist, sie ist gar nicht hier.«

Es war ihm nicht aufgefallen, und es fiel ihm schwer,

überhaupt irgend etwas zu bemerken, da er kaum in der Lage war, den Blick von Cassie abzuwenden. Selbst jetzt, nachdem sie ihre Haare wieder fest um ihren Kopf geschlungen und ihr Kleid ordentlich geschlossen hatte – zweifellos hatte sie mittlerweile auch einiges an Unterkleidung angezogen – selbst jetzt sah er sie immer noch so vor sich, wie er sie gestern nacht gesehen hatte, als sie unter ihm lag, ihr langes, braunes Haar auf dem Kissen ausgebreitet, ihre Brüste voll und prall – und ganz ohne irgendwelche Unterkleider.

Es geschah wieder einmal. Er hatte nicht mitgezählt, wieviele Male sich heute schon bei der Erinnerung an diese letzte Nacht seine Männlichkeit geregt hatte. Unruhig streckte er die Beine aus und nahm noch einen Schluck Tequila, aber auch das half ihm nicht, sie zu vergessen. Er hatte sich hingekniet, um unter dem Bett nachzusehen. Sie hockte auf der anderen Seite. Die Stiefel waren tatsächlich da. Sie und eine Menge unkenntlicher Dinge – und Cassies Kleid aus weißer und lavendelfarbener Spitze. Er zog zuerst das Kleid unter dem Bett hervor und hielt es hoch.

»Das hätte ein schönes Hochzeitskleid abgegeben, Cassie. Warum hast du deinen Mantel nicht ausgezogen?«

Sie antwortete nicht, sondern sah ihn nur aus weit aufgerissenen Augen an. Er wußte nicht, warum er das gesagt hatte und fügte nun verlegen hinzu: »Es sieht nicht so aus, als ob die Katze es ruiniert hätte.«

»So etwas würde sie nie tun. Warum sollte sie auch an meinen Kleidern herumkauen?«

»Und was ist mit Stiefeln?«

»Das ist eine andere Geschichte. Marabelle ist geradezu verrückt nach ihnen.«

»Der Geruch von Leder?«

»Nein, Schweiß.«

Am liebsten hätte er über die Art und Weise, wie sie das sagte, gelacht – geradeso, als hätte er das wissen müssen.

Sie brachte ihn merkwürdigerweise immer wieder zum Lachen, und für gewöhnlich wegen Dingen, die gar nicht komisch waren. Aber jetzt lachte er nicht. Er holte seine Stiefel und verließ das Zimmer, bevor er dem Drang nachgab, sie noch einmal zu lieben.

Gestern nacht hätte er niemals in ihr Zimmer gehen dürfen. Das hatte er gewußt. Es war ausgesprochen töricht von ihm gewesen. Aber ganz ohne sein eigenes Dazutun hatte man ihm das gesetzliche Recht gegeben, ebenjene Frau zu lieben, die er bis zum Wahnsinn begehrte.

Er hatte keine Chance, dieses Gefühl, nachdem es sich einmal bei ihm festgesetzt hatte, noch länger zu ignorieren. Er hatte ebenfalls keine Chance, eine so mächtige Versuchung zu bezwingen. Heute morgen hatte er sie wirklich nicht belogen. Aber sie interessierte sich nicht für seine Gründe oder dafür, daß er plötzlich eine Schwachstelle hatte: sie. Immer noch war sie viel zu aufgeregt darüber, daß er ihre erzwungene Ehe zumindest zeitweilig zu einer echten gemacht hatte.

R. J. MacKauley mochte ein störrischer Bursche sein, aber was er getan hatte, war in Wirklichkeit gar nicht so schlimm gewesen. Sie alle hatten das gewußt – außer Cassie. Aus irgendeinem Grund hatte sie es unbedingt verhindern wollen. Angel war noch immer zornig, wenn er daran dachte, wie sehr sie sich bemüht hatte, diese Hochzeit zu umgehen. Und auch das war töricht von ihm, daß er sich ihre Zurückweisung derart zu Herzen nahm, obwohl er bereits gewußt hatte, daß er bei einer Frau wie ihr nicht die geringste Chance haben würde.

Er konnte sich nicht daran erinnern, daß sich seine Gefühle jemals in einem solch wirren Durcheinander befunden hätten. Und er wußte nicht, was er dagegen tun konnte – außer sie zu verlassen. In wenigen Tagen schon würde es soweit sein. Das war alles, was er brauchte, er mußte sich dieser Versuchung entziehen. Die Entfernung würde seine

Gefühle wieder normalisieren, seinen Kopf klar machen, ihn zurück auf seinen einsamen Pfad führen und diese närrische Sehnsucht nach etwas anderem beenden.

Und er würde als freier Mann gehen. Jetzt schuldete er niemandem mehr etwas...

Und ob er das tat! Als er letzte Nacht in ihr Zimmer ging, hatte er gewußt, daß er sich neue Schulden aufladen würde. Cassie gegenüber. Sie hätte ihm niemals ihre Unschuld geschenkt, wenn sie die Wahl gehabt hätte. Bei jedem seiner früheren Versuche hatte sie ihn zurückgewiesen. Aber wie konnte man etwas Derartiges wiedergutmachen?

Die Antwort ließ nicht lange auf sich warten, da der Tequila es bisher nicht geschafft hatte, seine Gedanken zu umnebeln. Er wußte, was Cassie wollte. Ihre Einmischung hatte eine üble Situation noch schlimmer gemacht, und daher würde sie eine ganze Reihe ziemlich unglücklicher Menschen zurücklassen. Sie wünschte sich nichts mehr, als daran etwas zu ändern, um mit gutem Gewissen nach Hause zurückkehren zu können. Ein solches Vorgehen lag für gewöhnlich nicht auf Angels Linie, aber er wußte, daß er ihr diesen Wunsch wahrscheinlich erfüllen konnte. Seine Methoden würden ihr nicht gefallen – keinem der Beteiligten würden sie gefallen –, aber es konnte funktionieren.

Er wollte gerade noch einen Schluck nehmen, straffte sich jedoch, als er *sie* kommen hörte. Zum Teufel, dieses laute Schnurren ging wirklich durch Wände. Er betrachtete die offenen Türen, und seine Finger schlossen sich fester um das Glas in seiner Hand. Für gewöhnlich kümmerte sich Marabelle nicht weiter um ihn. Er war ihr schon vorher ein paarmal im Haus begegnet, aber sie hatte ihn einfach nur mit diesen riesigen goldenen Augen angesehen.

Genau das tat sie auch jetzt, als sie im Türrahmen auftauchte und sich auf ihre Hinterpfoten setzte. Aber als sie keine Anstalten machte, das Zimmer zu betreten, entspannte er sich ein wenig. »Kluges Mädchen«, sagte Angel mit einem Nicken. »Nach diesen Abdrücken von deinen Zähnen, die ich auf meinen Stiefel gefunden habe, bin ich dein ärgster Feind. Bleib einfach...«

Nach wenigen langen Schritten stand Marabelle an seinen Füßen, schnupperte ein paarmal daran und ließ sich dann plumpsend auf den Boden fallen, um sich buchstäblich um seine Füße herumzuwickeln. Eine große Tatze landete auf Angels Knöcheln, so als wolle sie ihn davon abhalten, sich zu bewegen. Was er auch keinesfalls vorgehabt hatte.

»Wenn du anfängst, deine Zähne an mir zu säubern, erschieße ich dich«, warnte er die Katze.

Sie sah nicht hoch. Statt dessen rieb sie ihre Schnauze über die Spitze eines seiner Stiefel. Und Angel griff nicht nach seiner Waffe. »Zum Teufel, du bist genauso schlimm wie sie. Ihr wißt beide nicht, wann es Zeit ist, aufzuhören.«

Marabelle schnurrte ruhig weiter. Angel sah sie fest an und fluchte leise, als ihre Zähne über seinen Stiefel kratzten. Dann schüttelte er den Kopf und beschloß, daß der Tequila wohl stärker sein müsse, als er angenommen hatte. Warum sonst würde er einfach dasitzen und zusehen, wie ein ausgewachsener Panther an seinen Füßen nagte?

24

Cassie öffnete die Augen und stellte fest, daß es doch kein Traum gewesen war. Angel war tatsächlich gestern nacht wieder in ihr Zimmer gekommen. Nur, daß es diesmal wirklich spät gewesen war. Sie hatte bereits geschlafen. Nicht mehr lange allerdings.

Sein Kuß hatte sie geweckt – und natürlich sein Körper, der den ihren halb bedeckte. Dann hatte sie seine heiseren Worte gehört: »Wir sind noch nicht geschieden, Schätzchen.«

Das war vollkommen korrekt. Sie würden bald geschieden sein, aber im Augenblick waren sie es noch nicht. Und sie hatte einfach keine Lust gehabt, daran zu denken, daß sie sich selbst das Versprechen gegeben hatte, ihn daran zu hindern, irgendwelche zeitweiligen Rechte weiterhin auszuüben. Wenigstens hatte sie das gestern nacht nicht gewollt. Aber das helle Licht des Morgens hatte etwas an sich, das die Dinge wieder in die richtige Perspektive rückte, wogegen das gedämpfte Glühen eines langsam verlöschenden Feuers sich ganz und gar nicht dazu eignete, einen klaren Gedanken zu fassen.

Es tat ihr nicht leid, daß er zu ihr gekommen war. Das konnte sie natürlich nicht sagen. Aber ebensowenig konnte sie zulassen, daß es so weiterging. Zugegeben, er würde nur noch wenige Tage in ihrer Nähe sein, und wenn es da nicht andere Konsequenzen zu bedenken gälte, würde sie alles darum geben, jeden Augenblick der ihnen noch verbleibenden Zeit in seinen Armen verbringen zu können.

Aber Jenny wäre die erste, die ihr sagen konnte, wie leicht es war, schwanger zu werden. Und so sehr Cassie sich wünschte, eines Tages eigene Kinder zu haben, wollte sie sich doch nicht in derselben Zwangslage sehen wie Jenny – eine geschiedene Frau, die ein Kind bekam. Falls es allerdings soweit kommen sollte, würde sie ihrer eigenen Meinung folgen und keine Scheidungsurkunden unterzeichnen. Das würde ihr natürlich keinen Ehemann einbringen, zumindest keinen, der mit ihr unter demselben Dach leben würde. Angel wollte seine Freiheit und erwartete selbstverständlich, sie wiederzubekommen. Eine solche Kleinigkeit wie ein Stück Papier, auf dem stand, daß er verheiratet war, würde ihn nicht dazu bewegen können, in ihrer Nähe zu bleiben.

»So ernste Gedanken schon am frühen Morgen?«

Sie wandte ihren Kopf und fand den Blick dieser schwarzen Augen auf sich gerichtet. Eigentlich hatte sie gedacht, er schliefe noch, was auch der Grund dafür war, daß sie nicht einmal versucht hatte, sich aus seiner Umarmung zu befreien. Der Arm, der quer über ihrer Brust lag, bewegte sich jetzt ein wenig, als er die Hand hob, um ihre gerunzelten Augenbrauen nachzuzeichnen.

»Ich kann dir etwas viel Schöneres zum Nachdenken geben«, fügte er hinzu und beugte sich über sie.

Sie hätte ihm beinahe erlaubt, sie zu küssen. Er war so verdammt verführerisch mit seinem völlig zerwühlten Haar, seinen verschlafenen Augen und seinem so überaus sinnlichen Gesichtsausdruck. Wenn Angel sich darauf konzentrierte, sie zu lieben, hatte das eine verheerende Wirkung auf jeden einzelnen ihrer gerade erst erwachten Sinne. Nur noch ein einziges Mal... Was konnte es...?

Ihre Hand fuhr im letzten Augenblick hoch, um ihn zurückzuhalten. Innerlich stöhnte sie deswegen, äußerlich zwang sie ihre Miene, feste Entschlossenheit zu zeigen. »Ich habe gehört, daß dies die Art und Weise ist, wie man Babys macht«, sagte sie und versuchte dabei, nicht allzu anklagend zu klingen. »Ist es das, was du im Sinn hast? Mich mit einem Kind zu versorgen, bevor du wieder das Weite suchst?«

Er schwieg ganze fünf Sekunden lang, ließ sich dann zurück aufs Bett fallen und starrte an die Decke. »Du nimmst dir wirklich kein Blatt vor den Mund, wie?«

»Es ist eine berechtigte Frage.«

»Ich weiß.« Er seufzte. »Und um sie dir zu beantworten – nein, das ist nicht meine Absicht. Um die Wahrheit zu sagen, das ist ein Problem, über das ich noch nie nachdenken mußte, nicht bei der Art von Frauen, die ich für gewöhnlich...«

Er ließ diesen Punkt offen, aber sie verstand auch so, was er meinte. Er war daran gewöhnt, für sein Vergnügen zu zahlen, und die Männer betrachteten es als selbstverständlich, daß ihre nicht ganz makellosen Liebchen wußten, wie man so etwas verhinderte. Natürlich wußten sie das, denn ansonsten wären sie nur allzu schnell aus dem Geschäft.

Plötzlich rollte er wieder zu ihr hinüber, obwohl er sich alle Mühe gab, sie nicht zu berühren. Und auf seinem Gesicht lag ein Ausdruck lebhaften Interesses.

»Willst du ein Baby?«

Cassie riß die Augen auf. »Was für eine Art Frage ist *das* denn?«

»Eine berechtigte.«

»Den Teufel ist es«, murrte sie und setzte sich auf, um ihn wütend anzufunkeln, wobei sie die Decke fest um ihre Brüste schlang. »Ich brauche einen Ehemann, bevor ich anfangen kann, Babys zu haben, einen richtigen Ehemann, einen, der bei mir bleiben wird und mir hilft, sie aufzuziehen. Dann hätte ich gerne viele Kinder – aber auch nur dann.«

Der Ärger war laut und deutlich aus ihrer Stimme herauszuhören; Ärger darüber, weil sie nicht glaubte, daß sie jetzt noch jemals einen Ehemann finden würde. Er jedoch faßte es als erneute Zurückweisung auf, als Bekräftigung der Tatsache, daß sie ihn weder jetzt noch in Zukunft als Ehemann ernsthaft in Betracht ziehen würde.

Er setzte sich ebenfalls auf, aber diesmal mit der Absicht, aus dem Bett zu steigen und sich anzuziehen. Und diesmal würde sie ihm nicht dabei zusehen. Sie schlang die Arme um ihre hochgezogenen Knie und wandte das Gesicht ab, damit sie nicht in Versuchung geriet. Sie ärgerte sich über sich selbst, aber was sonst hätte sie ihm antworten können? Daß sie nichts dagegen hätte, ein Kind von *ihm* zu bekommen? Und warum hatte er überhaupt danach gefragt?

»Ich hätte diesen rachsüchtigen alten Trottel MacKauley erschießen sollen, als ich die Gelegenheit dazu hatte.«

Bei diesem leisen Gemurmel fuhr Cassies Kopf herum. Angel war bereits angezogen und schnallte jetzt seinen Revolvergürtel um. »Das ist nicht komisch«, sagte sie kurz angebunden.

»Lache ich etwa?« gab er genauso kurz angebunden zurück.

»Ich weiß nicht, was um alles in der Welt in deinem Kopf vorgeht, aber du kannst nicht einfach hingehen und R. J. erschießen. Er hat dich nicht in mein Bett gezwungen, Angel.«

»Nein, er hat nur meine einzige Schwäche entdeckt. Warum, zum Teufel, glaubst du, hat er sich so prächtig amüsiert?«

»Was für eine Schwäche?«

Er hatte keine Gelegenheit mehr, ihr auf diese Frage zu antworten. Die Türklinke klickte, und die Tür öffnete sich langsam. Angel drehte sich um und zog im selben Augenblick seine Waffe. Und die Grußworte, die Charles Stuart auf den Lippen gelegen hatten, blieben ihm in der Kehle stecken. Cassie keuchte. »Papa!«

Angel warf nur einen einzigen Blick auf ihren entsetzten Gesichtsausdruck und sagte: »Ich nehme an, ihn darf ich auch nicht erschießen?«

Er hatte diese Worte sehr sanft hervorgebracht, aber Cassie befürchtete, ihr Vater könnte sie gehört haben, so daß sie hastig versicherte: »Er macht Witze, Papa. Er hat es nicht so gemeint, wie es geklungen hat.«

Während Angel seine Waffe wegsteckte, widerstand er der Versuchung zu sagen: »Und ob ich das getan habe.« Er wußte nicht, was an den Gesprächen mit seiner »Ehefrau« so besonderes war, aber sie weckten jedesmal in ihm den Wunsch, jemanden zu erschießen, irgend jemanden, ganz egal, wen. Wie schade, daß nicht MacKauley gerade jetzt durch diese Tür getreten war. Charles Stuart war natürlich etwas ganz anderes.

Der Mann war jünger, als Angel erwartet hatte, wahrscheinlich erst Anfang vierzig. Sein Haar war ebenso dunkel und glänzend wie das Cassies, und seine Augen waren schokoladenbraun. Seine Nase war ein wenig gekrümmt, was darauf schließen ließ, daß er sie sich irgendwann einmal gebrochen hatte. Im Augenblick stützte er sich auf einen Stock, um seinen verletzten Fuß zu schonen. Dieser Umstand ließ ihn nicht größer als Angel erscheinen, obwohl Charles ihm normalerweise drei oder vier Zentimeter voraushatte.

Ihr Vater! Angel hatte noch nie zuvor mit einem erzürnten Vater zu tun gehabt. Und gerade *weil* er Cassies Vater war, konnte er ihn nicht erschießen, konnte ihn nicht fordern und auch nicht gegen ihn kämpfen. Teufel auch, das konnte recht interessant werden.

Charles war müde, sein Fuß schmerzte, und obwohl er über ein furchterregendes Temperament verfügte, hatte er bei seiner Tochter noch nie zuvor die Geduld verloren. Außerdem war er immer noch zu fassungslos, um wütend zu werden.

»Cassie, was tut dieser Mann in deinem Schlafzimmer?«

Cassie hatte sich einen Augenblick von Angels spöttischer Frage ablenken lassen, aber jetzt wurde ihr schlagartig bewußt, welchen Eindruck das Ganze auf ihren Vater machen mußte: sie im Bett, völlig nackt unter ihrem Laken, ihr Nachthemd auf dem Fußboden zu Angels Füßen. Angel war zwar angezogen, aber auch nur notdürftig. Sein schwarzes Hemd steckte in seinen Hosen, war jedoch noch nicht zugeknöpft. Auch seine Stiefel hatte er noch nicht angezogen. Das war nicht die Art und Weise, wie sie ihrem Vater die Dinge hatte erklären wollen, und ihre Wangen wurden plötzlich so heiß, daß sie brannten.

»Es ist nicht so, wie es aussieht, Papa ... nun ja, das ist es schon, aber – wir sind verheiratet. Zumindest für den Augenblick sind wir es – oh, verdammt noch mal, es ist so viel passiert, seit du die Ranch verlassen hast!«

»Offensichtlich«, erwiderte Charles und fügte im selben

Atemzug hinzu: »Verheiratet? Um Himmels willen, *so* lange war ich nun doch nicht weg. Du konntest wohl nicht warten, bis ich wieder zu Hause war?«

»Ich habe versucht, R. J. dazu zu bringen, aber er hatte nicht die Absicht, vernünftig zu sein.«

Charles sah Angel an. »Sind Sie ein weiterer R. J.?«

»Nein, Sir. Ich heiße Angel.«

»Angel was?«

»Einfach nur Angel.«

»Heißt das, du bist jetzt Mrs. Angel, Cassie?«

»Ich nehme an, oder...« Sie erbleichte plötzlich und drehte sich zu Angel um. »Man hätte ›Brown‹ benutzen können. Hast du nachgesehen, welcher Name auf der Heiratsurkunde steht?«

»Bei so vielen Zeugen spielt es keine Rolle, welchen Namen sie aufgeschrieben haben. Die Sache war völlig legal, ganz egal, wie man es betrachtet.«

Charles sah vom einen zum anderen hinüber und heftete dann seinen Blick auf Cassie. »Wenn er Angel ist, was hat dann R. J. mit dieser Angelegenheit zu tun?«

»Es war seine Idee«, erklärte Cassie. »Die Wahrheit ist, daß R. J. sozusagen auf dieser Hochzeit bestanden hat. Er hat seine Waffe dazu benutzt.« Dann seufzte sie laut. »Es wird wohl eine Weile dauern, bis ich dir alles erklärt habe, Papa. Warum wartest du nicht unten auf mich? Ich komme zu dir, sobald ich mich angezogen habe.«

Charles blieb einen Augenblick lang reglos stehen. Schließlich sah er Angel scharf an. »Kommen Sie mit?«

Es entstand ein erneutes Schweigen, während Angel darüber nachdachte, wieviel Schwierigkeiten ihm eine Weigerung einbringen mochte. Er kam zu dem Schluß, daß ihr Vater für den Augenblick wohl in der stärkeren Position war. »Ich komme gleich nach«, sagte Angel.

Es dauerte noch einmal ein paar Sekunden, bevor Charles nickte und das Zimmer verließ. Angel wandte sich sofort wieder Cassie zu, und sie starrten einander beinahe eine ganze Minute lang an; es war ihnen beiden nur allzu bewußt, daß ihre gemeinsame Zeit hier zu Ende war.

Schließlich wandte sie den Blick von ihm ab, um zu sagen: »Es wird ihm absolut nicht gefallen, aber es gibt nichts, was er jetzt noch dagegen tun könnte oder würde. Er ist kein gewalttätiger Mann. Meine Mutter würde zu den MacKauleys hinüberreiten und R. J. in kleine Stücke schneiden wollen, wenn sie davon wüßte, aber mein Vater ist anders.«

Angel akzeptierte ihre Einschätzung. Sie kannte ihre Eltern schließlich besser als er. »Warte ein Weilchen, bevor du die Scheidung einreichst, Cassie. Warte, bis du Bescheid weißt, so oder so.«

Es war ganz so, als hätte ihr Vater sie nicht gestört. Sie waren beide in Gedanken immer noch bei dem letzten Thema, über das sie sich unterhalten hatten, bevor sie unterbrochen worden waren.

»Ich werde warten, bis ich nach Hause komme, bevor ich irgend etwas unternehme«, versicherte sie ihm.

»Und du wirst es mich wissen lassen?«

»Du wirst es wissen, wenn du die Scheidungsurkunde bekommst«, war alles, was sie sagte.

»In Ordnung.«

Dann flogen ihre Augen wieder zu ihm hin, weit aufgerissen und voll Trauer. »Wirst – wirst du jetzt gehen?«

Er bemerkte das Zögern in ihrer Stimme nicht mehr, denn er hatte sich bereits zur Tür gewandt. »Ich habe hier noch etwas zu erledigen, bevor ich mich auf den Weg mache. Bis heute abend.«

Die Tür schloß sich hinter ihm, aber sie hatte wenigstens eine Gnadenfrist. Noch ein paar Stunden. Zeit genug für sie, um ernsthaft darüber nachzudenken, ob sie ihren Stolz begraben und ihn bitten sollte, nicht zu gehen.

25

Es wurde langsam Zeit fürs Bett, aber Cassie machte keine Anstalten, den Salon zu verlassen. Sie hatte Angel an diesem Tag nicht noch einmal gesehen, aber er hatte versprochen, daß er heute abend wiederkäme, und sie hatte nicht die Absicht, vorher schlafen zu gehen.

Ihr Vater leistete ihr in freundschaftlichem Schweigen Gesellschaft. Sie hatte fast den ganzen Morgen gebraucht, um ihm alles zu erklären. Er war abwechselnd schockiert und verblüfft gewesen, und am Ende richtete sich seine Wut gegen R. J., der ihr so übel mitgespielt hatte. Seiner Meinung nach brauchte sie Texas nicht zu verlassen, denn er würde es mit den MacKauleys aufnehmen und, wenn notwendig, auch mit den Catlins. Das konnte sie natürlich nicht dulden. Sie hatte schon genug Schwierigkeiten gemacht.

Nachdem er erfahren hatte, daß die Ehe nur vorübergehend bestehen sollte, fragte er glücklicherweise nicht noch einmal, was Angel am Morgen in ihrem Schlafzimmer zu suchen gehabt hatte. Aber sie wußte, was er dachte und warum er mit ihr aufblieb. Er mochte zwar kein Wort darüber verloren haben, aber er hatte nicht die Absicht, sie noch einmal mit Angel allein zu lassen, sosehr sie sich das auch wünschte. Am Morgen war er sehr müde gewesen, nachdem er seinen Männern vorausgeritten war, die zusammen mit seinem neuen Bullen nicht vor morgen ankommen würden. Aber er hatte den ganzen Nachmittag über geschlafen, so daß ihr nicht einmal seine Erschöpfung zu ein paar ungestörten Minuten mit Angel verhelfen konnte.

Cassie straffte sich, als sie hörte, wie die Vordertür sich öffnete und wieder schloß. Sie würde ihren Vater darum bitten müssen, sie für ein paar Minuten mit Angel allein zu lassen. Wahrscheinlich würde er es nicht tun, aber sie würde es zumindest versuchen. Nur, daß es nicht Angel war, der in das Licht und die Wärme des Salons trat. Anscheinend noch erschöpfter und von einer langen Reise noch mehr mitgenommen, als Charles es an diesem Morgen gewesen war, stand nun Catherine Stuart in der Tür.

»Bin ich in Texas, oder hat mich dieser Sturm im Norden nach Wyoming zurückgeblasen?«

Catherine sprach von dem Haus, das sie noch nie zuvor gesehen hatte, und davon, wie sehr es dem Haus auf der Lazy S ähnelte. Aber sie bekam keine Antwort. Cassie war vorübergehend sprachlos. Charles hätte ohnehin nicht geantwortet, aber im Augenblick konnte er sie nur anstarren.

Sobald ihre Augen ihn entdeckt hatten, tat Catherine dasselbe. Zehn Jahre waren seit ihrem letzten Treffen vergangen, und nun betrachteten sie einander mit unverhohlener Neugier.

Ihre Eltern starrten sich immer noch an, als Cassie endlich die Sprache wiederfand. »Mama, was tust du denn hier?«

»Du machst wohl Witze«, erwiderte Catherine und ging zu ihrer Tochter hinüber, um sie zu umarmen. »Nachdem du mich praktisch dazu herausgefordert hast, herzukommen?«

»Ich habe nichts dergleichen getan«, protestierte Cassie, die krampfhaft versuchte, sich daran zu erinnern, was sie wohl in diesem letzten Brief an ihre Mutter geschrieben haben mochte. »Habe ich dich wirklich eingeladen?«

»Und zwar auf eine Art und Weise, die sicherstellen sollte, daß ich die Einladung nicht annehmen konnte. Aber du vergißt, daß ich dich besser kenne als irgend jemand sonst, Baby. Und ich hatte keine Lust zu warten, bis du wieder zu Hause warst, um herauszufinden, warum du mich hier unten *nicht* haben wolltest.«

Cassie zuckte zusammen. Soviel also zu ihrem Versuch, ihrer Mutter Sand in die Augen zu streuen. Diese Art von

Verschlagenheit verstieß nun einmal gegen ihre Natur. Und sie hätte sich ausrechnen können, daß etwas in der Art geschehen würde, nachdem ihre Mutter ihr weder geschrieben noch telegrafiert hatte. Sie hatte gehofft, dies bedeutete, daß sie nicht kommen würde, aber sie hätte es wirklich besser wissen sollen. Und jetzt fiel ihr auch die Drohung ihrer Mutter wieder ein.

»Du – eh – hast doch nicht etwa eine ganze Armee mitgebracht, oder?«

»Nur ein paar Männer.«

»Wie viele sind ein paar?«

»Fünfzehn«, sagte Catherine, während sie sich näher ans Feuer stellte. Sie nahm den Hut ab und warf Charles einen kurzen Blick zu, bevor sie sich damit gegen ihr Reitkleid schlug. Eine kleine Staubwolke stieg aus ihren Kleidern auf und legte sich auf den orientalischen Teppich. »Ich habe sie für den Augenblick in der Stadt gelassen.«

Cassie, die ihre Mutter genau beobachtete, stöhnte innerlich. Es fing schon wieder an, diese kleinen Dinge, die ihre Eltern taten, um einander zu ärgern. Sie versuchten nicht einmal, ihre Absicht zu verbergen, weil beide wußten, daß der andere nichts dazu sagen würde – zumindest nicht direkt. Nachdem sie zehn Jahre lang voneinander getrennt gewesen waren, sollte man eigentlich glauben, sie hätten diesen speziellen Aspekt ihres Zerwürfnisses vergessen. Aber nein, es war so, als hätte es diese Trennung nie gegeben.

»Es tut mir leid, dir sagen zu müssen, daß du diese weite Reise ganz umsonst gemacht hast, Mama. Ich wollte morgen aufbrechen.«

»Dann hat sich dein kleines Problem von selbst gelöst?«

»Mit ein wenig Hilfe von meinem Schutzengel.«

»Nun, es tut mir leid, daß ich nicht rechtzeitig gekommen bin, aber offensichtlich ist das wenigstens Mr. Pickens gelungen. Und ich freue mich, daß du nach Hause willst – aber warum kürzt du deinen Besuch hier ab?«

»Man könnte sagen, ich bin in dieser Gegend nicht mehr willkommen«, erwiderte Cassie, wobei sie versuchte, nicht allzu bedrückt zu klingen. Die Erklärungen, was Lewis Pickens Ersatzmann betraf, hatten Zeit.

»Wenn du hierbleiben willst, Baby, werde ich dafür sorgen«, war Catherines Antwort.

Cassie schüttelte hastig den Kopf. »Das hat Papa auch schon angeboten, aber ich will nicht noch mehr Schwierigkeiten machen. Es wird für alle Beteiligten besser sein, wenn ich nach Hause fahre.«

»Dein Vater hat tatsächlich angeboten, etwas zu tun?«

Es lag zuviel Hohn in dieser Frage, ganz zu schweigen von der gespielten Ungläubigkeit, als daß Charles dazu hätte schweigen können. »Du kannst deiner Mutter sagen, Cassie, daß ich mich um die Probleme meiner Tochter genauso gut kümmern kann wie sie.«

»Und du kannst deinem Vater sagen, ich hätte gesagt: ›Unsinn!‹« gab Catherine zurück.

Cassie sah ihre Eltern wütend an. Als sie zehn Jahre alt war, hatte sie es für ein Spiel gehalten, daß die beiden sich mit Hilfe ihrer Tochter unterhielten. Jetzt kam es ihr dagegen reichlich lächerlich vor. Warum hatte sie nur nie versucht, etwas dagegen zu tun?

»Dann stimmt es also tatsächlich, was du mir erzählt hast, Schätzchen?« fragte eine andere Stimme.

Cassie drehte sich um. Angel stand in der offenen Tür und lehnte sich mit überkreuzten Armen an den Rahmen. Er hatte seinen Hut zurückgeschoben und trug seinen gelben Mantel. Sie hätte für ihr Leben gern gewußt, wo er gewesen war, aber...

»Das ist kein besonders günstiger Augenblick«, mußte sie statt dessen klarstellen.

»Das ist der einzige Augenblick überhaupt«, erwiderte er. »Eure familiäre Wiedervereinigung wird warten müssen.«

»Kenne ich Sie nicht von irgendwoher?« fragte Catherine.

Angel nickte. »Ja, Ma'am. Wir haben uns vor einigen Jahren einmal getroffen. Ich heiße Angel.«

Catherines Überraschung war offensichtlich. »Ja, stimmt, Sie haben eine Weile auf dem Rocky Valley-Land gearbeitet, oder? Aber was treibt Sie so weit nach Süden?«

Angel sah Cassie kurz an, bevor er antwortete: »Ich tue Lewis Pickens einen Gefallen und kümmere mich um Ihre Tochter.«

Catherine sah Cassie von der Seite an. »Aber ich dachte...«

»Mr. Pickens konnte nicht kommen, Mama, daher hat er Angel geschickt. – Was muß warten?«

Die letzte Frage war an Angel gerichtet, und er gab seine lässige Pose auf, um zu erwidern: »Du mußt mit mir kommen.«

»Wohin?«

»Hinaus in die Scheune.«

Das war nicht genau das, was Cassie zu hören erwartet – oder gehofft – hatte. »Was ist los in der Scheune?«

»Ein paar Freunde von dir sitzen da und warten darauf, daß du dich noch einmal einmischst.«

Ihre Augen rundeten sich, als sie den Sinn seiner Worte begriff. »Das kannst du nicht getan haben! Alle beide?«

»Und noch ein paar mehr.«

»Könntet ihr zwei euch vielleicht in ganz normalem Englisch unterhalten?« warf Catherine an dieser Stelle dazwischen.

»Angel hat es geschafft, ein paar MacKauleys und Catlins gemeinsam unter ein Dach zu bringen, damit ich mit ihnen reden kann«, erklärte Cassie, und zu Angel gewandt fügte sie hinzu: »Das *ist* doch der Grund, warum du sie hergebracht hast, oder?«

»Ich fand, ich wäre dir das schuldig«, war alles, was er sagte.

Cassie errötete und lächelte gleichzeitig, bis ihr eine andere Frage in den Sinn kam: »Sind sie freiwillig mitgekommen?«

»Ich hatte nicht die Absicht, meine Zeit mit Fragen zu verschwenden.«

»Also, einen Augenblick mal«, unterbrach Catherine ihr Gespräch. »Wollen Sie damit sagen, Sie haben diese Leute – wie nennt man das doch gleich? – mit Waffengewalt hierher gebracht?«

Angel zuckte mit den Schultern. »Bei dieser Bande da draußen hat man einfach keine andere Wahl, Ma'am. Sie und Ihr Mann können uns folgen oder nicht, aber Cassie wird auf jeden Fall mit mir kommen. Und ich nehme an, das Ganze wird eine Weile dauern, also erwarten Sie nicht, daß Ihre Tochter allzubald wiederkommt.«

Schließlich ergriff Charles das Wort. »Sie müssen nicht ganz bei Trost sein, wenn Sie glauben, daß ich Sie, ganz egal aus welchem Grund, allein mit meiner Tochter weggehen lasse. Außerdem habe ich selbst ein oder zwei Dinge R. J. zu sagen. Cassie, erkläre deiner Mutter, daß keine Notwendigkeit besteht, auf uns zu warten. Sie soll sich hier ganz wie zu Hause fühlen.«

»Cassie, sag deinem Vater, daß *er* nicht ganz bei Trost ist, wenn er glaubt, ich bliebe hier«, gab Catherine zurück.

Cassie befolgte keine der beiden Anweisungen, aber Angel äußerte eine Warnung, bevor sie das Haus verließen: »In dieser Scheune werden wir nach meinen Regeln spielen. Keiner geht weg, bevor ich es erlaube. Und ich nehme auch Ihre Waffe an mich, Mrs. Stuart. Meine Waffe ist die einzige, die heute abend benötigt wird.«

Catherine gab in diesem Punkt nach und übergab ihm ihren Revolver, flüsterte jedoch Cassie zu: »Was um alles in der Welt glaubt er dir schuldig zu sein, daß er dafür das Gesetz bricht?«

»Es ist etwas Persönliches, Mama.«

Bei dieser Antwort wurde ein Paar silberner Augen von

derselben Farbe wie die Cassies plötzlich schmaler. »Muß ich ihn erschießen, bevor wir hier aufbrechen, Baby?«

Cassie wünschte nur, ihre Mutter meinte diese Frage nicht ernst, aber sie wußte, daß sie das sehr wohl tat. »Bitte zieh keine voreiligen Schlüsse«, bat sie. »Ich werde dir alles erklären, sobald das hier vorbei ist.«

»Ich hoffe, deine Erklärungen sind ausreichend, denn ich glaube nicht, daß ich diesen jungen Mann mag.«

Cassie wünschte, sie könnte dasselbe immer noch von sich sagen.

26

Angel gab Cassie, sobald sie die Scheune betraten, ein Messer. Da mehrere Laternen brannten, sah sie sofort, wozu dieses Messer benötigt wurde. Und der Blick, mit dem sie Angel bedachte, war eindeutig vorwurfsvoll.

Er zuckte jedoch nur gleichgültig mit den Schultern und sagte: »Hast du wirklich geglaubt, sie würden hier gemütlich herumsitzen, ein wenig miteinander plaudern und auf dich warten?«

»Nein, wohl kaum, aber so, wie die Dinge jetzt liegen, werden sie wohl nicht sehr aufgeschlossen sein.«

»Sie dürfen diese Scheune nicht verlassen, bevor sie das sind.«

»Erwartest du von mir, daß ich ihnen mit Gewalt ein wenig gesunden Menschenverstand eintrichtere?«

Er mußte grinsen. »Ich erwarte jedenfalls, daß du dir alle Mühe geben wirst.«

Sie erwiderte sein Grinsen, weil sie wußte, daß er recht hatte. Aber zunächst einmal mußte sie einige ihrer Nachbarn losschneiden. Ihre Mutter half ihr dabei, da Angel ihr nicht ihre einzige Waffe weggenommen hatte. Sie besaß immer noch ein kleines Jagdmesser, das sie stets um ihren Stiefel geschnallt trug, und benutzte es jetzt, um die MacKauleys zu befreien. Cassie ging sofort auf Jenny zu.

»Diese Sache tut mir leid«, erklärte sie ihrer Freundin, während sie das Seil um ihre Handgelenke durchschnitt.

»Was ist hier eigentlich los?« war das erste, was Jenny fragte, sobald sie ihr den Knebel aus dem Mund gezogen hatte.

»Angel hat neulich gehört, wie ich diesen Wunsch geäußert habe und beschlossen, ihn mir zu erfüllen.«

»Es wird nicht funktionieren, Cassie.«

»Wollen wir hoffen, daß du dich irrst. Möchtest du die ehrenvolle Aufgabe übernehmen?« Cassie wies mit dem Kopf auf Dorothy.

»Das wäre bestimmt besser. Mutter ist es zuzutrauen, daß sie sich für ihre Befreiung mit einem Fausthieb bei dir bedankt.«

Dorothy schien zwar nicht ganz so wütend, wie Jenny befürchtete, war jedoch eindeutig äußerst verstimmt darüber, daß man sie hierher gebracht hatte. Dazu trug sicher noch ein gehöriges Maß an Verlegenheit bei, denn Angel hatte sie direkt aus dem Bett geholt. Sie trug ihr Nachthemd, und ihr blondes Haar war offen und floß um ihre Schultern. Sie sah um Jahre jünger aus, und das war für eine Frau wie Dorothy, die gewohnt war, absolute Autorität auszuüben, ein klarer Nachteil – was ihr durchaus bewußt war. Aber ihr Aussehen hatte noch eine weitere Konsequenz, die ihr bisher nicht einmal aufgefallen war. R. J. konnte sich offensichtlich nicht von ihrem Anblick losreißen.

Auch ihn hatte man aus dem Bett geholt; er trug seine lange rote Unterwäsche, aber das konnte einen Mann wie R. J. nicht weiter stören. Es war vielmehr die Tatsache, daß man ihn derart überrumpelt hatte, die ihn in Rage brachte, und natürlich der Umstand, daß er keine Waffe besaß, während Angel mit überkreuzten Armen vor dem geschlossenen Scheunentor stand, völlig entspannt aussah und sich ganz so benahm, als habe er nichts mit alledem zu tun. Aber sein für alle sichtbarer Colt brachte etwas anderes zum Ausdruck.

Die einzigen MacKauleys und Catlins, die in der kleinen Versammlung fehlten, waren Buck und Richard, die beide in gewisser Weise unabkömmlich gewesen waren. Ein Umstand, den sie ihren jeweiligen Bettgenossinnen zu verdanken hatten, die Angel nicht dabeihaben wollte. Frazer reagierte mit lautem Gelächter auf seine Befreiung und war auch der erste, der das Wort ergriff.

»Das muß man Ihnen wirklich lassen, Miss Cassie. Seit Sie diesmal hier aufgetaucht sind, konnten wir uns über Langeweile kaum beklagen.«

Sein Humor brachte sie wie gewöhnlich auf die Palme. »Es lag keineswegs in meiner Absicht, Sie zu amüsieren, Frazer.«

»Ich nehme an, Sie können einfach nicht anders, wie?«

Sie ignorierte diese Bemerkung, ganz im Gegensatz zu R. J. »Halt den Mund, Frazer«, befahl sein Vater und sagte anschließend mit aller Streitlust, deren er fähig war zu Cassie: »Was, bei allen Teufeln, führst du diesmal im Schilde, Kleine?«

Catherine, die gerade damit fertig war, Morgans Fesseln aufzutrennen, blickte auf, um R. J. zu warnen: »Benutzen Sie gefälligst einen anderen Ton, wenn Sie mit meiner Tochter sprechen, Mister.«

»*Ihrer* Tochter? Nun, wenn das nicht dem Faß den Boden ausschlägt. Sie kommen ein kleines bißchen zu spät, Lady, um Ihr Mädchen hier an die Kandare zu nehmen. Sie hätten verdammt noch mal...«

Weiter kam R. J. nicht. »Sie sollten tatsächlich einen anderen Ton anschlagen, wenn Sie mit meiner Frau *und* meiner Tochter reden«, erklärte Charles und trat ein paar

Schritte vor, um einen Fausthieb auf R. J.'s Mund zu landen.

Der größere Mann taumelte zwei Schritte zurück, schüttelte einmal kurz seinen Kopf und betrachtete Cassies Vater dann mit überraschtem Vorwurf. »Also, was sollte das denn jetzt, Charley? Ich dachte, wir wären Freunde.«

»Nach dem, was Sie meiner Tochter angetan haben? Sie können von Glück reden, wenn ich Sie nicht in Stücke reiße.«

»Was habe ich denn schon getan, außer etwas zu beschleunigen, das sie ohnehin vorhatte?«

Bei diesen Worten ließ Frazer sich auf einen Heuballen zurückfallen und schüttelte sich in stummem Gelächter. Nur Cassie bemerkte sein Verhalten, hatte jedoch nicht genug Zeit übrig, um ihm einen angewiderten Blick zuzuwerfen. Sie dachte, sie hätte es ihrem Vater ausgeredet, sich mit R. J. anzulegen, aber da befand sie sich offensichtlich im Irrtum, und eine Auseinandersetzung zwischen den beiden Männern war nun ganz gewiß nicht der Sinn dieser Zusammenkunft.

»Papa...«

Er hörte sie nicht, weil er gerade sagte: »Was sie vorhatte, spielt keine Rolle, R. J., und das weißt du auch verdammt genau.«

R. J. hob eine Hand, als Charles noch einen Schritt auf ihn zu machte. »Ach, nun komm schon, Charley, ich möchte dich nicht verletzen.«

Es war bezeichnend für R. J.'s Selbstvertrauen, daß er sich so ausdrückte, und ebenso bezeichnend für Charles' Zorn, daß er sich nicht weiter darum kümmerte. Charles holte noch einmal aus, R. J. stellte sich breitbeinig hin, um ihn abzuwehren – und Angel schoß in das Dach über ihren Köpfen.

Eine Wolke von Staub und Holzsplittern rieselte auf die beiden Männer herab, während sie und alle anderen sich zum Eingang umdrehten. Angel ließ seine Waffe gelassen wieder ins Holster gleiten.

»Es tut mir leid, Ihnen den Spaß verderben zu müssen«, sagte er in seinem üblichen trägen Tonfall. »Aber wenn es hier zu irgendwelchen Gewalttätigkeiten kommen sollte, dann gehen sie von mir aus.« Dann sah er Charles direkt in die Augen und fügte hinzu: »Wenn das, was MacKauley getan hat, einen Kampf verdient hätte, wäre er von mir bereits umgelegt worden. Also hören Sie auf damit, Mr. Stuart. Für den Augenblick trage ich die Verantwortung für Cassie, nicht Sie, und Cassie möchte gern ein paar Worte zu diesen Leuten hier sagen.«

Charles ließ seine Faust sinken und nickte widerwillig, obwohl der Blick, den er R. J. zuwarf, bevor er sich umdrehte, klar und deutlich besagte, daß diese Angelegenheit für ihn noch keineswegs erledigt sei. In der Zwischenzeit hatte Catherine sich neben Cassie gestellt. »Es sieht mir ganz so aus, als hätte man vergessen, mir etwas sehr Wichtiges mitzuteilen, bevor ich zu dieser kleinen Party eingeladen wurde«, warf sie ein. »Würde es dir etwas ausmachen, mir zu sagen, worüber dein Vater so wütend ist, und warum dieser Revolverheld da glaubt, *er* trüge die Verantwortung für dich?«

»Er ist mein Ehemann«, entgegnete Cassie im Flüsterton.

»Er ist dein *was*?« kreischte Catherine.

»Mama, bitte, das ist nicht der richtige Augenblick für Erklärungen.«

»Und ob er das ist!«

»Mama, bitte!«

Catherine hätte noch mehr gesagt, eine ganze Menge mehr, aber Cassies Gesichtsausdruck hielt sie davon ab. Es war kein flehender Blick, den sie auffing, sondern ein von sturer Entschlossenheit erfüllter, den Catherine bei ihrer Tochter überhaupt nicht gewohnt war. Cassie würde jetzt nicht mit ihr darüber reden, ganz egal, was Catherine auch sagte.

Sie war nicht daran gewöhnt, nachgeben zu müssen, aber in diesem Falle tat sie es doch – für den Augenblick jedenfalls. »Na schön, aber sobald wir hier fertig sind, reden wir.«

»In Ordnung«, erwiderte Cassie und wandte sich anschließend R. J. und Dorothy zu. Sie holte tief Luft, bevor sie ihre kleine Ansprache begann: »Ich habe bereits versucht, mich zu entschuldigen, werde das aber nicht noch einmal tun, weil meine Absichten gut waren, ob Sie mir nun glauben oder nicht. Ich dachte, eine Ehe zwischen Ihren beiden Familien würde die Feindseligkeiten, mit denen Sie nun schon so lange gelebt haben, beenden. So hätte es auch sein sollen – aber Sie wollen das nicht zulassen, wie? Und die Ironie bei dieser Geschichte ist wohl die, daß Sie beide Ihre Kinder zum Haß erzogen haben, ohne Ihnen überhaupt zu sagen, warum. Warum erzählen Sie ihnen nicht endlich, wie es eigentlich zu alledem kommen konnte?«

R. J. lief vor Verlegenheit rot an. Dorothy wandte ihr Gesicht ab. Offensichtlich wollte sie sich schlicht und einfach weigern, über die Fehde oder irgend etwas anderes zu reden.

Cassie seufzte. »Sie sind unwahrscheinlich stur, alle beide, aber ist Ihnen denn immer noch nicht klargeworden, daß Sie mit dieser Sturheit auch Ihre Kinder verletzen – zumindest Jenny und Clayton? Wenn ihr die beiden sich selbst überlassen würdet, könnten sie vielleicht eine glückliche Ehe führen. Haben Sie denn immer noch nicht bemerkt, daß die beiden im Augenblick ausgesprochen unglücklich sind?«

»Mein Junge ist nicht unglücklich«, polterte R. J. »Und du hast nichts zu sagen, das ich hören möchte, Kleine, also bitte deinen Ehemann, daß er die Tür öffnen soll.«

»Noch nicht, Mr. MacKauley. Sie haben mich gezwungen zu heiraten. Ich zwinge Sie nur zu einer kleinen Unterhaltung.«

Statt einer Antwort wandte R. J. ihr den Rücken zu, worauf Cassie wütend die Zähne zusammenbiß. Aber sie hatte ja gewußt, worauf sie sich einließ. Noch nie zuvor hatte sie einen solchen Dickkopf kennengelernt, noch nie jemanden, der so unvernünftig, so durch und durch störrisch war. Aber bevor sie sich etwas ausdenken konnte, um seine Halsstarrigkeit zu durchbrechen, begann Dorothy Catlin zu sprechen, und es bestand kein Zweifel daran, daß das Gehörte sie in maßlose Überraschung versetzt hatte.

»R. J., das hast du nicht getan! Noch einmal? Du hast denselben dummen Fehler noch mal gemacht?«

»Also, Dotty.« R. J. versuchte offensichtlich, sie zu beschwichtigen, kam aber nicht weit damit.

»Hör bloß auf, ›also, Dotty‹ zu mir zu sagen, du jämmerlicher Hurensohn. Sag mir lieber, daß du es nicht noch einmal fertiggebracht hast, mit einer Waffe in der Hand eine Hochzeit zu arrangieren. Los, sag es mir!«

»Es war nicht dasselbe, verdammt noch mal« protestierte R. J. »Sie hat behauptet, er sei ihr Verlobter.«

»Und das hast du geglaubt?« rief Dorothy ungläubig aus. »Ein unschuldiges Ding wie sie und ein gnadenloser Killer?«

Angel zuckte zusammen. Cassie krümmte sich innerlich. Die MacKauley-Jungen starrten die beiden Kampfhähne mit vor Erstaunen weit aufgerissenen Augen an, einschließlich Frazer, der ausnahmsweise einmal nichts Komisches an einer Situation finden konnte – noch nicht. Aber Jenny Catlin hatte nun endgültig genug, da gewisse Dinge, die sie in den vergangenen Jahren gehört hatte, plötzlich zueinander zu passen schienen.

»Was meinst du mit *noch einmal*, Ma?« fragte Jenny, während sie sich ein Stück von Clayton entfernte – niemand hatte sich bisher die Mühe gemacht, seine Fesseln zu lösen, daher hatte sie es getan. Sie wandte sich direkt an ihre Mutter: »Wen hat er sonst noch zu einer Hochzeit gezwungen?«

Dorothys Zorn verflog und machte einer eher abwehrenden Haltung Platz. »Es ist nicht weiter wichtig.«
»Nein? Du warst es, nicht wahr?«
»Jenny...«
Aber Jenny hielt einmal im Leben ihrer Mutter stand. »Ich will wissen, was mich von meinem Mann fernhält, Ma. Du hast mich jedesmal, wenn ich früher gefragt habe, mit Ausreden abgespeist, aber diesmal nicht. Du *warst* es doch, oder? Ist das der Grund für diese Fehde?«
Nun warf Dorothy R. J. tatsächlich einen hilfesuchenden Blick zu. Als Jenny diesen Blick auffing, explodierte sie. »Verdammt noch mal, ich habe ein Recht, es zu wissen! *Mein Baby* hat ein Recht, es zu wissen!«
»*Dein Baby?*«
Diese Frage kam von drei Seiten gleichzeitig. Clayton fügte der seinen noch einen Freudenschrei hinzu und lief zu Jenny, um sie in seine Arme zu schließen. So hatte sie es ihm eigentlich nicht sagen wollen. Genau betrachtet hatte sie nicht einmal geglaubt, überhaupt eine Chance zu bekommen, es ihm zu sagen. Und seine Freude entschädigte sie ein wenig für den Zorn auf ihre und seine Eltern.
»Ein Baby«, wiederholte R. J. und setzte sich auf eine Holzkiste, um diese Neuigkeit zu verdauen. »Wenn das nicht dem Faß den Boden ausschlägt.« Dann sah er Dorothys schockierten Gesichtsausdruck und grinste. »Hast du das gehört, Dotty? Wir werden uns ein Enkelkind teilen.«
Dorothy warf ihm einen unwilligen Blick zu. »Wer hat etwas von teilen gesagt? Dein Junge kann zu mir kommen und auf meiner Ranch leben.«
»Den Teufel wird er tun!« Mit einem Ruck war R. J. wieder auf den Beinen. »Dein Mädchen wird ihr Baby auf meiner Ranch bekommen, oder ich werde...« Er mußte sich unterbrechen, da ihm einfach keine Drohung einfiel, die dieser besonderen Situation angemessen zu sein schien.
Dorothy machte sich sein Schweigen zunutze, um ihn in

die Enge zu treiben. »*Jetzt* ist sie also plötzlich willkommen?«

R. J. ignorierte diese Bemerkung und beharrte stur auf seiner Meinung: »Eine Frau gehört zu ihrem Mann.«

Dorothy baute sich vor ihm auf und stieß ihm so fest mit dem Finger in die Brust, daß er wieder auf die Holzkiste zurückfiel. »Nicht, wenn sie von ihm geschieden ist.«

»Ach, zum Teufel, Dotty, du kannst doch nicht immer noch...«

»Kann ich nicht?«

»Hört auf damit, alle beide«, sagte Jenny, die sich ein wenig von Clayton löste, obwohl er keine Anstalten machte, seinen Arm von ihrer Taille zu nehmen, eine Geste, mit der er allen anderen klarmachen wollte, daß sie zusammengehörten. »Wo ich mein Baby bekomme, ist meine Angelegenheit, und vielleicht werde ich sogar ganz aus Texas weggehen, um es zur Welt zu bringen – jedenfalls, wenn ich nicht endlich ein paar Antworten bekomme. Die Wahrheit, Ma, und keine Ausflüchte mehr.«

Dorothy hatte sich umgedreht, um ihre Tochter anzusehen. Hinter ihr hörte sie R. J. murmeln: »Wo, zum Teufel, hat sie bloß diesen Schneid her?«

»Woher, zum Teufel, glaubst du?« erwiderte Dorothy so leise, daß nur er es hören konnte, bevor sie ihre Schultern straffte und sich daran machte, ihrer Tochter die geforderten Erklärungen zu geben: »Wir haben uns einmal geliebt, dieser alte Trottel und ich.«

Das war zuviel für Frazer, dessen Sinn für Humor mit Macht wiederkehrte. Morgan beugte sich vor, um ihn mit einem Tritt zum Schweigen zu bringen. Das funktionierte nicht, also ging Clayton zu ihm hinüber und verpaßte ihm einen Kinnhaken.

Damit war die Ruhe endlich wiederhergestellt, lange genug jedenfalls, um Jenny die Gelegenheit zu geben, das auszusprechen, was alle bewegte: »Doch nicht du und R. J.!«

»O ja, ich und R. J.«, sagte Dorothy mit sichtbarer Verärgerung. »Also, willst du es nun hören oder nicht?«

»Ich werde dich nicht mehr unterbrechen«, versicherte Jenny.

»Wir hatten vor, zu heiraten...«

»Du und *R. J.*?«

»Jenny!«

»Oh, entschuldige, ich kann einfach nichts dagegen tun, Ma. Du haßt diesen Mann doch!«

»Das habe ich nicht immer getan«, verteidigte sich Dorothy. »Es gab eine Zeit, da hätte ich diesen Hurensohn erschossen, wenn er eine andere Frau auch nur angesehen hätte. Das Schlimme war, daß er noch verrückter und eifersüchtiger war als ich. Und eines Tages kam er vorbei und sah mich mit Nat Catlin, dem Vorarbeiter meines Vaters, auf der Veranda sitzen. Ich tätschelte ihm gerade mitleidig die Hand, weil er kurz zuvor die Nachricht bekommen hatte, daß seine Mutter gestorben war, und er war zutiefst verstört deswegen.

R. J. zog allerdings voreilig falsche Schlüsse, lief davon und betrank sich. Er war schließlich so betrunken, daß er in jener Nacht zurückkam und mich und Nat in die Kirche brachte, wo er uns dazu zwang, zu heiraten. Er hatte sich irgendeine verrückte Idee in den Kopf gesetzt, daß er mich am gleichen Tag zur Ehefrau und Witwe machen wolle, nur daß er ohnmächtig wurde, bevor er dazu kam, den Teil seines Planes in die Tat umzusetzen, der sich mit meiner Witwenschaft beschäftigte. Und Nat war keineswegs ein Ehrenmann. Ihm machte es gar nichts aus, mich zu heiraten. Und zwar, weil es ihn vom Vorarbeiter zum Boß beförderte und ihm einen Anteil am Profit versprach, den die Ranch abwarf. Er war nicht bereit, sich von mir scheiden zu lassen, obwohl er wußte, daß ich ihn nicht liebte und auch nie lieben würde.

Damit war die Geschichte allerdings noch nicht zu Ende.

R. J. hörte in den nächsten Monaten überhaupt nicht mehr auf zu trinken und begann, auf Nat zu schießen, wann immer er ihn traf. Natürlich konnte er in seinem Zustand nicht einmal ein Scheunentor treffen, aber Nat ärgerte sich genug über ihn, um irgendwann anzufangen zurückzuschießen. Er hatte etwas mehr Glück und verpaßte R. J. eines Tages tatsächlich eine Kugel.«

»Du nennst es Glück, daß der Kerl mich in den Fuß geschossen hat?« warf R. J. dazwischen.

Dorothy ignorierte ihn und fuhr fort: »Das war der Zeitpunkt, als R. J. langsam wieder nüchtern wurde, und anschließend begann er ernsthaft zu versuchen, meinen Mann zu töten. Da Nat wußte, daß ich ihn ohnehin nicht um mich haben wollte, fand er, es sei gesünder für ihn zu verschwinden. Nur daß er es schaffte, meinen Vater vorher so aufzuhetzen, daß er Klage gegen R. J. erhob. Aber das einzige, was er damit erreichte, war, R. J. in Verlegenheit zu bringen, so daß er anschließend noch ekelhafter wurde.

Und dann hat er meine beste Freundin geheiratet, weil er glaubte, er könne mich damit verletzen. Ich gebe zu, daß es so war, ganz besonders, nachdem sie so schnell schwanger wurde. Ich hatte einen Ehemann, von dem ich mich nicht scheiden lassen konnte, und R. J. gründete eine Familie. Damals fing ich an, ihn zu hassen.

Nat kam nur noch nach Hause, wenn er Geld brauchte. Aber er blieb niemals lange da, denn sobald R. J. von Nats Anwesenheit auf der Ranch erfuhr, fingen die verdammten Schießereien auch schon wieder an.«

»Ich weiß, daß Pa nie zu Hause war«, sagte Jenny, die jetzt sehr leise sprach. »Aber wie kommt es, daß du uns nie gesagt hast, was für ein Mistkerl er war?«

»Weil ich Grund hatte, ihm dankbar zu sein, Jenny. Er kam nicht oft, aber jedesmal, wenn er kam, bekam ich ein Kind. Und die Ranch und meine Kinder – das war alles, wofür es sich zu leben lohnte. Außerdem wäre er niemals so geworden, wenn R. J. ihn nicht dazu gebracht hätte. Bevor das geschah, war Nat ein harter Arbeiter und ein guter Vormann.«

Ein drückendes Schweigen folgte. R. J. war derjenige, der es schließlich brach. »Gütiger Gott, meine Erinnerungen sind ganz anders, Dotty.«

Sie drehte sich um und warf ihm einen kühlen Blick zu. »Das überrascht mich gar nicht. Du warst damals ja nie lange genug nüchtern, um dich überhaupt an viel erinnern zu können.«

»Wenn es das ist, was damals passiert ist, dann sollte ich mich wohl bei dir entschuldigen.«

Sie war nicht besonders beeindruckt. »Ach, wirklich?«

Jetzt wirkte R. J. eindeutig verlegen. »Glaubst du – hm – glaubst du, wir könnten einen Schlußstrich unter all das setzen und noch einmal von vorn beginnen?«

»Nein.«

Er seufzte. »Das hatte ich auch nicht erwartet. Aber du kannst mich morgen abend zum Dinner einladen, und wir können dann noch mal darüber reden.«

Diese Gelegenheit konnte Frazer sich nicht entgehen lassen. Er fing wieder an zu lachen. R. J. zog einen seiner Stiefel aus und warf ihn seinem Ältesten an den Kopf.

Dorothy bemerkte: »Das ist ein merkwürdiger Junge, den du dir da großgezogen hast, R. J.«

»Ich weiß«, brummte R. J. »Der Blödmann würde noch auf seiner eigenen Beerdigung lachen. Nun komm, Dotty, ich begleite dich nach Hause, so wie ich es früher ... ich meine...« Er wandte sich an Cassie. »Hast du noch mehr auf Lager, was wir uns unbedingt anhören müssen, Kleine?«

Cassie schmunzelte. Sie konnte einfach nichts dagegen tun. »Nein, Sir. Ich glaube, in diesem Teil des Landes gibt es nichts mehr, worin ich mich einmischen würde.«

Angel hatte bereits die Tür geöffnet und trat jetzt zur Seite. Die kühle Nachtluft, die in die Scheune strömte, lud nicht gerade dazu ein, länger zu verweilen. R. J. ging voraus – ohne seinen Stiefel – blieb jedoch vor Angel stehen, um ihm einen abschätzenden Blick zuzuwerfen.

»Ich glaube, Sie und ich, wir sind jetzt quitt«, bemerkte R. J.

»Sieht mir eher so aus, als wären Sie ein klein wenig im Vorteil«, erwiderte Angel.

R. J. grinste. »Ja, das mag sein, aber befriedigen Sie doch bitte meine Neugier, mein Sohn. Wie kommt es, daß man Sie den Engel des Todes nennt?«

»Wahrscheinlich, weil noch nie jemand einen Kampf mit mir überlebt hat.«

R. J. fand diese Antwort sehr komisch und kicherte. Seine Söhne teilten diese Belustigung nicht und machten einen großen Bogen um Angel, als sie die Scheune verließen. Jenny blieb bei Cassie stehen, um sie zu umarmen.

»Ich kann nicht glauben, daß das alles wirklich passiert ist, aber vielen Dank«, flüsterte Jenny.

»Du weißt ja, was man von Haß und Liebe sagt. Die Hälfte der Zeit kann man sie nicht auseinanderhalten.«

»Ich weiß – aber Ma und R. J.?«

Beide Mädchen lächelten. »Paß auf dich auf, Jenny, und auf deine neue Familie.«

»Das mache ich. Und jetzt, da alles anders ist als früher, mußt du auch nicht weggehen.«

»Nun, da meine Mutter hier aufgetaucht ist, muß ich es wohl doch. Du kannst dir gar nicht vorstellen, wie ungemütlich es sein kann, wenn man mit ihr und meinem Vater im selben Haus lebt.«

»Aber du hast doch heute abend einen ganzen Sack voller Wunder dabei. Warum ziehst du nicht noch eins daraus hervor?«

»Ich wünschte, ich könnte es, aber ich habe einfach nicht die Nerven, mich in die Probleme meiner Eltern einzumischen.«

»Nun, paß du jedenfalls auch gut auf dich auf, und schreib mir.«

»Das mache ich.«

Jenny rannte zu Clayton hinüber, der am Scheunentor auf sie wartete. Arm in Arm gingen sie hinaus. Cassie seufzte, als sie daran dachte, was sie noch alles vor sich hatte. Sie sah sich um und fand ihre Mutter auf einem Heuballen sitzend. Ihr Vater lehnte sich an Marabelles Transportkäfig, löste sich jetzt jedoch davon und kam auf sie zu.

»Es ist schön zu wissen, daß ich nicht die einzige bin, die eine Leiche im Keller hat«, bemerkte Catherine abfällig, während sie ebenfalls auf Cassie zuging.

»Deine Mutter hat überhaupt kein Mitgefühl, und du kannst ihr mitteilen, ich hätte das gesagt«, bemerkte Charles.

Cassie hatte nicht die geringste Absicht, das zu tun. Das einzige, was sie sich jetzt wünschte, war, zu entkommen, um ihren Triumph für eine kurze Zeit auskosten zu können, bevor sie es mit dem fürchterlichen Temperament ihrer Mutter aufnehmen mußte. Also wartete sie nicht länger auf ihre Eltern, sondern lief zu Angel hinüber.

»Vielen Dank...«, begann sie, wurde jedoch sofort unterbrochen.

»Du bist noch nicht fertig.«

»Wie bitte?«

»Nein«, sagte er und trat vor, um ihren Eltern den Weg zu versperren. »Sie haben vor zwanzig Jahren eine Art Waffenstillstand für Ihren privaten Krieg geschlossen«, sagte Angel zu ihnen. »Vielleicht hätten Sie die Sache besser miteinander austragen sollen. Würden Sie gern noch ein kleines Weilchen hier bleiben?«

»Nein, verdammt noch mal«, erwiderte Catherine.

»Ja«, sagte Charles, was ihm ein schockiertes Keuchen von seiner Frau eintrug und ein Grinsen von Angel, bevor dieser Cassie aus der Scheune schob und die Tür hinter sich schloß.

Catherine fing, wie erwartet, sofort an, zu schreien und gegen die Tür zu hämmern. Cassie starrte Angel entsetzt an, als er den hölzernen Riegel vorlegte, um die beiden einzuschließen.

»Das kannst du nicht tun«, sagte sie.

»Wie du siehst, habe ich es gerade getan.«

»Aber...«

»Sei still, Cassie. Es hat durchaus seine Vorteile, miteinander eingeschlossen zu sein. So etwas bringt das Schlimmste – oder das Beste – in einem Menschen ans Tageslicht. Laß deine Eltern diese Erfahrung ruhig machen. Möglicherweise profitieren sie davon.«

»Oder sie bringen einander um.«

Er lachte in sich hinein und zog sie in seine Arme. »Wo ist jetzt dein Optimismus, der dich dazu bringt, dich überall einzumischen?«

Sie kam nicht mehr dazu, ihm eine Antwort zu geben. Er küßte sie, lange und heftig, und als er aufhörte, war sie so betäubt, daß sie nicht einmal bemerkte, daß die Schreie in der Scheune verstummt waren.

»Geh ins Haus, Schätzchen.« Angel schob sie ein Stück darauf zu. »Du kannst sie morgen früh herauslassen.«

Cassie ging, aber nur, weil sie erwartete, daß er ihr folgen würde. Er folgte ihr nicht. In jener Nacht verschwand er aus ihrem Leben.

27

Cassie verließ Texas nun doch nicht, wie geplant, am nächsten Tag. Sie hatte die Nacht in einem Sessel im Salon zugebracht, wo sie eingeschlafen war, während sie auf Angel wartete. Nachdem der durch die Fenster fallende Sonnenschein sie geweckt hatte, ging sie als erstes hinauf in sein

Zimmer. Dort fand sie ein unbenutztes Bett vor, und die Ecke, in der er seine Satteltaschen übereinandergestapelt hatte, war leer. Nichts in dem Zimmer wies darauf hin, daß er jemals hier geschlafen hatte.

Als nächstes lief sie hinaus in den Stall, fand aber auch dort genau das, was sie mittlerweile erwartete. Sein Pferd war weg. Er war weg. Und Cassie setzte sich hin und weinte.

Als sie es endlich schaffte, sich die Tränen wegzuwischen, beschloß sie, daß sie wohl doch nicht den Mut gehabt hätte, Angel zu bitten, bei ihr zu bleiben, selbst wenn er ihr die Gelegenheit dazu gegeben hätte. Es war etwas Schreckliches, zurückgewiesen zu werden. Sie sollte sich glücklich schätzen, daß sie sich diese Erfahrung erspart hatte. Warum nur fühlte sie sich bei diesem Gedanken kein bißchen besser als vorher?

Sie ließ sich sehr viel Zeit, während sie auf die Scheune zuging, obwohl es ihr ziemlich egal war, in welcher Verfassung sie ihre Mutter dort vorfinden würde. Sie wollte nur nicht wieder über Angel reden müssen, jedenfalls jetzt nicht. Und tatsächlich wurde ihr eine kurze Gnadenfrist gewährt, aber nur, weil ihre Eltern noch immer schliefen – Seite an Seite auf einem Bett aus Heu.

Cassie dachte sich nichts weiter dabei, als sie sie so nahe beieinander fand. Sie ließ einfach nur die Türen offenstehen und ging zurück ins Haus. Aber nachdem sie gebadet und sich umgezogen hatte, klopfte ihre Mutter auch schon an ihre Tür.

»Das war wirklich eine Gemeinheit, was du deiner Mama gestern angetan hast, Cassie«, waren Catherines erste Worte.

»Ich weiß«, erwiderte Cassie leidenschaftslos und ließ sich in ihren Lesesessel fallen. »Ich hätte statt dessen besser Angel und mich im Schuppen eingeschlossen.«

»O nein. Dein Vater hat schon ganz recht. Wir werden dich nicht noch einmal mit diesem Mann allein lassen.«

»Darüber braucht ihr euch keine Gedanken mehr zu machen«, entgegnete Cassie mit leiser Stimme, während sie ihre Knie ein wenig anhob, um ihr Kinn darauf zu legen. »Er ist schon weg.«

»Gut.«

»Warum ›gut‹? Du kennst ihn nicht einmal, Mama.«

»Natürlich kenne ich ihn«, erwiderte Catherine. »Jeder in Wyoming kennt ihn.«

»Du sprichst von seinem Ruf. Aber du weißt nicht, wie er wirklich ist.«

»Und ich habe nicht die Absicht, das herauszufinden. Dein Vater hat mir erzählt, was geschehen ist. Ich will nur...«

Cassie blickte überrascht auf. »Du hast mit Papa geredet?«

»Versuch nicht, das Thema zu wechseln«, erwiderte Catherine streng. »Ich habe noch eine Frage an dich. Warum, um alles in der Welt, hast du diesen Leuten erzählt, er sei dein Verlobter?«

»Weil er drauf und dran war, ihnen zu sagen, wer er wirklich ist, und in diesem Augenblick waren die Gemüter ohnehin schon zu erregt. Ich hatte Angst, sie würden auf die falsche Idee kommen und glauben, ich hätte ihn engagiert, um gegen sie zu kämpfen.«

»Genau das hätte er auch tun sollen. Das ist immerhin sein Job.«

»Mama, ich habe die ganze Sache angefangen«, sagte Cassie wütend.

»Und nach allem, was ich gestern abend gehört habe, hast du ja auch wirklich genügend Verwirrung gestiftet. Nun, es ist ganz egal, warum es zu dieser Hochzeit zwischen dir und Angel gekommen ist. Es wird leicht genug sein, das Ganze rückgängig zu machen, und wir werden uns, noch bevor wir Texas verlassen, darum kümmern.«

»Nein.«

Catherine baute sich drohend vor ihrer Tochter auf. »Was meinst du mit *nein?*«

Cassie ließ ihren Kopf wieder auf ihre Knie fallen. »Ich habe Angel versprochen, daß ich warten würde, bis ich wieder zu Hause bin – für den Fall, daß ich auf ein Baby Rücksicht nehmen muß.«

»Ein... o Gott, warum fühle ich mich plötzlich wie diese arme Frau von gestern abend – wie war doch gleich ihr Name? Dotty?«

»Dorothy Catlin«, sagte Cassie. »Aber es ist ja nur eine Möglichkeit, Mama.«

»Nur?«

Catherine beugte sich vor, bis sich ihre Köpfe beinahe berührten, und legte den Arm um Cassie, so wie sie dasaß. »Mein armes Kind. Es ist tapfer von dir, daß du nicht darüber weinst. Und warum hat dein Vater mir von diesem Teil der Geschichte nichts erzählt – oder weiß er nicht, daß der Mann dich vergewaltigt hat?«

Cassie entzog sich der Umarmung ihrer Mutter, um entrüstet klarzustellen: »Mama, er hat nichts dergleichen getan.«

»Nicht?« sagte Catherine verwirrt. Dann änderte sich ihr Ton plötzlich. »Nun, was zum Teufel soll das jetzt wieder heißen?«

»Das heißt, daß er es offensichtlich nicht nötig hatte.«

Diese Tatsache mußte Catherine erst einmal verdauen, ebenso wie den nüchternen Tonfall, in dem sie geäußert wurde. »Cassandra Stuart«, begann sie warnend. »Wag es ja nicht, dazusitzen und mir zu sagen...«

»Mama, es ist jetzt wohl ein wenig zu spät für eine solche Lektion, findest du nicht auch?«

Catherine war gezwungen, in diesem Punkt nachzugeben. »Ich nehme an, so ist es.« Dann seufzte sie. »Oh, Baby, was ist nur über dich gekommen, daß du einen so törichten Fehler gemacht hast?«

»Er wollte mich«, sagte Cassie einfach. »Und das ist alles, was in diesem Augenblick für mich wichtig war – nun, das und die Kleinigkeit, daß ich ihn ebenfalls wollte.«

»Ich glaube nicht, daß ich das hören möchte.«

»Ich würde selbst lieber nicht darüber reden«, entgegnete Cassie trostlos. »Ich kann mir nicht einmal vorstellen, *warum* er mich wollte.«

»Unfug«, protestierte Catherine. »Du bist ein ausgesprochen hübsches Mädchen. Warum sollte er dich nicht wollen?«

Cassie winkte ab. »Du bist meine Mutter, und es ist nur natürlich, daß du so etwas sagst. Aber ich bin mir durchaus bewußt, daß die Männer mich nicht besonders attraktiv finden.«

Catherine schmunzelte. »Und das stört dich?«

»Es ist nicht besonders komisch, Mama.«

»Nun, das ist es wohl doch, denn als ich in deinem Alter war, habe ich genau dasselbe gedacht. Ich hatte keinen einzigen Freier, und das, obwohl es in meiner Stadt Unmengen geeigneter junger Männer gab. Dann hatte ich plötzlich doch einen Verehrer, und nicht nur einen, sondern gleich drei, die es mit ihren Bemühungen, mich zu gewinnen, so ernst meinten, daß es schon peinlich wurde. Ich konnte nirgendwo hingehen, ohne daß nicht einer oder zwei von ihnen auch dort auftauchten, manchmal sogar alle drei gleichzeitig.

Es gab natürlich eine Menge Gezänk und Eifersüchteleien, obwohl diese Männer zufällig ihr ganzes Leben lang befreundet waren. Schließlich kam es dann sogar zu einem offenen Kampf, wobei einer von ihnen es mit den beiden anderen gleichzeitig aufnahm. Er gewann nur mit knapper Not, aber ich fand es so romantisch, daß ich noch am selben Tag seinen Antrag annahm. Das war dein Vater.«

»Du kannst dich wohl kaum mit mir vergleichen, Mama. Du bist zufällig eine wunderschöne Frau.«

»Und du glaubst immer noch, du wärest es nicht? Nun, dann will ich dir ein Geheimnis verraten, Baby, ein Geständnis, das dein Vater mir eines Tages gemacht hat. Er sagte, daß ich in seinen Augen immer hübscher geworden sei, daß er eines Tages bemerkt habe, daß ich hübscher sei, als er geglaubt hatte. Weißt du, wir hatten einander schon jahrelang gekannt, und er hat mir vorher niemals besondere Aufmerksamkeit geschenkt. Er sagte übrigens auch, daß er mich später bei jeder Begegnung noch ein wenig hübscher fand, bis er schließlich dachte, ich müsse die schönste Frau sein, die er je gesehen hatte.«

»Willst du mich auf den Arm nehmen, Mama?«

»Das würde mir nicht im Traum einfallen. Ich versuche nur, dir zu erklären, daß dein Aussehen ein wenig ungewöhnlich ist und daß man eine gewisse Zeit braucht, um es schön zu finden, genauso wie es damals bei mir der Fall war. Als ich älter wurde, veränderte sich mein Gesicht und paßte sich irgendwie ein wenig mehr den traditionellen Vorstellungen an. Ich nehme an, es wird dir ähnlich ergehen, und es wird auch nicht mehr lange dauern, bis die Männer dich schon auf den ersten Blick entzückend finden und nicht erst Wochen später.«

Cassie konnte nicht anders, sie mußte lachen. »Das ist eine hübsche Geschichte, Mama, aber ich kaufe sie dir nicht ab.«

»Nein? Nun, ich schätze, dieser Revolverheld war lange genug in deiner Nähe, um genau diese Erfahrung zu machen. Am Ende hat er dich wahrscheinlich sogar ausgesprochen hübsch gefunden. Du kannst dir nicht vorstellen, warum er dich wollte? Nun, wenn du mich fragst, der Mann konnte einfach nicht dagegen an.«

Cassie errötete, aber nur, weil sie sich so sehr wünschte, ihre Mutter hätte recht. Sie hatte natürlich nicht recht, und in gewisser Weise spielte es jetzt ja auch keine Rolle mehr.

Sie sprach ihre Gedanken laut aus. »Es spielt keine Rolle

mehr. Er ist weg, und er erwartet von mir, daß ich mich von ihm scheiden lasse.«

»Und wir werden ihn da ganz gewiß nicht enttäuschen«, sagte Catherine fest.

Es war offensichtlich, daß ihre Mutter Angel nicht mochte, aber dieser letzte Seitenhieb ging Cassie gegen den Strich. Doch sie wollte das Thema wechseln und wußte auch genau, wie sie das bewerkstelligen konnte.

»Also, worüber hast du dich mit Papa nach zwanzig Jahren unterhalten?«

»Das geht dich gar nichts an«, erwiderte Catherine und verließ das Zimmer, bevor Cassie weiterbohren konnte.

28

Cassie fand nie heraus, was sich in jener Nacht in der Scheune zwischen ihren Eltern ereignet hatte – oder ob sich *überhaupt* etwas ereignet hatte. Ihre Mutter wollte einfach nicht darüber reden, und ihr Vater zog sie nur auf und erklärte ihr lediglich, daß sie endlich aufgehört hätten, sich wie Kinder zu benehmen, was immer das bedeutete. Aber sie schienen tatsächlich irgendeine Art Waffenstillstand getroffen zu haben. Zumindest sprachen sie wieder miteinander. Nicht über persönliche Dinge, wenigstens nicht, wenn Cassie anwesend war, aber immerhin hatten sie wieder Verbindung miteinander aufgenommen: vorsichtig, zögernd, als hätten sie sich gerade zum ersten Mal getroffen, aber es war immerhin ein Anfang.

Catherine bestand sogar darauf, mit Cassie über die Feiertage dazubleiben, so daß Cassie zum ersten Mal seit zehn Jahren die Gelegenheit hatte, Weihnachten mit beiden Eltern zu verbringen. Und beim Gottesdienst traf sie auch Jenny wieder, die bereits zu ihrem Mann gezogen war –

R. J. hatte in dieser Hinsicht seinen Willen durchgesetzt. Jenny behauptete, die MacKauley-Männer behandelten sie wie eine Königin. Es war viele Jahre her, seit eine Frau zum letzten Mal das Regiment in diesem Haushalt geführt hatte, und daher würde es dort wohl eine ganze Weile recht interessant zugehen.

Natürlich waren R. J. und Dorothy zur Zeit das Hauptgesprächsthema der Stadt. Mabel Koch schneite kurz herein, um Cassie für den Fall, daß sie noch nichts davon gehört haben sollte, zu erzählen, daß man die beiden zusammen beim Dinner gesehen hatte. Und sie waren so lange in der Stadt geblieben, daß sie in dieser Nacht nicht mehr nach Hause fahren konnten. Sie hatten zwei Zimmer im Hotel genommen, aber Mabel ließ durchblicken, daß nur eines davon benutzt worden war.

Catherine hatte daraufhin eine halbe Stunde lang schallend gelacht. Nach allem, was Cassie durchgemacht hatte, konnte sie dagegen das Ganze nicht gar so komisch finden, aber ironischerweise waren ihre Nachbarn auch nicht mehr böse auf sie. R. J. hatte ihr sogar eine kurze Notiz geschickt: »Du bist herzlich eingeladen, dich jederzeit bei uns einzumischen.« Auch daran konnte Cassie nichts Komisches finden. Überhaupt hatte sie in diesen Tagen keinen rechten Sinn für Humor.

Sie vermißte Angel.

Als Catherine bemerkte, daß ihre Tochter tatsächlich Trübsal blies, beschloß sie, mit Cassie auf eine ausgedehnte Einkaufstour zu gehen, bevor sie nach Hause zurückfuhren. Vielleicht solten sie diesmal sogar New York besuchen.

»Laß uns statt dessen nach St. Louis fahren«, schlug Cassie impulsiv vor.

»Ganz, wie du willst, Baby. Und wir können, während wir dort sind, auch zu einem Rechtsanwalt gehen, um die Scheidung einzureichen. Es hat wirklich keinen Sinn, ganz Wyoming über dieses kleine Problem zu informieren, wenn es nicht unbedingt notwendig ist.«

Cassie erwiderte nichts, hatte aber doch gute Lust zu fragen: »Wenn du so versessen auf eine Scheidung bist, warum hast du dann niemals selbst eine eingereicht?« Aber das wäre nicht sehr nett gewesen – obwohl sie sich manchmal wirklich wünschte, sie wäre nicht so verständnisvoll. Ein kleiner Anflug von Gemeinheit käme ihr bei gewissen anmaßenden Personen manchmal sehr gelegen. Ihre Mutter meinte es jedoch nur gut; sie war einfach zu lange daran gewöhnt, Cassie mit einem Übermaß an Fürsorge zu bedenken und alle Entscheidungen für sie zu treffen. Cassie hatte niemals dagegen protestiert, weil Catherine am glücklichsten war, wenn sie die Dinge unter Kontrolle hatte. Aber es war langsam an der Zeit, daß Cassie anfing, selbständiger zu handeln. Nach St. Louis zu fahren, sollte dazu beitragen, selbst wenn der Gedanke einer augenblicklichen Eingebung entsprang.

Eine weitere eigene Entscheidung war das Telegramm, das sie abschickte, etwas, das sie übrigens ihrer Mutter gegenüber nicht für erwähnenswert hielt. Aber sie mußte so viel an Angel denken, daß ihr diese Idee einfach gekommen war und nicht mehr aus ihren Gedanken weichen wollte. Daher bat sie telegrafisch um ein Treffen mit einem Pinkerton-Detektiv in St. Louis. Sie wollte herausfinden, ob und was man tun konnte, um Angels Eltern aufzuspüren. Er selbst würde es bestimmt nicht wieder versuchen, und die Wiedervereinigung einer lange getrennten Familie lag ganz auf ihrer Linie.

Cassie und Catherine verließen Caully ein paar Tage nach Neujahr. Da sich, was Charles' Nachbarn betraf, alles so überraschend gut entwickelt hatte, wußte Cassie, daß sie – wenn sie wollte – im nächsten Herbst wiederkommen konnte. Womit sie nicht gerechnet hatte, waren die Abschiedsworte ihres Vaters. Er wolle wahrscheinlich in ein oder zwei

Monaten selbst zu einem Besuch in Wyoming eintreffen. Ebensowenig hatte sie damit gerechnet, ihre Mutter bei seinen Worten heimlich lächeln zu sehen.

Offensichtlich war in der Scheune *doch* etwas geschehen. Und die Entwirrung dieses Geheimnisses war genau das, was Cassie im Augenblick brauchte, um ihre Gedanken von Angel abzulenken. Nicht, daß sie bisher besonders erfolgreich gewesen wäre, wenn es darum ging, aus ihrer Mutter irgendwelche Informationen herauszuholen. Vielleicht hatte sie es aber einfach nur falsch angefangen?

Sie erinnerte sich noch daran, wie überrascht sie gewesen war, zu erfahren, daß die Catlin- und die MacKauley-Kinder keine Ahnung gehabt hatten, wodurch die Fehde, in die sie so tief verwickelt schienen, ausgelöst worden war. Aber Cassie war so sehr daran gewöhnt, sich nicht in das Leben ihrer Eltern einzumischen, daß es ihr damals gar nicht in den Sinn gekommen war, daß sie genauso wenig darüber wußte, was das Zerwürfnis ihrer eigenen Eltern ausgelöst hatte. Sie beschloß, diesen Zustand zu ändern.

Aber eine überfüllte Postkutsche war nicht der rechte Ort für ein privates Gespräch, daher wartete Cassie, bis sie weiter im Osten die Eisenbahn erreichten. Das Reisen mit der Bahn bot erheblich größeren Luxus und auch eine gewisse Ungestörtheit. Gleich an ihrem ersten Tag im Zug eröffnete sie das Gespräch. Sie saßen im Speisewagen, und Cassie ließ sich absichtlich so viel Zeit mit Nachtisch und Kaffee, bis sich die Tische um sie herum leerten.

Mittlerweile – mehr als eine Woche, nachdem sie Caully verlassen hatten – war Cassie überaus begierig, ihre neue Strategie zu erproben. Unschuldig fragte sie ihre Mutter: »Wie kommt es eigentlich, daß du und Papa aufgehört habt, einander zu lieben?«

Catherine hätte sich beinahe an ihrem letzten Bissen Kirschpastete verschluckt. »Was für eine Frage ist das denn?«

Cassie zuckte mit den Schultern. »Wahrscheinlich eine, die ich schon vor langer Zeit hätte stellen sollen.«

»Dein kleiner Auftritt in der Scheune deines Vaters hat dich ziemlich vorlaut gemacht, Cassie – oder sollte ich lieber sagen unverschämt?«

»Glaubst du wirklich? Ich versuche doch nur...«

»Wag es nicht, mir auf diese Weise zu kommen, junge Dame.«

»Dann weich du mir nicht immer aus, Mama. Es war eine einfache Frage und eine, die zu stellen ich wohl das Recht habe.«

»Es ist zu... persönlich.«

Catherine wich ihr also immer noch aus. Cassie kannte die Symptome. Aber diesmal würde sie nicht aufgeben.

»Ich bin nicht irgendein neugieriger Nachbar. Ich bin deine Tochter. Er ist *mein* Vater. Ihr hättet mir schon vor langer Zeit sagen sollen, was damals passiert ist, Mama. Warum hast du aufgehört, ihn zu lieben?«

Catherine blickte aus dem Fenster, hinaus auf die düstere Winterlandschaft, die kaum etwas Interessantes zu bieten hatte. Cassie wußte aus Erfahrung, daß sie nun kein Wort mehr aus ihrer Mutter herausbekommen würde. So war sie eben. Wenn sie die Leute nicht so einschüchtern konnte, daß sie von selbst aufgaben, dann ignorierte sie sie einfach.

Daher war Cassie maßlos verblüfft, als sie ihre Mutter wenige Sekunden später sagen hörte: »Ich habe nie aufgehört, ihn zu lieben.«

Cassie hätte sich ein Dutzend Antworten vorstellen können, aber diese wäre nicht dabeigewesen. Genaugenommen war sie so fassungslos, daß ihr nicht eine einzige Erwiderung einfiel. Catherine sah zwar immer noch aus dem Fenster, konnte sich jedoch durchaus vorstellen, welchen Schock sie soeben ausgelöst hatte. »Ich weiß, daß es wahrscheinlich nie so ausgesehen hat«, sagte sie.

»Da gibt es überhaupt kein ›wahrscheinlich‹. Kein Mensch,

der dich kennt, kein einziger, Mama, würde je daran zweifeln, daß ihr beiden einander haßt. Ich verstehe das nicht.«

»Ich weiß, daß du das nicht tust. Ich verstehe es selbst nicht, um die Wahrheit zu sagen.« Catherine seufzte. »Zorn kann etwas sehr Starkes und Mächtiges sein. Angst auch. Beide Gefühle können dich dazu bringen, Dinge zu tun, die du normalerweise niemals tun würdest. Und beide Gefühle haben mich lange Zeit beherrscht.«

Auch diese Feststellung konnte Cassie nicht ohne weiteres akzeptieren. »Angst, Mama? Wir reden von der Frau, die einmal in Cheyenne mitten auf der Straße gestanden hat, ohne Deckung, in einem Kugelhagel, und zwei von vier Bankräubern erschossen hat, *zufällig* darunter auch den, der das geraubte Geld bei sich trug. Du kannst mir nicht erzählen, daß du nicht eine der furchtlosesten Frauen bist, die ich kenne.«

Endlich sah Catherine ihre Tochter über den Tisch hinweg an, und ihre Mundwinkel hoben sich zu einem halben Lächeln. »Ich hatte eine ganze Menge Geld auf dieser Bank. Und ich hatte keinesfalls die Absicht, es mir vor der Nase wegschnappen zu lassen, wenn ich es verhindern konnte. Aber ich habe auch nie gesagt, daß ich Angst davor hätte zu sterben.«

»Wovor hast du denn dann Angst?«

»Cassie...«

Cassie kannte diesen Ton und sagte schnell: »Du kannst jetzt nicht einfach aufhören, Mama. Es wird mich zum Wahnsinn treiben, wenn ich nicht auch den Rest erfahre.«

Catherine warf ihr einen wütenden Blick zu. »Diese Sturheit hast du von deinem Vater.«

»Ich würde eher sagen, ich habe sie von dir.«

Catherine seufzte wieder. »Na schön, aber zuerst mußt du wissen, wie sehr ich mir Kinder gewünscht habe. Nachdem dein Vater und ich geheiratet hatten, habe ich mir jeden Monat die Augen aus dem Kopf geweint, wenn – wenn ich wußte, daß ich wieder einmal nicht schwanger war. Als es dann endlich passierte, war ich die glücklichste Frau auf der Welt. Ich glaube, ich bin in diesen ganzen neun Monaten mit einem Lächeln auf dem Gesicht herumgelaufen.«

Auch *das* konnte Cassie kaum glauben, da sie ihre Mutter nur sehr selten hatte lächeln sehen. »Was hat das mit deiner Angst zu tun?«

»Die kam erst später. Weißt du, ich hatte keine Ahnung, wie es sein würde, die Geburt. Meine Mutter ist gestorben, als ich noch sehr jung war, daher konnte sie es mir niemals erzählen. Dein Vater und ich waren gerade erst nach Wyoming gezogen, daher hatte ich auch keine Freundinnen, die mich hätten warnen können. Und ich war selbst noch nie bei einer Geburt dabeigewesen. Ich war so unwissend, daß ich dachte, ich würde dich verlieren, als meine Fruchtblase platzte. Aber dann begannen die Schmerzen.

Man sieht es dir nicht an, aber der Arzt hat mir hinterher erzählt, daß du eines der größten Babys warst, die er je auf die Welt geholt hat. Es hat fast zwei Tage gedauert. Während dieser Zeit habe ich mindestens ein dutzendmal geglaubt, ich müsse sterben. Um genau zu sein, ich wollte auch sterben. Selbst der Arzt hat mich einmal aufgegeben, weil ich so schwach war. Aber irgendwie bist du dann doch geboren worden. Ich kann mich nicht mehr genau daran erinnern. Zu diesem Zeitpunkt war ich besinnungslos vor Schmerzen.

Und auch hinterher gab es noch Komplikationen. Ich war ziemlich übel dran. Die Blutungen hörten einfach nicht auf... Nun mach nicht so ein Gesicht.« Cassie war ganz blaß geworden. »Es war nicht deine Schuld. Wenn du die Wahrheit wissen willst – wenn du nicht gewesen wärst, hätte ich aufgegeben, statt zu versuchen, wieder auf die Beine zu kommen.«

»Aber, Mama...«

»Da gibt es überhaupt kein Aber«, unterbrach sie Catherine heftig. »Verstehst du jetzt, warum ich dir nichts davon erzählen wollte? Aber es war ganz gewiß nicht deine Schuld, und du mußt mir glauben, Baby, ich habe das auch keine einzige Sekunde lang gedacht. Deinem Vater allerdings habe ich sehr wohl die Schuld daran gegeben. Ich weiß, daß das falsch war. Solche Dinge passieren einfach. Und niemand trägt die Schuld daran. Aber so habe ich damals einfach nicht gedacht.«

Catherine lachte plötzlich, obwohl dieses Lachen ausgesprochen bitter klang. »Bis zum heutigen Tag frage ich mich, ob die Dinge nicht anders verlaufen wären, wenn ich ein wenig eher erfahren hätte, was ich später wußte. Du lieber Himmel, wie schnell Unwissenheit doch enden kann, ob man es nun will oder nicht.

Es ist wirklich erstaunlich. Eine andere Frau sieht dich mit einem Baby, und selbst wenn sie dich überhaupt nicht kennt, fängt sie an, dir alles über eigene Erfahrungen bei den Geburten ihrer Kinder zu erzählen. All die Dinge, vor denen man mich vorher hätte warnen sollen, alles, was mich ein wenig besser auf die Geburt vorbereitet hätte, habe ich hinterher erfahren – daß es beim ersten Baby immer am schlimmsten ist, daß die Schmerzen bald vergessen sind, daß Frauen mit schmalen Hüften, wie ich sie habe, es für gewöhnlich noch schwerer haben als andere – solche Dinge und natürlich die einmütige Feststellung, daß es die Sache wert ist.

Mit der letzten Feststellung stimme ich übrigens aus ganzem Herzen überein. Ich habe es niemals auch nur einen Augenblick lang bedauert, dich bekommen zu haben, Cassie. Aber nach dem, was ich durchgemacht habe, wollte ich keine Kinder mehr haben, wenn ich es verhindern konnte, und ich konnte es verhindern. Ich habe deinem Vater gesagt, ich würde ihn erschießen, wenn er auch nur daran dächte, noch einmal in mein Bett zu klettern.«

Cassies Augen weiteten sich. »Ich nehme nicht an, daß er das allzu freundlich aufgenommen hat?«

»Nein, wohl kaum.«

»Und das war es?«

»Damit hat nur alles angefangen. Weißt du, ich habe ihn nicht gebeten, mir Zeit zu geben. Ich habe klipp und klar gesagt: Nie mehr. Und er war am Anfang auch ungeheuer geduldig mir mir, weil er dachte, ich würde meine Meinung ändern. Das hätte ich vielleicht auch getan – die Erinnerungen an die Schmerzen werden wirklich im Laufe der Zeit schwächer. Aber dann vergingen acht Monate, und schließlich explodierte er.

Ich kann ihm jetzt wohl keine Vorwürfe mehr machen, obwohl ich es damals ganz sicher getan habe. Ich weiß nicht. Wahrscheinlich habe ich wohl gedacht, wenn ich für den Rest meines Lebens auf diese Art von Liebe verzichten könnte, müßte er das verdammt noch mal auch fertigbringen. Das war, wie ich jetzt weiß, natürlich ganz unrealistisch. Aber ich war jung und sehr empfindsam, und, wie ich schon sagte, mein Verstand funktionierte zu dieser Zeit nicht so, wie er sollte.«

»Seine Wut hat dann also den Ausschlag gegeben?«

»Nein, den Ausschlag hat etwas ganz anderes gegeben: Ich fand heraus, daß er zu Gladis ging.«

Cassie wußte, was das zu bedeuten hatte. Gladis' Haus war vor ungefähr sieben Jahren abgebrannt, und Gladis war mit ihren Mädchen in irgendeine andere Stadt gezogen. Aber seinerzeit hatte sie eines der berühmtesten Freudenhäuser in Wyoming geführt. Bis zum heutigen Tag sprachen die Männer immer noch über Gladis – und Cassie konnte sich einfach nicht vorstellen, daß ihr Vater dort gewesen sein sollte.

»Bist du sicher?« fragte sie.

»Natürlich bin ich sicher. Du glaubst doch nicht, daß ich eine Ehe aufgrund bloßer Vermutungen beenden würde? In

Cheyenne lebte damals dieser Mann... Ich erinnere mich nicht mehr an seinen Namen, aber er hatte Gefallen an mir gefunden und zog mich immer damit auf, wann ich endlich deinen Vater verlassen und zu ihm kommen würde. Er hat mich sogar belästigt, als ich hochschwanger war. Nun, er dachte wohl, er täte mir einen Gefallen, als er mir erzählte, daß die halbe Stadt Charles bei seinem Besuch in diesem Bordell gesehen hatte.«

»Schöner Gefallen«, bemerkte Cassie trocken.

»Finde ich auch. Wenn ich mich recht erinnere, habe ich mir zwei Knöchel an seinem Kiefer gebrochen, um mich dafür zu bedanken. Und ich habe ihn nie wiedergesehen. Aber ich war immerhin so wütend, als ich deinen Vater darauf ansprach und er es zugab, daß ich ihm sagte, er solle verschwinden. Das wollte er nicht. Also habe ich ihm verboten, jemals wieder mit mir zu sprechen.«

»Was er auch nicht getan hat – genausowenig wie du.«

»Ich kann nun einmal nichts gegen mein Temperament tun, Cassie«, verteidigte Catherine sich. »Ich bin eine unversöhnliche Frau. Ich weiß es. Was diese Dotty da neulich gesagt hat, ist völlig richtig. Dein Vater kann sich glücklich schätzen, daß ich ihn damals nicht erschossen habe. Ich bin allerdings eines Abends zu Gladis gegangen, um herauszufinden, welche von den Frauen er dort besucht hat. Sie hätte ich tatsächlich erschossen. Aber Gladis hat ihre Mädchen wirklich gut beschützt. Sie hat mir nichts verraten.«

»Und dennoch sagst du, daß du nie aufgehört hast, ihn zu lieben«, erinnerte Cassie sie.

»Auch dagegen kann ich nichts machen. Und ich weiß, daß ich ihn dazu getrieben habe – trotzdem ist das etwas, das ich einfach nicht verzeihen kann. Angst und Zorn sind eine schreckliche Kombination. Laß niemals zu, daß sie dich in ihre Gewalt bekommen, so wie mich.«

Cassie schüttelte verwirrt den Kopf. Daß es etwas so Einfaches wie Eifersucht gewesen war! Sie wünschte nur, sie hätte nicht mit beiden Seiten Mitleid, aber so war es nun mal. In einer solchen Situation gab es einfach keinen Gewinner. Aber wenigstens redeten sie jetzt wieder miteinander, führte sie sich vor Augen. Irgend etwas hatte ihnen über ihren lange währenden Zorn hinweggeholfen.

»Mama, was ist in jener Nacht in der Scheune passiert?«

»Das geht dich überhaupt nichts an.«

Nach allem, was Catherine ihr gerade offenbart hatte, mußte Cassie über diese Antwort lachen. Und ihre gute Laune hielt noch für ein paar Stunden an – bis sie ein jähes Ende fand. An jenem Abend entdeckte sie, daß sie keinen Grund hatte, Angel seine Scheidung zu verweigern. Sie war nicht schwanger.

29

Mit einer Bevölkerung von mehr als dreihunderttausend Menschen konnte sich St. Louis durchaus neben Philadelphia und New York City sehen lassen. Obwohl Catherine Chicago für ihre jährlichen Einkaufsexkursionen vorzog, waren sie im Laufe der Jahre doch schon zweimal in St. Louis gewesen.

Zuletzt hatten sie die Stadt 1875 besucht, nicht lange nach der Fertigstellung der Ostbrücke, die den Mississippi überquerte. Seit dieser Zeit hatten sich die Vororte ungeheuer ausgedehnt. Um genau zu sein, die ganze Stadt war in den vergangenen sechs Jahren bemerkenswert gewachsen. Aber Catherine war ein Gewohnheitsmensch. Wo auch immer sie hingingen, Catherine stieg immer in denselben Hotels ab, die für gewöhnlich die besten der Stadt, wenn auch nicht unbedingt die neuesten waren.

Daher hatte Cassie angenommen, sie würden auch diesmal im selben Hotel wohnen wie früher, und diesen Treffpunkt hatte sie auch mit dem Detektiv der berühmten Pinkerton-Agentur ausgemacht. Sie hoffte nur, daß sie den Mann treffen konnte, ohne daß ihre Mutter etwas davon bemerkte.

Catherine hatte den bevorstehenden Besuch bei einem Rechtsanwalt nicht noch einmal erwähnt, aber Cassie wußte, daß sie das tun würde, sobald ihre Einkäufe sie langweilten. Daher würde Cassie etwa eine Woche, vielleicht auch zwei, Zeit haben, um zu entscheiden, was *sie* in bezug auf diese Scheidung unternehmen wollte. Natürlich gab es da nichts wirklich zu entscheiden. Die Scheidung mußte sein. Sie hatte keinen Grund mehr, diesen Schritt aufzuschieben. Nur weil sie vielleicht gern mit dem Mann, den sie so unerwartet bekommen hatte, verheiratet geblieben wäre, bedeutete das nicht, daß sie das auch konnte.

Er würde ganz gewiß eine Menge dazu zu sagen haben, und nichts davon würde sehr nett sein. Außerdem bekäme ihre Mutter mit Sicherheit einen Schlaganfall, wenn Cassie auch nur andeutete, daß sie Angel gern genug hatte, um ihn als Ehemann behalten zu wollen. Sie würde ihr jeden einzelnen der Gründe dafür unter die Nase reiben, daß er keinen passenden Ehemann abgäbe. Cassie wollte nichts davon hören. Sie kannte bereits alle Gründe, und diese Gründe hatten nichts mit ihren Gefühlen zu tun.

Die alten Leute in der Stadt prophezeiten, daß es nun jeden Tag Schnee geben könnte, aber die Sonne schien allen Unkenrufen zum Trotz weiter. Sie wärmte zwar nicht wirklich, aber es war doch viel angenehmer, im Sonnenschein in der Stadt umherzulaufen als in einem Schneegestöber. Und überdies hatten sie es nicht weit. Es war nicht schwer gewesen, auch in dieser Stadt die Schneiderin mit den besten Empfehlungen zu finden. Das war immer noch Madame Cecilia, dieselbe Schneiderin, die sie auch schon früher besucht hatten. Ihr Geschäft befand sich nur wenige Blocks vom Hotel entfernt. Sie waren manchmal, wenn der Wind nicht zu stark war, sogar zu Fuß dorthin gegangen.

Heute nachmittag, für den vierten Besuch und ihre letzte Anprobe, mietete Catherine eine Kutsche. Cassie wäre lieber zu Fuß gegangen, da sie keine rechte Lust hatte, sich an dem üblichen Geplauder ihrer Mutter zu beteiligen. Sie brütete wieder einmal dumpf vor sich hin. Seit fünf Tagen waren sie jetzt in der Stadt, aber der Pinkerton-Mann war immer noch nicht erschienen. Cassie dachte sich bereits Gründe dafür aus, wie sie ihre Abreise verzögern könne, für den Fall, daß er auch während der nächsten Wochen nicht auftauchen sollte.

Die Suche nach Angels Eltern war nicht mehr nur eine Laune. Das Ganze war ausgesprochen wichtig für sie geworden, und zwar aus dem einfachen Grunde, weil sie im Falle einer erfolgreichen Suche einen triftigen Grund hätte, Angel nicht nur wiederzusehen, sondern auch mit ihm zu sprechen. Und genau das wollte sie. Sehen konnte sie ihn schließlich immer wieder. Sie hatte das Gefühl, daß sie in Zukunft weit häufiger nach Cheyenne fahren würde als je zuvor, einfach um einen Blick auf ihn zu erhaschen. Aber er würde nicht mit ihr reden, es sei denn, er mußte es. Das wußte sie. Selbst wenn es ihm nichts ausgemacht hätte, von ihr belästigt zu werden – und sie wußte, daß es ihm sehr wohl etwas ausmachen würde –, würde er auf alle Fälle an ihren Ruf denken. Schließlich waren sie beide in Cheyenne gut bekannt. Es gäbe eine Menge skandalträchtiges Gerede, wenn sie sich in Gesellschaft des berüchtigten Angel sehen ließe.

»Du bläst ja schon wieder Trübsal«, bemerkte Catherine, als sie nur noch einen Block von Madame Cecilias Geschäft entfernt waren.

»Das tue ich nicht.«

»Tust du doch.«

»Na schön, ich vermisse Marabelle.«

Die Rancharbeiter, die für den Fall, daß eine kleine Demonstration der Stärke notwendig geworden wäre, mit Catherine nach Texas gekommen waren, hatten Marabelle mit nach Hause genommen, da die vornehmen Hotels keine übermäßige Begeisterung für Haustiere dieser Art zeigten. Und es war auch nur eine halbe Lüge, die Cassie ihrer Mutter da aufgetischt hatte. Sie vermißte ihre Katze wirklich. Angel allerdings vermißte sie noch mehr.

»Ich weiß. Deswegen habe ich telegrafiert, daß man sie in unserem privaten Schlafwagen hierher bringen soll«, sagte Catherine. »Aber wir müssen nicht unbedingt darauf warten, wenn du schon früher nach Hause fahren willst.«

»Nein!« sagte Cassie ein wenig zu heftig. Hastig berichtigte sie sich. »Ich meine, ich kann durchaus ein paar Wochen ohne sie auskommen und umgekehrt.«

»Was das umgekehrt betrifft, bin ich mir gar nicht so sicher«, bemerkte Catherine. »Schließlich – warst nicht du es, die ihr den halben Weg bis nach Denver nachjagen mußte, als du deinen Vater zum ersten Mal besucht hast? Und hast du nicht all diesen guten Leutchen da erklärt, daß sie nicht einen wilden Panther befördern, sondern das Haustier meiner Tochter, das nicht genug Verstand hatte, um zu Hause zu bleiben, wo es die Leute nicht halb zu Tode erschreckt?«

Cassie schmunzelte bei der Erinnerung an den langen, mit wüsten Beschimpfungen gespickten Brief, der Marabelle in ihrem großen Käfig, den Catherine für den Transport hatte anfertigen lassen müssen, begleitet hatte. Marabelle hatte versucht, Cassie zu folgen, hatte jedoch schon nach der ersten Haltestelle des Zuges jenseits der Grenze von Colorado ihre Spur verloren, und nicht auf dem halben Weg nach Denver, wie ihre Mutter es übertriebenerweise darstellte. Aber Catherine war damals eindeutig sowohl auf ihre Tochter als auch auf deren Haustier sehr böse gewesen.

»Als wir letzten Sommer nach Chicago gefahren sind, ist sie ohne Probleme zu Hause geblieben«, erinnerte Cassie ihre Mutter.

»Damals waren wir auch nur zehn Tage weg, und sie war in der Scheune eingeschlossen, mit dem alten Mac als ständigem Begleiter, der sie davon abhielt, die Wände zu zerfetzen.«

Gegen diese Unterstellung protestierte Cassie heftig. »Sie zerfetzt keine Wände, Mama. Aber wenn du dich gern über Wände und Haustiere unterhalten möchtest, dann laß uns doch über Short Tail sprechen, deinen süßen Elefanten. Was meinst du? Ob die Scheune noch steht, wenn wir nach Hause kommen?«

Catherine warf ihr einen verdrossenen Blick zu. »Ich beginne langsam zu glauben, daß dieser Mann einen schlechten Einfluß auf dich ausgeübt hat.«

»Welcher Mann?« fragte Cassie unschuldig.

»Du weißt genau, welchen ich meine«, fuhr Catherine sie an. »Deine Unverschämtheit wird immer schlimmer.«

»Und ich dachte, sie würde langsam besser.«

»Verstehst du nicht, was ich meine?«

Cassie verdrehte die Augen. »Mama, falls du es immer noch nicht gemerkt haben solltest – ich bin mittlerweile erwachsen. Wann hörst du endlich auf, mich wie ein Kind zu behandeln?«

»Wenn du fünfundsechzig bist und ich tot bin, und keinen Tag früher.«

Wenn Catherine nicht so ernst geklungen hätte, wäre Cassie über diese Bemerkung höchst belustigt gewesen. »Na schön, du hast gewonnen, Mama. Ich werde meine Unverschämtheiten für mich behalten. Aber könntest du nicht wenigstens aufhören, mich in aller Öffentlichkeit Baby zu nennen?«

Catherines Lippen zuckten leicht. »Nun, darauf können wir uns unter Umständen einigen, obwohl...«

Sie konnte ihren Satz nicht mehr beenden. Ihr Fahrer riß plötzlich die Zügel zurück, um die Kutsche zum Stehen zu bringen, und sie konnten sich nur mit Mühe an ihren Sitzen festhalten. Ein großer Lieferwagen war aus einer Nebenstraße gekommen und hatte sich vor sie gestellt, offensichtlich in der Absicht, genau in die entgegengesetzte Richtung ihrer Kutsche zu fahren. Aber der Verkehr auf der anderen Straßenseite war so stark, daß der Fahrer des Lieferwagens sich dort nicht ohne weiteres einordnen konnte. Das Ende von Lied war also, daß er dort, wo er jetzt stand, eingeklemmt wurde und ihnen den Weg versperrte. Ihr Fahrer war über den Beinahe-Unfall so wütend, daß er begonnen hatte, laut herumzubrüllen. Der andere Fahrer bedachte ihn dafür mit einer äußerst rüden Geste, wofür ihr Fahrer sich seinerseits mit einer Reihe sehr lautstark geäußerter Flüche revanchierte.

Bei einigen der Worte, die aus seinem Mund kamen und noch einen halben Block entfernt zu hören waren, wurde Catherine glühend rot im Gesicht. »Verschließ deine Ohren, Cassie«, verlangte sie und warf dem Fahrer einen Dollar zu. »Wir gehen zu Fuß.«

»Aber es wird doch gerade erst interessant«, protestierte Cassie.

»Wir gehen zu Fuß«, wiederholte Catherine mit größerem Nachdruck. Sie war wirklich verlegen. Cassie fand diesen Umstand sehr amüsant, besonders da sie von den Cowboys auf der Lazy S schon weit Schlimmeres gehört hatte und fast genauso Schlimmes aus dem Mund ihrer Mutter, wenn sie an ebenjenen Cowboys etwas auszusetzen hatte. Aber das war einer von Catherines Verschrobenheiten. Ganz anders als Cassie, die ihren Colt nur auf der Ranch trug, ging Catherine niemals ohne den ihren aus dem Haus – außer im Osten. Dort verwandelte sie sich in ein Vorbild für vornehme Umgangsformen und trug eine Eleganz zur Schau, wie sie einer Matrone der High Society zukam. Ihr übriges Benehmen mußte dann natürlich dazu passen.

Cassie fand, ihre Mutter hätte es verdient, ein klein wenig aufgezogen zu werden. »Weißt du, das wäre nicht passiert, wenn Angel bei uns gewesen wäre.«

»Willst du etwa damit prahlen, daß dieser Mann die Leute allein durch sein Aussehen in Angst und Schrecken versetzt?« fragte Catherine ungläubig.

»Oh, habe ich das getan? Na ja, gelegentlich könnte so etwas durchaus von Nutzen sein. Stell dir nur vor, wie leicht du die beiden Miss Potters loswerden würdest, wenn Angel ins Zimmer käme.«

Catherine schnaubte verächtlich. »Mach dir da nur nichts vor. Diese beiden Quasselstrippen würden wohl eher *ihn* in die Flucht schlagen.«

»Dann wäre da noch Willy Gate, der dich jeden Sonntag mit seinen bombastischen Reden über den Bürgerkrieg belästigt. Und dein gutes Herz hindert dich daran, ihn einfach zu ignorieren.«

„Er war immerhin ein Held – und du willst doch nicht etwa andeuten, daß es schön wäre, Angel in der Nähe zu haben, oder?«

Catherines Blick war so streng, daß Cassie es vorzog, nicht zu antworten. »Wir werden zu spät kommen, wenn wir uns jetzt nicht beeilen«, fuhr sie fort, während sie auf den überfüllten Gehweg hinaustrat und ihrer Tochter auf diese Weise keine Gelegenheit mehr gab, sie aufzuziehen – oder irgend etwas anzudeuten.

Ein paar Minuten später erreichten sie das Kleidergeschäft, gerade rechtzeitig, um durch die Ankunft eines gutgekleideten jungen Herrn und seiner übertrieben vornehm gekleideten Freundin noch einmal aufgehalten zu werden. Der Mann sah so gut aus, daß Cassie nicht umhin konnte, ihn anzustarren. Catherine bemerkte das nicht, konnte jedoch ihrerseits nicht umhin, festzustellen, daß der Mann ihnen so wenig Beachtung schenkte, daß er ihnen nicht einmal die Tür aufhielt, sondern seiner Begleiterin ohne zu zögern in das Geschäft folgte.

»Manche Leute haben aber auch gar keine Manieren.«

Diese Worte hatte Catherine ausgesprochen, bevor sich die Tür hinter dem Mann schloß. Er hörte sie und drehte sich um, wobei er ihr einen so geringschätzigen Blick zuwarf, daß ihre Wangen glühten. Cassie fand es besser, nicht zu erwähnen, daß auch das nicht geschehen wäre, hätten sie Angel bei sich gehabt.

Aber ihre Unterhaltung über dieses Thema war noch zu frisch, so daß Catherine ihr jetzt einen finsteren Blick zuwarf und mit einem warnenden Unterton feststellte: »Sag es nicht.«

»Das wollte ich auch nicht.«

»Ich hätte gute Lust, mich bei Madame Cecilia zu beschweren«, fuhr Catherine fort, »und unsere Geschäfte demnächst woanders zu tätigen.«

»Es ist nicht ihre Schuld«, protestierte Cassie.

»Ach nein? Wenn sie unsere Anprobe zur selben Zeit ansetzt wie die von diesem lockeren Weibsbild?«

»Was bringt dich auf die Idee, daß sie keine Dame ist?«

»Ich erkenne eine Mätresse, wenn ich eine zu sehen bekomme«, erwiderte Catherine eingeschnappt.

Cassie verdrehte die Augen. »Mama, du machst aus einer Mücke einen Elefanten.«

»Tue ich das?« konterte Catherine. »Wenn du immer noch an diesen Revolverhelden denkst?«

Darum ging es ihrer Mutter also! Cassie hätte wissen sollen, daß ihre Mutter sich normalerweise über eine kleine Unverschämtheit nicht dermaßen aufregen würde, da sie in größeren Städten schon viel Schlimmeres erlebt hatten.

Um einen Streit zu vermeiden, gab sie nach. »Also gut, ich werde ihn nicht wieder erwähnen.«

»Gut. Und jetzt werde ich diesem ungehobelten Kerl erst mal zeigen, was echte Unverschämtheit ist – nach Wyoming-Art.« Und während sie das Geschäft der Schneiderin betrat, hörte Cassie sie noch sagen: »Ich wünschte bei Gott, ich hätte meinen Colt dabei.«

Cassie ihrerseits wünschte, Angel wäre dabei.

30

An diesem Abend wartete Cassie nicht auf ihre Mutter, die stehengeblieben war, um dem Personal zu einem weiteren exzellenten Dinner zu gratulieren. Sie schlenderte in die Lobby des Hotels, weit genug, bis Catherine sie nicht mehr sehen konnte, und eilte dann hinüber zum Empfang, um herauszufinden, ob dort irgendwelche Nachrichten für sie lagen.

Sie hatte es jeden Tag ein paarmal geschafft, ihrer Mutter zu entkommen, um am Empfang nachzufragen, selbst wenn sie dazu warten mußte, bis Catherine sich für die Nacht zurückgezogen hatte. Da sie in zwar miteinander verbundenen, aber doch getrennten Zimmern logierten, war das nicht besonders schwer zu bewerkstelligen, aber Cassie ging nun einmal nicht gern so spät allein noch in die Lobby.

Heute abend würde sie das auch nicht müssen, zumindest hoffte sie das. Aber als sie nur noch ein oder zwei Meter vom Empfang entfernt war, wurde sie aufgehalten.

»Kennen wir uns nicht, Miss?«

Cassie konnte nicht umhin, ihn anzustarren – wieder einmal. Es war der junge Mann aus dem Kleidergeschäft, den Catherine zu ihrer Enttäuschung bei ihrem Eintritt nicht mehr vorgefunden hatte. Man hatte ihn, zusammen mit seiner Freundin, in eines der Hinterzimmer entführt, so daß sie ihm seine Unverschämtheit nicht hatte heimzahlen können. Cassie fand nun ihr eigenes Benehmen ebenfalls ziemlich unverschämt, da sie den Mann offen anstarrte, aber er sah auch wirklich faszinierend gut aus: rötlich schimmerndes, blondes Haar, dunkle, smaragdgrüne Augen, ein glattrasiertes, absolut makelloses Gesicht und ein untadeliger kohlschwarzer Dreiteiler ergaben einen atemberaubenden Anblick.

»Miss?« wiederholte er.

»Nein«, erwiderte Cassie schroff.

Es gelang ihr, ihre Verlegenheit über diese neuerliche Frage unter Kontrolle zu halten und sich damit zu trösten, daß er wahrscheinlich daran gewohnt war, daß Frauen aller Altersstufen ihn gedankenverloren anstarrten. Sie fragte sich, wo seine Freundin heute abend wohl sein mochte und ob sie wirklich seine Mätresse wäre.

»Sind Sie sicher, daß wir uns nicht kennen?«

»Absolut«, versicherte Cassie ihm. »Wir besuchen lediglich dasselbe Kleidergeschäft.«

Bei diesen Worten lächelte er. »Ach ja, die junge Dame mit dem alten Weib als Begleiterin.«

Sie zog eine Augenbraue in die Höhe. Er war offensichtlich unbeirrbar in seinem beleidigenden Verhalten. »Dieses alte Weib ist meine Mutter. Ist es Arroganz, die Sie so unverschämt macht, oder wissen Sie es nur einfach nicht besser?«

»Es ist, um genau zu sein, eine Kunstform, die die Damen meiner Bekanntschaft recht herausfordernd finden.«

Cassie hatte das Gefühl, als glaube er das wirklich. Sie hätte beinahe gelacht, konnte sich aber gerade noch zurückhalten. Statt dessen warnte sie ihn: »Sie werden gleich eine echte Herausforderung erleben, wenn Sie noch länger hier herumstehen, Mister, weil meine Mutter wahrscheinlich ihren Revolver auspackt, wenn sie Sie dabei erwischt, daß Sie sich mit mir unterhalten.«

Sie glaubte, damit wäre sie ihn losgeworden, aber er warf

ihr lediglich einen geduldigen Blick zu und ging auf ihre Bemerkung ein: »Ihre Mutter trägt eine Waffe bei sich?«

»Nur, wenn sie in die Stadt fährt.«

»Aber St. Louis ist nicht gefährlich.«

»Das ist ja auch der Grund, warum sie ihren Colt hier wegpackt. Normalerweise trägt sie ihn jedoch immer bei sich.«

»Erzählen Sie mir nicht, daß Sie aus dem Westen kommen!«

Cassie wunderte sich über die plötzliche Überraschung des Mannes. »Und wenn es so wäre?«

»Aber das ist ja faszinierend«, erwiderte er, und sie zweifelte keine Sekunde daran, daß sein neues Interesse an ihr durchaus ernsthafter Natur war. »Haben Sie jemals echte Indianer gesehen? Oder eins von diesen Straßenduellen miterlebt, von denen man hier hört?«

Sie hatte keine Lust, darauf zu antworten. Leute wie ihn hatte sie schon früher getroffen, Leute, die begierig darauf waren, Geschichten aus dem »Wilden« Westen zu hören, sich jedoch niemals selbst dorthin wagen würden. Und das, obwohl mit dem Vorrücken neuer Eisenbahnlinien überall große, blühende Städte aus dem Erdboden schossen. Auch die Gold- und Silberstädte, die mit jedem neuen, glücklichen Fund entstanden und vergingen, und die vielen kleinen Viehmärkte, die alle nur wenige Tagesreisen mit dem Zug entfernt lagen, konnten Leute wie ihn nicht dazu bringen, ihre sicheren, zivilisierten Städte zu verlassen. Solche Leute hungerten nur nach blutrünstigen Geschichten aus dem primitiven Grenzland.

Sie beschloß, ihm trotzdem eine Antwort zu geben. »Wir bekommen ziemlich oft kleine Banden herumstreunender Indianer zu Gesicht, aber sie belästigen eigentlich nur einsam lebende Siedler und ab und zu einmal eine Postkutsche. Sie sind lange nicht mehr so lästig wie früher. Aber ich war erst letzten Monat selbst in eine Schießerei verwickelt. Das Ganze war jedoch zu schnell vorüber, um wirklich aufregend zu sein, und meine Kugel war es auch nicht, die den Mann getötet hat. Diese Ehre gebührt einem Revolverhelden namens Angel. Man nennt ihn übrigens den Engel des Todes. Schon mal von ihm gehört?«

»Nicht, daß ich wüßte«, antwortete er. »Warum ›Engel des Todes‹?«

»Weil er niemals sein Ziel verfehlt und nur schießt, um zu töten.« Jetzt hatte sie aber genug Zeit mit diesem Mann verschwendet, fand sie. »Wenn Sie mich nun bitte entschuldigen würden, Mister...«

»Bartholomew Lawrence, aber meine Freunde nennen mich Bart, und Sie sind...?«

»Cassandra – Angel.«

Sie zögerte zu lange mit dem »Angel«. Sein Blick sagte, daß er an der Wahrheit ihrer Worte zweifelte. Aber es war ihr egal, was er glaubt. Er hielt sie von ihrem eigentlichen Vorhaben ab, und ihr blieb nicht mehr viel Zeit. Catherine war plötzlich am Eingang des Speisesaals erschienen und suchte bereits nach ihr.

»Für Sie Mrs. Angel«, fügte Cassie schroff hinzu, da sie sich nun darüber ärgerte, sich überhaupt auf ein Gespräch mit diesem Mann eingelassen zu haben.

Ohne ein weiteres Wort an ihn zu richten, ging sie zum Empfangstisch. Ihr blieben nur etwa zehn Sekunden, um dort nach einer Nachricht zu fragen, bevor ihre Mutter sie erreicht haben würde. Zu Ihrer Überraschung reichte man ihr tatsächlich eine Mitteilung. Cassie hatte es gerade noch geschafft, sie verschwinden zu lassen, als Catherine auch schon hinter ihr stand. Sie war direkt an Bartholomew Lawrence vorbeigegangen, ohne ihn zu erkennen.

»Cassie, was machst du hier?«

Cassie drehte sich um und stellte fest, daß Lawrence immer noch da stand, wo sie ihn verlassen hatte, in Hörweite. Aber zu ihren besonderen Fähigkeiten gehörte es eindeutig, sich der Eingebung des Augenblicks folgend irgendwelche lächerlichen Entschuldigungen auszudenken.

»Ich habe mich nur erkundigt, ob man hier etwas von Angel gehört hat, Mama.« Dann fügte sie bedeutungsvoll hinzu: »Dies ist mal wieder einer der Augenblicke, in denen er uns recht nützlich sein könnte.«

Catherine folgte ihrem Blick, erkannte Lawrence und verstand auf der Stelle. Der Mann, der Cassies Worte verstanden hatte, lachte tatsächlich höhnisch, bevor er gleich anschließend verschwand.

Aber Catherine war sichtbar wütend. »Hat er dich belästigt?«

»Nein, nicht wirklich. Er hat mich erkannt und mir eine Unterhaltung aufgezwungen, um sich vorzustellen.«

»Auch, um sich zu entschuldigen?«

»Ich habe so eine Andeutung gemacht, daß eine Entschuldigung angebracht sein könnte, aber er bezeichnete seine Unverschämtheit als Kunstform, und offensichtlich bemüht er sich da nach Kräften um Vollkommenheit. Ich fand ihn jedenfalls abscheulich genug, um zu versuchen, die ›Furcht vor dem Engel‹ in sein Herz zu pflanzen. Aber er hat mir nicht geglaubt.«

»Man muß diesen Revolverhelden von dir schon sehen, um glauben zu können, daß er ein kaltblütiger Killer ist.«

»Er ist kein...«

»Ach, was soll's«, unterbrach Catherine und ging zur Treppe voraus. »Aber ich werde jetzt endgültig meinen Colt auspacken.«

31

Der Name des Detektivs war Phineas Kirby. Er hatte ein Zimmer im selben Hotel gemietet, ja sogar auf derselben Etage. Aber Cassie lief keineswegs sofort zu ihm, nachdem sie seine Nachricht gelesen hatte. So sehr sie es auch bedauerte, ihn in seiner Nachtruhe stören zu müssen, war ihr der Gedanke, ihrer Mutter erklären zu müssen, daß und warum sie einen Detektiv engagiert hatte, noch mehr zuwider.

Daher wartete sie, bis Catherine zu Bett gegangen war. Sie ging kein Risiko ein, machte sich sogar selbst fürs Bett zurecht und legte sich einige Stunden hin, für den Fall, daß ihre Mutter nicht einschlafen konnte und in ihr Zimmer käme, um mit ihr zu plaudern – das wäre nicht das erste Mal gewesen.

Es war daher bereits kurz nach Mitternacht, als Cassie sich wieder anzog und vorsichtig das Zimmer verließ. Sie fand Mr. Kirbys Zimmer am anderen Ende des Ganges und klopfte dort so leise an, daß es eine ganze Weile dauerte, bevor sie von der anderen Seite der Tür leises Gemurmel hörte. Ein paar Augenblicke später wurde die Tür aufgerissen, und sie sah sich einem ausgesprochen ärgerlich aussehenden Mann gegenüber; er trug einen unförmigen gelben Morgenmantel, unter dessen langem Saum seine Socken hervorlugten. Es war ein recht wohlbeleibter Mann in mittleren Jahren mit unbestimmbaren Gesichtszügen und klugen blauen Augen.

Er hatte zunächst wohl vorgehabt, sie anzufahren, änderte jedoch seine Meinung, nachdem er sie sich genauer angesehen hatte. »Entschuldigung, Miss. Ich dachte zuerst, Sie gehörten zum Hotelpersonal. Haben Sie sich verirrt?«

»Nein, Sir. Ich bin Cassie Stuart. Ich habe Sie hergebeten.«

Bei diesem Geständnis runzelte er erneut die Stirn. »Wissen Sie, wie spät es ist, Miss Stuart?«

Sie zuckte zusammen. »Ja, ich weiß, aber ich konnte nicht bis zum Morgen warten. Ich bin mit meiner Mutter hier, und es wäre mir lieber, wenn sie nichts davon erführe, daß ich Sie engagiert habe. Sie mag meinen Mann nicht, wissen Sie, und diese Angelegenheit hat etwas mit ihm zu tun.«

Phineas seufzte. »Dann sollten Sie jetzt wohl besser hereinkommen und sich setzen.«

Vor dem Kamin standen zwei Sessel. Bevor er sich in den einen davon setzte, über dem seine Kleider lagen, warf er noch ein Holzscheit ins Feuer. Dann zog er eine Jacke von der Rückenlehne und suchte darin, bis er endlich in einer der Innentaschen ein Notizbuch gefunden hatte.

»Also, was kann ich für Sie tun, Miss Stuart?« Noch während er diese Frage stellte, begann er, sich Notizen zu machen. Cassie setzte sich in den Sessel, der dem seinen gegenüberstand. »Ich würde gern die Eltern meines Mannes finden.«

»Werden sie vermißt?«

»Nicht direkt«, sagte sie. »Und er ist auch nicht wirklich mein Mann – nun, eigentlich ist er es schon, aber wir werden uns bald scheiden lassen.« Als sie sah, daß er die Augenbrauen hochzog, versicherte sie ihm: »Diese Angelegenheit hat aber nichts damit zu tun. Ich würde ihn nur gern wieder mit seiner Familie zusammenbringen, als eine Art Abschiedsgeschenk.«

»Nette Geste«, bemerkte er. »Also, wie heißen diese Leute?«

»Genau das ist ja das Schwierige daran. Er war zu jung, um sich an ihre Namen zu erinnern. Wissen Sie, man hat ihn seinen Eltern weggenommen; vor etwas über zwanzig Jahren hat ein Mann aus den Bergen ihn direkt aus dieser Stadt heraus gestohlen, und dann hat er die nächsten neun Jahre in irgendeiner einsamen Hütte hoch oben in den Rocky Mountains zugebracht. Er ist sich nicht einmal sicher, ob er fünf oder sechs Jahre alt war, als er entführt wurde. Und seine Familie stammt nicht von hier. Er erinnert sich daran, daß er mit einem Zug hierher gekommen ist, also waren sie entweder auf der Durchreise oder haben jemanden hier besucht.«

»Er war mit beiden Elternteilen zusammen?«

»Wahrscheinlich nicht. An seinen Vater kann er sich kaum erinnern. Er scheint nicht viel Zeit bei seiner Familie verbracht zu haben.«

»Nun, wenigstens haben wir den Namen des Jungen«, stellte Phineas fest, als sei das eine Selbstverständlichkeit.

Cassie warf ihm ein kleines, hilfloses Lächeln zu. »Eigentlich nicht einmal das. Er nennt sich Angel, weil er sich daran erinnert, daß seine Mutter ihn so genannt hat. Einen anderen Namen weiß er nicht.«

Der Detektiv schien überrascht zu sein. »Das ist ja merkwürdig«, sagte er, mehr zu sich selbst als zu Cassie. Nachdem er kurz nachgedacht hatte, fragte er dann: »Sind Sie sicher, daß Sie nicht lieber ihren Mann finden wollen?«

»Nein, wo ich ihn finden kann, weiß ich ja. Ich möchte nur seine Eltern finden, alle beide, falls sie noch leben. Ich habe mir gedacht, daß irgend jemand hier sich doch an eine solche Tragödie noch erinnern müßte, an einen kleinen Jungen, der plötzlich verschwand und nie wiederauftauchte. Ich selbst hätte keine Ahnung, wie ich es anstellen könnte, jemanden zu finden, der etwas darüber weiß. Genauso muß es wohl Angel gegangen sein, als er hierher zurückkam, nachdem der alte Mann in den Bergen gestorben war. Er konnte damals nichts herausfinden.« Sie seufzte. »Ich weiß, ich kann Ihnen nicht viele Anhaltspunkte geben...«

»Im Gegenteil. Ich sollte Ihnen die Namen in ein oder zwei Tagen verschaffen können. Es dauert vielleicht ein wenig länger, die Adresse herauszufinden, wo diese Leute jetzt leben, aber meine Agentur hat in beinahe jedem Staat exzellente Hilfsmittel, und der Telegraph macht meinen Job unendlich viel leichter. Eine faszinierende Erfindung, das. Mit seiner Hilfe sind schon viele Verbrecher gefangen worden.« Und dann war er plötzlich wieder ganz in Gedanken versunken und murmelte vor sich hin: »Angel, hm? Ich frage mich, wie viele Männer sich auf dieser Seite des Mississippi so nennen.«

»Wie bitte?«

»Ach nichts, Ma'am.« Phineas stand auf, um sie zur Tür zu begleiten. »Ich hoffe, Sie haben nichts dagegen, wenn ich erst morgen früh mit der Arbeit beginne.«

»Sie errötete. »Aber natürlich nicht. Und was die Uhrzeit angeht, so tut es mir *wirklich* leid, aber tagsüber komme ich nicht so leicht von meiner Mutter weg, und sie würde einen fürchterlichen Wirbel machen, wenn sie herausfände, was ich tue. Sie kann meinen Mann nämlich *absolut* nicht ausstehen.«

»Dann drängte sie Sie also zu dieser Scheidung?«

»Ja, aber eigentlich haben mein Mann und ich diese Entscheidung selbst getroffen, da unsere Hochzeit in erster Linie ein – Unfall gewesen ist.«

»Das ist allerdings eine originelle Art und Weise, so etwas auszudrücken.«

»Können Sie sich ein besseres Wort für eine mit der Waffe erzwungene Hochzeit vorstellen?« fragte sie.

Er grinste. »Wohl kaum. Und ich verstehe auch, warum Sie eine Scheidung wollen. Wahrscheinlich ist es nicht leicht, mit einem Revolverhelden verheiratet zu sein, nicht einmal für kurze Zeit.«

»Woher wußten Sie, daß er ein Revolverheld ist?«

»Bei einem solchen Namen – Angel – lag diese Vermutung doch nahe.«

Cassie war beeindruckt. Der Mann war offensichtlich ein Genie. Sie hatte ihr Geld gut angelegt.

Phineas war kein Genie, sondern war nur gerade von seinem letzten Auftrag aus Denver hierhergekommen und hatte im Zug zufällig neben einem Revolverhelden namens Angel gesessen. Er hatte sogar eine vergnügliche Stunde damit zugebracht, den Mann mit seinen Fragen auszuquetschen, da ihm sein Instinkt sagte, daß jemand, der wie Angel aussah, *irgendwo* auf der Wanted-Liste stehen mußte.

Sein Instinkt hatte ihn in dieser Hinsicht getrogen, und er war verdammt nahe daran gewesen, für seine Hartnäckigkeit erschossen zu werden, aber er lebte gern gefährlich, sonst hätte er sich nicht ausgerechnet diesen Job ausgesucht.

Und er ging auch nicht wieder ins Bett. Eine Stunde später, nachdem er es bei drei Hotels versucht und im vierten endlich Glück gehabt hatte, klopfte er selbst an eine Tür. Im selben Augenblick, als diese Tür sich öffnete, fand er sich auch schon einer Waffe gegenüber. Er starrte den Lauf entlang, bevor er den Mann ansah, der die Waffe in der Hand hielt.

»Hab' gerade Ihre Frau kennengelernt«, sagte Phineas liebenswürdig.

»Meine was?«

»Sie ist hier in St. Louis.«

»Den Teufel ist sie. Sie ist auf dem Heimweg nach Wyoming.«

Phineas lächelte. »Kleine Dame mit riesengroßen, silbergrauen Augen?«

Angel steckte seine Waffe weg und ließ eine Reihe übler Flüche hören. Er hatte selbst bereits den halben Weg nach Wyoming zurückgelegt, bevor er zu der Erkenntnis gekommen war, daß er besser nicht in Cheyenne sein sollte, wenn Cassie nach Hause käme. Bisher hatte die Entfernung, die er zwischen sie gelegt hatte, nicht ausgereicht, um sie aus seinen Gedanken zu vertreiben, daher war er nach St. Louis gefahren, um noch einmal zu versuchen, seine Mutter zu finden. Das war der eine Grund, warum er hergekommen war. Der andere war, daß er schätzte, er wäre in St. Louis so weit wie nur irgend möglich von seiner Frau entfernt – von ihr und ihren verdammten Scheidungsurkunden.

»Ich nehme an, Sie haben wirklich die Wahrheit gesagt, daß Sie keinen anderen Namen außer Angel tragen«, bemerkte Phineas jetzt. »Zumindest keinen, den Sie kennen. Tut mir leid, daß ich es Ihnen so schwer gemacht habe.«

»Das tun Sie immer noch«, sagte Angel mit unverhohlenem Ärger. »Also, was wollen Sie diesmal, Kirby?«

»Nur eine kleine Information. Ihre Frau hat mich engagiert, damit ich Ihre Eltern finde. Es wäre sehr nützlich, wenn...«

»Sie hat *was* getan?« explodierte Angel. »Verdammt, ich kann einfach nicht glauben, daß diese Frau schon so bald wieder damit anfängt, sich überall einzumischen. Sie konnte also nicht einmal warten, bis sie wieder zu Hause war. Und diesmal sind es *meine* Angelegenheiten, in die sie sich einmischt!«

Phineas sah Angel an. Für sein Leben gern beobachtete er menschliche Reaktionen. Man brauchte nur das richtige Wort oder den richtigen Ausdruck fallenzulassen, und die Leute benahmen sich auf die faszinierendste Art und Weise. Er hätte allerdings nicht gedacht, daß dieser Mann die Beherrschung verlieren würde. Das zeigte mal wieder, daß jeder Mensch zumindest eine Schwäche besaß.

Phineas versuchte es noch einmal. »Es wäre sehr nützlich, wenn Sie mir eine Beschreibung Ihrer Eltern liefern würden, das und alles andere, woran Sie sich noch erinnern können.«

Schwarze, leidenschaftliche Augen richteten sich wieder auf den Detektiv. »Sie hat sie engagiert! Holen Sie sich Ihre Informationen von ihr.«

»Also wirklich, woher sollte ich wissen, daß Sie dermaßen unkooperativ sein würden?« erwiderte Phineas. »Es sind schließlich Ihre Eltern – aber ich nehme an, die kleine Dame, die Sie geheiratet haben, ist die einzige, die sie finden will.«

»Na schön, Kirby, Sie haben gewonnen«, sagte Angel unfreundlich. »An meinen Vater kann ich mich nicht erinnern, aber meine Mutter hatte schwarzes Haar, Locken und dunkle Augen.«

Phineas zog sein Notizbuch heraus, bevor er fragte: »So dunkel wie Ihre?«

»Nein, ich glaube, sie waren braun.«

»Irgendwelche Narben oder sonstige Kennzeichen?«

»Nicht, daß ich wüßte.«

»Wie steht es mit ihrem Alter oder ihrer Nationalität?«

»Sie war jung und hübsch.«

»Alle Mütter sind hübsch für ihre fünfjährigen Söhne. Hat sie vielleicht mit einem Akzent gesprochen?«

»Wenn es so gewesen wäre, dann hätte ich es wohl auch getan und keinen Unterschied bemerkt, oder...?« Ein wenig verlegen hielt Angel inne. »Jetzt, wo Sie es erwähnen, erinnere ich mich daran, daß Old Bear einmal gesagt hat, ich hätte so komisch geredet, als er mich mitnahm. Natürlich hat er selbst ein merkwürdig verstümmeltes Englisch gesprochen, daher war das meine vielleicht ganz normal.«

»Na ja«, bemerkte Phineas und handelte sich damit einen weiteren finsteren Blick von Angel ein. »Aber Sie sind natürlich ein Produkt Ihrer Erziehung, die, wie ich mir denken könnte, ziemlich primitiv gewesen ist.«

»Ich habe keinerlei Probleme, mich verständlich zu machen«, sagte Angel, und in seiner Stimme schwang eine eindeutige Warnung mit.

Phineas kicherte. »Das kann ich mir vorstellen, Waffen sprechen ja immer lauter als Worte.« Dann wandte er sich wieder seinem eigentlichen Thema zu. »Also, aufgrund Ihres Teints wäre meine erste Vermutung gewesen, daß Sie teilweise indianisches Blut haben, aber andererseits haben Sie nicht die richtige Knochenstruktur dafür, und dieser alte Mann aus den Bergen hätte genug von den Indianern gewußt, um keine Bemerkung darüber zu machen, wenn Sie einen ihrer Dialekte gesprochen hätten. Meine zweite Vermutung wäre die, daß Sie spanischer Abstammung sind, wahrscheinlich von beiden Seiten. Auf jeden Fall wird die Möglichkeit, daß Ihre Mutter Ausländerin war, meine Nachforschungen vereinfachen, wenn ich nicht irgendwelche alten Zeitungen auftreiben kann.«

»Sie glauben wirklich, daß in einer Stadt von dieser Größe das Verschwinden eines Kindes in der Zeitung erwähnt worden wäre?«

»Ganz bestimmt. Das Problem wird sein, eine Zeitung zu finden, die ihre alten Angaben aufbewahrt. Die meisten können sich kein so großes Lager erlauben, obwohl einige von ihnen immerhin versuchen, zumindest die Titelseiten aufzuheben. Außerdem gibt es natürlich ein ständiges Kommen und Gehen im Zeitungsgeschäft, genauso wie in allen anderen Geschäften auch. Nun, wie Sie schon sagten, dies ist eine große Stadt, und es ist auch schon lange her. Vielleicht gibt es aber doch zumindest eine Zeitung, die schon vor gut zwanzig Jahren hier erschienen ist.«

»Und wie ich mein Glück kenne, wird das nicht diejenige sein, die auch ihre alten Ausgaben aufbewahrt.«

»Soll das heißen, Sie fühlen sich in letzter Zeit unglücklich?« Angel grunzte nur, was Phineas erneut zum Lachen brachte. »Nun, Ihr Schicksal wird sich demnächst zum Besseren wenden. Dieser Auftrag hier gehört für mich zu der einfacheren Sorte. Viel zeitaufwendiger ist die Suche nach Menschen, die ungesetzliche Gründe dafür haben, nicht gefunden werden zu wollen. Dieser Fall dagegen wird so gut wie gar keine Zeit in Anspruch nehmen.«

Angel hatte nicht die Absicht, sich von diesen Worten beeindrucken zu lassen. »Falls Sie sie finden, bringen Sie die Rechnung zu mir. Ich habe keine Lust, noch tiefer in der Schuld der Frau zu stehen, die ich geheiratet habe.«

»Ich bezweifle nur, daß unsere Vereinbarung ihr gefallen wird. Sie schien sich sehr darauf zu freuen, Ihre Eltern für Sie zu finden. Aber es ist natürlich auch eine Frage meiner Berufsethik. Sie hat mich schließlich zuerst engagiert.«

»Dann entlasse ich Sie in Ihrem Namen und engagiere Sie in meinem. Wenn ich recht informiert bin, kann ein Ehemann so etwas durchaus tun.«

»Solange er kein geschiedener Ehemann ist, ja.«

»Raus mit Ihnen, Kirby.«

Phineas kicherte noch immer, als er das Zimmer verließ. Angel warf die Tür hinter ihm ins Schloß. Ein paar Augenblicke später wurde ihm jedoch siedend heiß bewußt, daß Cassie hier in dieser Stadt war, wahrscheinlich nur ein paar Blocks von ihm entfernt – und sein verdammter Körper reagierte auf dieses Wissen mit unbestreitbarer Heftigkeit.

32

»Sind wir schon geschieden?«

Cassie war mit einem Schlag wach, als diese sanfte, gedehnte Stimme in ihren Ohren widerhallte. »Was?«

»Sind wir schon geschieden?«

Sie wußte augenblicklich, wer es war, sie konnte nur einfach nicht glauben, daß er da war. »Angel?«

Seine Hand glitt in ihr Haar, während sein Körper sich über ihren legte. »Beantworte mir einfach nur meine Frage, Cassie.«

»Wir sind nicht geschieden.«

»Bist du…?«

»Nein!« versicherte sie ihm hastig. »Ich habe nur noch keine Zeit gehabt…«

Sein Mund senkte sich auf den ihren, um den Rest ihrer Erklärung zu ersticken. Offensichtlich hatte er zumindest im Augenblick nicht das geringste Interesse an ihren Entschuldigungen. Aber für das, was da in warmen Flanell eingehüllt war, zeigte er allergrößtes Interesse.

»Wie kommt es, daß du nicht nackt schläfst?«

Es war eine Frage, die seiner augenblicklichen Enttäuschung entsprang, eine Frage, die eine Dame auf keinen Fall ernst nehmen sollte. Cassie gab ihm jedoch eine Antwort: »Das tue ich ja, aber nur im Sommer.«

Er stöhnte auf, weil er genau wußte, daß ihn von jetzt an das Bild ihres nackten Körpers verfolgen würde. Seine Zunge glitt tief in ihren Mund hinein und entlockte Cassie ebenfalls ein Stöhnen. Es dauerte eine ganze Weile, bis sie wieder zu Atem kamen.

„Du hast die süßesten, weichsten Lippen, die ich je gekostet habe«, sagte er, ohne sich ganz von diesen Lippen zu lösen.

»Mir wird schwindlig, wenn ich nur deine Stimme höre, Angel.«

»Und was geschieht, wenn ich dich küsse?«

»Dann werde ich ganz schwach.«

Sein Mund bewegte sich höher, um an ihrem Ohrläppchen zu saugen. »Und was noch?«

»Heiß«, flüsterte sie.

»O Gott, Cassie, ich kann nicht länger warten.«

»Warum tust du es dann?«

Er lachte und küßte sie abermals. Dann rollte er sich zu ihr hinüber, um ihre Decke wegzuschieben. Sie riß das Oberteil ihres Nachthemdes auf, und drei Knöpfe fielen zu Boden, so eilig hatte sie es, sich aus dem Kleidungsstück zu befreien. Er zog sein Hemd aus der Hose, und dessen Knöpfe gesellten sich auf dem Fußboden zu den ihren. Innerhalb weniger Sekunden war er wieder da und drückte sie erneut in die Kissen. Sie schlang ihre Arme und Beine um ihn, hielt ihn fest... Und dann war er in ihr, tief in ihr, und dieses wohlvertraute Pochen war wieder da, setzte ihre Sinne in Flammen, stürmte auf ihn und sie ein, bis sie miteinander verschmolzen.

Cassie senkte langsam ihre Beine. Ihre Zehen rutschten über kühles Leder. Angel trug immer seine Stiefel und hatte auch seine Hosen noch an. Sie wollte lachen, obwohl ihr eigentlich eher zum Weinen zumute war.

O Gott, wie sie es haßte, wenn die Leidenschaft verebbte und die Realität wieder die Oberhand gewann. Sie wünschte, sie könnte dieses Erwachen verhindern, wenigstens ein einziges Mal. Aber genausogut könnte man den Winter bitten, schon im Januar zu vergehen. Beides war unmöglich.

Und sie verabscheute es. Im Augenblick verabscheute sie allerdings auch Angel. Und ganz besonders verabscheute sie die Tatsache, daß er nicht einmal seine Stiefel ausgezogen hatte.

Diesen Umstand machte sie ihm mit einer schroffen Bemerkung klar: »Das nächste Mal ziehst du bitte deine Stiefel aus.«

»Ist Marabelle hier?«

»Nein.«

»Dann werde ich sie jetzt ausziehen.«

»Nein, wirst du nicht. Du bleibst nämlich nicht hier.«

»Ich bin noch nicht bereit, wieder zu gehen, Cassie. Das war viel zu intensiv. Wir werden es noch einmal versuchen, hübsch langsam.«

Bei diesen Worten regte sich wieder dieses merkwürdige Flattern in ihrem Bauch. Sie unterdrückte das Gefühl.

»Nein, das tun wir nicht«, erklärte sie ihm abwehrend. »Du wirst hier verschwinden, bevor meine Mutter dich hört und mit gezückter Waffe hereinstürmt.«

»Wo ist sie?«

»Im Nebenzimmer.«

»Dann müssen wir eben ganz leise sein, was?«

»Angel...«

Doch schon war sein Mund wieder da und senkte sich mit aufreizender Geschicklichkeit auf den ihren. Diesmal durfte sie das einfach nicht zulassen. Sie durfte es nicht.

Und tat es doch. Sie hatte ihn zu sehr vermißt, hatte ihn zu sehr gewollt, um jetzt vernünftig zu sein. Und seit er aus ihrem Leben verschwunden zu sein schien, hatte der Gedanke sie verfolgt, daß sie nie wieder seine Berührung spüren würde.

Jetzt überwand seine Berührung den letzten Rest ihres Widerstandes mit einer langsamen Bewegung seiner Hand über ihre Brüste und ihren Bauch. Eine Gänsehaut überzog ihren ganzen Körper; ihre Brustwarzen richteten sich prickelnd auf. Gerade eben erst hatte sie die unglaublichste Explosion sinnlicher Lust erfahren, aber ihr Körper fing bereits wieder Feuer, um diese Erfahrung noch einmal zu machen. Und Angel hatte es diesmal überhaupt nicht mehr eilig. Er hatte hübsch langsam gesagt – und genau das gemeint.

Noch bevor es zu Ende war, wußte Cassie ganz genau, daß er ihren Körper besser kannte als sie. Kein Zentimeter von ihr war unberührt geblieben. Einmal hatte er sie sogar auf den Bauch gedreht, um seine Zunge über ihren Rücken gleiten zu lassen. Als seine Zähne sanft über ihre Pobacken kratzten, entlockte er ihr ein überraschtes Kichern, weil sie plötzlich an Marabelles Angewohnheit denken mußte. Seine Zunge malte kleine Kreise in ihre Kniekehlen. Nie zuvor hatte sie geahnt, wie viele empfindliche Stellen ihr Körper hatte. Er fand sie alle, ließ sich von ihrem lustvollen Stöhnen und Erschauern führen, während seine Hände unter sie glitten, um auch die Bereiche ihres Körpers zu verwöhnen, die für ihre Empfindlichkeit bekannt waren.

Es war schon beinahe Morgen, bevor Angel endlich genug hatte. Cassie selbst war zu übersättigt, um ihn auch nur im geringsten dafür zu verabscheuen. Und er hatte recht gehabt. Das erste Mal war viel zu schnell vorbei gewesen. Der Rest... Gütiger Himmel, der Mann war in der Liebe genauso gut wie mit der Waffe.

Im Augenblick wünschte sie sich nichts mehr, als in einen glückseligen Schlaf versinken zu können, aber das wagte sie nicht, solange Angel noch bei ihr war. Nur schien er es überhaupt nicht eilig zu haben, sie allein zu lassen, und sie hatte keine Kraft mehr, ihn dazu zu drängen.

Er lag ausgestreckt neben ihr, seine Arme unter dem Kopf verschränkt, seine Augen geschlossen, aber sie wußte, daß er nicht schlief. Auf seinen Lippen lag die winzige Spur eines Lächelns. Sie wunderte sich nur einen kurzen Augenblick lang darüber. Er war das reinste Abbild eines durch und durch zufriedenen Mannes, warum sollte er da nicht lächeln? Er hatte seinen Willen durchgesetzt – in jeder Hinsicht. Und sie konnte ihm nicht einmal böse sein. Sie hätte am liebsten selbst gelächelt. Bis die Realität auf sie einstürmte – wieder einmal.

Wieder einmal mußte sie sich der Möglichkeit einer Schwangerschaft stellen und konnte keine sofortige Scheidung erwirken. Das hätte ihr nicht soviel ausgemacht, wenn sie diese Verzögerung nicht ihrer Mutter hätte erklären müssen. *Das* aber würde nicht so einfach sein. Schon der Gedanke daran zerstörte ihre lustvolle Lethargie. Und da trübe Gedanken gern Gesellschaft haben, machte sie sich hastig daran, auch Angels Wohlbehagen zu vernichten.

»Du weißt, daß ich jetzt wieder eine Weile warten muß, bevor wir uns scheiden lassen können.«

Mit einem leichten Schulterzucken nahm er ihre Worte hin. »Was bedeutet schon ein weiterer Monat?«

Er wollte also die Scheidung. Wie konnte er es wagen, in bezug auf den Zeitpunkt ihrer Trennung so gleichgültig zu klingen?

Aber er war noch nicht fertig.

»Warum hast du das Ganze eigentlich noch nicht in die Wege geleitet?«

»Ich hatte zuviel zu tun.«

Bei diesen Worten drehte er sich zu ihr um. »Zuviel zu tun, um unsere Bande zu lösen? Diese Zeit hättest du dir nehmen sollen, Schätzchen. Es tut keinem von uns beiden gut, mir Rechte zu lassen, denen ich einfach nicht widerstehen kann.«

Jetzt klang er wirklich verärgert. Cassie hatte das Gefühl, sich verteidigen zu müssen. »Was macht du eigentlich hier, Angel?«

»Nun, die gleiche Frage wollte ich dir gerade auch stellen«, erwiderte er. »Warum bist du noch nicht zu Hause, gut versteckt auf deiner Ranch, wo ich nicht an dich herankomme?«

Heute nacht war es ihm gelungen, an sie »heranzukommen«. Das erinnerte sie an etwas. »Und ich hätte noch eine Frage. Wie, um alles in der Welt, bist du heute nacht in mein Zimmer gekommen?«

»Ich bekomme meine Antworten als erster, Cassie.«

»Warum?«

»Weil ich, wenn ich mich nicht irre, größer und stärker bin als du – und weil der Ehemann seine Antworten immer als erster bekommt.«

Sein Tonfall war für ihren Geschmack viel zu selbstgefällig, als daß sie diese Bemerkung ohne weiteres hätte hinnehmen können. »Wo hast du denn diesen Unsinn her?«

»Willst du damit sagen, das stimmt nicht?«

»Ich kenne keine Familie, in der es so wäre, und in meiner Familie ist es ganz bestimmt nicht so.«

»Du sprichst von deiner Mutter, aber du bist ganz anders als sie.«

»Ich kann genauso sein, wenn ich nur will.«

Er grinste zweifelnd und hob einen Finger, um ihn ihr auf die Nase zu legen. »Deine Fähigkeiten als Lügnerin haben sich in letzter Zeit wohl nicht besonders verbessert, wie?«

Cassie biß die Zähne zusammen. »Du hast mich bisher nur mit Menschen umgehen sehen, denen ich unrecht getan habe. Du hast aber noch nicht erlebt, wie ich mit Menschen umgehe, die *mir* unrecht getan haben.«

»Wie ich, Cassie?« fragte er weich.

Sie konnte spüren, wie die Hitze in ihren Wangen hochstieg. »Wenn ich das Gefühl hätte, daß du mir unrecht getan hast, Angel, hätte ich schon längst etwas dagegen unternommen.«

»Was zum Beispiel?«

»Meine spontane Antwort würde dir nicht gefallen, also gib mir einen Augenblick Zeit, darüber nachzudenken.«

Er lachte. »Na gut, ich will dir zugestehen, daß du *glaubst*, du könntest so fürchterlich sein wie deine Mutter, und was den Rest betrifft – da wird sich herausstellen, wer von uns beiden sturer sein kann. Ich jedenfalls kann warten, Schätzchen. Meinetwegen so lange, bis deine Mutter an die Tür klopft.«

Sie öffnete den Mund, um ihm mitzuteilen, daß sie ihm nicht glaubte, fand es aber bei näherem Nachdenken besser, darüber zu schweigen. Sie wollte nicht zusehen, wie er und ihre Mutter wieder einmal aneinander gerieten, nicht, wenn sie es verhindern konnte, und sie wußte, daß er tatsächlich stur genug war, eine solche Begegnung zu provozieren.

»Wie lautete noch die Frage, auf die du eine Antwort wolltest?« fragte sie widerwillig.

Sein Gesichtsausdruck veränderte sich augenblicklich. Alles Spielerische war daraus verschwunden. »Warum bist du nicht zu Hause, wo du hingehörst?«

»Wenn meine Mutter einkaufen gehen will, gehen wir einkaufen«, erklärte sie schulterzuckend.

»Mitten im tiefsten Winter?«

»Sie fand, daß unser Heimweg ohnehin so lang ist, daß es auf einen kleinen Umweg nicht mehr ankommt.«

»Und St. Louis war ihre Wahl?«

»Nein, meine.«

»Das habe ich mir gedacht. Was ich wissen will, ist, warum ich jetzt ganz oben auf der Liste deiner Einmischereien stehe.«

»Was soll das denn wieder heißen?« fragte sie vorsichtig.

»Du weißt ganz genau, was ich meine.«

Sie setzte sich auf, und ihre Augen weiteten sich ungläubig. Er konnte es nicht wissen, das war einfach unmöglich...

»Wie hast du es herausgefunden?«

»Dein Detektiv dachte, ich könnte ihm mehr Fakten geben als du, daher hat er mir heute nacht einen Besuch abgestattet.«

»Der Mann ist absolut faszinierend«, bemerkte sie voller Bewunderung. »Dich in einer Stadt dieser Größe aufzuspüren, wo er doch nicht einmal wußte, daß du hier bist.«

»Er wußte es«, unterbrach Angel sie mürrisch. »Wir sind mit demselben Zug hergekommen.«

»Oh«, sagte sie, ein wenig ernüchtert. »Na ja, immerhin...«

»Vergiß das ›immerhin‹«, wurde sie schroff unterbrochen. »Warum hast du ihn engagiert, Cassie?«

»Weil ich nicht dachte, daß du selbst es noch einmal versuchen würdest, deine Familie zu finden.«

»Du schuldest mir nichts.«

»Das sehe ich anders.«

»Wie kommt das?« verlangte er zu wissen. »Oder hast du schon vergessen, was ich dir genommen habe?«

»Nein«, sagte sie leise, und ihre Wangen begannen wieder zu glühen. »Aber du bist dir wohl nicht bewußt darüber, was du für meine Eltern getan hast. In jener Nacht, in der sie von dir in der Scheune eingeschlossen wurden, haben sie so etwas wie einen Waffenstillstand geschlossen – wenigstens reden sie jetzt wieder miteinander.«

Angel schnaubte verächtlich. Es war sinnlos, darüber zu diskutieren, wer wem etwas schuldete. »Laß es mich so ausdrücken, Cassie. Ich will nicht, daß du meinetwegen irgendwelche Detektive engagierst, daher habe ich mir die Freiheit genommen, Kirby in *deinem* Namen zu feuern.«

»Warum denn das?« protestierte sie. »Willst du deine Familie denn nicht finden?«

»Ich will nur wissen, wer meine Eltern waren. Das ist der Grund, warum ich hier bin. Aber ich werde derjenige sein, der das herausfindet, hast du das verstanden?«

»Aber Mr. Kirby könnte dir dabei helfen.«

»In dieser Hinsicht gebe ich dir recht, und das ist auch der Grund, warum er jetzt für mich arbeitet, nicht für dich.«

Ihre Augen verengten sich. »Ich glaube, daß mir deine Anmaßung überhaupt nicht gefällt, Angel.«

»Wie schade.«

»Und was meinst du damit, daß du nur wissen willst, wer sie waren? Du wirst doch zu ihnen gehen, wenn du herausfindest, wo sie jetzt leben?«

»Nein.«

Seine Antwort hatte sie so überrascht, daß sich ihre Wut auf ihn augenblicklich in nichts auflöste. »Warum nicht?«

»Weil wir Fremde füreinander sind. An meinen Vater kann ich mich überhaupt nicht erinnern. An meine Mutter erinnere ich mich nur schwach. Ich bezweifle, daß ich sie überhaupt wiedererkennen würde. Und nicht sie war es, die mich aufgezogen hat.«

»Sie hat dich fünf oder sechs Jahre lang gehegt und gepflegt.«

»Und mich dann verloren.«

Sie hörte die Bitterkeit in seiner Stimme laut und deutlich. »Du gibst ihr die Schuld daran? Dieser alte Mann hat dich hoch in die Berge gebracht, wo dich niemand finden konnte. Deine Mutter war wahrscheinlich von Sinnen vor Trauer…«

»Das weißt du nicht.«

»Du aber auch nicht«, fiel sie ihm ins Wort. »Also mußt du es herausfinden. Was kann es schon schaden? Du solltest sie wenigstens wissen lassen, daß du nicht vor all den

Jahren gestorben bist. Es ist mehr als wahrscheinlich, daß sie genau das mittlerweile glaubt.«

»Du mischt dich ja schon wieder ein, Cassie«, sagte er scharf. »Diese Angelegenheit geht dich nichts an.«

»Da hast du absolut recht«, erwiderte sie steif. Ihre Wut loderte wieder auf. »Und dies ist nicht dein Schlafzimmer, also, warum verschwindest du nicht endlich?«

»Endlich mal ein Vorschlag, dem ich gerne zustimme«, gab er ärgerlich zurück, während er die Decke von sich warf und seine Hose vom Fußboden aufhob. »Und laß dir eines gesagt sein. Sieh zu, daß du nach Hause kommst, wenn du nicht willst, daß ich den Ersatzschlüssel für dieses Zimmer wieder benutze.«

»Ich werde morgen früh weg sein«, versicherte Cassie ihm.

»Es *ist* morgen.«

»Dann heute nachmittag.«

»Gut!« sagte er und beugte sich vor, um ihr einen harten, unerwarteten Kuß auf die Lippen zu drücken, bevor er den Rest seiner Sachen an sich riß und verschwand.

Cassie starrte das schwarze Halstuch an, das er in seiner Eile, aus ihrem Zimmer wegzukommen, liegengelassen hatte, weil es halb von der Decke verdeckt gewesen war. Sie griff danach und hob es an ihre Lippen, die noch immer feucht von seinem Kuß waren.

Also hatte sie ihn wieder einmal in Wut gebracht, obwohl das ja mittlerweile nichts Neues war. Aus irgendeinem Grund schien es ihnen beschieden zu sein, sich auf diese Art und Weise zu trennen. Warum also dieser Kuß? Er hatte es ohne nachzudenken getan, so, als sei es einfach eine alte Gewohnheit – als könne er sich nicht dagegen wehren. Und wenn es um ihr Leben gegangen wäre, sie hätte nicht sagen können, was wirklich in ihm vorging.

33

Zuerst wurde ihr Gepäck heruntergebracht und in die Kutsche geladen, die sie zum Bahnhof fahren würde. Angel stellte das nur fest, weil er auf ihre Abfahrt wartete. Fünf Minuten später kamen Cassie und ihre Mutter die Treppe herunter und gingen direkt zum Empfang, um ihre Rechnung zu begleichen. Die Mutter sah aus, als würde sie jedem, der ihr einen falschen Blick zuwarf, gleich den Kopf abreißen. Cassie schaute ebenfalls nicht allzu freundlich drein, aber Angel hatte auch nicht die Absicht, sie anzusprechen. Er wollte lediglich sichergehen, daß sie heute noch die Stadt verließen. Inzwischen hatte er nun beinahe acht Stunden gewartet, um das herauszufinden. Cassie war offensichtlich noch einmal eingeschlafen, nachdem er sie verlassen hatte, und er war den Tag über in der Empfangshalle herumgelungert und hatte die Treppe beobachtet, müde und hungrig, da er gestern nacht sein ganzes Geld gebraucht hatte, um den Mann am Empfang zu bestechen, damit dieser ihm den Ersatzschlüssel zu Cassies Zimmer gab.

In der vergangenen Nacht hatte er nur ein paar Stunden geschlafen, bevor Kirby an seiner Tür erschienen war. Seither war er nicht wieder ins Bett gekommen – jedenfalls nicht zum Schlafen. Er war auch nicht in seinem Zimmer gewesen, um sich frisch zu machen, daher zeigten sich Bartstoppeln auf seinen Wangen, sein Haar war noch immer zerzaust von Cassies Umarmung, und an seinem Hemd fehlten die Knöpfe, mit denen er es für gewöhnlich schloß.

Schon zweimal war jemand von der Geschäftleitung bei ihm gewesen, um ihn zum Gehen aufzufordern. Er schüchtere die Gäste ein. Zuerst waren nur zwei Männer in ihren schmucken Hotellivreen bei ihm aufgetaucht. Dann waren es vier gewesen. Er hatte ihnen immer dasselbe gesagt. Er würde nicht gehen, bevor seine Frau ginge. Offensichtlich hatten sie sich entschlossen, ihn nicht weiter zu bedrängen, obwohl sie im Register nachgesehen hatten, ob seine Frau wirklich bei ihnen wohnte. Aber es hätte ihm auch nichts ausgemacht, wenn sie ihn ein wenig bedrängt hätten. Er war gerade in der richtigen Stimmung dafür.

Trennung. Er wollte, daß Cassie ging, wußte aber genau, daß er schon heute abend wünschen würde, sie wäre immer noch in diesem Hotel, wo er sie aufsuchen konnte, statt Meilen von ihm entfernt. Nach wie vor ärgerte er sich darüber, daß sie sich wieder einmal eingemischt hatte, wünschte jedoch, sie hätten sich diesmal nicht im Zorn voneinander getrennt. Das konnte er, bevor sie ging, natürlich noch korrigieren, aber er würde es nicht tun, weil es besser für sie wäre, wenn sie sich weiter über ihn ärgerte. Dann würde sie nicht noch mehr Zeit verlieren, ihre Ehe zu beenden.

Bevor sie das nicht getan hatte, konnte er unmöglich nach Cheyenne zurückkehren. Dort wäre er ihr zu nahe, und die letzte Nacht hatte bewiesen, daß er es nicht aushielt, in ihrer Nähe zu sein, ohne in dieser Hinsicht etwas zu unternehmen. Auf diese Weise würde sie niemals ihre Scheidung bekommen. Statt dessen bekäme sie am Ende ein Baby.

Der Gedanke durchzuckte ihn plötzlich, aber die Erkenntnis, die damit verbunden war, war noch schlimmer. Er wollte, daß sie ein Baby bekam. Es war die einzige Möglichkeit, sie für immer zu behalten, ohne weiteres Gerede über eine Scheidung, und das konnte er sich ebensogut auch eingestehen. Er wollte diese Frau, die sich immer und überall einmischte, für sich selbst, wollte sie mehr, als er je im Leben irgend etwas gewollt hatte.

Aber das war es nicht, was *sie* wollte. Und es wäre wirklich eine Gemeinheit von ihm, ihr ein Baby zu wünschen.

Aber wer hatte schon jemals von ihm gesagt, er sei ein netter Kerl?

Gerade in diesem Augenblick kamen zwei Männer aus dem Speisesaal und gingen auf den Eingang des Hotels zu. Angel hätte sie nicht weiter bemerkt, wenn sie nicht plötzlich vor ihm stehengeblieben wären und ihm die Aussicht auf den Empfangstisch versperrt hätten. Er erhob keine Einwände, weil er sich ohnehin gerade abwenden wollte, damit Cassie ihn nicht sah, falls sie zufällig in seine Richtung blickte. Das war jetzt überflüssig... Aber zum Teufel damit. Andererseits wollte er nicht auf diese letzten Augenblicke verzichten, in denen er ihren Anblick auskosten konnte. Es würde viel zu lange dauern, bis er sie wiedersah.

Er stand auf, um sich einen neuen Aussichtspunkt zu suchen, irgendwo hinter einer der hohen griechischen Säulen, die die zweistöckige Decke in der Empfangshalle trugen. Dabei mußte er hinter den beiden Männern hergehen und hörte, was der mit dem hübschen Gesicht zu dem anderen sagte.

»Sie nennt sich Mrs. Angel. Zuerst habe ich sie ja kaum bemerkt, aber jetzt – ich weiß nicht, sie hat etwas an sich, das mich fasziniert.«

»Kann ich nicht finden«, sagte sein Freund verwirrt, während sie beide Cassie anstarrten.

»Gut, denn ich habe nicht die Absicht, diese Frau da mit irgend jemandem zu teilen.«

Angel erinnerte sich selbst daran, daß Cassie gerade dabei war, St. Louis zu verlassen. Er brauchte also nichts zu sagen. Aber ihm war eben danach.

»Ich auch nicht«, sagte er, und beide Männer drehten sich zu ihm um. Automatisch bewegte sich seine Hand, um den gelben Mantel zurückzuschlagen.

»Wie bitte?« erwiderte Bartholomew Lawrence und trat dann einen Schritt zurück, während er sich den Mann, der ihn unterbrochen hatte, genauer ansah.

»Die Dame ist verheiratet«, sagte Angel in der für ihn typischen gedehnten Sprechweise.

»Bart mag aber nun mal zufällig verheiratete Frauen«, stellte sein Freund kichernd fest, da es »Bart« bei Angels Anblick die Sprache verschlagen hatte.

»Wenn er versucht, diese da zu mögen, ist er ein toter Mann.«

Sobald Bartholomew die Waffe an Angels Hüfte gesehen hatte, war ihm klargeworden, daß er es mit dem Mann zu tun haben mußte, den Cassie den Engel des Todes genannt hatte. Und nach dieser letzten Bemerkung fiel er schlicht und einfach in Ohnmacht.

»O Gott«, sagte Angel angewidert.

Der Zusammenbruch eines Mannes mitten in der Empfangshalle mußte sowohl Cassies Aufmerksamkeit als auch die ihrer Mutter erregen, aber ein Blick in dieser Richtung zeigte ihm, daß sie bereits gegangen waren. Er drehte sich gerade rechtzeitig um, um noch zu sehen, wie sie durch die Tür gingen und verschwanden.

»Machen Sie das einfach so zum Spaß?« fragte Phineas hinter ihm. »Oder können Sie nur einfach nichts dagegen tun?«

Angel warf einen letzten angewiderten Blick auf den Mann auf dem Fußboden, bevor er sich zu dem Detektiv umdrehte. »Was wollen Sie, Kirby?«

Phineas lachte. »Ich schätze, Sie können einfach nicht dagegen an. Aber Sie sollten diese Waffe da wirklich besser wieder zudecken. Sie wissen es vielleicht nicht, aber die Leute in der Stadt werden leicht nervös, wenn sie einen anderen als den Sheriff mit einer Waffe sehen.«

»Ich bin daran gewöhnt, die Leute nervös zu machen«, erwiderte Angel ungerührt. »Wenn das also alles ist, was Sie mir zu sagen haben...«

»Ich könnte noch hinzufügen, daß Sie schrecklich aussehen.«

»Auch diese Feststellung hätten Sie durchaus für sich behalten können.«

Angel wandte sich ab, um zu gehen. Phineas trottete hinter ihm her. »Sie sind in einer lausigen Stimmung, nicht wahr?«

Angel ignorierte ihn. »Vielleicht wird Sie das hier ein wenig aufheitern.«

Ein Stück Papier tauchte plötzlich vor Angels Gesicht auf. Er blieb stehen, griff aber nicht danach. Phineas zog es rasch zurück, als ihm einfiel, daß Angel vielleicht nicht lesen konnte, eine durchaus realistische Möglichkeit, wenn man die Art Erziehung bedachte, die er genossen hatte. Phineas beschloß, ihn nicht danach zu fragen.

»Sie haben eine alte Zeitung gefunden?« riet Angel.

Phineas nickte. »Eine, die damals einen sehr gewissenhaften Reporter beschäftigte. Die Story stand tatsächlich auf der Titelseite und hat sie auch beinahe ausgefüllt.«

»Die Namen?«

»Cawlin und Anna O'Rourke.«

»*O'Rourke?*«

»Das war auch meine Reaktion. Ich hätte nie geglaubt, daß Sie irischer Abstammung sein könnten. Jeder Ire, den ich bisher getroffen habe, selbst wenn er schon in der zweiten oder dritten Generation in Amerika lebte, hat etwas von seinem gälischen Akzent beibehalten, aber Sie haben den Ihren vollkommen verloren.«

»O'Rourke«, sagte Angel und dann noch einmal, wobei er den Namen über seine Zunge rollen ließ.

An einen solchen Namen konnte er sich recht schnell gewöhnen. Und das war auch alles, was er wollte, rief er sich noch einmal ins Gedächtnis. Einen Namen, den er hinter denjenigen, den er schon hatte, setzen konnte, weil er es verdammt müde war, den Leuten sagen zu müssen: »Einfach nur Angel.« Aber er ließ den Detektiv auch nicht stehen, als dieser anfing, ihm eine Zusammenfassung des Zeitungsartikels zu geben.

»Anna O'Rourke kam mir ihrem Sohn hierher, um eine Freundin aus ihrer Kindheit zu besuchen. Es tut mir leid, Ihnen sagen zu müssen, daß Sie damals gerade verwitwet war. Ihr Vater, Cawlin O'Rourke, lebte in der zweiten Generation in Amerika und arbeitete als Landvermesser für die Eisenbahn, was wahrscheinlich der Grund dafür ist, daß Sie sich nicht an ihn erinnern. Bei einem solchen Job muß ein Mann im ganzen Land herumreisen.

Ihre Mutter war aus Irland hier eingewandert und heiratete Ihren Vater, kurz nachdem sie in Amerika angekommen war. Aber sie hatte offensichtlich großes Heimweh, und als er starb, beschloß sie, mit Ihnen in die alte Heimat zurückzukehren. Nur, daß sie vorher noch ihrer Freundin hier auf Wiedersehen sagen wollte.

Der Reporter schreibt, Anna sei gerade eine Woche hier gewesen, als ihr vier Jahre alter Sohn Angel aus dem Vorgarten von Dora Carmines Haus verschwand. In dem einen Augenblick waren Sie noch da, im nächsten waren Sie verschwunden.«

»Sie meinen, sie hat mich wirklich Angel getauft?«

»Hört sich so an.«

»Und wenn ich damals erst vier Jahre alt war, dann bin ich ja jetzt fünfundzwanzig und nicht, wie ich immer gedacht habe, sechsundzwanzig.«

Phineas grinste. »Das ist das erste Mal, daß ich von jemandem höre, der jünger statt älter wird. Wie dem auch sei, in dem Artikel heißt es weiter, daß Suchtrupps die Stadt nach Ihnen durchkämmten und Belohnungen ausgesetzt wurden. Man hat zunächst angenommen, daß Sie einfach davongelaufen wären und sich verirrt hätten, was auch der Grund dafür war, warum niemand auf den Gedanken kam, außerhalb der Stadt zu suchen. In einer Zeitung, die ein paar Wochen später erschienen ist, fand ich eine Notiz, aus der hervorging, daß Sie immer noch verschwunden wären und daß man für jede Information über Ihren Verbleib eine hohe Belohnung zahlen würde. Wahrscheinlich hat damals die halbe Stadt nach Ihnen gesucht.«

»Wie war noch der Name dieser Freundin von meiner Mutter?«

»Dora Carmine.«

»Wohnt sie immer noch hier?«

Phineas nickte. »Ich habe ihr gerade einen Besuch abgestattet, um mir diese Zeitungsstory bestätigen zu lassen.«

»Sie haben ihr doch nichts von mir erzählt, oder?«

»Nein. Ich habe ihr gesagt, ich käme vom Bürgermeisteramt und stellte einen offiziellen Bericht über die Zunahme der Verbrechen während der letzten fünfundzwanzig Jahre zusammen.«

Angel blickte zu Boden. »Hat sie etwas davon gesagt, daß meine Mutter noch lebt?«

»Sie lebt noch.«

»Ich nehme an, sie ist dann schließlich zurück nach Irland gefahren, wie sie es vorhatte?«

»Nach dem, was Mrs. Carmine erzählt hat, verließ Anna O'Rourke St. Louis nie. Sie weigerte sich, die Hoffnung aufzugeben, daß Sie eines Tages doch noch zurückkehren würden, gesund und munter. Sie lebt etwa neun Blocks von hier entfernt in einem der älteren Stadthäuser. Vor ungefähr achtzehn Jahren hat sie einen wohlhabenden Bankier geheiratet. Er war Witwer und hatte zwei Kinder. Sie hat ihm noch ein paar weitere geschenkt, so daß Sie einige Halbbrüder und eine Schwester haben. Und bis zum heutigen Tag hat sie noch immer eine Belohnung ausgesetzt für alle Informationen, die Sie betreffen.«

Angel sah ihm fest in die Augen. »Sie haben doch nicht etwa daran gedacht, diese Belohnung zu kassieren?«

»Ich habe meine Berufsethik in diesem Fall schon einmal vernachlässigt. Ich hatte nicht die Absicht, es wieder zu tun.«

»Gut.«

Phineas runzelte die Stirn. »Das hört sich so an, als hätten Sie nicht vor, ihre Mutter aufzusuchen.«

»Habe ich auch nicht. Sie hat eine neue Familie gegründet, und ich sehe keinen Grund dafür, Unruhe in ihr Leben zu bringen.«

Phineas starrte ihn einen Augenblick lang an, bevor er mit den Schultern zuckte. »Wahrscheinlich haben Sie recht. Sie ist ja schließlich nur Ihre Mutter. Was für einen Unterschied wird es schon für sie machen, wenn sie niemals herausfindet, was ihrem Erstgeborenen zugestoßen ist?«

»Was ihm zugestoßen ist, war nicht besonders hübsch.«

»Die Wahrheit ist selten so schlimm wie das, was ein Mensch sich vorstellen kann. Sie hat sich wahrscheinlich das Schlimmste vorgestellt.«

Angel warf ihm einen finsteren Blick zu. »Schlimmer als das, was ich bin? Das bezweifle ich.«

»Sind Sie nicht ein bißchen streng mit sich selbst? Im Vergleich zu einigen Verbrechern, die ich aufgespürt habe, sind Sie ein Heiliger. Sie wurden ohne Ihr Zutun nach Westen verschleppt, und Sie haben sich dem Leben dort angepaßt. Ich würde sagen, Sie haben sich ganz gut entwickelt.«

»Und wer, bitte schön, hat Sie danach gefragt?«

Phineas gab auf und reichte ihm das Blatt Papier. »Da ist die Adresse, für den Fall, daß Sie jemals Ihre Meinung ändern sollten. Ich werde Ihnen die Rechnung meiner Agentur ins Hotel schicken. Es war interessant, Sie kennenzulernen, Angel O'Rourke.«

34

»Also, können wir *jetzt* darüber reden?«

Cassie lehnte ihren Kopf an den Plüschsitz, während der Zug aus dem Bahnhof fuhr. Sie konnte wahrscheinlich dankbar dafür sein, daß der private Pullman-Wagen ihrer Mutter gerade an diesem Morgen im Bahnhof angekommen war, denn sonst hätte Catherine in den nächsten Tagen gewiß ständig etwas gefunden, über das sie sich beklagen mußte. Außerdem konnte sie auch dankbar dafür sein, daß ihre Mutter so lange geschwiegen hatte, nachdem sie am Morgen in ihr Zimmer gekommen war. Cassie war zu müde gewesen, um aufzustehen, ihr Nachthemd hatte noch immer auf dem Fußboden gelegen, und überall waren Knöpfe verstreut – Knöpfe, die nicht zueinander paßten.

Alles, was Cassie gesagt hatte, war: »Ich will heute nach Hause fahren, Mama, aber ich brauche vorher noch etwas Schlaf.«

»Würdest du so freundlich sein, mir zu sagen, warum?« fragte Catherine sarkastisch. Sie rechnete voll und ganz mit einer Erklärung. Mit Cassies Antwort hatte sie jedoch nicht gerechnet. »Ich will nicht darüber sprechen.«

Erstaunlicherweise hatte sie es Cassie erlaubt, noch ein wenig zu schlafen, und sie hatte, als sie dann endlich aufgestanden war, nichts gesagt außer: »Ich habe es bereits arrangiert, daß man uns unsere neue Garderobe nach Hause nachschickt, sobald alles fertig ist.«

Aber Cassie hatte gewußt, daß sie nicht den ganzen Tag überstehen würde, ohne die Neugier ihrer Mutter zu befriedigen. Sie wollte es jedoch, wenn irgend möglich, vermeiden, die Wahrheit zu sagen.

»Worüber möchtest du denn gerne sprechen, Mama?«

»Wir können damit anfangen, warum wir in diesem Zug sitzen und nicht in dem, der nächste Woche geht.«

»Wir haben unsere Wahl getroffen und alle Anproben hinter uns gebracht. Wolltest du wirklich noch länger warten, nur damit wir all diese Kleider selbst nach Hause tragen können? Bei dieser Kälte konnten wir ja nicht einmal nach draußen gehen und das Stadtleben genießen. Spätestens morgen hättest du dich auch gelangweilt und wahrscheinlich selbst vorgeschlagen, daß wir nach Hause fahren sollten.«

»In der Stadt habe ich niemals Langeweile, egal ob es warm ist oder kalt. Und du hast dich früher auch nie gelangweilt. Also, wie wär's, wenn du es noch mal versuchst? Oder wollen wir deinen Vorrat an Entschuldigungen nicht weiter strapazieren und gleich bei der Wahrheit bleiben?«

»Was bringt dich auf den Gedanken...«

»Ich habe Augen im Kopf, Baby. Dein Revolverheld hielt sich in der Empfangshalle des Hotels auf.«

Auch Cassie hatte ihn gesehen, aber schließlich erregte helles Gelb seit ihrer ersten Begegnung mit Angel augenblicklich ihre Aufmerksamkeit, ganz egal, wo sie sich befand, so daß sie nicht umhin konnte, auch heute diesen gelben Mantel von ihm sofort zu bemerken. Sie hatte ihn jedoch weder gegrüßt noch auch nur direkt angesehen. Schließlich wußte sie, warum er dort war – um sicherzugehen, daß sie St. Louis verließ –, und dieses Wissen hatte sie erneut erzürnt.

»Warum ist er dir nach St. Louis gefolgt?« wollte Catherine wissen.

»Er ist mir nicht gefolgt. Er hatte seine eigenen Gründe, hierher zu kommen, Gründe, die mit mir nichts zu tun haben.«

»Wußtest du, daß er herkommen würde?«

»Nein.«

»Ich hasse solche Zufälle«, sagte Catherine und stieß einen Seufzer aus. »Sie sind einfach unnatürlich.«

»So wie das Schicksal?«

Catherine warf ihrer Tochter einen durchdringenden Blick zu. Sie weigerte sich, die Möglichkeit einzuräumen, daß das Schicksal mit dieser Angelegenheit etwas zu tun haben könnte. »Er war gestern nacht in deinem Zimmer?«

»Ja.«

»Und?«

Soviel zu ihrem Versuch, die Wahrheit zu umgehen. »Angel hat irgendwie Schwierigkeiten, seine Rechte als Ehemann zu ignorieren, wenn ich in der Nähe bin. Anscheinend kann er einfach nicht dagegen an.«

»Also, dieser lüsterne...«

»Und ich habe Schwierigkeiten, ihm dieses Recht zu verweigern.«

»Cassie...!«

»Also hat er mir nahegelegt, nach Hause zu fahren.«

Diese Feststellung brachte Catherine für einen Augenblick zum Schweigen. »*Er* hat das getan? Du meinst, der Mann hat tatsächlich doch ein *bißchen* Verstand?«

»Das ist nicht komisch, Mama.«

»Das sollte es auch nicht sein, Baby.«

»Auf jeden Fall war er viel zu anmaßend in dieser Angelegenheit. Zu glauben, er könne mir irgend etwas befehlen!«

»Alle Ehemänner neigen dazu, das zu glauben. Ich habe nie begriffen, warum. Die Frauen mögen zwar in Wyoming das Recht haben zu wählen, wir können als Geschworene fungieren, und wir können uns sogar rühmen, den ersten weiblichen Friedensrichter im ganzen Land zu stellen, aber die Männer glauben immer noch, ihr Wort sei Gesetz.«

»Papa war niemals so.«

»Dein Vater war eine Ausnahme.« Und dann lachte Catherine. »Die Summers sind eine weitere Ausnahme. Wir wissen ja, wer in *dieser* Familie die Hosen anhat. Und sie passen ihr ja auch sehr gut.«

»Das ist nicht nett von dir, Mama. Und es ist nicht wahr. Ich würde sagen, den beiden passen die Hosen gleich gut. Wenn sie eine Meinungsverschiedenheit haben, reden sie drüber. Da sagt nicht einfach einer zum anderen despotisch: ›Tu das‹ und glaubt, damit wäre die Sache abgetan.«

»So dumm würde Chase Summers sich nie anstellen«, entgegnete Catherine schmunzelnd. »Aber na schön, ich gebe zu, daß Jessie *manchmal* auf Zehenspitzen um ihn herumschleicht. Meistens rennt sie allerdings einfach über ihn hinweg.«

»Nur, weil er das zuläßt«, beharrte Cassie. »Das ist ein Unterschied.«

Plötzlich runzelte Catherine wieder die Stirn. »Wie sind wir eigentlich so weit von unserem eigentlichen Thema abgekommen?«

Cassie wünschte nur, ihre Mutter hätte das nicht bemerkt. »Durch unsere Unterhaltung über despotische Männer. Und bevor du uns beide mit deiner Frage in Verlegenheit bringst – ja, ich *muß* wieder einmal abwarten, bevor ich mich von meinem Mann scheiden lassen kann.«

Angel klopfte an die Haustür eines wuchtigen Steinhauses und wußte, daß er eigentlich gar nicht dort sein sollte. Er hatte sich gewaschen und umgezogen und sah so ordentlich aus, wie es eben ging, ohne sich das Haar schneiden zu lassen, was er nicht vor dem Frühling tun würde. Aber er sollte nicht da sein. Andrerseits hatte er nur die Wahl gehabt, entweder hierher zu kommen oder zu trinken, bis er sternhagelvoll war, um seine Gedanken von seiner kleinen Frau abzulenken. Und er hatte keine Lust, sich zu betrinken.

Die Tür öffnete sich. Ein Mann mit lockigem weißem Haar und Koteletten in einem steif aussehenden, formellen Anzug stand vor ihm. Seine Haut war so dunkel, daß sie schon beinahe schwarz wirkte.

»Was kann ich für Sie tun, Sir?«

»Ich würde gerne mit der Dame des Hauses sprechen«, erklärte Angel ihm.

»Wer ist da, Jefferson?« fragte eine andere Stimme. Dann erschien ein großer Mann mittleren Alters mit blondem Haar und grünen Augen.

»Ich weiß nicht recht, Mr. Winston. Dieser Gentleman hat darum gebeten, mit Missus Anna sprechen zu dürfen.«

Die grünen Augen verengten sich, während sie Angel mit

einem vorsichtigen Blick musterten. »Dürfte ich erfahren, was Sie mit meiner Frau zu besprechen haben?«

»Sie sind der Bankier?«

Die Augen wurden noch schmaler. »Ja.«

»Ich habe heute morgen herausgefunden, daß Ihre Frau meine Mutter ist. Mein Name ist Angel – O'Rourke.«

Es war das erste Mal, daß Angel seinen Namen aussprach. Es fühlte sich gut an – und trug ihm einen Seufzer von Annas Ehemann ein.

»Aha«, sagte der Mann in einem resignierten Tonfall. »Sie sind jetzt etwa der fünfzehnte Angel, der an meine Tür klopft und versucht, die Belohnung zu kassieren.« Verachtung schwang in seiner Stimme mit, als er hinzufügte: »Zumindest waren die anderen Iren oder haben jedenfalls versucht, mit irischem Akzent zu sprechen. Können Sie beweisen, daß Sie der verlorene Sohn meiner Frau sind?«

Zweifel war das letzte, was Angel erwartet hatte. Er hätte beinahe gelacht.

»Ich brauche es nicht zu beweisen, Mister.«

»Dann werden Sie auch keinen Penny bekommen...«

»Ich will Ihr Geld nicht«, unterbrach ihn Angel. »Ich bin nur hergekommen, um einen kurzen Blick auf sie zu werfen, bevor ich wieder zurück nach Westen fahre.«

»Nun, das ist mal etwas Neues«, sagte Winston, obwohl sein Blick noch immer große Skepsis verriet. »Nur aus Neugier – welche Geschichte haben Sie denn ausgeheckt, um Ihr Verschwinden vor all diesen Jahren zu erklären?«

»Wenn sie es wissen will, werde ich es ihr erzählen«, war alles, was Angel sagte, und er fand sich ausgesprochen großzügig dabei, wenn man bedachte, daß der Mann ihn langsam in Wut brachte.

Der Bankier zögerte einen Augenblick, bevor er schließlich nachgab. »Um meiner Frau willen bin ich gezwungen, Ihnen immerhin das Vorrecht des Zweifels einzuräumen. Aber ich warne Sie – sie wird auf den ersten Blick erkennen, ob Sie mir die Wahrheit gesagt haben oder nicht. Und wenn sie Sie nicht erkennt, wäre ich Ihnen sehr dankbar, wenn Sie mein Haus verlassen würden, ohne zu erwähnen, wer Sie angeblich sind. Meine Frau hat schon genug wegen ihres Sohnes gelitten. Ich will nicht, daß all diese Erinnerungen ohne guten Grund wieder aufgewühlt werden.«

Angel nickte, unfähig, deswegen zu streiten. Er brauchte nicht mit ihr zu sprechen. Er brauchte überhaupt nichts von ihr. Nur ein Blick war alles, was er wollte, damit das Bild, das er von ihr hatte, nicht ganz so vage blieb. Und das war wahrscheinlich auch alles, was er bekommen würde, weil er sich nicht vorstellen konnte, wie eine Frau, selbst eine Mutter, in dem Mann, der er geworden war, ein vier Jahre altes Kind wiedererkennen sollte.

Der Diener öffnete die Tür ein wenig weiter, damit Angel eintreten konnte. »Darf ich Ihnen Ihren Mantel abnehmen, Sir?«

Es war zu warm im Haus, um ihn anzubehalten. Angel wollte auf keinen Fall anfangen zu schwitzen und dadurch so wirken, als sei er nervös. Aber sobald er dem Diener seinen Mantel gegeben hatte, wanderten die Augen des Bankiers direkt zu seiner Waffe. Er hatte sich zwar gewaschen und ordentlich angezogen, hatte jedoch keinen Versuch gemacht zu verbergen, was er war oder woher er stammte. Wie gewöhnlich trug er Schwarz, bis hin zu einem neuen Halstuch, das er locker um seinen Hals gebunden hatte.

»Sind Sie ein Mann des Gesetzes?« wurde er gefragt.

»Nein.«

Das Stirnrunzeln kehrte zurück. »Es wäre mir lieber, wenn Sie dieses Ding da in meinem Haus nicht trügen.«

Angel machte keine Anstalten, seine Waffe abzulegen. »Wenn Sie gut zu meiner Mutter gewesen sind, haben Sie nichts zu befürchten.«

Die Wangen des Bankiers wurden rot, aber er sagte nur

steif zu seinem Diener: »Informieren Sie bitte meine Frau darüber, daß wir einen Gast haben. Sie möchte sich bitte im Ostsalon zu uns gesellen.«

Der Diener verschwand. Angel folgte seinem Gastgeber durch einen breiten Flur bis zu einer Tür auf der rechten Seite. Das Zimmer dahinter war groß und die Möbel so elegant, daß er es kaum wagte, sich hinzusetzen. Er *war* nervös – nein, *ängstlich* war wohl der treffendere Ausdruck. Noch nie in seinem Leben hatte er solche Angst gehabt. Eigentlich hatte er doch überhaupt nichts hier zu suchen. Er hätte sich besser betrinken sollen.

»Ich kann es nicht«, sagte er plötzlich. »Ich dachte, ich könnte es, aber – sagen Sie ihr... Nein, sagen Sie ihr gar nichts. Es ist besser, wenn sie nicht erfährt, was mir zugestoßen ist.«

»Wie ich es mir gedacht habe«, bemerkte Annas Ehemann mit genug Verachtung, um jemand anderen in den Erdboden versinken zu lassen. »Die meisten Ihresgleichen machen an dieser Stelle einen Rückzieher.«

»Ich werde Ihnen diese Bemerkung nicht übelnehmen, Mister, weil Sie im Interesse Ihrer Frau handeln, und ich bin froh zu wissen, daß sie jemanden hat, der auf sie achtgibt.«

Und Angel war nun *wirklich* großzügig, denn ihm war viel mehr danach zumute, klarzustellen, daß er schon aus geringerem Anlaß Männer getötet hatte, was zwar nicht der Wahrheit entsprach, aber in aller Regel dem Ärgernis ein abruptes Ende setzte. Sein Gegenüber nickte. Entweder akzeptierte er Angels Feststellung, oder er hatte nichts mehr hinzuzufügen.

Angel ging auf die Tür zu, und die Spannung begann bereits nachzulassen, kehrte jedoch sofort zurück, als plötzlich ein junges Mädchen ihm in den Weg trat. Sie war sehr schön mit ihrem schwarzen Haar, das ihr über die Taille floß, und ihren großen, grünen Augen – den Augen ihres Vaters. Sie konnte nicht älter sein als dreizehn. Eine Schwester, hatte Kirby gesagt, und Angel wußte instinktiv, daß er ihr in diesem Augenblick gegenüberstand.

Plötzlich hatte er einen Kloß im Hals. Er schien nicht in der Lage zu sein, seinen Blick von ihr abzuwenden.

Auch sie sah ihn an, und ihre Augen leuchteten vor Neugier. Sie sah nicht einmal weg, als sie ihrem Vater mitteilte: »Mutter sagt, sie kommt sofort runter – und wer sind Sie, bitte schön?«

Sie sagte alles in einem einzigen Atemzug. »Angel«, entgegnete er, ohne nachzudenken.

»Im Ernst? Ich habe einen Bruder namens Angel, obwohl ich ihn nie kennengelernt habe. Ich habe noch eine ganze Menge anderer Brüder, aber Mutter sagt, ein Mädchen kann nie zu viele Brüder haben, die auf sie aufpassen.«

Angel konnte sich nicht vorstellen, daß er auf eine Schwester aufpaßte. Das Ende vom Lied wäre wahrscheinlich, daß er reihenweise Leichen zurücklassen würde, falls jemand sie auch nur schief ansehen sollte, und er konnte sich nicht vorstellen, daß diese Stadtmenschen dafür besonders dankbar wären.

»Ich heiße Katey«, fuhr sie fort und fragte wieder einmal im selben Atemzug: »Sind Sie mein Bruder?«

Die Frage ging wie Stahl durch Angel hindurch, scharf und schmerzhaft. Er wußte nicht, was er ihr antworten sollte. Die Wahrheit? Sie würde ihn für alle Zeiten verpflichten. Aber auch ein bisher leerer Teil seines Lebens wäre ausgefüllt.

Der Bankier gab ihm keine Chance, dieses Wort auszusprechen.

»Du hast deine Botschaft überbracht, Katey; jetzt geh bitte wieder auf dein Zimmer.«

»Aber...«

»Du müßtest eigentlich wissen, daß du uns nicht auf die Nerven fallen darfst, wenn wir Besuch haben.«

Seine Stimme klang nicht besonders streng. Wenn überhaupt etwas darin mitschwang, war es eine übergroße Zärtlichkeit, die Angel verriet, daß das Mädchen aufrichtig geliebt wurde. Sie verließ das Zimmer mit einem »Ja, Sir« und nur der winzigen Andeutung eines Schmollmundes.

»Ich danke Ihnen, daß Sie meiner Tochter keine Antwort gegeben haben«, hörte Angel hinter sich. »Die Kleine ist so leicht zu beeindrucken. Sie hätte Ihnen geglaubt.«

Die Wahrheit geglaubt? Warum nicht. Aber Angel sagte es nicht, sagte überhaupt nichts. Noch einmal ging er auf die Tür zu. Wäre das verdammte Zimmer nicht so groß gewesen, hätte er sich schon längst aus dem Staub gemacht...

Aber er schaffte es nicht. Sie stießen an der Tür zusammen, weil sie beide zu hastig darauf zugegangen waren. Er mußte sie festhalten, damit sie nicht hinfiel, und hörte sie keuchen und dann lachen. Aber sie hatte bisher noch nicht aufgesehen. Sie war tatsächlich eine sehr kleine Frau und reichte ihm kaum bis ans Kinn. Ihr Gesicht brauchte er gar nicht zu sehen. Dieses Lachen verriet ihm alles, ein Klang, der ihm so vertraut war, als hätte er ihn erst gestern gehört.

Sie war es, und mit ihr kehrten auch die Erinnerungen zurück – Erinnerungen an sanftes Schelten, an Umarmungen und Küsse, Gute-Nacht-Geschichten und die Tränen, als sein Vater gestorben war und sie es ihm sagen mußte; und an Liebe, so viel Liebe. Er konnte nicht mehr atmen, so groß war der Klumpen in seiner Kehle geworden. Seine Hände krampften sich um ihre Arme, diese Bewegung ließ sie aufsehen, und es war nur gut, daß er sie noch nicht losgelassen hatte, denn sie wurde plötzlich so weiß, daß er befürchtete, sie könne in Ohnmacht fallen.

»Cawlin?« hauchte sie fast atemlos, und Angel wußte, daß sie glaubte, einen Geist zu sehen.

Er antwortete nicht. Kein einziges Wort kam an diesem Kloß in seiner Kehle vorbei. Es war ihr noch nicht in den Sinn gekommen, daß sie den Sohn und nicht seinen Vater sah, und er sollte besser gehen, bevor ihr das klar wurde. Aber er konnte sich nicht bewegen. Er konnte sie nicht einmal loslassen. Er wollte sie immer fester an sich ziehen, aber er hatte auch Angst, Angst, sie zu erschrecken, Angst, sie vielleicht nie mehr loszulassen.

Die Dinge, die er empfand, schnürten ihm die Kehle zu. Plötzlich wünschte er sich, Cassie wäre da, um sich einzumischen und die Dinge auf ihre Art in Ordnung zu bringen, denn er hatte sich noch nie so hilflos und unsicher gefühlt wie in diesem Augenblick. Statt dessen war der Bankier da, um sie voneinander zu trennen und Anna ins Zimmer und zu einem Stuhl zu führen. Angel bewegte sich immer noch nicht. Er sollte zusehen, daß er schleunigst aus diesem Haus verschwand, aber seine Füße wollten ihm nicht gehorchen, und seine Augen wollten sich nicht von seiner Mutter abwenden.

Sein Bild von ihr mochte zwar in einundzwanzig Jahren verblaßt sein, kehrte jetzt jedoch mit aller Deutlichkeit zurück, weil sie sich in dieser Zeit so wenig verändert hatte. Und die Dinge, an die er sich nun erinnern konnte, die vielen Kleinigkeiten, die er vergessen hatte... Sie hatte ihn nicht aus Unachtsamkeit verloren, sie hatte ihn mit einem Übermaß an Fürsorge aufgezogen, weil er alles gewesen war, was ihr geblieben war – damals. Aber jetzt lebte sie im Kreis einer neuen Familie, und er gehörte nicht dazu.

Furcht brachte seine Füße schließlich dazu, sich zu bewegen, Furcht vor Zurückweisung und dem Schmerz, der damit einherging. Das war das einzige, womit er noch nie besonders gut hatte umgehen können, und er würde nicht ausgerechnet jetzt anfangen, das zu versuchen.

Er hatte bereits mit einigen langen Schritten den Flur durchquert, bevor er bemerkte, daß an der Haustür ein Hindernis in Form seiner kleinen Schwester auf ihn wartete. Katey lehnte sich mit überkreuzten Armen dagegen und betrachtete ihn kopfschüttelnd. Sie war nicht wie befohlen auf ihr Zimmer gegangen. Statt dessen hatte sie auf ihn gewartet, um ihm aus dem Hinterhalt aufzulauern. Und genauso fühlte er sich jetzt, als sei er in einen Hinterhalt geraten.

Lächelnd erinnerte sie ihn: »Sie haben mir keine Antwort gegeben.«

»Keine Antwort worauf?«

»Ob Sie mein Bruder sind.«

»Und wenn es so wäre?«

»Ich weiß, daß Sie es sind.«

»Woher?«

»Weil ich möchte, daß Sie es sind«, sagte sie einfach. »Also kann ich nicht erlauben, daß Sie weggehen. Mutter würde sich sehr darüber aufregen, wenn ich das täte.«

»Sie ist schon aufgeregt genug.«

»Das ist noch gar nichts. Sie wird das ganze Haus zusammenschreien, wenn Sie jetzt durch diese Tür gehen.«

»Sie schreit nicht.«

Katey lächelte wieder. »Wenn man Sean und Patrick Glauben schenkt, tut sie das sehr wohl. Das sind meine Brüder – *Ihre* Brüder. Die beiden würden es mir auch nie verzeihen, wenn ich Sie gehen ließe, bevor sie Sie kennenlernen konnten.«

»Du glaubst wirklich, daß du mich aufhalten kannst, Kleines?«

»Ich vielleicht nicht, aber *sie*.«

Sie wies mit dem Kopf auf jemanden, der hinter ihm stand. Er drehte sich um und entdeckte seine Mutter an der Tür zum Salon, wie sie sich mit einer Hand am Türrahmen festhielt und die andere auf ihr Herz preßte. Sie war noch immer leichenblaß. Ihr Mann stand hinter ihr, bereit, sie aufzufangen für den Fall, daß sie doch noch in Ohnmacht fiele.

Sie sah zerbrechlich genug aus, um zusammenzubrechen, aber ihre Stimme war fest, beinahe anklagend, als sie sagte: »Ich glaube an Kobolde wie auch an Geister, aber du bist nicht Cawlins Geist, oder?«

»Nein.«

Plötzlich standen Tränen in ihren Augen. »O Gott – Angel?«

Er wagte es nicht einmal zu atmen. Sie wartete seine Antwort nicht ab, sondern ging auf ihn zu, ganz langsam. Durch den Schleier der Tränen, die jetzt unkontrolliert über ihr Gesicht strömten, verschlang sie jeden Zoll von ihm mit ihren Blicken. Dann lagen ihre Hände auf seinem Gesicht, seinen Schultern, seinen Armen, wie um sicherzugehen, daß er wirklich da war. Schließlich schlang sie ihre Arme um seine Taille und hielt ihn fest, während sie ihren Kopf an seine Brust sinken ließ und nun ernstlich zu weinen begann.

Angel war genauso hilflos wie damals, als Cassie ihm das angetan hatte, nur daß er diesmal gegen die Feuchtigkeit ankämpfen mußte, die sich in seinen eigenen Augen bildete. Er zögerte ein paar unerträglich lange Augenblicke, bevor seine Arme sich hoben, um sie zu umfangen, wahrscheinlich zu fest, aber sie beklagte sich nicht.

Über ihren Kopf hinweg sah er ihren Mann an. Der war im Augenblick ausgesprochen verlegen, aber nicht, weil seine Frau so ungehemmt ihre Gefühle zeigte.

»Es tut mir leid...«, begann Winston.

»Sie brauchen sich nicht zu entschuldigen«, sagte Angel. »Ich glaube, es hätte mir gar nicht gefallen, wenn einer von diesen anderen Angels es geschafft hätte, sie davon zu überzeugen, er wäre ich.«

»Anna sagte, Sie hätten damals Ihrem Vater so ähnlich gesehen, daß Sie als Erwachsener einfach sein Abbild sein müßten.«

»Ich kann mich nicht an ihn erinnern«, gab Angel zu.

Als sie das hörte, weinte Anna noch heftiger. Lächelnd stellte Winston sich hinter sie und legte seine Hände auf ihre Schultern. »Anna, laß ihn jetzt los«, bat er.

»Niemals!« sagte sie wild und drückte Angel noch fester

an sich. »Und ich will wissen, warum du so lange gebraucht hast, Bürschchen, um nach Hause zu kommen.«

»Das ist eine lange Geschichte.«

Sie sah zu ihm auf. »Nun, da du erst mal nirgendwo hingehst, hast du genug Zeit, um sie zu erzählen.«

Da hatte sie wohl recht, aber Angel wußte, daß er ihr niemals alles davon erzählen würde. Und jetzt, da die Spannung langsam von ihm wich, hätte er am liebsten laut gelacht. Ein Zuhause. Endlich besaß er eines. Und eine Familie. Er gab dem Drang nach und begann zu lachen.

35

Catherine und Cassie kamen gerade rechtzeitig nach Hause, um zu Colt Thunders Hochzeit am Ende des Monats eingeladen zu werden. Seine Schwester Jessie hatte sie schon seit einigen Wochen geplant. Wenn man den Gerüchten, die sie von ihrer Haushälterin Louella hörten, Glauben schenken durfte, hatte Colt ein ziemliches Theater gemacht, weil er eigentlich kein großes Tamtam um seine Hochzeit wollte. Er hatte vor, sie einfach nur schnell hinter sich zu bringen, bevor die Braut ihre Meinung ändern konnte.

Aber seine Schwester wollte nichts davon hören, sondern eines der größten, rauschendsten Feste veranstalten, die Wyoming je gesehen hatte. Schließlich heiratete er eine echte Herzogin, so daß Jessie das Gefühl hatte, diese Hochzeit wirklich ganz groß aufziehen zu müssen.

Catherine war beeindruckt. Cassie sagte nichts davon, daß sie schon von Angel etwas über Colts Herzogin gehört hatte. Sie freute sich darauf, die Dame kennenzulernen, der es gelungen war, Colts Meinung über weiße Frauen zu ändern. Angel würde sicher überrascht sein, wenn er davon hörte, da es Colt ihm zufolge gar nicht gefallen hatte, die Herzogin »am Hals zu haben«, wie er sich ausdrückte.

Cassie erfuhr mehr über diese Geschichte, als sie und Marabelle an ihrem zweiten Tag zu Hause, draußen auf der Weide, Jessie trafen. Die ältere Frau suchte nach einem verirrten Kalb. Cassie genoß es, endlich wieder mit Marabelle ausreiten zu können, und während sie nebeneinander herritten, unterhielten die beiden Frauen sich.

»Im letzten Monat hätten wir deine Gabe, die Dinge in Ordnung zu bringen, gut gebrauchen können«, bemerkte Jessie ohne Umschweife. Sie war wahrscheinlich die einzige, die Cassies Einmischungen jemals so großzügig umschrieben hatte. »Du hast noch nie zwei so unglückliche Menschen gesehen wie Colt und Jocelyn, als die beiden hier ankamen. Sie waren ineinander verliebt, was ich auch sofort gesehen habe. Aber sie hatten sich noch nicht dazu durchgerungen, einander von dieser Tatsache in Kenntnis zu setzen, und es sah auch nicht so aus, als würden sie das in absehbarer Zeit tun.«

»Warum nicht?«

»Er dachte, sie würde kein Halbblut heiraten wollen. Sie dachte, er liebe sie nicht. Zeigt mal wieder, wie dumm die beiden gewesen sind, ihre Gefühle für sich selbst zu behalten.«

Cassie rutschte in ihrem Sattel unruhig hin und her. Tat sie nicht gerade genau dasselbe? Natürlich lag ihr Fall ein wenig anders. Sie *wußte*, daß Angel ihre Gefühle nicht erwiderte, sie glaubte es nicht nur. Aber warum war er dann in St. Louis so gleichgültig in bezug auf die Scheidung gewesen? fragte sie eine innere Stimme. Sie wurde noch unruhiger. Irgendwann einmal würde sie ernsthaft über diese Frage nachdenken müssen. Wenn es auch nur die geringste Chance gäbe...

»Du wirst nie erraten, wo er jetzt wohnt«, fuhr Jessie fort. »Auf der alten Callan-Ranch.«

Das überraschte Cassie denn doch. »Ich hätte nie geglaubt, daß er jemals wieder einen Fuß über diese Schwelle setzen würde, nach dem, was dort geschehen ist.«

»Ich weiß. Aber die Herzogin hat die Ranch gekauft, weißt du, damit sie darin leben können, bis das Herrenhaus, das sie auf dem Hügel bauen läßt, fertig ist. Und als er sie erst einmal gebeten hatte, seine Frau zu werden, hat sie sich geweigert, ihn aus den Augen zu lassen.«

»Ich habe gehört, es sei genau umgekehrt – daß er Angst hätte, sie könne ihre Meinung in bezug auf die Hochzeit noch ändern.«

»Genaugenommen wird wohl keiner von den beiden aufhören, sich deswegen Sorgen zu machen, bevor diese Angelegenheit nicht erledigt ist. Frag mich bloß nicht, wie es mir gelungen ist, die beiden dazu zu überreden, noch einen Monat zu warten, damit ich meinen Bruder ordentlich verheiraten kann. Das war bei Gott nicht leicht.«

Sie hielten einen Augenblick lang an, um Marabelle zuzusehen, die sich in einer Schneeverwehung wälzte, die von einem einige Wochen zurückliegenden Sturm übriggeblieben war. Das Wetter zeigte sich an diesem Morgen ganz besonders eisig, aber beide Frauen waren schließlich daran gewöhnt.

Cassie beschloß, die ältere Frau um Rat zu fragen, solange sie noch die Gelegenheit dazu hatte. »Mußtest du schon jemals eine Entscheidung treffen, bei der du überhaupt nicht wußtest, was du tun sollst, Jessie?«

»Na klar, schon oft. Das sind die Fälle, bei denen Chase sich als nützlich erweist. Wenn ich keine Antwort finden kann, er kann es immer.«

Cassie nahm sich die Zeit, ihre Freundin ein wenig aufzuziehen: »Er muß sich auch bei anderen Dingen manchmal als nützlich erweisen, denke ich.«

»Bei ein oder zweien.« Jessie grinste: »Also, was ist das für eine schwierige Entscheidung, die du treffen mußt?«

Cassie hatte niemals große Probleme, direkt zur Sache zu kommen. Sie versuchte es auch jetzt und antwortete: »Irgendwie ist es mir gelungen zu heiraten, während ich in Texas war.«

Jessie lachte. »Nun, ich will verdammt sein, das muß im Augenblick in der Luft liegen. Wie hast du es denn geschafft, nicht sofort mit dieser Neuigkeit herauszuplatzen? Wann lernen wir ihn kennen?«

»Du kennst ihn schon. Ich habe Angel geheiratet.«

»Angel? Doch nicht ... nein, natürlich nicht...«

»Doch, ja, Colts Freund.«

Jessie starrte sie einen Augenblick an, bevor sie hervorstieß: »*Du und Angel?*«

Das klang so ungläubig, daß Cassie zusammenzuckte. »Ich nehme an, es klingt ziemlich absurd, aber es war eigentlich nicht unsere eigene Idee. Erinnerst du dich noch daran, wie du und Chase geheiratet habt?«

»Wie könnte ich jemals seine Waffe in meinem Rücken vergessen?« erwiderte Jessie. Dann weiteten sich ihre türkisfarbenen Augen plötzlich. »Willst du damit sagen, daß Angel dich gezwungen hat?«

»Nicht er. Es waren ein paar Nachbarn meines Vaters, die etwas gegen meine Einmischerei hatten.«

»Und Angel hat das *zugelassen?*« Jessies Erstaunen war durchaus verständlich. Jeder, der Angel kannte, wußte, daß er sich so etwas niemals gefallen lassen würde, daß er es verhindern würde, und sei es mit einem Blutbad.

»Sie hatten ihn bereits entwaffnet, bevor er wußte, was sie vorhatten.«

»Er muß eine mörderische Wut gehabt haben.«

»Das dachte ich mir auch, und daher habe ich alles getan, um ihm auszureden, sie alle umzubringen. Aber genaugenommen war er nur auf mich wütend. Meine Einmischung hatte uns diesen Schlamassel schließlich eingebrockt.«

»Und du lebst noch?«

Cassie schmunzelte, denn sie war sich bewußt, daß Jessie diese Bemerkung nicht ganz ernst meinte. »Ich denke, Angel macht denn doch davor halt, Frauen zu erschießen.«

»Ist das der Grund, warum deine Mutter so plötzlich nach Texas gerast ist?«

»Nein, sie dachte, ich brauche vielleicht Hilfe wegen dieser Nachbarn meines Vaters«, erklärte Cassie. »Aber Angel hatte die Situation bereits entschärft.«

»Was hatte er übrigens da unten zu suchen?«

»Nun, es stellte sich heraus, daß ich so eine Art Gefälligkeit war, die er jemandem schuldete.«

»Das ist mal wieder typisch Angel. Er nimmt seine Schulden ausgesprochen ernst. Jahrelang hat er versucht, es meinem Bruder zu vergelten, daß er ihm einmal das Leben gerettet hat. Colt erzählte übrigens, daß Angel ihm unten in Neu-Mexiko mit seiner Herzogin geholfen hat, einen Teil seiner Schulden zu begleichen.«

»Ja, Angel hat mir davon berichtet.«

Jessie warf ihr einen besorgten Blick zu. »Deine Mutter wird nicht allzu erfreut darüber gewesen sein, von deiner Hochzeit mit Angel zu hören, selbst wenn sie nicht beabsichtigt war.«

»Das ist noch milde ausgedrückt. Wie die Dinge liegen, hat sie seither eine ausgesprochene Abneigung gegen Angel entwickelt.«

»Nun mach dir darüber mal keine Sorgen. Sie wird schon darüber hinwegkommen, sobald du deine Ehe annulliert hast. Ich bin überrascht, daß sie nicht schon längst dafür gesorgt hat.«

Cassie konnte es nicht verhindern, bei dieser Feststellung zu erröten. »Das kann sie nicht. Eine Annullierung ist unmöglich, nachdem Angel darauf bestanden hat, nicht auf die Hochzeitsnacht verzichten zu wollen.«

Jessies Augen flackerten. »Also, zum Teufel, seit wann benimmt er sich denn so?«

»Wahrscheinlich, seit er mich getroffen hat. Wir kommen nicht gerade besonders gut miteinander zurecht – jedenfalls nicht immer.«

»Wer tut das schon? Aber wußte er denn nicht, daß er dich auf diese Weise zu einer Scheidung zwingen würde?«

»Er wußte es.«

»Dann verstehe ich es nicht. Was kann er sich nur dabei gedacht haben?« Cassies Erröten wurde nur noch heftiger. Jessie bemerkte es, sagte: »Oh«, und errötete dann selbst ein wenig. »Hat es dir etwas ausgemacht ... nein, das brauchst du nicht zu beantworten.« Jetzt färbten sich auch Jessies Wangen dunkelrot. »Das ist zu persönlich...«

»Schon in Ordnung, Jessie«, unterbrach Cassie sie. »Das ist ja ein Teil des Problems. Es hat mir überhaupt nichts ausgemacht.«

»Willst du damit sagen, daß du irgendwelche besonderen Gefühle für Angel entwickelt hast?« erkundigte Jessie sich vorsichtig.

»Ich glaube – ja.«

»Dann wirst du dich nicht von ihm scheiden lassen?«

»Das ist der Rest des Problems. Er erwartet es von mir. Meine Mutter erwartet es von mir.«

»Also wer, zum Teufel, sagt denn, daß du tun mußt, was man von dir erwartet?« fragte Jessie.

»Aber Angel will nicht verheiratet sein.«

Jessie schnaubte verächtlich. »Darüber hätte er nachdenken sollen, bevor er sich eine Hochzeitsnacht gönnte.«

Cassie lehnte sich verwirrt zurück. Warum konnte sie nicht auch so denken? Nun, sie wußte es. Jessie war nicht der Typ, der sich von irgend jemandem überrennen ließ, ohne zurückzuschlagen, aber es gehörte schon einiges dazu, bevor sie, Cassie, es auch nur in Erwägung ziehen konnte, so etwas zu tun.

Sie hatte sogar bereits versucht, ihre Wut auf Angel wieder zu schüren, an all die Dinge zu denken, die sie an ihm störten, sich auch an ihre letzte Begegnung zu erinnern – oder wenigstens daran, wie sie geendet hatte. Wenn sie wütend auf ihn wäre, könnte sie vielleicht launenhaft genug sein, ihn noch ein wenig auf diese Scheidung warten zu lassen. Sie hatte jedoch noch *nicht* darüber nachgedacht, sich überhaupt nicht scheiden zu lassen.

Hilflos sah sie Jessie an. »Ich glaube, das könnte ich ihm nicht antun.«

Jessie schüttelte den Kopf. »Er hatte keinerlei Skrupel, eure Hochzeit legal zu machen. Ich an deiner Stelle hätte genausowenig Skrupel, es dabei zu belassen – wenn es das wäre, was ich wirklich wollte. Wenn es *nicht* das ist, was du willst, Cassie, dann los – laß dich von ihm scheiden.«

Aber es war ja das, was sie wollte. Sie zweifelte nicht länger daran. Ihre Zweifel galten vielmehr der Frage, ob es klug wäre, zu versuchen, das, was sie wollte, von einem Mann wie Angel zu bekommen.

36

Jocelyn Fleming, Herzoginwitwe von Eaton, achtete nicht im geringsten auf das flammendrote Haar, das sie bürstete. Sie beobachtete im Spiegel ihres Schminktäschchens ihren Geliebten. Er saß auf dem Bett, in dem sie gerade eine sehr vergnügliche Stunde verbracht hatten, und spielte mit einem Stück Papier herum. Er hatte sich bereits angezogen, auf die für ihn typische nachlässige Art: enge schwarze Hosen, blaues Hemd, rotes Halstuch – und kniehohe Mokassins. Seine gefranste Wildlederjacke hing über dem Bettpfosten. Er würde sie heute abend nicht mehr brauchen, denn seine Schwester und ihr Mann kamen zum Dinner herüber. Genaugenommen würden sie wohl in Kürze erscheinen.

Sie fragte sich, und das nicht zum ersten Mal, ob sie es

wohl schaffen würde, ihn für ihre Hochzeit in einen Anzug stecken zu können. Eigentlich hatte sie ernsthafte Zweifel daran. Außerdem fragte sie sich, ob er sich wohl jemals wieder sein mehr als schulterlanges schwarzes Haar schneiden lassen würde. Das letzte Mal, als er es kurz getragen hatte, war er beinahe zu Tode gepeitscht worden – auf der Veranda seiner eigenen Ranch.

Es schmerzte sie noch immer jedesmal, wenn sie seine Narben sah, und er verbarg sie nicht länger vor ihr. Sie hatte bereits beschlossen, daß sie ihn nie darum bitten würde, sich die Haare schneiden zu lassen, da er sie mit Absicht so lang trug, damit niemals wieder jemand daran zweifeln konnte, daß er ein Halbblut war. Die Entscheidung darüber lag ganz allein bei ihm – wann und ob er jemals diese alte Bitterkeit überwinden würde.

Es gefiel ihr, sich einzubilden, daß sie ihm dabei helfen konnte. Zumindest ähnelte er jetzt wieder mehr dem glücklichen, zufriedenen Mann, den seine Schwester ihr beschrieben hatte, statt dem verdrossenen, beinahe wilden Typ, den sie mit einem Trick dazu gebracht hatte, sie nach Wyoming zu begleiten. Bis zu ihrem Todestag würde sie niemals vergessen, was für ein Gesicht er gemacht hatte, als sie auf seinen Bluff eingegangen war und sich einverstanden erklärt hatte, ihm fünfzigtausend Dollar für seine Dienste zu bezahlen. Das Geld des lieben Edward hatte ihr nie zuvor soviel Vergnügen bereitet wie an jenem Tag.

»Na schön, ich geb's auf, Colt«, sagte Jocelyn und lenkte damit den Blick seiner hellblauen Augen auf ihren Spiegel. »Ich kann meine Neugier einfach nicht mehr bezähmen, also sag mir bitte, was *ist* das, was du da in der Hand hast?«

»Dieser verdammte Brief von Angel.«

»Wann hast du ihn bekommen?«

»Als ich heute morgen in die Stadt geritten bin. Und man kann es eigentlich nicht mal einen Brief nennen. Zwei verdammte Sätze, das ist alles, was er geschrieben hat, obwohl ich mich darüber wirklich nicht beschweren kann, da er wahrscheinlich jemanden bitten mußte, es für ihn aufzuschreiben, und er hat noch nie viele Umschweife gemacht.«

Sie hob eine Augenbraue. »Versuchst du etwa, mein Mitleid zu erregen, weil dieser verabscheuungswürdige Freund von dir nicht schreiben kann?«

»Ich habe ihn nie gefragt, ob er es kann, aber ich habe so meine Zweifel daran, wenn man bedenkt, wie er aufgewachsen ist – und du kannst ihm doch nicht immer noch böse sein, weil er dieses Ding da in Neu-Mexiko gedreht hat.«

»Ach, kann ich nicht? Ich habe wahrhaftig geglaubt, ich würde an diesem Tag sterben. Er hätte es mir doch sagen können, daß er auf meiner Seite stand, statt mich das Schlimmste glauben zu lassen.«

»Wenn du etwas anderes geglaubt hättest als das, hätte Longnose vielleicht Verdacht geschöpft, und woher willst du wissen, ob du und Angel dann lebendig aus der Sache rausgekommen wärt? Ich will ihm ja gar nicht verzeihen, was er da getan hat, aber er hatte die besten Absichten.«

»In dieser Hinsicht gebe ich dir recht, aber nur in dieser«, gestand sie ein.

»Nun, ich glaube, da wäre noch etwas«, sagte er. »Wenn du an jenem Tag, als Longnose in deinem Schlafzimmer auftauchte, lange darüber hättest nachdenken müssen, wer er eigentlich ist, hättest du nicht so schnell reagieren können und wärest vielleicht schon tot gewesen, als ich hier raufkam, um diesen Bastard umzubringen.«

Dieser Gedanke war ihr noch gar nicht gekommen, aber die Vorstellung, Angel zu Dank verpflichtet zu sein, war ihr dennoch zutiefst verhaßt. »Du wolltest mir von seinem Brief erzählen«, bemerkte sie spitz. »Was hat dich daran so aufgeregt?«

Colt grunzte nur. »Ich bin nicht aufgeregt, ich stehe vor einem Rätsel.«

»Und du machst das sehr eindrucksvoll.«

Er warf ihr einen durchdringenden Blick zu. »Er schreibt, daß er innerhalb der nächsten Woche zurückkommt.«

»Na wunderbar.« Sie seufzte. »Gerade rechtzeitig zu unserer Hochzeit. Genau *das*, was ich gern hören wollte. Hat *er* wenigstens einen Anzug?«

»Das wirst du mir büßen, Herzogin.«

Sie schenkte ihm ein süßes Lächeln. »Ist das ein Versprechen?«

Er stellte sich hinter sie. »Mein Schwager hat wirklich recht. Einer Frau sollte ab und zu der Hals umgedreht werden.«

»Wenn du mich jetzt anfaßt, Colt Thunder, kann ich nicht versprechen, daß wir abkömmlich sein werden, wenn deine Schwester kommt.«

Er beugte sich zu ihr herab, um die bloße Haut unter dem Träger ihres Mieders zu küssen. »Jessie würde es verstehen.«

»Philippe nicht.«

»Auch gut«, versicherte er ihr. »Ich habe ohnehin große Lust, diesen französischen Küchenchef von dir eines Tages zu erschießen. Also werde ich es heute...«

»Aufhören!« Sie kicherte. »Was hat dieser abscheuliche Angel sonst noch zu sagen?«

Wieder runzelte Colt die Stirn, als er auf den Brief in seiner Hand blickte. »Er bittet mich, ein Auge auf seine Frau zu haben, die sich immer und überall einmischt.«

»Ich wußte gar nicht, daß er verheiratet ist«, sagte Jocelyn. »Kenne ich sie?«

»Woher, zum Teufel, soll ich das wissen?« erwiderte er. »Ich kenne sie ja selber nicht.«

Jetzt runzelte auch sie die Stirn. »Aber wie kann er dann von dir erwarten, daß du ein Auge auf sie hast?«

»Ich will verdammt sein, wenn ich das weiß«, sagte Colt aufgebracht. »Es sieht Angel gar nicht ähnlich, geheimnisvoll zu sein – nun, jedenfalls nicht *so* geheimnisvoll. Er muß

glauben, daß ich weiß, von wem er spricht, aber ich weiß es wahrhaftig nicht.«
»Hat er sie beschrieben?«
»Schätzchen, ich habe dir Wort für Wort erzählt, was er geschrieben hat. Zwei verdammte Sätze.«
»Nun, genaugenommen beschreibt er sie ja – eine Frau, die sich gern einmischt. Kennst du hier so jemanden?«
»Es gibt in dieser Gegend nur eine Frau, auf die das zutrifft, aber sie kann es unmöglich sein. Sie war zu Besuch bei ihrem Vater in – Texas.«
»Wollte Angel nicht genau da hin, als er uns in Neu-Mexiko verlassen hat?«
Er schüttelte den Kopf, was keine Antwort auf ihre Frage sein sollte, sondern nur ein neuerliches Zeichen seiner Verwirrung. »Ich weigere mich zu glauben, daß Angel Cassie Stuart geheiratet hat.«
»Na bitte, da siehst du's. Du wußtest *doch*, wen er meint.«
»Jocelyn, Cassie Stuart ist eine sehr anständige, sehr wohlerzogene junge Dame. Sie und Angel gäben ein so ungleiches Paar ab, daß es einfach lächerlich wäre. Frauen ihrer Art erschrecken ihn zu Tode.«
»Das würde ich gern mal sehen.« Sie grinste ihn im Spiegel an. »Ich hoffe mittlerweile, daß sie es ist, obwohl das natürlich bedeutet, daß ich auf der Stelle anfangen muß, dieses Mädchen zu bemitleiden.«
Langsam und mit Bedacht legte er seine Hände um ihren Hals.

»Was soll das heißen, du weißt es?« schimpfte Jessie. Sie haßte es, wenn man ihr eine Überraschung verdarb. »Cassie hat es mir erst heute erzählt. Wann hat sie es dir gesagt?«
»Sie hat es gar nicht erzählt«, erwiderte Colt, der sich noch immer nicht von seiner Verwirrung erholt hatte. »Ich

habe einen Brief von Angel bekommen, aber ich weigere mich nach wie vor, es zu glauben. *Angel und Cassie?*«

»Genau das habe ich auch gesagt«, meinte Jessie. »Aber es ist nur allzu wahr. Eine ganz andere Frage ist, wie lange diese Ehe dauern wird. Sie haben nicht geheiratet, weil sie es wollten. Ein paar wütende Texaner haben da nachgeholfen.«

»Na schön, *das* klingt schon ein bißchen glaubwürdiger«, gab Colt zu, »obwohl ich mir immer noch nicht vorstellen kann, warum Angel es zugelassen hat.«

»Vielleicht, weil er es wollte.«

Alle drei, Colt, Jessie und Chase, sahen Jocelyn überrascht an. Es war Colt, der sie schließlich fragte: »Wie kommst du nur auf so eine verrückte Idee?«

Die Herzogin zuckte mit den Schultern. »Wenn er nicht mit ihr verheiratet sein wollte, würde er dann von seiner Frau sprechen, wenn er überhaupt von ihr spricht, statt ihren Namen zu verwenden? Würde ein Mann, der, wie du es mir erzählt hast, es verabscheut, irgend jemandem zu Dank verpflichtet zu sein, dich bitten, seine Dame im Auge zu behalten, obwohl er selbst in Kürze hier sein wird? Und, da wir schon mal dabei sind, warum sollte er sich überhaupt Sorgen um sie machen? Ist sie denn in irgendwelchen Schwierigkeiten?«

Jetzt war es Chase, der antwortete, da Jessie und Colt noch immer über Jocelyns verblüffende Logik nachgrübelten. »Wenn du die Dame kennen würdest, bräuchtest du nicht zu fragen. Cassie Stuart ist immer in irgendwelchen Schwierigkeiten, und das hat sie ihren dauernden Einmischungen zu verdanken.«

»Ich mag dieses Wort nicht, Chase«, beschwerte sich Jessie, um ihre Freundin in Schutz zu nehmen. »Cassie hat einfach ein großes Herz und möchte allen Menschen helfen...«

»Ob sie das wollen oder nicht!«

Jessie bedachte ihren Mann mit einem finsteren Blick. Typischerweise erwiderte er diesen Blick nur mit einem Lächeln.

Und um Jocelyns Logik zu widerlegen, fügte Colt hinzu: »Cassies Mutter ist durchaus in der Lage, sie aus irgendwelchen Schwierigkeiten herauszuhalten. Das tut sie schließlich schon seit Jahren.«

Daraufhin schleuderte ihnen die Herzogin nur ein weiteres Beispiel ihrer Logik entgegen, an dem sie sich die Zähne ausbeißen konnten. »Vielleicht hat Angel das Gefühl, daß er jetzt die Verantwortung für sie trägt.«

»Da hat sie vielleicht recht, Colt«, warf Jessie ein. »Immerhin hat Angel darauf bestanden, eine Hochzeitsnacht mit ihr zu verbringen. Hätte er dagegen seine Finger von dem Mädchen gelassen, hätte sie diese mit der Waffe erzwungene Hochzeit annullieren lassen können.«

»Na, *das* muß ja ein interessantes Gespräch gewesen sein, das ihr beide heute morgen geführt habt«, bemerkte Chase kichernd.

»Und Cassie hat dir das tatsächlich erzählt?« fragte Colt, dem das Ganze nun auch ein wenig peinlich war, seine Schwester.

Jocelyn, die sein Erröten bemerkt hatte, lachte. »Männer scheinen nun mal ab und zu bestimmte Probleme zu haben.«

»Es ist mehr als wahrscheinlich, daß ich heute nacht eines haben werde.«

Seine Frau warf ihm über den Tisch hinweg ihre Serviette ins Gesicht, aber seinen Fuß, der unter ihren Rock geschlüpft war und an ihrer Wade rieb, schob sie nicht weg. Es gelang ihr, ein heimliches Lächeln zu verbergen, das nur er sah.

»Nun, mir ist es egal, was ihr sagt«, stellte Colt bestimmt fest. »Ich kenne Angel zufällig besser als ihr alle, und ich werde nichts davon glauben, solange ich es nicht aus seinem eigenen Mund gehört habe. Aber in der Zwischenzeit sollte ich wohl besser mal zur Lazy S hinüberreiten, um mich zu versichern, daß Angels sogenannte Ehefrau sich auch ordentlich benimmt.«

»Ich komme mit dir«, erbot sich Jocelyn. »Dieses arme, unglückliche Mädchen möchte ich gerne kennenlernen.«

»Herzogin...«, begann Colt, nur um sogleich unterbrochen zu werden.

»Es spielt überhaupt keine Rolle, was du sagst, Colt Thunder. Diesen ganz speziellen Freund von dir werde ich niemals mögen.«

»Du hast doch nicht etwa vor, seine Frau von diesem Umstand in Kenntnis zu setzen, oder?« wollte Colt wissen.

»Aber natürlich nicht. Ich hoffe, so schlecht sind meine Manieren nun auch wieder nicht – obwohl *irgend jemand* sie dazu ermutigen sollte, sich von ihm scheiden zu lassen, solange sie es noch kann.«

»Aber dieser Jemand wirst nicht du sein, Herzogin«, sagte Colt mit ausdrucksloser Miene. »Wir lassen nämlich in jedem Bezirk nur eine Frau zu, die sich in anderer Leute Angelegenheiten einmischt. Der Rest wird erschossen.«

»Noch so ein Westernbrauch?« fragte sie in einem Ton, der es an Trockenheit durchaus mit dem seinen aufnehmen konnte. »Wie drollig.«

37

Angel hatte nicht damit gerechnet, vor Ende des Monats wieder in Cheyenne zu sein. Aber es war ihm schlicht und einfach unmöglich, sich von dort fernzuhalten. Die kurze Zeit, die er bei seiner Familie verbracht hatte, war sehr schön gewesen und hatte ihm ein neues Selbstgefühl geschenkt. Sie hatten ihn akzeptiert, wie er war, ohne wegen des Lebens, das er führte, auf ihn herabzusehen. Ihr Verhalten hatte ihn dazu gebracht, noch einmal über seine Beziehung zu Cassie nachzudenken, und nachdem er das einmal getan hatte, gab es nichts mehr, was ihn hätte aufhalten können, etwas zu unternehmen.

Das jedenfalls hatte er gedacht, als er St. Louis verließ. Als er jedoch nur noch wenige Stunden von ihr entfernt war, kamen plötzlich die Zweifel wieder an die Oberfläche – nicht stark genug, um seine Meinung bezüglich der Entscheidung, die er getroffen hatte, zu ändern, aber doch stark genug, um dem Elan, mit dem er sich auf den Weg gemacht hatte, Einhalt zu gebieten.

Er würde Cassie sagen, daß er nicht bereit war, sich von ihr scheiden zu lassen. Nein, vielleicht sollte er sie zuerst fragen, ob es ihr etwas ausmachen würde, auch weiterhin mit ihm verheiratet zu sein. Wenn sie dann sagte, daß es ihr sehr wohl etwas ausmachen würde, *dann* konnte er immer noch sagen: »Dein Pech.« Und wenn es sein mußte, würde er sie so lange im Bett festhalten, bis sie ihre Meinung änderte. Im Bett paßten sie in jeder Hinsicht zueinander. Erst, wenn sie es verließen, würden ihr hundert Gründe einfallen, warum sie gar nicht zusammenpassen konnten. Er beabsichtigte, sie vom Gegenteil zu überzeugen.

Jetzt war nur noch die Frage, wie er den Mut dazu finden sollte. Seine kurze Begegnung mit Catherine Stuart kurz nach seiner Ankunft hatte ihm nicht gerade geholfen. Sie war auf dem Weg zur Bank gewesen und hatte ihn ebenfalls gesehen, aber ihr einziger Gruß für ihn hatte in einem liebevollen Streicheln des Revolvers an ihrer Hüfte bestanden.

Diese Dame würde sich ganz gewiß noch als Problem erweisen. Es wäre ganz gewiß sinnlos, an ihre guten Seiten zu appellieren. Sie hatte keine. Das Beste würde wohl sein, wenn er ihr ganz aus dem Weg ging. Er brauchte ja nicht ihre Zustimmung, um Cassie für sich zu gewinnen, er brauchte nur Cassies Zustimmung.

Diese Entscheidung beruhigte ihn wenigstens in einer

Hinsicht, aber es war eine kurze Beruhigung. Das Klopfen an seiner Tür erfolgte, noch bevor er Gelegenheit hatte, auszupacken. Er dachte, es sei Agnes, die Besitzerin der Pension, in der er wohnte, wann immer er in der Stadt war, aber als er die Tür öffnete, stand Cassies Mutter vor ihm und sah so furchterregend aus, wie es ihr nur möglich war.

Sie verschwendete auch keine Zeit, sondern kam direkt auf den Grund ihres unerwarteten Besuches zu sprechen. »In dieser Tasche sind fünfundzwanzigtausend Dollar. Suchen Sie sich eine andere Stadt zum Leben.«

Er warf einen Blick auf die schwarze Tasche in ihrer Hand und studierte ihre steife Haltung und die Entschlossenheit in ihrem Gesicht. Obwohl er es gern getan hätte, machte er ihr nicht die Tür vor der Nase zu, bat sie jedoch auch nicht, hereinzukommen.

»Diese Stadt gefällt mir«, war alles, was er ihr entgegnete.

»Suchen Sie sich eine andere aus, die Ihnen auch gefällt.«

Angel blieb weiterhin höflich – wenn auch nur mit knapper Not, und lediglich um Cassies willen. »Behalten Sie ihr Geld, Mrs. Stuart. Ich habe keine Verwendung dafür.«

»Ist es nicht genug? Wollen Sie mehr?«

»Ma'am, ich verdiene mit einem einzigen Job fünftausend, manchmal zehn, und das für nur wenige Tage Arbeit. Ich will Ihr Geld nicht.«

Das hatte sie nicht erwartet. Ihr Gesichtsausdruck wurde nun sogar noch mürrischer. »Wenn Sie so verdammt reich sind, warum ziehen Sie sich dann nicht zurück?«

»Ich denke darüber nach.«

Catherine lachte spöttisch. »Sie werden es nicht tun. Sie eignen sich zu nichts anderem.«

»Das habe ich auch immer geglaubt – aber zufällig gibt es doch noch etwas, was ich tun könnte«, entgegnete er gedehnt. »Ich kann Ihrer Tochter ein Ehemann sein. Es würde einen Mann rund um die Uhr beschäftigen, sie aus Schwierigkeiten herauszuhalten.«

Er hatte das nur gesagt, um sie zu reizen. Schließlich hatte sie ihn wütend gemacht, weil sie glaubte, er sei käuflich. Und es funktionierte.

Jetzt kreischte sie beinahe. »Sie werden sich, verdammt noch mal, von meiner Tochter fernhalten, oder ich...!«

Sie beendete ihre Warnung nicht. Angel grinste, denn er ahnte ihr Problem. »Es fällt Ihnen wohl niemand ein, der schnell genug wäre, um mich zu töten, was?«

Sie machte eine Kehrtwendung, ohne ihm die Befriedigung einer Antwort zu gönnen. »Mrs. Stuart?« rief er hinter ihr her. Sie blieb nicht stehen. »Sie können Cassie sagen, daß ich sie in Kürze aufsuchen werde.«

»Setzen Sie auch nur einen Fuß auf meine...«

»Ja, ja, ich weiß, dann werden Sie mich eigenhändig erschießen. Die Leute haben eine ausgesprochene Vorliebe dafür, mir das anzudrohen.« Das letzte sagte er jedoch mehr zu sich selbst, da sie bereits nicht mehr da war.

Ihre Mutter verspätete sich. Cassie hatte sich um die wenigen Einkäufe gekümmert, die noch notwendig waren, während Catherine zur Bank gegangen war und zum Bahnhof, um nachzusehen, ob die Kleider aus Madame Cecilias Atelier schon angekommen waren. Vorher hatten sie in einem der Restaurants von Cheyenne ihren Lunch eingenommen, dann waren sie in verschiedene Richtungen gegangen, um ihre Besorgungen zu machen.

An einem sonnigen Tag machte es ihr nichts aus, in der Kutsche zu warten, aber heute nachmittag sah der Himmel recht düster aus. Sie hoffte, der Schnee würde noch zwei Tage auf sich warten lassen, wenigstens bis nach Colts Hochzeit.

Es war kaum zu glauben, daß Colt gestern tatsächlich zur Ranch gekommen war, nur um ihr und ihrer Mutter seine Herzogin vorzustellen. Das war eine unerwartete, für Cassie aber höchst willkommene Überraschung gewesen. Sie hatte ihr die Gelegenheit gegeben, Colt gegenüber zu erwähnen, daß Angel sich in St. Louis aufhielte. Eigentlich hatte sie gehofft, er wüßte vielleicht, wie er ihn dort erreichen könne und würde ihn zur Hochzeit einladen, aber Colt hatte den Wink nicht verstanden, zumindest hatte sie nichts davon bemerkt, und sie war nicht verwegen genug gewesen, einen solchen Vorschlag von sich aus zu machen.

Sie hatte auch versucht, mit ihm über Angel zu sprechen, als ihre Mutter einmal nicht dabei war, aber er hatte immer sofort das Thema gewechselt. Wenn sie jetzt so darüber nachdachte, hatte sein einziges Interesse darin bestanden, herauszufinden, ob sie nach ihrer Rückkehr schon jemanden im Visier hatte, der ihre besonderen Fähigkeiten, Dinge »in Ordnung« zu bringen, benötigte.

»Ich glaube, wir sollten jetzt sofort in Mr. Thornleys Büro gehen, falls es noch geöffnet ist, und wenn nicht, werden wir ihn schon irgendwo aufspüren«, sagte Catherine, während sie so plötzlich in die Kutsche sprang, daß sie Cassie beinahe zu Tode erschreckte. »Er ist jetzt schon jahrelang mein Rechtsanwalt. Wahrscheinlich kann er wahre Wunder bewirken und Angel diese Scheidungsurkunden noch heute aushändigen.«

»Das geht doch nicht, Mama«, sagte Cassie und fügte, um deutlicher zu werden, hinzu: »Das Baby!«

»Verdammt, das habe ich ganz vergessen. Nun, im selben Augenblick, in dem wir sicher sein können...«

»Was hast du mit ›heute‹ gemeint? Ist Angel wieder da? Hast du ihn getroffen?«

Catherine seufzte und griff nach den Zügeln, um die Kutsche in Bewegung zu setzen. »Ja, ich habe ihn getroffen«, murmelte sie mit zusammengebissenen Zähnen.

Cassies Herz schlug schneller, als ihr klar wurde, daß er

zurückgekehrt war – und sich wieder einmal ganz in ihrer Nähe aufhielt. »Hast du dich mit ihm gestritten?«

»Nicht der Rede wert«, sagte Catherine ausweichend, wobei sie stur geradeaus blickte, ein deutliches Zeichen dafür, daß sie nicht bereit war, sich weiter zu diesem Thema zu äußern.

Cassie runzelte nachdenklich die Stirn. Es mochte vielleicht nicht der Rede wert sein, aber *irgend etwas* hatte ihre Mutter offensichtlich so aufgeregt, daß sie wieder einmal von der Scheidung anfing. Cassie überlegte, ob dies vielleicht der richtige Augenblick wäre, ihr mitzuteilen, daß sie sich nicht scheiden lassen würde, ob sie nun ein Baby bekam oder nicht. Nein, diese Art unerfreulicher Neuigkeiten konnte warten.

Außerdem sollte sie es wohl zuerst besser Angel sagen, und auch das würde nicht besonders erfreulich werden. Natürlich konnte sie mit ihrer Eröffnung auch warten, bis sie sicher war, ob sie nun ein Kind bekam oder nicht. Auch dann hätte sie noch eine Woche Zeit, darüber nachzudenken, wie sie ihm erklären sollte, daß sie nicht die Absicht hatte, ihm seine Freiheit zurückzugeben.

Sie hatten die Stadt schon beinahe verlassen, als Cassie den Mann sah. Er stand, zusammen mit zwei anderen Männern, vor einem von Cheyennes anrüchigeren Saloons. Sie starrte ihn an, rieb sich die Augen, sah noch einmal hin und konnte es immer noch nicht glauben.

»Ich glaube, ich sehe ein Gespenst, Mama.«

Catherine drehte sich um und blickte in dieselbe Richtung, konnte jedoch nichts Ungewöhnliches entdecken. »Unfug«, stellte sie kurz und bündig fest.

»Aber dieser Mann da drüben, der größere von den Kerlen«, sagte Cassie mit zitternder Stimme. »Er ist tot. Angel hat ihn in Texas getötet. Er hatte auch eine Kugel von mir im Leib.«

»Dann ist er vielleicht nicht gestorben.«

»Aber man hat ihn beerdigt.«

»Dann ist es einfach jemand, der ihm ähnlich sieht«, wandte Catherine vernünftig ein.

»Das sprichwörtliche Ebenbild?«

»Du hast ihn nicht aus der Nähe gesehen, Baby«, beschwichtigte Catherine sie. »Sonst hättest du sicher festgestellt, daß du dich geirrt hast. Tote kommen nicht zurück.«

Cassie sank das Herz in die Kniekehlen, als einer der Männer plötzlich auf sie zeigte. Sie erkannte ihn. Es war jemand, den sie schon häufig in der Stadt gesehen hatte, obwohl sie seinen Namen nicht wußte. Und er zog sich auch sofort zurück, nachdem er auf sie gezeigt hatte. Die beiden anderen Männer waren stehengeblieben und erwiderten jetzt ihren Blick.

Nur mit Mühe brachte sie überhaupt eine Antwort zustande: »Ich weiß, daß Tote nicht zurückkehren, aber – aber er *ist* es, Mama. Diesen Mann würde ich niemals vergessen. Er ist eines Nachts in Caully in mein Zimmer eingebrochen und hätte mich vergewaltigt, wenn Marabelle nicht rechtzeitig Angel herbeigeholt hätte. Das ist auch der Grund, warum Angel ihn herausgefordert und erschossen hat.«

Catherine hätte beinahe die Zügel wieder angezogen. »Wie kommt es, daß dein Vater mir *davon* nichts gesagt hat?«

»Weil ich es ihm nicht erzählt habe.«

»Was hast du ihm denn sonst noch alles nicht erzählt?«

Jetzt war ihre Mutter eindeutig wütend, so daß Cassie nun auch ein Ausweichmanöver startete. »Nichts, woran ich mich erinnern könnte.«

Catherine schnaubte nur verächtlich. »Wie dem auch sei, über diesen Kerl da brauchst du dir keine Sorgen zu machen. Er ist ganz bestimmt nicht tot. Wenn überhaupt, ist er vielleicht ein Zwillingsbruder von dem anderen.«

»Noch ein Slater?« sagte Cassie stöhnend. »Ein Slater allein war schon einer zuviel.«

38

Es war fast dunkel, als sie nach Hause kamen, aber das hielt Cassie nicht davon ab, ihr Pferd zu satteln und auszureiten. Das tat sie natürlich ohne das Wissen ihrer Mutter. Nur der alte Mac, der die Stuart-Pferde versorgte, sah sie. Sie bat ihn, ihrer Mutter zu erklären, daß sie den Wunsch nach einem schnellen Ritt vor dem Dinner verspürt hätte – falls ihre Mutter überhaupt fragte. Wenn sie sich beeilte, konnte sie vielleicht zurück sein, noch bevor Catherine auf die Idee kam, nach ihr zu suchen.

Sie wollte wieder nach Cheyenne.

Der Anblick dieses Mannes, der das reinste Abbild von Rafferty Slater war, hatte sie nicht nur schockiert, er hatte sie auch den ganzen Heimweg über mit Sorge erfüllt. Ihre Mutter hatte unzweifelhaft recht. Er konnte Slaters Bruder sein, höchstwahrscheinlich sogar sein Zwillingsbruder. Und sein Erscheinen in Cheyenne, wo sowohl sie als auch Angel lebten, war ein zu großer Zufall für ihren Seelenfrieden.

Selbst wenn er nicht hier war, um sich für den Tod seines Bruders zu rächen, mußte sie Angel dennoch vor ihm warnen. Rafferty hatte versucht, Angel von hinten zu erschießen, und solche schmutzigen Tricks konnten in der Familie üblich sein. Auf jeden Fall würde sie kein Risiko eingehen, nicht, wenn es um Angel ging. Sie war nicht bereit, ihn an einen unbedeutenden, hinterhältigen Feigling zu verlieren, nachdem sie gerade beschlossen hatte, ihn für sich zu behalten.

Cassie erreichte Cheyenne schneller als jemals zuvor, aber es war trotzdem bereits dunkel, als sie in die Stadt kam, und die Wolken, die den ganzen Tag über am Himmel dahingetrieben waren, verdeckten den Mond, so daß sie für den Rückweg mit Sicherheit länger brauchen würde.

Vielleicht schaffte sie es auch überhaupt nicht mehr, rechtzeitig zum Dinner nach Hause zu kommen, aber darüber, wie sie das ihrer Mutter erklären sollte, würde sie erst nachdenken, wenn es soweit war.

Sie wußte, wo sie Angel finden konnte. Es war allgemein bekannt, daß er in Agnes' Gästehaus abstieg, weil die alte Dame ihn so gerne hatte, daß sie sein Zimmer niemals an einen anderen Gast vermietete, selbst wenn er manchmal monatelang nicht in der Stadt war. Ob er sich allerdings gerade jetzt dort aufhielt, war eine andere Frage. Sie hoffte, sie würde nicht lange auf ihn warten oder die ganze Stadt nach ihm absuchen müssen, sollte sich das jedoch als notwendig erweisen, würde sie auch davor nicht zurückschrecken.

Entschlossen band sie ihre Stute vor dem Gästehaus fest. Nur ein gedämpftes Licht aus einem Wohnzimmerfenster erleuchtete die Veranda, aber es war genug, um zu verhindern, daß sie auf den Stufen, die zur Tür hinaufführten, ins Stolpern geriet. Cassie kam jedoch nicht besonders weit.

»Keine Bewegung, junge Dame, nicht bevor ich es Ihnen sage, und geben Sie ja keinen Laut von sich.«

Eine Waffe, die sich in ihren Rücken bohrte, bekräftigte diesen Befehl. Cassie hatte keine Schwierigkeiten, zu erkennen, womit sie es zu tun hatte, obwohl der Stoff ihrer Jacke so dick war. Und ihre eigene Waffe lag zu Hause. Sie nahm sie nie nach Cheyenne mit und hatte auch diesmal keine Zeit damit verschwendet, sie zu holen, bevor sie in die Stadt zurückgeritten war.

Offensichtlich hätte sie das tun sollen, aber sie hatte nicht an irgendwelche Gefahren gedacht, sondern nur daran, Angel rechtzeitig zu erreichen, um ihn zu warnen. Jetzt war es auch zu spät, sich Vorwürfe darüber zu machen, daß sie sich vorher die Veranda von Agnes nicht genauer angesehen hatte. Sie hätte es besser wissen müssen. Eine solche Sorglosigkeit konnte ohne weiteres ein Leben kosten, und es war durchaus möglich, daß sie das nun am eigenen Leibe erfahren würde.

Eine Hand auf ihrer Schulter drehte sie um, so daß die Waffe jetzt auf ihren Bauch gerichtet war. Sie hatte gleich das Gefühl gehabt, daß sie ihren Angreifer kennen würde, und so war es auch.

»Nett von Ihnen, zurück in die Stadt zu kommen und die Sache für mich zu erleichtern.«

Sie ging nicht auf diese Bemerkung ein. Sie kannte ihn, fragte aber dennoch: »Wer sind Sie?«

»Man nennt mich Gaylen«, sagte er. »Und meinen Nachnamen wissen Sie ja, oder? Man vergißt nicht so leicht jemanden, bei dessen Ermordung man mitgewirkt hat.«

Cassie wurde ziemlich blaß, obwohl ihr gesunder Menschenverstand sie dazu zwang, der Sache auf den Grund zu gehen: »Sie sind nicht Rafferty.«

»Natürlich nicht, aber niemand konnte uns je auseinanderhalten, also ist es doch dasselbe, was? Wenn Sie mich ansehen, ist es genauso, als sähen Sie den Mann, den Sie getötet haben.«

Es würde wohl nicht viel nützen, wenn sie ihm sagte, daß Rafferty das verdient hatte. »Was wollen Sie?«

»Ich wollte mich eigentlich zuerst um diesen Angel kümmern, und nachher erst um Sie, aber jetzt, da ich Sie nun schon einmal habe, werde ich darüber nachdenken. Kommen Sie. Ich habe mein Pferd hinter dem Haus festgebunden.«

Die Hand, die wie ein Schraubstock ihren Hals umspannte, und seine Waffe ließen ihr keine andere Wahl, als mit ihm zu gehen. Sie dachte darüber nach zu schreien, verspürte jedoch nicht die geringste Lust, für diesen Versuch erschossen zu werden. Und er würde nicht zögern zu schießen. Es war eine dunkle, mondlose Nacht, und hinter dem Gästehaus war nichts als offene Prärie. Er wäre außer Sichtweite, noch bevor der Pulverdampf verflogen war, und sie wäre dann nicht mehr am Leben gewesen, um zu sagen, wer das getan hatte. Er setzte sie vor sich auf sein Pferd. Seine Waffe behielt er in der Hand, so daß sie es auch nicht in Erwägung zog, hinunterzuspringen. Sie ritten hinaus in die Prärie, und er trieb sein Pferd auf die Gebirgsausläufer im Osten zu.

Es dauerte beinahe fünf Stunden, bis er die kleine, nur einen einzigen Raum umfassende Hütte fand. Cassie hatte das Gefühl, daß er irgendwann vom Weg abgekommen und in den vergangenen zwei Stunden umhergeirrt war. Aus dem Schornstein stieg Rauch auf. Ein zweites Pferd stand in dem Schuppen neben der Hütte. Als sie es sah, erinnerte sie sich auch daran, daß er früher am Tag einen Freund bei sich gehabt hatte.

Gaylen drängte sie in die Hütte, und sie sah, daß dieser Freund in seinem Bettzeug zusammengerollt vor dem Feuer schlief. Gaylen machte sich nicht die Mühe, ihn zu wecken. Die einzigen Möbelstücke im Raum waren ein Tisch und ein Stuhl. Keiner von beiden machte einen sehr stabilen Eindruck.

Er warf ihr einen kurzen Blick zu, während er seine Satteltaschen auf den Tisch legte und sich daranmachte, sie zu durchwühlen. »Deine Leute haben doch Geld, oder? Viel?«

»Ja, warum?«

»Ein bißchen davon könnte mich vielleicht für meinen Verlust entschädigen.«

»Dann werden Sie also nicht versuchen, Angel zu töten?«

»Das habe ich nicht gesagt.«

Er zog aus einer der Satteltaschen ein Halstuch und eine Peitschenschnur hervor und bedeutete Cassie, sich auf der anderen Seite des Zimmers in die Ecke zu setzen. Das Halstuch war für ihre Handgelenke bestimmt, die Peitschenschnur für ihre Fußgelenke – nachdem er ihr die Stiefel von den Füßen gerissen und dann quer durch die Hütte geworfen hatte.

»Ich habe beschlossen, Harry mit meinen Forderungen wegzuschicken«, teilte er ihr mit, als er fertig war. »Das Ganze hat viel besser geklappt, als ich erwartet hätte.«

»Wie meinen Sie das?«

»Hier oben wird es leichter sein, diesen Revolverhelden umzubringen. Ich muß anschließend nicht in aller Eile aufbrechen oder mir Sorgen machen wegen der Männer des Sheriffs. Ihre Ranch ist nicht weit von hier, oder?«

»Woher soll ich das wissen?« erwiderte sie. »Ich konnte nicht erkennen, wohin wir geritten sind.«

»Ich glaube, wir sind nicht weit davon entfernt.«

Nicht ein einziges Mal hatte er bisher die Stimme erhoben oder auch nur im entferntesten den Eindruck eines Mannes gemacht, den der Tod seines Bruders erzürnt hätte. Daraus schöpfte sie eine winzige Hoffnung. Vielleicht war er nicht ganz so schlimm wie Rafferty? Vielleicht war er ganz und gar nicht glücklich über die beiden Morde, die er glaubte, begehen zu müssen? Und vielleicht wußte er nicht einmal, was für ein Gauner aus seinem Bruder geworden war. Nur für den Fall, daß er es nicht wußte, beschloß sie, ihn darüber aufzuklären.

»Wissen Sie, Ihr Bruder war ein Taugenichts. Er hat eine Viehherde in Panik versetzt. Er hat versucht...«

»Sagen Sie ja nichts gegen meinen Bruder«, war alles, was er erwiderte, doch selbst diese Erwiderung wurde in einem ausgesprochen ruhigen Tonfall geäußert.

Danach ignorierte er sie einfach und ging hinüber zu Harry, um ihn mit einem Fußtritt zu wecken. Eine Weile saßen sie neben dem Feuer und berieten sich leise, wobei Harry mehr als einmal in ihre Richtung schielte. Er war nicht so groß wie Gaylen, seine Augen waren von einem stumpfen Grau, sein braunes Haar lang und strähnig, seine Kleider wirkten schlampig und waren außerdem schmutzig.

Er war alles in allem ein häßlicher kleiner Mann, genau die Art, die sich leicht von anderen benutzen ließ.

Cassie gab sich alle Mühe, sie zu verstehen, konnte jedoch nicht mehr als ein oder zwei Worte auffangen. Nachdem sie mit etwas Ruß aus dem Kamin einige Zeilen auf eine alte Zeitung gekritzelt hatten, warf Harry seine Jacke über und ging. Gaylen warf sich auf das frei gewordene Bettzeug vor dem Feuer.

Cassie wartete ein paar Minuten, aber es sah wirklich so aus, als würde der Mann gleich einschlafen und sich nicht im geringsten darum kümmern, daß sie nichts zu essen bekommen und daß man ihr nicht einmal eine Decke oder einen Platz näher beim Feuer angeboten hatte. Wärme war jedoch im Augenblick nicht ihr Hauptanliegen.

»Wie wollen Sie Angel eigentlich hier herauflocken?«

»Er wird mir das Geld Ihrer Mutter bringen.«

»Was bringt Sie auf die Idee, daß er das tun würde? Es ist viel wahrscheinlicher, daß meine Mutter einige ihrer Cowboys...«

»Sie wird Angel herschicken, oder das Geschäft ist geplatzt.«

»Sie wird ihn vielleicht darum *bitten*, aber das heißt noch lange nicht, daß er auch kommen wird«, erwiderte Cassie.

»Er ist doch ein Revolverheld, dessen Dienste jeder mieten kann, oder? Also kann Ihre Mutter ihn engagieren, wenn er es nicht ohne Bezahlung tun will. Und er weiß ja nicht, wer Sie hier festhält oder daß ich vorhabe, ihn zu töten. Warum also sollte er nicht kommen? Außerdem habe ich gehört, daß ihr zwei vor eurer Abreise aus Texas geheiratet habt. Es würde einen ziemlich schlechten Eindruck machen, wenn der Mann sich weigerte, seine Frau zu befreien, finden Sie nicht auch?«

Cassie verstand nicht viel außer der Feststellung, daß Angel herkommen würde, ohne zu wissen, was hier auf ihn wartete. Diese Möglichkeit war ihr bisher nicht in den Sinn gekommen. Und sie wünschte, Gaylen hätte sie auch jetzt nicht darauf aufmerksam gemacht, denn mit diesem Wissen überfiel sie ein elendes Gefühl der Angst. Würde ihre Mutter sich daran erinnern, daß sie Raffertys Bruder in der Stadt gesehen hatte und die richtigen Schlüsse daraus ziehen? Und wenn es so wäre, würde sie den Zwischenfall Angel gegenüber erwähnen?

Cassie mußte irgend etwas tun, aus der Hütte fliehen oder sich sonst irgendeine Möglichkeit ausdenken, Angel zu warnen. Wenn ihr von Gaylen nicht die Hände hinter dem Rücken festgebunden worden wären, hätte sie sich zu ihm hinüberschleichen und ihn mit einem der Holzscheite, die neben dem Feuer aufgestapelt waren, bewußtlos schlagen können.

Aber so schien ihre einzige Hoffnung im Augenblick darin zu bestehen, Gaylen zu veranlassen, das Ganze noch einmal zu überdenken. Doch als sie ihn mit unter dem Kopf verschränkten Armen da liegen sah, mit einer so friedlichen Miene, als wäre es nicht ausgerechnet Mord, was er im Sinn hatte, da schwand auch ihr letztes bißchen Optimismus.

Wenigstens mußte sie es versuchen. »Würden Sie einen Mann töten, der versucht hat, Sie hinterrücks zu erschießen, Slater?«

»Natürlich würde ich das.«

»Nun, das ist auch der Grund, warum Angel Ihren Bruder erschossen hat.«

»Lady, ich habe gehört, was da unten los war. Dieser Mann da, Angel, hat nach meinem Bruder gesucht, um ihn zu töten. Und es ist allgemein bekannt, daß er schneller ist als der Blitz. Rafe wäre so oder so gestorben, also war das, was er versucht hat, seine einzige Chance, so sehe ich es jedenfalls. Oder wollen Sie mir vielleicht sagen, daß dieser Engel des Todes nicht darauf aus war, ihn zu töten?«

Das konnte sie wohl kaum tun. »Ihr Bruder hat versucht, mich zu vergewaltigen. Deshalb wollte er ihn töten.«

Als er sie jetzt wieder ansah, zeigte er zum ersten Mal einen Anflug von Gefühl. Es war Überraschung. »Ach du Schande, weshalb wollte er das denn? Sie sehen doch nicht einmal besonders gut aus.«

Verlegenheitsröte stieg in Cassies Wangen. »Das ändert nichts an der Tatsache...«

»Selbst wenn er Sie vergewaltigt hätte«, unterbrach er sie, »wäre das noch lange kein Grund gewesen, ihn zu töten.«

Bei *dieser* Einstellung würde er nie zugeben, daß sein Bruder vielleicht das verdient hatte, was ihm zugestoßen war, daher änderte sie ihre Taktik. »Sie werden damit nicht durchkommen. Wenn es Ihnen gelingt, Angel zu töten, werde ich Sie höchstpersönlich zur Strecke bringen. Es wird keinen Ort geben...«

Wieder einmal schnitt er ihr das Wort ab. »Lady, was bringt Sie auf die Idee, daß Sie lebendig hier rauskommen werden? Der einzige Grund, warum Sie noch nicht tot sind, liegt darin, daß dieser Revolverheld Sie vielleicht sehen will, bevor er nahe genug herankommt, daß ich ihn erschießen kann. Sie sind der Grund dafür, daß er Rafe getötet hat, also müssen Sie sterben, genauso wie er.«

Wahrscheinlich glaubte er, damit hätte er ihr den Mund gestopft. Das wäre ihm auch beinahe gelungen. »Sie – Sie werden trotzdem nicht ungeschoren davonkommen. Ich habe Sie gestern in der Stadt gesehen und habe es meiner Mutter erzählt. Sie ist klug genug, herauszufinden, daß Sie es waren, daher wird der Name Slater in jedem Staat hier und im Westen auf Wanted-Plakaten stehen. Sie werden keinen Augenblick Ruhe mehr finden, wenn Sie uns ermorden.«

»Dann werde ich das Land eben verlassen«, erwiderte er schulterzuckend. »Das wird mich nicht im geringsten stören. Aber Sie stören mich, also seien Sie endlich still, Mädchen, bevor ich Ihnen etwas in den Mund stopfe. Ihre

Leute können das Geld erst holen, wenn morgen früh die Bank aufmacht, dieser Revolverheld wird also nicht vor Mittag hier auftauchen. Vorher brauche ich noch etwas Schlaf.«

Cassie entschied sich dagegen, ihm mitzuteilen, daß Ihre Mutter hinter ihm her sein würde, ganz egal, wohin er ging. Seine Antwort würde vermutlich darin bestehen, daß er dann eben auch sie töten müsse.

Also gab sie es für den Augenblick auf. Morgen früh blieb ihr immer noch etwas Zeit, um ihn ein wenig zu bearbeiten, ihn und auch seinen Freund Harry. Der kleinere Mann war gewiß leichter einzuschüchtern; vielleicht konnte *er* Slater zur Vernunft bringen.

Aber sie hatte keine Lust, ihm das letzte Wort zu überlassen. »Ich habe Hunger«, beklagte sie sich.

»Ich verschwende kein Essen an eine tote Frau.«

Danach überließ sie ihm nun doch das letzte Wort.

39

Catherine hämmerte um zwei Uhr morgens an Angels Tür. Es hörte sich an, als wolle sie sie einschlagen. Die anderen Gäste standen schon im Flur, um nachzusehen, wer sie um diese Zeit aufweckte, als Angel die Tür endlich öffnete.

Sie hatte zwei ihrer brutaler aussehenden Cowboys bei sich. Angel trug nur seine Hose – und seine Waffe. Sein erster Gedanke war, daß sie vorhatte, ihn aus der Stadt zu befördern, insbesondere da sie schon wieder diese verdammte schwarze Tasche unterm Arm trug. Aber wenn das ihre Absicht war, hätte sie das Ganze etwas ruhiger angehen sollen. Die Waffe, die er auf seine Besucher richtete, besagte klar und deutlich, daß er bleiben würde, wo er war. Und da sie ihn aus einem *sehr* angenehmen Traum über ihre Tochter geweckt hatte, war er nicht in der Stimmung, noch weitere Beleidigungen von ihr hinzunehmen.

»Wenn Sie noch einmal versuchen wollen, mir dieses Geld zu geben, werde ich es verbrennen«, versicherte er ihr.

»Es ist nicht für Sie bestimmt. Ich bin hier, um Sie zu engagieren.«

»Soll ich vielleicht das Land verlassen?« höhnte er.

»Nein, sie sollen Cassie zurückholen.«

»War sie hier?«

»Ihr Pferd steht noch immer vorm Haus.«

»Ich habe sie nicht gesehen – und was meinen Sie damit, sie zurückholen? Wo ist sie?«

»Sie wird in einer Hütte auf einem der Gebirgsausläufer festgehalten. Nach der groben Skizze, die sie gezeichnet haben, würde ich sagen, es ist eine alte Fallenstellerhütte, nicht weit von meiner Ranch. Ich weiß nicht, wie viele Männer es sind, aber sie wollen zwanzigtausend Dollar. Andernfalls wollen sie Cassie töten.«

Langsam senkte sich Angels Waffe. Erst da fiel ihm auf, wie blaß Catherine war. Wahrscheinlich sah er im Augenblick genauso aus.

Er hoffte, das Ganze wäre eine Lüge, ein Trick, um ihn loszuwerden. Konnte sie derartig hinterhältig sein? Wahrscheinlich, aber die Angst, die er in ihren Augen sah, verriet ihm, daß das im Augenblick nicht der Fall war.

»Wie ist das passiert?«

»Sie war heute mit mir in der Stadt. Als wir nach Hause kamen, ist sie noch einmal allein losgeritten. Sie hat mir die Nachricht hinterlassen, daß sie nur einen kleinen Ausritt machen wolle, aber nachdem ich ihr Pferd hier gesehen habe, gehe ich davon aus, daß sie zu Ihnen wollte. Da Sie sie jedoch nicht gesehen haben, muß man sie gleich, nachdem sie hier angekommen ist, entführt haben.«

»Und alles, was sie wollen, sind zwanzigtausend?«

Seine Überraschung war verständlich. Jeder, der die Stuarts kannte, wußte, daß sie Geld wie Heu hatten.

»Anscheinend wissen diese Leute nicht, wieviel Cassie wert ist«, sagte Catherine. »Was in einer Hinsicht ein großes Glück ist. Zufällig habe ich gerade soviel Bargeld, daher muß ich nicht bis morgen früh warten, um zur Bank zu gehen.«

Nur weil sie versucht hatte, ihn zu bestechen, die Stadt zu verlassen. Ihr leichtes Erröten verriet, daß auch sie sich daran erinnerte. Es wurde noch schlimmer, als sie hinzufügte: »Die restlichen fünftausend sind immer noch in der Tasche. Sie haben gesagt, das sei ihr Preis, oder?«

»Nehmen Sie es raus.«

»Wie bitte?«

»Nehmen Sie die fünf raus. Ich werde nicht für Sie arbeiten, Mrs. Stuart, egal aus welchem Grund.«

Nachdem er dies gesagt hatte, wandte er sich ab. Catherine machte einen Schritt nach vorn und trat in sein Zimmer. »Sie müssen es aber tun«, sagte sie, jetzt fast flehend. »Ich weiß nicht, warum, aber sie sagen, sie wollen das Geld nur von Ihnen nehmen. Wenn ein anderer versucht, es zu übergeben...«

Er war gerade damit beschäftigt, sein Hemd anzuziehen, als er sie unterbrach. »Ich habe nicht gesagt, ich würde es nicht übergeben.«

»Dann lassen Sie mich dafür bezahlen.«

»Dafür, daß ich meine Frau zurückhole?« Er hielt inne, um ihr einen finsteren Blick zuzuwerfen. »Sie ist doch immer noch meine Frau, oder?«

Catherine wurde rot, weil sie den Verdacht hatte, daß er sich keinen Zentimeter weit bewegen würde, bevor sie nicht seine Frage beantwortet hatte. »Ja«, stieß sie hervor.

Er ging nicht darauf ein, sondern zog sich weiter an. »Wo liegt die Hütte?«

»Jim hier kann Ihnen zeigen, wo sie ist, aber er kann Ihnen keine Deckung geben. Sie haben extra gesagt, daß Sie allein kommen sollen.«

»Etwas anderes hätte mich auch gewundert. Haben Sie irgendeine Vorstellung, wer diese Leute sein könnten? Feinde von Ihnen vielleicht?«

»Nicht von mir, nein – aber möglicherweise von Ihnen.«

»Was bringt Sie auf diesen Gedanken?«

Sie zuckte mit den Schultern, und in ihrem Blick lag eine gewisse Unsicherheit. »Es ist möglicherweise nur eine Vermutung, aber Cassie hat heute jemanden in der Stadt gesehen, der sie ziemlich in Angst versetzt hat. Sie behauptete, es sei der Mann, den Sie unten in Texas getötet haben.«

»Da unten habe ich mehr als nur einen getötet.«

»Von dem Cassie wüßte?«

»Nein. Das könnte nur Rafferty Slater sein«, entgegnete er. »Aber Tote kehren nicht zurück.«

»Genau das habe ich auch gesagt«, erwiderte Catherine. »Aber sie hat darauf beharrt, daß dieser Mann genauso aussähe wie der, den Sie getötet haben. Die einzig vernünftige Erklärung ist, daß es sich um Brüder handelt, vielleicht sogar um Zwillingsbrüder.«

»Und ein Bruder könnte durchaus auf Rache aus sein«, schloß Angel, während er seinen Mantel überwarf. »Vielen Dank für die Warnung.«

Cassies Zähne klapperten. Die Hütte war nicht sehr solide gebaut, und die ganze Nacht über kroch die Kälte langsam durch die Dielen ins Innere. Ein eisiger Wind drang durch einen der größeren Risse in der Wand hinter ihrem Rücken. Das Feuer brannte zwar immer noch, aber Gaylen hatte sie in einer Ecke auf der gegenüberliegenden Seite des Zimmers angebunden, so daß seine Wärme sie nicht erreichte.

Sie hätte es vielleicht geschafft, näher ans Feuer heranzukommen, wenn sie es versucht hätte. Aber Gaylen lag davor, und sie konnte es nicht ertragen, in der Nähe eines

Mannes zu sein, der sie erschießen wollte, solange sie ihm hilflos und mit gefesselten Händen ausgeliefert war, daher blieb sie in ihrer Ecke sitzen. Wahrscheinlich würde es ihm auch nichts ausmachen, wenn er sie morgen früh steifgefroren dort vorfände. Das würde ihm eine Kugel ersparen.

Dann war Harry zurückgekehrt und hatte sie lange und unverhohlen angestarrt, bevor auch er sich zur Ruhe legte – wieder vor dem Feuer. Er warf sogar noch ein Holzscheit hinein, aber die Wärme erreichte Cassie trotzdem nicht. Und bei der Art, wie der kleine Mann sie angesehen hatte, so als würde es ihm nichts ausmachen, sie mit seinem eigenen Körper zu wärmen, hatte sie endgültig keine Lust mehr, einem der beiden Männer in die Nähe zu kommen, selbst wenn sie erfrieren sollte.

Irgendwann war sie anscheinend eingeschlafen, obwohl das nicht in ihrer Absicht gelegen hatte. Sie wußte nicht, was sie geweckt hatte. Wahrscheinlich ihre eigenen klappernden Zähne. Aber es war immer noch Nacht. Die Hütte besaß zwar kein einziges Fenster, aber wenn draußen die Sonne geschienen hätte, wäre das durch die Risse in den Wänden zu erkennen gewesen.

Ihre Hände waren mittlerweile vollkommen taub. Bevor sie eingeschlafen war, hatte sie eine gute Stunde damit zugebracht, zu versuchen, den Stoff so weit zu dehnen, daß sie wenigstens eine Hand herausziehen konnte, aber Gaylen hatte ihre Fesseln so fest zusammengebunden, daß man sie nur mit einem Messer hätte lösen können. Sie bezweifelte, daß er sich diese Mühe machen würde, bevor er sie erschoß.

Lange Zeit hatte sie zur Tür hinübergestarrt und mit sich gerungen, ob sie versuchen sollte zu fliehen. Lediglich eine Seilschlinge, die an der Wand festgehakt war, diente als Verschluß. Diese Schlinge hätte sie vielleicht mit ihren Zähnen lockern können, aber die Tür war dem Feuer und den beiden Männern näher als ihr, deswegen befürchtete sie, die hereinströmende Kälte würde die beiden wecken; wenn nicht sofort, dann doch sehr bald, denn sie bezweifelte, daß sie es schaffen könnte, die Tür hinter sich zu schließen. Außerdem käme sie sicher nicht weit mit ihren Fesseln, und für die Mühe, hinter ihr herjagen zu müssen, würde Gaylen sie wahrscheinlich auf der Stelle erschießen. Das nützte Angel durchaus nichts, wenn er hier ankam. Und ganz gewiß würde es ihr nichts nützen.

Sie versuchte, ihre Beine zu bewegen, und stellte fest, daß ihre verkrampfte Haltung ihr Schmerzen im ganzen Körper verursachte. Stöhnend warf sie ihren Kopf nach hinten gegen die Wand. Sie konnte sich nicht daran erinnern, sich jemals so kalt und elend gefühlt zu haben – und so ängstlich. Nein, sie wollte nicht sterben und fragte sich, ob Gaylen, wenn sie ihm das sagte, noch einmal darüber nachdenken würde. Beinahe hätte sie gelacht. Er war so gewissenlos, wie sie es einmal von Angel geglaubt hatte. Aber Angel besaß einen tiefverwurzelten Gerechtigkeitssinn. Gaylen dagegen dachte nur an kaltblütigen Mord.

»Cassie?«

Es war der Wind, der sie Dinge hören ließ, die sie hören wollte. Das konnte unmöglich... »Cassie, wach auf, verdammt noch mal.«

Sie beugte sich nach vorn, um sich umzudrehen und mit weitaufgerissenen Augen an die Wand zu starren. »Ich bin wach«, flüsterte sie aufgeregt. »Angel?«

»Kannst du die Tür öffnen?«

»Ich werde es versuchen, aber es wird vielleicht eine Weile dauern. Sie haben mich gefesselt.«

»Auch gut. Ich werde die Tür aufbrechen.«

»Nein«, zischte sie. »Wenn das nicht funktioniert, wirst du sie damit nur aufwecken. Laß es mich zuerst versuchen.«

»Na schön, aber beeil dich.«

Beeilen sollte sie sich, wo sie solche Schmerzen hatte,

daß sie sich kaum bewegen konnte? Bei der Aussicht auf die nahende Rettung schienen ihre verkrampften Muskeln jedoch lange nicht mehr so weh zu tun wie vorher.

Da es keine Möbelstücke in der Hütte gab, die ihr den Weg versperrten, dauerte es nicht lange, bis sie sich zum Eingang hinübergerollt hatte. Dagegen war es schon weit weniger einfach für sie, wieder auf die Knie zu kommen, als sie die Tür erreicht hatte, aber nach mehreren Versuchen gelang ihr auch das.

Ihre eigentlichen Schwierigkeiten begannen mit dem Seilverschluß. Von der anderen Seite des Raumes aus hatte es ganz und gar nicht so solide ausgesehen, aber es war fester gespannt, als sie gedacht hatte, und außerdem an einem krummen Nagel festgehakt. Sie konnte zwar das eine Ende der Schlinge mit ihren Zähnen packen, aber wie sehr sie auch daran riß und zerrte, es wollte einfach nicht über den Haken gleiten. Und der Versuch, aufzustehen und es mit den Händen zu probieren, wäre reine Zeitverschwendung gewesen. Ihre Finger waren zu taub.

Schließlich blieb ihr nichts anderes übrig, als ihren Mund an einen der Risse in der Tür zu legen. »Angel?«

Er hatte direkt vor der Tür gewartet. »Was?«

»Ich habe Schwierigkeiten mit diesem Seil. Wenn du von außen ein wenig gegen die Tür drückst, dehnt sich das Seil vielleicht so weit, daß ich es lockern kann.«

Seine Antwort bestand darin, genau das zu tun. Cassie beobachtete das Seil aufmerksam, bereit, es ihm sofort zu sagen, wenn sie sah, daß es sich auch nur ein klein wenig dehnte. Sie hätte statt dessen besser die andere Seite des Türrahmens beobachten sollen. Der Druck von Angels Körper war so stark, daß die rostigen Angeln nachgaben und die Tür plötzlich mit einem Schwung auf Cassies Kopf landete.

Ihr Überraschungsschrei kam zu schnell, um ihn zu unterdrücken. »Was, zum...?« war beinahe augenblicklich hinter ihr zu hören, und aus der anderen Richtung kam ein lakonisches: »Schon gut.«

Cassie schlängelte sich unter der Tür vor, die jetzt nur noch an dieser verflixten Seilschlinge hing. Vor sich sah sie Angel, der seinen Colt auf Gaylen und Harry gerichtet hatte und den es offensichtlich in den Fingern juckte, beim erstbesten Anlaß abzudrücken.

»Sie müssen Angel sein«, sagte Gaylen.

»Der Engel des Todes«, erwiderte Angel zum ersten Mal in seinem Leben.

»Sie sind also ohne das Geld gekommen?« Selbst jetzt, da er sich einem jähen Ende seines Plans gegenübersah, trug Gaylen einen beinahe ausdruckslosen Gesichtsausdruck zur Schau. Harry, der neben ihm stand, sah aus, als würde er gleich in Ohnmacht fallen. »Damit habe ich nicht gerechnet.«

»Das Geld liegt draußen. Mrs. Stuart hatte es zufällig gerade zur Hand. Wenn Sie es wollen – dann ziehen Sie.«

»Das wäre wirklich ein höchst anständiges Angebot von Ihnen, nur habe ich gehört, daß Sie niemals verlieren.«

Angel lächelte wortlos. Die Unterhaltung brachte Cassie langsam in Wut. Kälte, Hunger und Schmerzen quälten sie, und die Tür hatte sie am Kopf getroffen, als sie aus den Angeln gebrochen war.

»Wenn du nicht vorhast, sie zu erschießen, würde es dir dann etwas ausmachen, irgend etwas anderes mit ihnen zu tun, damit wir endlich hier wegkommen?«

Ihre Stimme war ungefähr so frostig, wie es ihr nur möglich war. Sie zog mit dieser Bemerkung nicht seinen Blick auf sich, sondern nur ein kurzes Nicken, bevor er einen Schritt nach vorn machte und Gaylen bedeutete, sich umzudrehen. Sobald er das getan hatte, krachte Angels Revolvergriff auf seinen Schädel. Harry betrachtete die Szene mit hervorquellenden Augen, und Angel wandte sich, wie er befürchtet hatte, tatsächlich jetzt an ihn.

»Könnten Sie mich nicht statt dessen einfach fesseln?« fragte er zitternd.

»Ich könnte Sie statt dessen erschießen.«

Harry beeilte sich, sich umzudrehen und seinen Schlag zu empfangen. Cassie murrte ablehnend. Schließlich hatte Harrys Einwand durchaus etwas für sich gehabt.

»*Warum* konntest du sie nicht einfach fesseln?« wollte sie wissen.

Zum ersten Mal warf Angel ihr jetzt einen Blick zu. »Weil das viel leichter ist, wenn sie sich in diesem Zustand befinden. Ich werde es jetzt tun.«

»Hast du ein Messer bei dir, mit dem du vorher meine Fesseln durchschneiden könntest?«

Er zog eines aus seinem Stiefel. Ihrer Mutter würde es ganz und gar nicht gefallen, wenn sie wüßte, daß sie diese Angewohnheit teilten.

»Bist du in Ordnung?« Nachdem er sie von ihren Fesseln befreit hatte, kam er endlich dazu, sie danach zu fragen.

»Könnte gar nicht besser sein«, fuhr sie ihn an.

Sie war sich nicht sicher, warum sie so wütend auf ihn war. Wahrscheinlich, weil ihr klar war, wie gern er Gaylen getötet hätte – oder vielleicht auch, weil sie sich nach einer tröstenden Umarmung sehnte und wußte, daß ihr keine zuteil würde.

»Um ehrlich zu sein, bin ich maßlos erstaunt, daß du ihn am Leben gelassen hast«, sagte sie. »Für das, was er hier versucht hat, wird er wahrscheinlich nur ein paar Jahre Gefängnis bekommen. Hast du keine Angst, daß er, wenn er rauskommt, hinter dir her sein wird?«

»Von Rafferty hatte ich noch nie etwas gehört, aber bei Gaylen Slater liegen die Dinge etwas anders. Das ist er doch, oder?«

»Das hat er jedenfalls gesagt.«

»Nun, er wird in Colorado und Neu-Mexiko wegen Mordes gesucht. Irgendwo wird man ihn wohl dafür hängen.«

337

»Ich dachte, es wäre dir egal, jemanden zu töten, von dem du weißt, daß irgendwo der Henker auf ihn wartet.«

»Wenn du dabei zusiehst, ist es mir keineswegs egal«, sagte er. Dann fragte er plötzlich: »Wie sind die beiden überhaupt an dich herangekommen?«

»Ich bin gestern abend in die Stadt geritten, um dir etwas zu sagen.«

»Allein? Und ohne deine Waffe?« bemerkte er in einem Ton, der keinen Zweifel daran ließ, daß sie nichts Dümmeres hätte tun können. »Was wolltest du denn mit mir besprechen?«

»Ich glaube nicht, daß ich es dir jetzt noch verraten werde«, sagte sie steif.

»Wolltest du mich wegen Slater warnen?«

»Und wenn es so wäre?«

»Ich hätte nicht gedacht, daß du dir viel Sorgen um mich machen würdest.«

»Ich mache sie mir aber.«

»Wieviel?«

»Viel zuviel, verdammt noch mal«, erwiderte sie. Und im Gegensatz zu seinem eher sanften Tonfall klang ihre Antwort ausgesprochen scharf. Sie beeilte sich, auch dieses Geständnis zu verderben, indem sie hinzufügte: »Aber schließlich sind wir keine Feinde, also möchte ich gerne glauben, daß uns das zu Freunden macht. Und ich sorge mich um *alle* meine Freunde.«

Er warf ihr einen düsteren Blick zu, aus dem sie entnehmen konnte, daß er sich ihre Frechheiten nicht mehr lange gefallen lassen würde. Dann ließ er sie stehen, um wie geplant die beiden bewußtlosen Männer zu fesseln. Sie blieb, wo sie war, und rieb sich ihre tauben Hände, bis sie sie wieder bewegen konnte, bevor sie sich auf die Suche nach ihren Stiefeln machte.

Dabei bewegte sie sich sehr steif, denn ihre Muskeln taten noch immer weh. Und sie war wütend auf sich selbst.

Warum nur empfand sie keine Erleichterung? Sie war in Sicherheit. Angel war in Sicherheit. Sie hätte ihm danken sollen, statt ihn so anzufahren – aber sie wartete immer noch auf eine Umarmung.

»Das war wirklich einfach«, sagte er und stellte sich hinter sie.

Sie drehte sich um und sah ihn an. »Sie haben dich nicht vor Mittag erwartet, daher haben sie sich nicht die Mühe gemacht, eine Wache aufzustellen.«

Seine Augen verengten sich plötzlich. »Hat einer von den beiden dich berührt, Cassie? Sag mir die Wahrheit!«

»Damit du einen Grund hast, sie doch noch zu töten?«

»Ja.«

Eines jedenfalls konnte man ihm nicht nachsagen, nämlich daß er nicht ehrlich wäre, ihr Angel. »Nein, sie fanden mich nicht reizvoll genug.«

»Dann müssen sie blind sein.«

Ein angenehmes Glühen überzog ihre Wangen. »Findest *du* mich denn reizvoll, Angel?«

»Was, zum Teufel, glaubst du wohl?« sagte er, bevor er sie in seine Arme riß.

40

Auf dem Heimweg bekam Cassie ein paar Stunden Schlaf, weil sie vor Angel im Sattel saß und seine Brust als Kissen benutzte. Er ritt ganz langsam, damit sie ein wenig schlummern konnte, aber nicht, bevor er ihr mit leiser Stimme ein Geständnis gemacht hatte: »Ich habe eigentlich gar keine Lust, dich nach Hause zu bringen.« Sie erinnerten sich beide an den Kuß und die Umarmung, mit der er sie in der elenden Hütte beinahe zermalmt hätte. »Wenn deine Mutter nicht auf dich warten würde...«

Er sprach nicht zu Ende, und Cassie antwortete auch nicht. Aber sie lächelte, als sie einschlief – und war fester denn je entschlossen, ihren Angel zu behalten.

Als sie auf die Lazy S zuritten, war die Sonne gerade aufgegangen. Catherine stand auf der Veranda, um sie zu begrüßen. Sie hatte in der vergangenen Nacht kein Auge zugetan.

Nach einer heftigen Umarmung kam Cassie allen Fragen ihrer Mutter zuvor, indem sie hastig erklärte: »Wir reden später miteinander, Mama. Zuerst muß ich etwas mit Angel besprechen.« Damit wandte sie sich an ihn, um hinzuzufügen: »Ich bin gleich wieder da, also geh nicht weg.«

Sowohl Angel als auch ihre Mutter starrten hinter ihr her, als sie ins Haus lief. Schließlich richtete Catherine ihren Blick auf Angel, der noch immer mitten auf der Treppe zur Veranda stand – um Abstand von ihr zu halten.

»Haben Sie sie getötet?« fragte sie.

»Nicht in Cassies Gegenwart.«

»Ich hätte es getan.«

Daran zweifelte er keinen Augenblick. »Cassie neigt dazu, sich aufzuregen, wenn ich irgendwelche Leute umbringe. Sie tut dann die verrücktesten Dinge, um das zu verhindern. Wollte Rafferty Slater sogar selbst herausfordern, damit ich es nicht tun konnte.«

Catherine verdaute diese Mitteilung langsam und mit einer gehörigen Portion Angst, obwohl sich ihr Gesichtsausdruck dabei nicht veränderte. Sie würde ihm auch nicht verraten, daß das für sie ganz so klang, als hätte ihre Tochter um jeden Preis vermeiden wollen, daß er bei einem Kampf verletzt wurde.

Dafür hob sie eine Augenbraue. »Was hat sie mit dem Slater gemacht, der noch lebt?«

»Zunächst einmal hat sie an mir herumgemeckert, statt mir dafür zu danken, daß ich sie da rausgeholt habe.«

»Dann erlauben Sie mir, daß ich Ihnen danke...«

»Nicht notwendig.«

Das hatte sie erwartet. »Haben Sie eine Ahnung, was sie mit Ihnen besprechen will?«

»Nein.«

Catherine befürchtete, daß sie sehr wohl eine Ahnung davon hatte, wollte ihn jedoch nicht vorwarnen. Ein Revolverheld als Schwiegersohn? Nun, es konnte wohl noch Schlimmeres geben.

Mit einem resignierten Seufzer sagte sie: »Ich werde jemanden zum Sheriff schicken, damit der sich um diese Männer kümmert. Sagen Sie Cassie, Sie hätten ihr etwas zu erklären. Ich gehe jetzt ins Bett.«

Angel runzelte die Stirn, als die Tür sich hinter ihr geschlossen hatte. Sie ließ ihn allein mit ihrer Tochter? Dieselbe Frau, die alles darangesetzt hatte, ihn von Cassie möglichst fernzuhalten?«

Als Cassie wieder hinaus auf die Veranda kam, entdeckte sie zu ihrer maßlosen Überraschung Angel, der einen Arm um Marabelles Hals geschlungen hatte und sie mit der anderen Hand hinter den Ohren kraulte. »Wann ist denn *das* passiert?« fragte sie ungläubig.

»Was?«

»Daß du dich mit Marabelle verstehst.«

»Warum sollten wir nicht?« erwiderte er mit Unschuldsmiene. »Sie ist doch nur ein großes, nettes Pussykätzchen.«

Cassie schnaubte, um ihm klarzumachen, wieviel sie von dieser Erklärung hielt. Er grinste sie jedoch nur an – bis er bemerkte, daß sie jetzt ihre Waffe trug. Seine Miene verfinsterte sich augenblicklich.

»Was glaubst du, wo du damit jetzt hingehen wirst?« verlangte er zu wissen.

»Nirgendwohin.«

»Warum hast du sie dann angelegt?«

»Weil ich dich zum Kampf herausfordern werde, Angel.«

»Das meinst du doch nicht im Ernst.«

»Du willst doch diese Scheidung, oder?«

Seine Miene wurde noch finsterer. »Was, zum Teufel, hat das eine mit dem anderen zu tun?«

»Wenn du gewinnst, gehe ich direkt zum Rechtsanwalt und reiche die Scheidung ein.«

»Und wenn du gewinnst?«

»Dann wird es keine Scheidung geben.«

Angel wurde sehr still, während sich seine Augen fest auf die ihren hefteten. »Warum solltest du dieses Risiko eingehen?«

»Es scheint meine einzige Chance zu sein – dich zu behalten.«

»Du willst unsere Ehe *fortführen?*«

Sein Erstaunen brachte sie dazu, mit einer endgültigen Antwort hinter dem Berg zu halten. Statt dessen sagte sie: »Ich habe mich irgendwie daran gewöhnt.«

»Na schön, dann wollen wir also sehen, wer von uns beiden schneller ziehen kann«, sagte er und stieg langsam die restlichen Stufen zur Veranda empor. »Aber du hast nicht die geringste Chance, mich zu schlagen, Schätzchen.«

Sie schmunzelte über diese Feststellung. »Wer weiß? Vielleicht überrasche ich dich, Angel.«

Ein paar Sekunden später schien er tatsächlich überrascht. Sie war unglaublicherweise beinahe so schnell wie er. Sie jedoch war noch mehr überrascht, denn heute war er so langsam gewesen, daß selbst ein Kind hätte schneller ziehen können. Er hatte sie gewinnen lassen. Als sie begriff, warum, lief sie auf ihn zu und schlang ihre Arme um seinen Hals.

»Du hast verloren!« rief sie glücklich.

»Das denkst du«, erwiderte er, bevor sein Mund den ihren fand und ihr den Atem raubte.

Es verging eine ganze Weile, bis sie schließlich sagte: »Ich versteh das nicht. Wolltest du keine Scheidung?«

»Schätzchen, was glaubst du, warum ich die MacKauleys nicht davon abgehalten habe, uns zu verheiraten?«

»Aber du konntest sie doch gar nicht davon abhalten.«
»Wirklich nicht?«

Ihre Augen weiteten sich. Sie hatte beobachtet, wie er sich im Bruchteil einer Sekunde umdrehte und gleichzeitig zog. Er *hätte* an jenem Tag Richard durchaus davon abhalten können, ihm seine Waffe abzunehmen. Und auf dem Weg zum Haus war er so dicht hinter Frazer hergegangen, daß er ihn mühelos hätte entwaffnen und dem Ganzen ein Ende setzen können.

»Warum warst du denn dann so wütend auf mich?« wollte sie wissen.

»Weil du die MacKauleys so inständig darum gebeten hast, es nicht zu tun«, erwiderte er.

»Aber das habe ich doch nur getan, weil ich eine Todesangst hatte, daß du sie anschließend allesamt umbringen würdest.«

»War das dein einziger Grund?«

»Nun, genau genommen – ja«, sagte sie mit einem leichten Erröten. »Es hat mir eigentlich gar nicht soviel ausgemacht, dich zu heiraten. Natürlich hatte ich Angst, was meine Mutter dazu sagen würde.«

»Hast du immer noch Angst davor?«

»Nein, nicht mehr. Du wirst es nicht glauben, aber seit sie und mein Vater wieder miteinander reden, ist sie viel milder geworden.«

»Nein, das glaube ich wirklich nicht.«

Cassie lachte. »Habe ich dir erzählt, daß mein Vater uns besuchen kommt? Es würde mich gar nicht so sehr überraschen, wenn sie schon bald wieder zusammenfänden.«

»Haben wir denn wieder zusammengefunden, Cassie?«

»Ich rechne fest damit, daß du noch heute deine Sachen aus der Stadt holst und hier einziehst.«

»Ich weiß nicht, ob das eine gute Idee wäre.«

»Warum? Du kennst das Haus doch schon ganz genau. Es ist das exakte Ebenbild des Hauses meines Vaters.«

Sie tat absichtlich so, als hätte sie nicht verstanden, worum es ihm ging – um die von ihm vermutete Ablehnung durch ihre Mutter. Vorerst aber ließ er sie gewähren. »Hast du je herausgefunden, warum er das getan hat?«

»Nicht so ganz. Ich könnte mir vorstellen, daß er sich seine Erinnerungen bewahren wollte.«

»Das und weil er mich noch immer liebt«, sagte Catherine von der anderen Seite des Fensters, vor dem sie jetzt standen.

Cassie und Angel drehten sich zu ihr um, nur um zu sehen, wie sie ihren Lauscherposten verließ und wegging. Sie brachen in lautes Gelächter aus.

»Aber sie hat *gesagt*, sie wolle zu Bett gehen«, stellte Angel verwundert fest.

»Bevor sie herausgefunden hatte, was hier los war? Doch nicht meine Mutter.«

»Dann ist sie jetzt weggegangen, um ihren Revolver zu holen?«

Cassie betrachtete ihn schmunzelnd. »Deswegen brauchst du dir wohl keine Sorgen mehr zu machen. Wenn du es nicht bemerkt hast – sie hat uns gerade ihren Segen gegeben, indem sie nichts weiter gesagt hat.«

»Ich habe es nicht bemerkt.«

»Du wirst sie mit der Zeit schon kennenlernen, und du wirst sehr viel Zeit dazu haben.«

Er zog sie näher an sich. »Du kannst dir gar nicht vorstellen, wie schön das in meinen Ohren klingt.«

»Dann sag es mir doch.«

Damit hatte sie ihn in Verlegenheit gebracht. Worte wie die, die er ihr sagen wollte, kamen ihm nicht so leicht über die Lippen.

»Ich weiß nicht, wie es passiert ist, daß du mir soviel bedeutest, Cassie, aber so ist es nun mal. Verdammt, ich konnte keinen einzigen Tag hinter mich bringen, ohne an dich zu denken und zu wünschen, daß du mir gehörtest.«

»Angel, willst du mir etwa sagen, daß du mich liebst?«

»Ich glaube schon. Aber du wirst niemals einen Viehzüchter aus mir machen.«

Sie lachte und küßte ihn. »Das würde ich auch gar nicht versuchen.« Aber ihre liebe alte Gewohnheit, sich überall einzumischen, brachte sie dazu, hinzuzufügen: »Wer weiß, vielleicht wird der nächste Sheriff von Cheyenne...«

41

»Ich glaube, das ist das erste Mal, daß ich Colt Thunder je in einem Anzug gesehen habe«, sagte Cassie zu Angel, während sie zusahen, wie das frischverheiratete Paar seine Gäste begrüßte. »Und weißt du, wie lange es her ist, seit er sich das letzte Mal die Haare geschnitten hat?«

»Ich weiß«, erwiderte Angel. »Ich hätte ihn in der Kirche beinahe nicht wiedererkannt. Ich an seiner Stelle hätte ja bis zum Frühling gewartet, aber ich bezweifle, daß der Gedanke an kalte Ohren auch nur das geringste mit seiner Entscheidung zu tun hatte. Ich würde sagen, er hat die Vergangenheit endlich hinter sich gelassen, dank der Herzogin.«

»Immer braucht es eine Frau...«

»Nicht immer.«

»Meistens, um die Dinge ins rechte Lot zu bringen.«

Er schnaubte. »Bei dieser Einstellung ist es kein Wunder, daß du dich überall einmischt.« Und dann verengten sich seine schwarzen Augen warnend. »Aber das werden wir dir ja abgewöhnen, nicht wahr?«

»Wir werden es *versuchen*«, war alles, was sie ihm zugestand, dabei vermied sie es, seinem Blick zu begegnen.

»Cassie...«

»Ich bin gleich wieder da.«

Er runzelte die Stirn über ihr plötzliches Verschwinden – und über die Art und Weise, wie sie *dieses* Thema beendet hatte. Aber einen Augenblick später schmunzelte er. Hatte er nicht bereits beschlossen, nachsichtig mit ihr zu sein? Cassie wäre schließlich nicht Cassie, wenn sie sich nicht *irgendwo* einmischen würde. Aber das brauchte sie jetzt noch nicht zu erfahren. Er wollte wenigstens ein paar Wochen Frieden haben, bevor er ihretwegen jemanden erschießen mußte.

Cassie ging direkt auf ihre Mutter zu, weil sie sicher war, daß Angel ihr dann nicht folgen würde, um ihr Gespräch fortzusetzen. Er hatte sich den ganzen Morgen über unsicher gefühlt, weil er in Catherines Speisezimmer gesessen hatte, als sie es betrat, ein deutliches Zeichen dafür, daß er auf der Ranch bereits eingezogen war und sie als sein neues Zuhause ansah. Aber sie hatte lediglich gesagt: »Sind noch Eier da?« Das hatte nicht, wie eigentlich beabsichtigt, dazu geführt, daß er sich ein wenig entspannte, aber mit der Zeit würde er das wohl lernen.

»Weißt du, ich glaube, ich werde auch so etwas in der Art veranstalten«, sagte Catherine, als Cassie neben sie trat.

»Etwas in der Art?«

»Eine Hochzeit. Deine habe ich ja verpaßt, und da du diesen Revolverhelden offensichtlich nicht mehr los wirst, sollte ich wohl zusehen, daß ich dich, wie es sich gehört, mit ihm verheirate.«

Cassie lächelte strahlend. »Meinst du das wirklich ernst, Mama?«

Catherine seufzte. »Unglücklicherweise ja.« Aber eine Frage mußte sie einfach noch stellen: »Bist du dir auch ganz sicher, Baby?«

Cassie brauchte nicht lange dazu, diese Frage zu beantworten. »Ich liebe ihn, Mama. Sicherer könnte ich mir gar nicht sein.«

»Also gut«, sagte Catherine, fügte dann jedoch warnend

hinzu: »Aber du wirst nie einen Viehzüchter aus ihm machen können.«

»Das hatte ich auch gar nicht vor.«

»Warum nicht?«

»Es wäre eine Verschwendung seiner friedensstiftenden Qualitäten.«

»Angel? Ein Friedensstifter?«

Cassie lachte. »Das hätte ich selbst auch nie gedacht, Mama, aber Angel hat diese Fähigkeit wirklich. Sieh nur, was er da unten in Texas zustande gebracht hat. Ich habe das Ganze nur angeschoben, aber Angel war derjenige, der es möglich gemacht hat, daß diese Fehde endlich ein Ende fand. Und dann die Tatsache, daß du und Papa wieder miteinander sprecht – das und vielleicht noch mehr. Auch das haben wir Angel zu verdanken.«

Catherine korrigierte das »vielleicht noch mehr« nicht, sondern sagte statt dessen: »Es ist ein absoluter Widerspruch, einen Mann, der ein so gewalttätiges Leben führt, mit dem Wort Frieden in Verbindung zu bringen.«

Cassie zuckte lediglich mit den Schultern. »Sein Vorgehen ist eben etwas anders als das von Lewis Pickens.«

»Etwas?«

»Na schön, dann eben ganz anders. Und Mr. Pickens muß wahrscheinlich dafür arbeiten, während es Angel mehr oder weniger in den Schoß fällt. Dennoch tun sie eigentlich dasselbe. Denk nur an Angels Beruf. Er löst die Probleme anderer Leute. Wenn er geht, herrscht Frieden, wo vorher Zank und Streit waren. Er *ist* also ein Friedensstifter. Er weiß es nur nicht.«

»Dann gebe ich dir den guten Rat, es auch nicht herumzuerzählen. Vielleicht hat er etwas dagegen, wenn man seinen Ruf auf diese Weise beschönigt.«

Cassie schmunzelte. »Ich werde ein paar Jahre warten, bevor ich ihn darauf hinweise.«

»Kluges Mädchen.«

»Hübscher Anzug.«

Colt hätte Angel am liebsten mit einem wütenden Blick bedacht. Diesen Satz hatte er heute einfach schon zu oft gehört. Trotzdem hielt ihn das nicht davon ab, seine Neugier befriedigen zu wollen.

»Ich weiß, daß du heute mit ihr am Arm hier aufgetaucht bist, aber willst du deine Ehe mit Cassie Stuart wirklich aufrechterhalten, oder braucht sie nur aus irgendeinem Grund für eine Weile noch deinen Schutz?«

»Ich bin mir lange nicht mehr so sicher, daß sie nicht auf sich selbst aufpassen kann«, sagte Angel. »Hast du gewußt, daß sie beinahe so schnell zieht wie ich?«

»Was glaubst du, wer ihr das beigebracht hat?« gab Colt zurück.

»Du?« fragte Angel überrascht.

»Von mir hat sie die Grundlagen. Sie war damals noch ein Kind. Ich nehme an, sie hat seitdem geübt.«

»Anscheinend.«

»Aber ihre Mutter hat sie in all den Jahren lediglich die Bücher führen lassen. Es ist also kein Wunder, daß sie sich in das Leben so vieler Leute einmischt. Sie hat einfach zuviel freie Zeit.«

»Das wird sich bestimmt ändern«, versprach Angel.

»Ihr werdet euch also nicht scheiden lassen?«

»Den möchte ich sehen, der versucht, uns zu trennen.«

Er sagte das mit soviel Nachdruck, daß Colt lachte. »Nun, mich brauchst du gar nicht so anzusehen. Ich hatte nicht die Absicht!«

Angel lächelte verhalten. »Die Gefühle, die sie in mir weckt – ich habe mich noch nicht so recht daran gewöhnt.«

»Sie haben dich allerdings schon verändert.«

»Wie meinst du das?«

»Ich hätte nie gedacht, daß ich den Tag erleben würde, an dem *du* um einen Gefallen bitten würdest«, sagte Colt.

»Das hätte ich auch nicht, aber mach dir keine Gedanken

deswegen. Du hast es nicht geschafft, also sind wir immer noch quitt.«

»Wovon sprichst du?« wollte Colt wissen. »Ich habe doch ein Auge auf sie gehabt.«

»Aber nicht genug, um zu verhindern, daß sie gestern beinahe getötet worden wäre.«

»Weil sie sich wieder einmal eingemischt hat?«

»Indirekt. Es war noch die Folge einer Sache, die in Texas anfing.«

Colt schüttelte den Kopf. »Teufel auch, dieser Job ist dir ja wie auf den Leib geschneidert – mit einer solchen Frau verheiratet zu sein...«

Angel grinste. »Ich weiß. Aber was ist denn mit dir passiert? Ich dachte, du und die Herzogin, ihr kämet nicht miteinander zurecht?«

Colts Augen suchten den Blick seiner Frau am anderen Ende des Raumes, und er lächelte. »Das war nur am Anfang so. Mit der Zeit sind meine Gefühle für sie gewachsen.«

»Muß irgendwie anstecken sein«, sagte Angel, der nun seinerseits Cassies Blick suchte. »Ich hatte genau dasselbe Problem.«

»Hat sich Mr. Kirby letzten Endes doch noch als nützlich erwiesen?« erkundigte sich Cassie gleich darauf bei ihm.

Sie hatte sich endlich dazu durchgerungen, Angel danach zu fragen, ob er herausgefunden hatte, wer seine Eltern waren, hatte jedoch nicht erwartet, eine positive Antwort darauf zu bekommen, jedenfalls nicht so bald.

»Ich nehme an, du wirst dir das als Verdienst anrechnen?« fragte er.

»Aber natürlich.« Sie wartete, aber als er dann nichts mehr sagte, stieß sie ihn mit dem Finger in die Brust. »Nun? Wie heißt du?«

»Angel.«

Sie lachte. »Du meinst, es war doch nicht nur ein Kosename?«

Er schüttelte den Kopf. »O'Rourke ist mein Familienname.«

»Irisch? Das ist allerdings eine Überraschung. Aber mir gefällt der Klang dieses Namens. Cassandra O'Rourke. Hört sich viel netter an als Cassandra Angel. Und hast du herausgefunden, wo sie jetzt leben?«

»Mein Vater ist gestorben, bevor meine Mutter und ich nach St. Louis kamen. Sie lebt jedoch noch immer dort.«

»Wegen deines Vaters tut es mir leid, aber ich hoffe, du weißt, daß ich keine Ruhe geben werde, bevor du dich einverstanden erklärt hast, deine Mutter zu besuchen.«

Er legte seinen Arm um ihre Taille, um sie fester an sich zu ziehen. »Dieses eine Mal kannst du dich leider nicht mehr einmischen, Schätzchen. Ich habe es bereits getan.«

»Ich wußte, daß du es tun würdest«, entgegnete Cassie selbstbewußt. »Also, wie ist sie?«

»Sie ist wunderbar. Ihre ganze Familie ist wunderbar – mit nur einer einzigen Ausnahme, aber selbst mit ihm bin ich nicht ganz unzufrieden.«

»Was meinst du mit Familie?«

»Sie hat noch einmal geheiratet. Ich habe zwei Halbbrüder und eine Schwester und sogar zwei Stiefbrüder. Meine Schwester Katey ist die reinste Freude. Du wirst sie gern haben, Cassie. Sie möchte später einmal Cowgirl werden. Während der ganzen Zeit, die ich dort zugebracht habe, war sie hinter mir her, weil ich ihr das Schießen beibringen sollte.«

»Hast du es getan?«

»Nein. Sie hätte da unten keine Verwendung dafür.«

»Die wird sie aber haben, wenn du sie hierher einlädst.«

Er grinste sie an. »Damit du es ihr beibringen kannst?«

»Glaub nur nicht, daß ich das nicht täte«, versicherte sie ihm. »Und was ist mit dieser ›Ausnahme‹, von der du gesprochen hast?«

»Der älteste meiner Stiefbrüder, Bartholomew.«

Sie runzelte nachdenklich die Stirn. »Dieser Name kommt mir aus irgendeinem Grund schrecklich bekannt vor.«

»Wahrscheinlich, weil du ihn in St. Louis getroffen hast.«

Ihre Augen weiteten sich. »Bartholomew Lawrence! *Er* ist dein Stiefbruder?«

»Wir waren beide gleichermaßen überrascht, als er sich irgendwann zu unserer Wiedervereinigung hinzugesellte. Schließlich hatte ich in deinem Hotel eine kleine Auseinandersetzung mit ihm, als ich hörte, daß er über dich sprach. Ich bin glücklich, sagen zu können, daß er dabei beinahe in Ohnmacht gefallen wäre.«

»Was hast du bloß gesagt, daß er so erschrocken ist?«

»Nicht viel«, erwiderte er mit Unschuldsmiene.

»Das kann ich mir vorstellen«, bemerkte sie spöttisch. »Nun, egal, was du tust, erwähne ihn bloß nicht meiner Mutter gegenüber. Sie hatte einen üblen Zusammenstoß mit ihm und war drauf und dran, ihn zu erschießen.«

»Deine Mutter gefällt mir immer besser.« Diese Bemerkung trug ihm einen verdrossenen Blick ein, daher fügte er hinzu: »Außerdem bin ich Bartholomew direkt dankbar.«

»Warum?«

»Es tut ausgesprochen gut zu wissen, daß ich nicht der einzige faule Apfel in der Familie bin.«

Cassie protestierte. »Du bist kein fauler Apfel. Zufällig weiß ich ganz genau, daß du so süß bist, wie man es sich nur wünschen kann.«

Er grinste sie an. »Erzähl das bloß nicht herum. Du würdest meinen ganzen Ruf ruinieren.«

»Ich sprach doch davon, wie du schmeckst, Liebster.«

Seine Augen begannen auf der Stelle zu brennen. »Warum gehen wir eigentlich nicht raus in Jessies und Chases Scheune? Wenn ich recht gesehen habe, gibt's dort einen wunderbaren Heuboden.«

»Aber es wird ziemlich kalt sein da draußen.«

»Keine Bange, du frierst bestimmt nicht«, versprach er.

Chase und Jessie hatten tatsächlich einen wunderbaren Heuboden. Cassie konnte sich nicht daran erinnern, je zuvor ein weiches Bett aus Heu genossen zu haben, aber jetzt tat sie es. Ihr Mann hielt sie fest umschlungen, und sie hatten beide keine Eile, zu der Hochzeitsfeier zurückzukehren.

»Weißt du, falls du dich nicht bereit erklärt hättest, meine Frau zu bleiben, Cassie, hatte ich mir vorgenommen, dich einmal jeden Monat zu besuchen. So lange, bis du schwanger geworden wärst.«

Sie setzte sich auf, um ihn anzusehen. »Aber du hast doch gesagt, du wolltest nicht, daß ich ein Kind von dir bekäme?«

»Das wollte ich auch nicht, damals jedenfalls. Jetzt aber könnte ich mir gar nichts Schöneres vorstellen, und außerdem war ich an dem Punkt angekommen, wo ich bereit war, alles zu tun, was in meiner Macht stand, um dich zu behalten.«

Sie nahm sein Gesicht in beide Hände, um ihn zu sich herabzuziehen. »Du hättest nur zu fragen brauchen, Angel. Das war alles, was du tun mußtest«, flüsterte sie ganz nahe an seinen Lippen. »Das ist wirklich alles, was du jemals hättest tun müssen.«